닥터 래빗과
대마왕

닥터래빗과
대마왕

초판 2쇄 인쇄일 2013년 12월 13일
초판 2쇄 발행일 2013년 12월 18일

지은이 ㅣ 한서윤
펴낸이 ㅣ 김기선
펴낸곳 ㅣ 와이엠북스(YMBOOKS)

출판등록 ㅣ 2012년 7월 17일 (제382-2012-000021호)
주소 ㅣ 경기도 의정부시 의정부동 490-4 삼승프라자 10층 102호
전화 ㅣ 031)873-7768 / **팩스** ㅣ 031)873-7764
E-mail ㅣ ymbooks@nate.com

ISBN 979-11-5619-010-3 03810

값 9,000원

YMBOOKS ROMANCE STORY

한서윤 지음

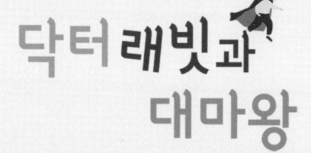

닥터 래빗과
대마왕

ym
BOOKS

목차

프롤로그

세상 사람들은 이야기를 한다. 토끼가 싸워봤자 얼마나 잘 싸우겠냐고. 하지만 독 오른 토끼의 살벌함은 상상 이상이었다.

뒷발로 바닥을 탁탁 때려 스텀핑(stomping)을 한 토순이가 앞니와 발톱을 세우고 멍돌이에게 달려들었다. 가련한 요크셔테리어 멍돌이는 털이 잔뜩 뽑힌 것은 물론이요, 귀까지 물어 뜯겼다.

절대강자 토순이의 위풍당당한 모습에 TV 프로그램 '동물나라'를 바라보는 이경의 눈이 열렬함을 담아 반짝반짝 빛났다.

대리만족이라 해도 좋았다. 성격 나쁜 토순이가 자기 눈에 거슬리는 모든 사람과 동물들에게 시비 걸고 응징하는 것을 보고 있노라면 이경은 막혔던 속이 확 풀리는 듯하다.

특히 주인인 폭군 '은광이'에게 대적하는 토순이의 모습을 볼 때면 이경은 유난히 희열이 솟구쳐 오른다. 동물 사랑에 대해서는 듣지도, 보지도, 배우지도 못한 것인지 은광이는 '토순이의 주인'이라는 말이 무색할 정도로 토순이를 참 치밀하고 지능적으로, 많이도 괴롭혔다.

그래서 이경은 은광이를 볼 때마다 대한병원의 대마왕 장 치프가 생각난다. 멀끔한 얼굴을 하고 사람 잡는 행태가 딱 장덕현 그 인간이었다.

대외적인 타이틀은 그만큼 멀쩡한 사람이 없었다. 인물 멀끔하고 실력 좋고 배경도 좋았다. 그런데 참 안타깝게도 성격이 '에헤라디야, 자진방아를 돌려라!'였다.

장 치프가 헤까닥 눈을 뒤집으면 멀쩡한 사람 서넛이 사차원으로 보내진다. 장 치프에게 찍혀서 병원 전체에 곡소리가 났다는 전설만 여럿, 이경이 신경외과에 첫발을 내디뎠을 때 가장 먼저 들은 주의 사항이 '접근 엄금, 미친개 조심, 건드리면 문다!'였다.

그래도 뭐, 거기까지는 괜찮았다. 어차피 남의 일이니까. 장덕현 그 인간의 성격이 얼마나 더럽든 이경과는 상관없었다. 아니, 상관없다고 생각했다.

때문에 전공을 정하기 전, 시도 때도 없이 실려 오는 응급환자와 중환자실과 각 병동의 호출 등 빡빡하한 일정 때문에 고민했지, 한참 윗동네 사람인 장 치프 그 인간이 문제가 될 것이라고는 꿈에도 생각 못 했다. 그런데 그 인간이 애꿎은 이경을 찍었다.

"도이경 선생, 컨퍼런스 준비는 다 했나?"

이경이 장 치프의 흉내를 내며 입을 삐죽였다. 신경외과 전공의들 성격이 지랄맞다는 소문은 익히 들었지만 장 치프는 상상을 초월했다. 도대체 뭐가 그렇게 마음에 안 드는 것인지 이경만 보면 잡아먹으려고 들었다.

오늘만 해도 그렇다. 오전 8시 20분부터 9시까지 피 말리는 아침 컨퍼런스를 마치자마자 수술실로 끌고 들어가서 새벽 2시가 되어서야 놓아줬다. 신뢰받는 제2어시스터도 하루 이틀이지, 이쯤 되면 명백한 괴롭힘이었다.

못돼 처먹은 치프 샘 같으니라고…….

이경은 욕설을 중얼거리며 억울함과 서러움을 억눌렀다. 그리고 언젠가 계급장 떼고 붙을 그날을 다짐하며 다시 토순이에게 감정이입을 시작했다.

'때려! 더 때려! 물어뜯어! 피가 철철 흐르도록!'

누구보다 간절하고 애절하게 두 손의 주먹을 꽉 쥐고 응원했다. 바들바들 떨리는 손은 이경도 모르게 휙, 휙, 앞으로 뻗어나가기도 했다. 눈앞에 가상의 적을 만들어놓고 힘껏 토순이를 응원했다.

그때였다. 이경이 머리 위까지 뒤집어쓴 이불이 펄럭이며 하늘을 날았다. 그리고 지금 이 순간, 결코 들려서는 안 되는 목소리가 들렸다.

"도이경 선생, 편안하신가? 지금 잠이 와?"

대마왕 장 치프였다. 스마트폰을 시청하던 이경의 얼굴이 하얗게 질렸다.

"자는 줄 알았더니…… 얼씨구?"

이경의 손에 들린 스마트폰을 뺏어 든 장 치프의 입매가 심술 사납게 비틀렸다.

"오더는 다 내렸어?"

날카로운 장 치프의 물음에 이경이 더듬더듬 대꾸했다. 정신은 반쯤 나가 있었지만 순전히 반복적 학습 결과로 본능만 살아서 입을 움직였다. 입원환자며 응급환자까지 장 치프의 물음에 하나하나 답하는 스스로의 모습에 이경 자신이 더 놀랄 정도였다.

하지만 이경이 순조롭게 대답을 이어갈수록 장 치프 주변의 온도는 점점 아래로 떨어졌다. 7월 중순, 한여름에 할 이야기는 아니었지만 추웠다. 너무 추워서 눈물이 날 정도였다.

"도이경 선생은 전공의 생활이 잘 맞지? 남들은 바쁜 일정에 치여서 이 생활 못하겠다며 도망까지 간다는데 우리 도 선생은 재주도 좋아. 시간이 널찍하고 남아돌아서 미칠 것 같지?"

찬바람이 쌩쌩 도는 목소리는 이경을 더욱더 추위에 떨게 했다. 이경은 갑자기 엄습해오는 불안감에 장 치프를 애절하게 바라보았다. 설마? 아니겠지!

하지만 언제나 그렇듯 불길한 예감은 백발백중을 자랑했다.

"나와."

"네?"

"10분 후에 수술이야. 문혁 교수님 수술이다."

장 치프는 다른 어떤 부연 설명도 없이 10분 후에 수술이 있음을 통보했다. 보나 마나 수술을 담당하는 문혁 교수님과 4년차 레지던트인 장 치프를 보조하는 제2어시스터를 맡기려는 것이었다. 이경이 새파랗게 질린 얼굴로 장 치프를 바라봤다.

그게 말이나 되냐면서, 멱살을 잡고 짤짤 흔들고 싶었다. 새벽 2시에 수술실에서 나와서 새벽 4시 반에 또 들어가는 법은 없었다. 지금 들어가면 언제 나올지도 몰랐다.

내 수면 시간은!

이경이 비명을 지르듯 소리쳤다.

"치프 샘!"

의국을 막 빠져나가려던 장 치프가 차갑게 뒤를 돌았다. 저승에서 방금 튀어나온 저승사자 같았다. 말 한마디 잘못하면 그대로 골로 갈 것 같았다. 하지만 그렇다고 포기할 수는 없었다. 하루에 1~2시간 잘까 말까 하는 그 소중한 시간을 이렇게 빼앗길 수는 없었다.

"왜?"

죽기 아니면 살기였다. 눈을 꼭 감은 이경이 장 치프를 향해 '내 수면시간은 소중합니다.'를 외치려고 했다. 하지만 장 치프가 좀 더 빨랐다.

"설마 못하겠다는 것은 아니겠지?"

이경은 자신도 모르게 입을 꾹 닫았다. 그리고 딸꾹, 갑자기 일순 숨이 막히면서 딸꾹질이 시작되었다.

"설마 그렇겠어? 시간이 넘쳐나서 TV 프로그램까지 챙겨 보는 마당에 말이야."

장 치프가 침대 위에 놓인 채 아직도 스테레오 지원이 되고 있는 이경의 스마트폰을 노려보면서 말했다.

이경의 안구에 또다시 습기가 차오르기 시작했다. 이제는 TV를 보는 것도 간섭하나 싶어 괜스레 서러워졌다.

토순이의 주인인 폭군 은광이에게는 장 치프를 대입하고, 그에게 대적하는 깡패토끼 토순이에게는 이경 자신을 대입했기에 TV

속 토순이의 복수혈전은 이경이가 유일하게 즐기는 취미생활이자 스트레스 해소법이기도 했다.

토순이를 15분 보면, 150분을 잔 것 같은 개운함이 느껴진다. 하지만 그냥 보기에도 지옥에서 방금 강림하신 것 같은 대마왕 장 치프에게는 씨알도 안 먹히는 이야기였다.

"치프 샘, 그게 아니라요……."

"변명은 수술 후에 듣지. 네가 떠드는 바람에 3분 날아갔어. 빨리 준비하고 튀어와. C rosette(로제트) 3번 수술방이다."

성질 더러운 인간은 남의 말도 안 들었다. 사실 장 치프가 이경의 변명을 들어줬어도 수술실에 들어갔을 확률은 100%였다. 하지만 아무리 그래도 그렇지, 저 인간은 진짜 해도 해도 너무했다.

이경은 붉어진 눈으로 장 치프가 나간 문을 한참 동안 노려보았다. 딱 13초 노려보고 14초 되던 시간에 마음을 정리했다.

"간다, 가! 젠장."

토순이를 보면서 낄낄대는 것이 아니었다. 입에 재갈을 물어서라도 쥐 죽은 듯이 없는 척해야 하는 것인데 소리 내어 웃고 꿍얼거리다가 망했다. 잠시 미련 가득한 눈으로 침대를 바라보던 이경이 이내 휴대전화를 가운 안에 넣었다.

남은 시간은 4분, 스피드를 찾는 그녀의 발걸음이 나는 듯 빨라졌다. 쾅, 소리를 내며 문이 열렸다가 닫힌 의국에는 적막이 감돌았다.

1장

"어제 대마왕이 끌고 가는 바람에 9시에 수술실 들어가서 새벽 2시에 나왔거든? 오더 내리고 좀 자려니까 그 인간이 새벽 4시 30분에 찾아와서 수술실 또 들어가라더라. 망할. 정말 거짓말 안하고, 수술실에서 나오기까지 딱 9시간 걸렸어."

이야기만 들어도 질리는 상황이었고, 안 봐도 뻔한 상황이었다. 딱 죽기 직전까지 굴렸겠지. 지은이 고개를 절레절레 흔들며 혀를 찼다.

레지던트란 레알 지랄 맞게 던트되다(dent, 찌그러지다)의 준말이란 말인가. 수술실에 들어갔다고 이경의 사정을 봐줄 리 만무했다.

수술 준비하고 병동 콜 받고, 외래 일 보는 평소의 생활은 물론이고 새벽에 하지 못한 환자들의 드레싱이며 회진까지, 정말 과장 조금 보태서 일이 산더미처럼 밀려 있었을 것이 뻔했다.

짠한 동정의 빛을 내보이는 지은을 보며 이경이 입술을 씰룩거렸다. 동정을 받자고 말한 것은 아니지만 진짜 동정을 하니 묘하게 기분이 나빴다. 이경이 생각해도 자신이 너무 불쌍했다.

좀비처럼 골골대는 이경의 모습을 보고 동기들이 조금씩 일을 덜어줘서 이 정도지, 아니었으면 의사 체면에 과로로 응급실에 실려 갈 뻔했다.

"진짜 죽을 것 같아. 장 치프 그 인간은 도대체 왜 그런다니."

신세한탄 속에 장 치프에 대한 원망이 고스란히 배어나왔다. 안 그래도 만성 수면부족과 격무에 시달리는데 장 치프가 이경을 찍은 그 이후부터는 매일매일이 지옥이었다.

이대로 계속 장 치프에게 시달렸다가는 머지않은 미래에 백골이 진토 되어 사망신고를 할 것 같은 꽤 높은 확률의 불안감이 이경에게 엄습했다.

늘어진 이경의 몸이 비 맞은 종이인형처럼 눅진눅진했다. 노골한 몸은 뼈 마디마디가 다 쑤셔왔다. 인생사 거지같다. 48시간을 풀타임으로 구른 주제에 아직까지 멀쩡히 코로 숨을 쉬고 있다는 사실이 더 어이가 없었다. 이젠 눈물조차 나지 않았다.

"나 죽겠다."

이경이 멍하니 중얼거렸다.

"내가 도대체 무슨 영화를 보겠다고 의대를 왔나 몰라."

좀비 스릴러에서 신파로 장르를 변경한 이경을 보며 지은이 혀를 찼다. 이경이 신경외과에 자리 잡은 이후부터 하루걸러 하루 꼴로 듣고 있는 레퍼토리다 보니 이젠 불쌍하지도 않았다. 그냥 궁상맞아 보였다. 딱 1개월 만에 맛보게 된 병원 구내식당의 식사를 앞에 두고 도대체 저게 무슨 청승인지…….

"입은 삐뚤어졌어도 말은 바로 하자. 의대가 문제가 아니라 NS(신경외과)가 문제지."

지은이 이죽거렸다. 비교적 응급환자가 적고 당직도 없는 피부과나 안과처럼 신이 내린 학과의 레지던트들은 나름대로 편안한 생활을 보내고 있었다. 애초에 남자 하나 보고 지옥 중에서도 상지옥이라는 신경외과로 제 발로 걸어 들어간 이경이 문제였다.

적나라한 지적이 마음에 들지 않았는지 이경이 지은을 향해 눈을 흘겼다. 눈은 가늘게 찢어지고 입술은 실룩거렸다.

"넌 무슨 애가 말을 해도…….."

"내가 틀린 말 했어?"

지은이 새치름하게 말했다.

"나라면 우리 병원 NS를 가느니 ER(응급실)에 말뚝을 박겠어."

이경의 제육볶음을 한 젓가락 집어 든 지은이 이죽거렸다. 몸 힘든 것이야 신경외과나 정형외과나 막상막하라지만 신경외과에는 대대로 유독 성격 나쁜 사람들이 우글우글했다. 라면국물을 뒤집어쓰고 위 연차를 죽도록 팼다던 대한병원에 떠도는 전설의 그분도 지은이 알기로는 신경외과였다. 멋모르는 사람들은 오죽 괴롭힘을 많이 당했으면 위 연차를 패고 레지던트를 그만뒀겠냐면서 그만둔 이를 안쓰러워하지만, 지은이 보기에는 라면국물 한 번 뒤집어썼다고 선배를 죽도록 패고 병원 때려치운 그분 성격도 보통은 아니었다.

지은은 진입과 동시에 인생 피곤해질 확률이 200%인 신경외과는 딱 질색이다. 꿈에도 가까이하고 싶지 않은 존재였다. 그래서 지은은 이경이 참으로 안쓰러웠다.

지은이 이경을 보며 혀를 찼다. 생판 모르고 맨땅에 헤딩하는 것도 아니고, 같은 의대에 같은 병원에서 인턴까지 돌았다. 그런데도 이경은 남자 하나 보고 신경외과에 지원했다.

아무리 힘들어도 임만 계시면 살 만하다고 이경은 우겨댔지만 레지던트 생활은 그리 녹록한 것이 아니었다. 의사로서의 숭고한 사명은 없고 흑심만 가득하던 이경은 레지던트 생활 1개월 만에 대마왕 장 치프가 주목하는 요주의 인물이 되었다.

"말이야 바른말이지, 넌 네 팔자 네가 만들었잖아. 충분히 편한 과 갈 수 있는 성적으로 신경외과 선택했잖아. 넌 힘들다고 말할 자격 없어!"

지은이 냉정한 판단을 내렸다. 지은의 말을 들은 이경이 코웃음을 쳤다.

"넌 그래서 OS(정형외과) 갔냐?"

남자에 혹해서 과를 선택하기는 지은도 매한가지였다. 정형외과도 힘들기로는 신경외과와 쌍벽을 이루는 험난한 과였다. 게다가 이경은 짝사랑하는 임이라도 있었지, 지은은 단순히 정형외과의 수질이 전반적으로 좋다는 이유였다.

"당연하지."

이경의 말에 지은이 방긋 웃으며 어깨를 으쓱였다.

"눈의 즐거움은 네 생각보다 훨씬 중요해. 예를 들어볼까? 병원에 꽃 한 송이가 있다고 가정할 때 의사와 간호사는 꽃을 보며 마음의 여유를 얻어서 환자에게 조금이라도 더 신경을 쓰고 환자는 꽃 한 송이에 위안을 얻어서 생명에 대한 의지를 불태워. 마치 오 헨리의 소설 「마지막 잎새」처럼! 남정네의 착한 얼굴과 착한 몸매는 존재 자체로 인류의 평화에 이바지한다고."

거창하게 나가는 지은을 보며 이경이 고개를 절레절레 흔들었다.

"그래서 결론은 뭔데?"

"OS에 잘생긴 미남들이 많아."

지은이 흐뭇하게 웃으면서 말을 덧붙였다.

"보람차다. 정말로. 눈을 뜨면 미남이 보여."

흐흐 웃는 웃음소리가 음흉했다.

"좋냐?"

"좋지. 아주 좋지! 넌 말이야, 수질 관리를 굉장히 우습게 보는데, 물이 얼마나 중요한 줄 알아? 나이트나 클럽에서 수질관리 못하면 걔들은…… 이거야."

검지를 자신의 목에 가져다 댄 지은이 가로로 손가락을 그으며 낮게 속삭였다.

"장사 말아먹을 생각이냐고 그날부로 인생 종친다?"

지은은 예과 2년은 물론이고, 숨 막히는 본과 4년을 이수하면서도 근방에서 날리는 나이트 죽순이로 살았던 전적을 자랑하듯이 수질관리의 중요성에 대해서 열변을 토했다.

지은은 아무리 정형외과 레지던트가 고되고 힘들어도 잘생긴 정형외과의 남정네들을 볼 때면 그간의 고생과 피로가 한 방에 사르르 녹는다고 했다.

"다른 것은 모르겠다만 그건 좀 부럽네. 얼굴만 보면 바로 에

너지가 충전되는 피로회복제 대용 미남들이라……."

이경이 땅이 꺼져라 한숨을 내쉬었다. 지은이 대단한 것인지, 만능피로회복제인 미남들이 대단한 것인지 모르겠다.

이경에게도 이경의 사랑 윤 선생님, 정욱 선배가 있었지만, 그는 바다 건너 머나먼 곳으로 떠났다. 아니, 바다 한가운데 떠 있는지도 모르겠다. 남들처럼 국시 보고 공보의로 간 것도 아니고, 정욱 선배는 해병대 현역으로 자원입대를 했다.

여자 친구와 헤어지고 입대한 것이라는 이야기에 두말없이 쌍수를 들고 환영했지만, 2년 후에 돌아올 윤 선생님 하나 믿고 버티자니 신경외과라는 곳이 참 힘들다.

정욱 선배의 얼굴을 떠올리면서 피로가 조금 풀릴 만하면 나타나서 이경의 인생에 초를 치는 장덕현이 있었다. 이경이 다시금 한숨을 쉬었다.

"그래도 NS에는 국보급 꽃미남 하나 있잖아."

"누구?"

이경이 반문했다. 굳이 대한병원 최고의 미남집합소라는 정형외과와 비교하지 않더라도 신경외과는 전체적인 수준이 빈말로라도 잘생겼다고 하기에 민망한 수준들이었다. 총체적 난국 그 자체였다.

전혀 모르겠다는 듯한 이경의 반응이 도리어 놀라운 듯 지은이 입을 열었다.

"누구긴 누구야. 방금 네가 언급하신 그분, 너희 치프지."

지은은 까르르 웃음을 터트렸고, 이경은 인상을 팍 일그러뜨렸다.

"너를 특별히 애정 하는 그분을 두고 네가 그렇게 시치미 떼면 안 되지."

"농담으로라도 그런 말은 마."

장 치프를 언급하는 것만으로도 이경의 얼굴이 노랗게 떴다. 생각만으로도 소름이 끼쳐서 견딜 수가 없다는 듯 몸까지 부르르 떨었다.

"농담이라니? 장 치프 얼마나 좋아? 몸 좋고, 얼굴 우월하고, 돈까지 많아."

목소리를 낮춘 지은이 눈을 찡긋거렸다.

"대신 성격이 으르렁 왈왈, 미스터 멍멍이지."

이경이 질색하며 장덕현의 가장 큰 단점을 늘어놓았다.

"아니지, 아니야. 그게 가장 큰 장점이야. 까칠한 성격의 차가운 도시 남자, 그러나 나한테만 따뜻한 남자! 이거 여자들의 로망 아니냐? 이경아, 상상을 해봐. 대마왕의 탄탄한 가슴에 손을 올리고 뜨거운 밤을 보낸다고. 그 금욕적인 남자가 내 앞에서 열정적인 모습을 이어 나가는 거야."

몽롱하니 눈을 반개한 지은은 망상을 이어갔다. 더 이상 들어줄 수가 없었다. 이경은 떨떠름한 얼굴을 감출 생각도 하지 않고 지은의 말을 잘랐다.

"헛소리는 그만하자. 탄탄은 개뿔. 네가 봤냐? 흰 가운 속에 숨겨진 게 탄탄한 가슴인지 늘어진 뱃살인지 누가 알아?"

"그러게. 그건 그렇지."

지은의 목소리에서 미련이 뚝뚝 떨어졌다. 그런데 갑자기 이경이 의미심장한 표정으로 나지막하게 물었다.

"궁금해?"

"당연하지. 원래 남의 남정네 속살 구경이 가장 재밌는 법이야!"

"구경하고 나면?"

"맛없어 보이면 버리고, 맛있어 보이면 덮쳐야지!"

지은과 이경이 까르르 웃음을 터트렸다. 옆자리에 앉은 이들이 바라보든 말든. 한바탕 소란 속에서 눈물까지 나온 듯 이경이 손가락으로 눈을 닦으면서 말했다.

"그럼 덮쳐."

"응?"

지은이 물었다.

"무슨 소리야."

"대마왕 몸매 착하거든."

"진짜? 어떻게 봤어?"

"의국에서 옷 벗을 때."

이경이 자랑스럽게 말하자 지은은 입을 떡 벌렸다.

"그 인간 노출증도 있어? 아니, 그게 중요한 게 아니라 의국에서? 네가 있는데 옷을 벗었다고?"

"아니. 내가 몰래 숨어서 봤지. 자려고 누워 있었거든."

2층 침대에 숨어 있었다며 이경이 자랑스럽게 답했다.

"성현이가 장 치프 옷에다가 라면국물을 쏟았거든. 정확하게는 가슴에."

이경이 자신의 가슴 바로 위에서 동그랗게 원을 그렸다.

"대마왕만 아니었다면 한 번쯤은 덮치고 싶은 몸매였어."

이경의 말에 지은이 질린 얼굴을 했다. 지은도 어지간한 성격
이었지만 이경은 못 따라갔다. 소심한 척은 혼자 다 하면서 의외
의 부분에서 과감하고 대범했다.

"진짜 대박이다. 근데 장 치프 몸매 정말로 좋아?"

"응."

"얼마만큼?"

지은의 목소리에 야릇한 음흉함이 담겼다.

"덮치고 싶을 만큼?"

이경과 지은이 한바탕 웃음을 토해냈다. 하지만 착한 몸매의
주인인 장 치프를 떠올리니 더 이상 웃음이 나오지 않았다. 웃음
소리가 서서히 잦아들었다.

"근데 그 좋은 몸매로 왜 성격은 그 모양이라니."

이경의 목소리가 다시 시무룩해졌다. 그의 못된 성격을 떠올리
니 겨우 낸 힘이 스르륵 다시 빠져나간 것이다.

"진짜 난 그 인간 약점이 궁금하다. 약점 잡아서 두고두고 부
려먹어야지."

이경이 심술궂게 말했다. 하지만 목소리에는 힘이 담겨 있지
않았다. 시무룩한 가운데 억지로 기운을 내려고 하지만 도무지 기
운이 나지 않았다. 이경이 식탁 위에 지친 몸을 널브러뜨렸다.

"쯧쯧, 어쩌겠냐. 팔자려니 해야지. 그래도 너 때문에 다른 애
들은 살 만하다더라."

지은이 안타깝다는 듯이 이경의 머리를 다독였다.

지은이 노골적으로 안쓰럽다는 기색을 보이며 위로하자 어쩐
지 더 서글퍼졌다. 이경이 헛웃음을 흘리며 말했다.

"그래도 오늘은 하나 좋은 점이 있다. 좋은 점 맞나? 암튼. 수술실에서 나오니까 컨퍼런스 시간이더라고. 부랴부랴 뛰어갔더니 PACS(의료영상솔루션)와 OCS(처방전달시스템)가 막 꺼지는데 진짜 스크린에서 후광이 비치더라. 물론 그 뒤에 장 치프표 과제가 주어지기는 했지만……."

이경이 나직이 한숨을 내쉬었다.

대한병원 신경외과의 컨퍼런스는 병원 진료시스템인 PACS와 OCS이 켜지면서 시작되고, PACS와 OCS이 꺼지면서 종료된다. 다르게 표현하자면 PACS와 OCS이 켜지면 교수님들의 무선별 질문폭탄이 터져서 이경은 초긴장 상태가 되고, PACS와 OCS이 꺼지면 휴전 상태가 되는 것이었다.

단 하루지만 분 단위, 초 단위로 피를 말리는 컨퍼런스에서 해방되었다. 하지만 이경은 이걸 기뻐해야 하는지 슬퍼해야 하는지 감이 잡히지 않았다.

장 치프는 친절하게도 컨퍼런스에 불참한 이경을 위하여 오늘 컨퍼런스의 내용을 글자크기 10pt, 줄간격 160%, A4 30장 분량으로 작성해서 들고 오라고 했다.

뒷목이 뻐근했다. 밥을 앞에 두고도 밥맛이 안 났다. 지은은 밥을 거의 다 먹어가는데, 이경의 식판은 몇 번 뒤적이기만 했지 식당 아주머니에게 받아 온 그대로였다.

연거푸 한숨을 쉰 이경이 물끄러미 지은의 식판을 바라보며 물었다.

"다 먹었지?"

그러곤 의자를 뒤로 뺐다. 지은의 눈이 동그래졌다. 자신이야

밥을 맛있게 다 먹은 참이었지만 이경은 아니었다.

"왜? 밥 안 먹어?"

"생각 없어."

"그래도 밥은 먹어야지!"

"언제는 밥 다 챙겨 먹고 살았냐."

내뱉는 족족 신세한탄이었다.

경은과 이경은 그 후로도 한참 동안 입을 모아 장 치프의 뒷말을 했고, 수다를 떤다고 해서 문제가 해결되는 것은 아니지만 그래도 한결 마음이 편안해졌다.

하지만, 남겨진 자들은 적막 속에서 몸을 떨었다.

밥 한 끼 먹으러 왔다가 이게 무슨 봉변인지…….

지형은 울지 못해 웃는 얼굴로 덕현을 바라보았다. 이경과 지은의 대화는 지나칠 정도로 적나라했고, 설상가상으로 그녀들의 목소리 또한 그리 작은 편이 아니었다. 덕분에 덕현과 지형도 이야기를 고스란히 다 들었다.

어지간해야 모르는 척을 하지…….

지형은 남몰래 한숨을 내쉬었다. 옆에서 주워 들은 지형도 대충 상황이 짐작이 가는데 그들의 도마 위에 오른 덕현이라고 저들이 하는 이야기가 무슨 이야기인지 모를 리가 없었다.

지형은 살얼음판을 걷는 심정으로 덕현의 표정을 살폈다. 차라리 화를 내면 불안하지나 않을 텐데 덕현은 이야기를 듣는 내내 표정의 큰 변화가 없었다. 그가 유일하게 인상을 찌푸린 것은 지은이 헛소리를 늘어놓을 때였다.

지형은 아무 생각 없이 덕현의 앞자리에 앉았던 자신을 원망했다. 그리고 눈치 없고 시야도 좁은 주제에 목소리만 큰 두 여자도 원망했다.

잠시 숨을 고른 덕현이 입을 열었다.

"지형아."

"으, 응?"

지형이 더듬거리면서 대답했다.

"나 먼저 일어난다."

"왜, 더 먹지?"

빈말로 한번 던져보기는 했지만 지형이라도 밥이 목구멍에 넘어가지는 않을 것 같았다. 덕현은 아무 말 없이 지형을 한 번 싸늘하게 바라본 후 망설임 없이 자리를 떴다. 지형은 서둘러 덕현을 뒤따랐다.

덕현은 말없이 걸었고, 지형은 말없이 덕현의 뒤를 따랐다. 평소 같으면 어디 가냐고 한 번쯤 물어보기라도 하겠는데 그러기엔 성큼성큼 걸어가는 덕현의 뒷모습이 너무나 서늘했다. 죄를 지은 것은 이경과 지은인데, 어째 지형이 벌을 받는 느낌이었다.

덕현은 그녀들의 대화를 들었을 때처럼 무표정한 얼굴이었지만, 그 내면에서는 살기가 풀풀 새어나오고 있는 듯했다. 그리고 예상은 적중했다.

그들이 긴 복도를 지나 의국에 도착했을 때, 대마왕은 강림했고 신경외과 의국에는 경보벨이 울렸다.

1년차와 2년차는 물론이고 성격 나쁘기로 따지자면 둘째가라면 서러운 레지던트 3년차와 4년차까지도 모두 다 숨죽여 덕현을 응시했다.

우중충한 자태로 강림한 대마왕 장 치프는 오자마자 칼날을 휘둘렀다. 그리고 제물로는 저널발표를 준비하던 3년차인 석민이 당첨되었다.

"석민아?"

"예? 예, 치프 샘."

"바쁘냐?"

레지던트 3년차가 바쁘지 않다면 거짓말이다. 숨 쉴 시간도 모자라서 매일 헐떡댄다. 하지만 석민은 온갖 잡다한 사정은 꿀꺽 삼켜서 목구멍 저 너머로 보내버렸다. 석민이 판단하기로 지금 덕현의 표정으로 가늠하건대 도무지 바쁘다고 뻗댈 수 있는 상황이 아니었다.

"괜찮습니다."

"그럼 지금 당장 커튼 다 떼버려."

나지막한 목소리에는 듣는 사람을 질리게 만들 정도로 굳건한 의지가 담겨져 있었다.

"침대에 달린 모든 커튼 다 떼어버리고, 침대 오픈시켜. 누가 자는지 확연하게 보이도록."

덕현이 의국 침대를 한차례 노려보면서 말했다. 침대에 반쯤 누워서 수술케이스를 정리하던 4년차 동기 해욱이 움찔할 정도로 덕현의 목소리는 살벌했다.

평소라면 왜 그러냐고 이유라도 물었을 테지만, 덕현의 뒤에서 필사적으로 고개를 젓고 있는 지형을 보며 해욱은 조용히 입을 다물었다. 하지만 덕현의 살벌함은 커튼으로 끝나지 않았다.

성큼성큼 걸어서 옷장으로 걸어간 덕현이 차가운 눈으로 의국을 한차례 훑어봤다. 덕현의 눈동자가 머무는 곳마다 움찔거림이 넘쳐났다. 도대체 누가 저 폭군을 건드렸나 싶어서 다들 몸을 떨었다.

"그리고……."

신음성을 낸 덕현의 이맛살이 찌푸려졌다. 직접 옷장 앞에 서서 침대들을 바라보았다. 이경이 있었을 것으로 짐작되는 모든 곳이 다 의심이 되었다.

"석민아."

덕현이 재차 석민을 불렀다.

"예, 치프 샘."

"이거 치워."

덕현이 손가락으로 가리킨 곳에는 전공의들의 옷가지가 담겨 있을 것이 분명한 쇼핑백이 몇 개 놓여 있다.

"오늘부터 의국에서 옷 갈아입는 것 절대 금지다."

"네?"

덕현의 말에 석민이 어리둥절한 목소리로 반문했다. 원래대로라면 탈의실에서 옷을 갈아입어야겠지만, 모자라는 시간과 귀찮음 때문에 가끔 몇몇 전공의들이 의국에서 옷을 갈아입기도 했다.

"치프 샘!"

동시다발적으로 여기저기에서 항의의 목소리가 튀어나왔다. 이것은 덕현이 무섭고 말고의 문제가 아니었다. 번거롭기도 번거롭거니와 시간낭비였다. 안 그래도 대한병원은 신경외과가 메인이라 업무량이 타의 추종을 불허했다.

그나마 여기저기에서 시간을 절약하는 것으로 간간히 숨을 쉴 수 있었는데 의국에서 옷도 못 갈아입게 된다면…….

　덕현과 지형의 동기인 레지던트 4년차 해욱이 입을 열었다.

　"인마, 그게 무슨 말이야? 갑자기 왜 옷을 갈아 입지 말래?"

　한순간 덕현의 얼굴이 딱딱하게 굳었다. 지형은 온몸으로 엑스 자를 열심히 치더니 급기야는 해욱에게 다가와서 필사적으로 그의 입을 막으려고 했다.

　"야, 인마, 읍! 뭐, 하는! 인마!"

　한 명은 입을 막으려고 하고, 또 다른 한 명은 그런 지형을 막으려고 했다. 지형은 아예 해욱이 누워 있는 2층 침대까지 올라가서 엎치락뒤치락 몸싸움을 벌였다.

　해욱과 지형의 뒤적거림을 바라보던 덕현이 고요하게 입을 열었다.

　"그만해."

　지형이 찔끔하고 몸을 바로잡았다. 해욱은 지형의 머리를 한 대 쥐어박은 후 조용히 물었다.

　"무슨 일인데?"

　"나중에 이야기해줄게."

　지형이 나지막한 목소리로 속삭였다. 뭐라 한마디 하려고 하던 해욱도 서슬이 퍼런 덕현의 얼굴을 보고 입을 다물었다.

　4년차가 입을 다문 와중에 그 아래 연차가 입을 뗄 수는 없었다. 모든 사람들이 침묵하고 덕현의 눈치만 살폈다. 석민은 몸을 일으켜 침대의 커튼을 하나하나 떼어냈다.

　덕현은 서슬이 퍼런 기색으로 석민이 모든 커튼을 다 떼어낼

때까지 기다렸다. 그리고 석민이 마지막 커튼을 침대에서 분리시켰을 때, 덕현이 천천히 입을 열었다.

"불만이 많을 것이라는 것은 안다. 하지만 모두의……."

모두의 권리를 위해서? 모두의 순결과 정조를 위해서? 덕현은 자신의 말의 뒷부분에 어떤 단어를 넣어야 하는지 심히 고민스러웠다. 잠시 멈칫한 덕현이 침을 꿀꺽 삼키고 말을 이었다.

"모두를 위한 것이니 불편해도 조금씩 참길 바란다."

어차피 레지던트들의 위계질서야 상명하복을 기본으로 군대와 맞먹을 정도로 철저했다. 기강 세기로 유명한 신경외과에서 4년차 치프인 덕현의 말이 떨어진 이상 더 이상의 군소리는 나올 수가 없었다.

문제라면 같은 신경외과 4년차인 해욱과 지형, 그리고 그 애물단지들인데…….

덕현의 차가운 얼굴에서 드물게 깊은 한숨이 터져 나왔다. 그의 입으로 말하는 것은 물론이고 다른 사람들의 입을 통해서 튀어나와도 민망하고 부끄러운 이야기들이다.

"해욱아, 정말 미안한데 이번만 묻지 마라. 그리고 지형아?"

"왜?"

"입단속은 당연한 것이고, 정형외과 애물단지는 네가 책임져라."

덕현이 싸늘하게 말했다. 덕현의 주변에서 검은색 어둠이 스멀스멀 뿜어져 나오는 것 같은 착시현상이 일어났다. 침을 꿀꺽 삼킨 지형은 자신도 모르게 고개를 끄덕였다.

덕현의 반응에, 지형과 덕현 둘만 알고 있는 비밀이 궁금해진 해욱이 지형의 옆구리를 다시 한 번 찔렀다. 하지만 지형은 입에 지퍼를 달기로 굳건하게 맹세했다.

"그리고 우리 과 애물단지는……."

이경을 떠올린 덕현이 다시 한 번 한숨을 쉬었다. 생각할수록 속에서 천불이 일었다. 애물단지도 그런 애물단지가 없었다. 기강이 헤이해 보여서 교육을 시킨다고 시켰는데 이경에게는 부족했나 보다.

"내가 책임지지."

덕현이 하얀 이를 드러내며 웃었다. 미소 속에서 분노와 울화가 살짝 엿보였다.

의국의 위계질서로 따지자면 4년차와 3년차, 3년차와 2년차, 그리고 2년차와 1년차, 각 연차는 보통 바로 위, 아래 연차에 대해서만 통솔하는 것이 보통이었다. 하지만 이 특별한 1년차에 대해서는 좀 더 특별한 교육이 필요해 보였다.

"석민아, 재웅아, 내가 특별하게 1년차 하나 관리해도 되겠지?"

덕현이 3년차와 2년차 대표를 불러 위계질서를 헝클어뜨렸다고 타박을 들을 가능성을 미리 차단시켰다. 혹시라도 잘못한 것이 있을까 봐 몸을 움찔한 석민과 재웅은 기꺼이 1년차를 제물로 바쳤다.

"아닙니다."

"괜찮습니다."

석민과 재웅이 동시에 소리쳤다.

"너희들도 이견은 없고?"

덕현이 서늘한 눈으로 다른 3년차와 2년차에게 물었다. 덕현의 쐐기에 모두가 고개를 끄덕였다.

결자해지라고 했다. 잘은 모르겠지만 현재의 이 사달을 벌인 것이 1년차라면 그 1년차가 제물이 되어야 했다. 도대체 무슨 짓을 한 것인지는 궁금하지도 않았다. 그저 대마왕과 함께 사라져줬으면 하는 간절한 바람만 있을 뿐이다.

신경외과 의국의 온도가 점점 영하로 떨어지고 있는 찰나였다. 쾅, 소리와 함께 의국의 문이 기운차게 열렸다.

"죄송합니다. 문이 왜 이렇게 세게 열리지⋯⋯."

문을 열고 들어올 때는 더할 나위 없이 씩씩했던 이경이지만, 모든 위 연차들이 약속이라도 한 듯 딱딱한 얼굴로 동시에 그녀를 바라보자 멋쩍게 웃으며 애먼 문을 탓했다.

덕현은 지그시 이경을 바라보았다. 모두가 그녀를 바라보는 것만으로도 어쩔 줄 몰라 하면서 도대체 무슨 생각으로 그런 맹랑한 짓을 벌였는지 궁금했다.

욕하는 것은 괜찮았다. 없는 데서는 나라님 욕도 한다는데 다 이해했다. 덕현도 그랬고, 덕현의 선배도 그랬고, 그 선배의 선배도 그랬다. 의사라는 직업에 몸을 담근 이들치고 레지던트로 수련하면서 위 연차를 욕하지 않은 사람은 단 한 명도 없었다. 때문에 그것으로 문제 삼을 생각은 없다.

의사라는 특수성은 한순간의 실수가 환자의 생명을 좌지우지하게 만든다. 때문에 그 실수를 줄이기 위해서 후배들의 기강을 강하게 잡는 것이지, 후배들에 대한 악의가 있어서 그러는 것은 아니었다.

그래서 욕을 하든 뭘 하든 적당한 선에서는 눈을 감아준다. 하지만 그 오랜 전통에서도 1년차 레지던트가 위 연차 레지던트의 몸매를 훔쳐보고 덮치고 싶다느니 하면서 깔깔거리는 일은 단 한 번도 없었다.

덕현은 저 맹랑하고 뜬금없는 아가씨를 도대체 어떻게 해야 할지 벌써부터 머리가 지끈거렸다. 덕현의 인상이 찌푸려지며 그의 눈이 이경을 훑었다.

이경의 미소에 조금씩 균열이 갔다. 악덕 대마왕이 도대체 왜 자신을 이렇게 유심히 바라보는지 모르겠다. 이경은 오금이 저려왔다. 구내식당에서 지은과 함께 대마왕 장 치프의 뒷담화를 한 전적이 있어 지레 뜨끔하기도 했다.

"어? 지형 선배님, 안녕하세요."

손가락과 발가락을 꼼질거리며 시선을 피할 곳을 찾다가 지형을 발견했다. 이경이 고개를 꾸벅 숙였다. 정형외과에서 인턴을 돌 때 얼굴을 익혀놓았던 선배다.

이경이 배시시 웃으며 천연덕스럽게 인사를 건넸지만 지형은 어쩐지 안구가 뜨거워졌다. 시한부 선고를 받은 환자를 볼 때도 이렇게 슬프지는 않았는데, 멋모르고 헤실거리는 어린 후배를 보니 그냥 눈물밖에 안 나왔다. 하지만 도와주고 싶은 마음은 안 들었다.

말리그(악성(malignancy)에서 나온 은어로 특별히 유난을 떠는 환자) 같은 선배들을 겪으면서 어지간한 인간 군상들은 다 겪었다고 생각했는데 이경과 지은의 대화는 지형에게도 신세계였다. 여자가 참 무서운 존재라는 것을 새삼 깨달았다.

이경의 인사에 대충 고개를 끄덕인 지형이 덕현의 눈치를 보았다. 표정 하나 바뀌지 않고 딱딱한 얼굴로 이경을 바라보고 있었다. 눈치를 보니 조만간 벼락이 떨어질 것 같았다. 지형은 지금까지도 계속 자신의 옆구리를 찌르는 해욱을 끌고 조용히 사라졌다.

자신이 인사를 건넴과 동시에 뭐 마려운 똥강아지처럼 끙끙대더니 해욱 선배까지 끌고 사라지는 지형을 보며 이경이 고개를 갸웃했다. 그런데 이상한 점은 그뿐만이 아니었다.

"그러고 보니까 입원환자 리스트를 아직 정리 못했네."

"아! 그러고 보니까 나도 문혁 교수님이 세미나 준비 도와달라고 말씀하셨는데."

마치 국어책을 읽는 듯 딱딱한 어조로 위아래 가릴 것 없이 한 사람, 두 사람 모두 의국을 빠져나갔다. 정신을 차리고 보니 의국에는 대마왕 장 치프와 이경 단둘뿐이었다.

난감한 상황에 이경이 식은땀을 흘렸다.

"아, 그러고 보니 나도 할 일이 있었네."

문을 힐끔힐끔 바라보던 이경이 억지 변명을 늘어놓으며 의국을 나서려던 참이었다.

"도이경 선생, 멈춰봐!"

팔짱을 끼고 이경을 노려보던 덕현의 입이 열렸다. 고압적인 목소리에 이경은 그 자리에서 얼음이 되었다. 이경의 얼굴이 노골적으로 찡그려졌다. 수술실에서 겨우 풀려난 것이 오늘 오후의 일이다. 또 덕현에게 잡힐 수는 없었다. 이경은 어떤 변명을 늘어놓아야 하나를 고민하며 필사적으로 머리를 굴렸다.

덕현은 복잡한 눈으로 이경을 바라보았다. 남의 벗은 몸을 감상하니 좋으냐는 질문이 목구멍까지 다다랐다. 도대체 어디에서부터 손을 대야 할지 모르겠다. 덕현으로서도 생전 처음 보는 독특한 캐릭터였다. 신경외과에 잠입한 애물단지 겸 사고뭉치 도이경을 바라보며 크게 한숨을 쉬었다.

"수술실 나와서 오늘 하루 종일 한 일을 말해봐."

정론으로 가기로 했다. 개인적인 사견은 다 접어두고, 일단 지금은 도이경에게 의사로서의 마음가짐과 행동을 심어주기로 했다. 그 속에 사심이 섞일 수도 있기는 하지만 덕현이 지금 이경에게 해줄 수 있는 것은 그것이 최선이었다.

"네?"

이경이 당혹스러운 얼굴을 하고 반문했다.

"오늘 한 일! 아침 회진이랑 컨퍼런스야 당연히 빼먹었겠지만, 그 외에 입원환자들 점검이랑 수술환자들 드레싱은 다 했어?"

덕현이 속사포처럼 말을 쏟아냈다. 담당인 이경도 가물거리는 각 환자들의 정황을 물어봤다. 뇌출혈로 입원한 801호 79세 김팔복 할아버지, 척추협착증으로 입원한 812호 52세 김덕순 아주머니, 교통사고로 입원한 806호 17세 김다현 학생, 대중도 없고 특별한 선정 기준도 없이 이경이 담당하고 있는 환자의 이름을 하나하나 다.

이경은 머리가 어질어질했다. 물론 이경의 환자이니만큼 다 기억한다. 신경을 쓰고 있고, 다 기억을 한다. 하지만 서바이벌 스피드 게임처럼 갑자기 입원실과 환자 이름이 튀어나오면서 이 환자는 어떠하고, 저 환자는 어떠하냐고 무차별적으로 물어보는 데에는 답이 없었다.

"816호 임재광 환자는?"

"수술 후 증세가 양호……."

"무슨 소리야? 임재광 환자 콰드러플리지어(quadriplegia, 사지마비) 아니었나?"

"네?"

"도이경!"

꼬투리가 잡혔다. 급기야 사달이 일어났다. 덕현이 이경의 이름을 차갑게 외쳤다.

생각이 꼬이고 말 역시 꼬인 나머지 환자를 착각해버렸다. 816호 임재광 환자는 척추측만증으로 수술한 환자가 아니라 사지가 마비된 뇌출혈 환자였다. 이경이 자신도 모르게 눈을 꽉 감았다. 한 대 맞을 각오를 했다.

덕현의 손바닥은 남녀평등을 신봉하기로 유명했다. 아무리 성격이 게슈타포 같은 선배들이더라도 여자 후배를 대할 때는 그 강도가 조금은 약해지기 마련인데, 대마왕 장 치프 사전에 남녀불평등은 없었다. 구박을 해도 똑같이 구박했고, 종아리를 걸어차도 똑같이 걸어찼다.

숨을 크게 들이마신 이경은 자신의 의지로 단련할 수 있는 모든 곳에 힘을 줬다. 배뿐만 아니라 종아리를 걸어차일 때를 대비해서 다리에도 힘을 줬다. 인지를 하든 말든 맞는 것은 똑같겠지만 그래도 힘을 주면 조금이라도 덜 아플까 싶어서 이경은 숨을 크게 들이마시고 앞으로 다가올 응징을 기다렸다.

"하아."

덕현이 한숨을 쉬며 인상을 찌푸렸다. 이건 뭐, 독립 투쟁하는 독립투사도 아니고 굳건한 표정으로 '죽일 테면 죽여라! 하지만 내 입에서는 어떤 말도 들을 수 없다.'를 온몸으로 말하고 있으니 기가 막혔다. 이경을 때리려고 손이라도 들었으면 덜 억울할 것이다. 덕현은 이경이 또 어떤 황당한 모습을 보여줄지 궁금했다.

적지 않은 시간이 지나고, 두 눈을 꼭 감고 다가올 덕현의 매서운 손과 발을 기다리던 이경은 바들거리며 눈꺼풀을 들었다. 한숨 소리만 들려오는 것이 이상했던 것이다. 장 치프는 이맛살을 찌푸리고 이경을 노려보고 있었다. 손에 칼만 들려 있으면 말 그대로 살인자의 포스가 철철 넘쳐흐를 것만 같은 모습이었다. 이경은 공포 속에서 다시 조용히 눈을 감았다.

도대체 이 대책 없는 1년차를 어떻게 해야 할지 덕현은 감당이 되지 않았다. 이리 보면 허술하고, 저리 보면 똘똘함이 지나쳤다. 도대체 무슨 생각을 하고 사는지 이경의 머릿속이 궁금했다. 2년차와 3년차 모두 건너뛰고 도이경만큼은 특별히 덕현이 관리하겠다고 선포한 자신의 주장을 되돌리고 싶었다. 하지만 그러기에 도이경은 참 특별하고 특이했다.

워낙에 괴짜들이 많이 모이는 신경외과라지만 이런 사고뭉치에 4차원은 역대에 없었다. 이리 사고치고, 저리 사고치고, 이리 눈치 보고, 저리 눈치 보고, 샐샐 웃으면서 뒤통수친다. 이경의 전적을 떠올린 덕현이 머리를 짚었다.

후배들에게 이 사고뭉치를 넘겨줄 수는 없었다. 1년차 때 못 잡으면 2, 3년차에는 더 잡기 힘들었다. 그가 수련을 끝내기 전에 도이경이라는 존재를 완전무결한 레지던트로 만들어야만 했다. 안되면 펠로우 과정에 들어간 후라도, 도이경은 정말로 특별 관리가 필요했다.

"도 선생, 눈 떠."

덕현이 낮게 말했다. 하지만 이경은 눈을 더욱 꼭 감았다.

"도이경 선생!"

덕현의 목소리가 한 단계 높아졌다.

이경이 울상이 되어 눈을 가늘게 떴다. 실눈을 떠도 장 치프는 참 커다랗게 보였다. 못난 이경의 망막은 장 치프의 전신을 스캔했다. 이경의 눈에는 장 치프의 손도 흉기로 보이고, 발도 흉기로 보였다.

다시 눈을 감은 이경이 크게 한숨을 쉬면서 말했다.

"그냥 눈 감고 맞으면 안 돼요?"

"뭐라고?"

"때리는 모습을 직접 보면…… 더 겁난단 말이에요."

이경이 변명하듯 더듬거리면서 말했다. 덕현은 기가 막혀서 이경을 한참 동안 바라보았다.

덕현의 지긋한 눈빛에 이경이 푹, 고개를 숙이고 한숨을 내쉬었다.

"죄송합니다. 때리세요."

이경이 순례자처럼 말했다. 덕현의 주먹을 지그시 바라보면서 물었다.

"아니면…… 그냥 제가 박을까요?"

덕현의 순치를 본 이경이 눈꼬리를 살짝 휘면서 설명을 덧붙였다.

"일부러 저 때리려면 수고스러우실 것 같아서요. 세게 박을게요. 요령은 안 부려요. 정말로요. 믿어주세요."

이경이 어깨를 으쓱하면서 덕현의 눈치를 보았다. 덕현은 어쩐
지 자신이 악당이 된 기분이었다. 자신의 눈치를 보는 이경을 보
니 입맛이 쌉싸래했다.

덕현이 지끈거리는 골을 짚으면서 이경에게 말을 건넸다.

"네가 박을래?"

"네!"

이경이 반갑게 소리쳤다. 덕현이 삐딱한 표정으로 이경에게 물
었다.

"근데 왜 박으려고 하는데?"

"네?"

"맞고 싶냐? 가학적 취미라도 있어? 한 대 맞고 싶어? 아예 한
백 대 때려줄까?"

덕현이 살벌한 표정으로 으름장을 놓았다. 이경의 눈동자가 눈
꺼풀을 따라 데구르르 동그랗게 호선을 그리며 움직였다.

'아, 젠장! 너무 갔구나.'

이경이 난색을 표했다. 이경이 웃지도 울지도 못하는 미묘한
표정을 지었다. 덕현은 아직 때릴 생각이 없어 보였다.

"아니요."

덕현의 말에 대답을 내뱉은 이경이 눈치를 보며 변명을 내뱉었
다.

"굳이 안 때리셔도 되는데……. 제 머리가 돌이거든요, 때리
면 치프 샘 손이 참 아플 것 같아요. 저야 맞아도 싸지만, 존경하
는 치프 샘의 손은 신의 손이시잖아요. 제 머리 때리다가 다치시

면 어떻게 해요."

덕현의 표정이 조금 더 삐딱해졌다. 고양이 쥐 생각하는 것도
아니고 핑계는 좋았다.

헛웃음을 뱉어야 할지 한숨을 쉬어야 할지 알 수 없는 상황 속
에서 덕현은 이경의 종아리를 발로 차보고 싶다는 강한 충동을 느
꼈다. 발로 차인 후의 이경의 반응이 참으로 궁금했다.

"그럼 발로 찰까?"

"아니요!"

역시나 이경이 즉시 대꾸했다.

"우리 치프 샘의 발은 소중하니까 그냥 저 혼자 자체적으로
벌을 받으면 안 될까요."

세상에서 알 수 없는 것이 여자라더니 도이경은 양파 같았다.
까면 깔수록 새로운 것이 계속 나왔다. 소심하지만 환자에 대한
열정이 있는 인턴으로 생각했던 작년이 참으로 그리웠다.

"도이경 선생."

"네, 치프 샘."

징벌의 강도를 듣기 위해서 이경이 눈을 반짝이면서 덕현을 응
시했다.

"때리지는 않는다."

덕현의 말에 이경의 얼굴이 화사해졌다. 덕현은 그런 이경의
얼굴을 보며 코웃음을 쳤다. 그리고 또박또박, 이경을 위한 자신
의 용단을 그녀에게 들려줬다.

"하지만 자기 환자 상태도 모르는 의사는 있을 수 없다고 생
각한다."

이경의 얼굴이 살짝 어두워졌다.

안 그래도 잠이 모자라는데 저 대마왕이 날 잡으려고 하는구나! 설마 지금 맡고 있는 환자에 대한 보고서를 작성하라고 하는 것일까? 아니면 특정 병명에 대한 세부 조사? 뭐라도 좋으니 A4 30장은 안 넘으면 좋겠는데…….

이경이 두근거리고 조마조마한 가슴으로 덕현의 입을 바라보았다.

"긴장은 하지 말고."

덕현의 말에 이경은 조금 더 불안해졌다. 애매한 표정으로 바라보고 있는데 그가 섬뜩한 표정을 지으며 입을 열었다.

"별건 아니고, 앞으로 너는 내가 관리하려고 한다. 네 선배들이 널 잘 이끌어주지 못하는 것 같아서 말이다."

"치프 샘!"

"네 선배들한테는 다 동의를 받았으니까 걱정은 하지 말고. 앞으로 잘 부탁한다."

덕현은 대마왕처럼 말했다. 새파랗게 질린 이경의 어깨를 그가 툭툭 위로하듯 두드렸다.

덕현의 하얀 웃음 뒤로 온 세상이 까맣게 보였다. 이경은 그날, 선 채로 기절한다는 것의 의미를 알게 되었다. 세상이 노랗게 변하고, 대마왕의 얼굴만 동동 떠다녔다. 신은 이경을 버렸고, 대마왕이 이경을 접수했다.

2장

깜깜한 어둠 속에서 이경은 혼자 걷고 있었다. 앞도, 뒤도, 옆도 아무것도 보이지 않는 적막 속에서 또각또각 울리는 구두 소리는 무서운 분위기를 더욱 가중시켰다. 당장 귀신이 튀어나와도 하나 이상하지 않은 분위기였다.

이경은 엄습해오는 공포 속에서 오들오들 몸을 떨었다. 어서 이 두려운 곳을 벗어나고 싶었다. 이를 덜덜 떨면서 앞만 보면서 전진했다.

걷는 것 같던 이경의 발걸음은 점점 속력을 더해갔다. 이경은 앞을 향해서 열심히 달렸다.

빛을 찾아서, 혹은 빛을 가지고 있는 사람을 찾아서!

이경은 달리고 또 달렸다. 하지만 보이는 것은 아무것도 없었다. 너무 무서웠다. 입술을 질끈 깨문 이경이 거칠게 숨을 헐떡이면서 빛과 사람을 찾아서 헤맸다.

"저기요, 누구 없어요? 아무도 없어요?"

이경은 공허한 외침을 던졌다. 이내 외침은 메아리로 돌아왔다. 마치 사방이 막힌 빈 공간에서 소리를 지른 것 같았다. 이경은 두려워서 견딜 수 없었다. 그런데 그때였다.

뚜벅뚜벅, 이경의 것보다 조금 무거운 느낌의 발소리가 들려왔다. 이경은 뛰던 걸음을 멈췄다. 발소리는 점차 가까워져 왔다. 이경이 주변을 살폈다. 무서움과 두려움도 있었지만, 동시에 낯선 공간에 혼자 아니라는 안도감도 느껴졌다.

이경은 반가운 얼굴로 발걸음의 주인공을 찾았다. 그리고 멀리서 작은 빛이 반짝이는 것을 보았다. 이경의 얼굴에 화색이 돌았다.

이경은 깜빡이는 작은 빛을 향해 달려갔다. 발걸음의 주인공이 남자든 여자든 상관없었다. 이경은 열심히 달려갔고, 빛은 조금씩 커져갔다. 그리고 그 빛 속에서 사람을 발견했다.

"저기요!"

뒤돌아선 남자에게 이경이 소리쳤다. 남자는 이경의 부름을 들었음직도 한데 움직이지 않았다.

이경은 남자를 향해 달려가면서 그를 관찰했다. 남자는 꽤 키가 컸고, 흰 가운을 입었다. 흰 가운은 병원 외에 약국이나 실험실에서도 입지만, 이경은 직감적으로 그가 동종업계 사람일지도 모른다고 생각했다. 이경은 낯선 남자가 더욱더 반갑게 느껴졌다.

"저기요, 같이 가요. 혹시 이곳이 어딘지 아세요?"

이경은 남자의 어깨에 손을 올리고 속사포처럼 질문했다. 그리고 남자는 서서히 몸을 돌렸다. 남자의 얼굴을 본 이경이 흠칫하며 몸을 떨었다. 입에 메스를 문 남자가 이경을 응시하면서 천천히 미소를 지었다. 이경을 얼굴을 보는 남자의 눈빛은 꽤 부드러웠다.

자신의 입에 물고 있는 메스를 오른손으로 옮긴 남자가 이경을 향해 입을 열었다.

"넌 이제 뒤지셨어요."

이경은 순간적으로 모든 것을 잊고 목청 높여 소리를 질렀다. 남자의 눈빛은 다정했고, 목소리는 낭창낭창 부드러웠으며, 얼굴은 꽤 수려했음에도 이경은 공포 속에서 비명을 질렀다.

"으아악! 으아악! 으아악!"

으악새도 아니고, 딱따구리도 아니면서 이경은 끊임없이 소리를 질렀다. 그리하면 누군가 이경을 이 끔찍한 상황 속에서 구해줄 것 같았다. 그리고 간절한 바람은 헛꿈이 아니었는지, 이경은 누군가 자신을 급하게 흔드는 것을 느꼈다.

"이경아, 도이경!"

이경의 눈이 번쩍 뜨였다. 그러자 룸메이트인 지은과 혜선이 보였다.

지은이 도대체 왜 그러냐며 타박했지만 이경에게 중요한 것은 그게 아니었다. 뭐, 이런 거지 깽깽이 같은 꿈을 다 꾸는지…….

침대에서 일어난 이경이 가슴을 부여잡고 가쁜 숨을 쉬었다. 그 후 놀란 눈으로 자신을 바라보는 이들을 향해 떨리는 목소리로 말했다.

"나 꿈에서 대마왕 봤다."

짧은 문장 하나로 이경이 비명을 지른 이유와 그녀의 얼굴이 사색이 된 이유, 모든 것을 다 설명할 수 있었다.

방금 전공의 숙소에 도착한 지은은 측은지심으로 이경에게 애도를 표했고, 자다가 날벼락을 맞은 혜선은 더 이상 이경을 타박할 수 없었다. 심심한 조의로 이경의 어깨만 토닥거렸다. 신경외과 도이경이 대마왕 장 치프에게 찍혔다는 이야기는 이미 온 병원에 짜한지라 제아무리 잠 모자란 레지던트 1년차 혜선이라 해도 이경을 구박할 수 없었다.

"팔자려니 해라."

혜선이 초롱초롱한 눈동자 가득 이경에 대한 동정을 담아서 말했다. 인상을 일그러뜨린 이경이 매섭게 혜선의 손을 내리쳤다.

"말을 해도……."

"아우, 아파라. 야! 적반하장도 유분수지! 자다 깬 사람도 가만히 있는데, 어쩌자고 자는 사람 깨운 네가 날 때려!"

발끈한 혜선을 다독거린 지은이 나지막한 목소리로 이경에게 물었다.

"근데 대마왕이 꿈에 나타나서 어쨌기에?"

투덜대던 혜선도 냉큼 이경의 코앞에 얼굴을 들이밀었다.

"그러게. 대마왕판 나이트메어라도 꿨어? 왜, 그거 있잖아. 꿈에서 프레디가 사람을 죽이면 현실에서도 그 사람이 죽어 있다는 옛날 영화."

혜선이 오싹한 듯 몸을 떨었다. 대마왕이 드디어 영화계에 진출했다며 종알거리는 혜선의 등을 가볍게 때린 지은이 은근한 목소리로 반대 의견을 늘어놓았다.

"대마왕이 영화계에 진출했는데 왜 B급 공포영화야? 대마왕 정도의 인물과 몸매라면 당연히 에로지!"

지은과 혜선은 '뒤에서는 나라님 욕도 한다.'는 옛말을 충실히 따랐다. 장 치프의 상대는 여자도 되고 남자도 되었다. 그는 덮치기도 하고, 덮쳐지기도 했다. 점점 수위를 높여가는 두 사람의 망상을 듣고 있던 이경의 얼굴에 썩은 미소가 떠올랐다.

"둘 다 아니거든?"

두 사람의 대화에 초를 친 이경이 지친 얼굴로 자신의 꿈을 설명했다.

입에 메스를 물고 '넌 이제 뒤지셨어요.'라고 말했다는 대목에서 지은과 혜선을 배를 잡고 뒹굴었다. 둘의 웃음소리가 커질수록 이경의 짜증스러움도 한층 단계를 더했다.

"이게 다 대마왕 때문이야. 나쁜 놈!"

이경이 심통 맞은 목소리를 내뱉었다.

특별 관리를 하겠다고 나선 이후부터 장덕현은 정말로 이경을 집중 관리했다. 병동이나 이경이 내린 오더를 직접 체크하고 확인하는 것은 아니지만, 응급실 콜이나 수술실에 들어갈 일이 생기면 반드시 이경을 불러들였다. 그러고는 환자의 현재 상태나 치료 방법에 대해서 이경에게 쉴 새 없이 질문했다. 묻고, 묻고, 또 묻고. 24시간 컨퍼런스를 하는 듯 머리가 빙글빙글 돌 지경이다.

요 근래의 상황을 떠올리는 것만으로도 정신이 멍해진 이경이 침대에 얼굴을 묻었다.

"차라리 코마(coma, 혼수상태)에 빠지고 싶다."

이불에 얼굴을 묻은 이경이 웅얼거렸다. 지은과 혜선은 마른입술만 축였다. 뭐라고 위로를 해주고 싶었지만 전혀 소용없을 것임을 알고 있기에 입을 다물었다.

"나쁜 놈!"

이경이 불퉁한 목소리로 소리치면서 고개를 들었다.

"내일모레 차트검사는 또 어떻게 하냐."

공고는 못 본 것 같은데……. 태산 같은 걱정 속에서 울먹거리는 이경을 보며 지은과 혜선이 고개를 갸웃거렸다. 그녀들은 이경과 달리 정형외과 소속이다 보니 아무래도 신경외과 소식에는 다소 느린 감이 있었다.

"괜찮아, 괜찮아. 설마 차트검사라는데 널 잡을까. 대마왕도 미비차트 채워 넣으려면 바쁠 거야."

지은이 이경을 위로했다. 일일이 환자들의 Lab을 확인하고, 랩지와 프로그래스 노트를 작성하는 것도 보통 일이 아니었다. 대마왕도 인간인데 설마 미비차트 하나 없을까. 입원노트부터 프로그래스 노트, 랩지, 오더지, 결과지, 외래노트를 모두 채워 넣으려면 제아무리 대마왕이라고 해도 정신이 없을 것이 분명했다.

이경은 지은의 위로에 더욱더 울상이 되었다.

"나만이야."

"응?"

"신경외과 전부 다 차트검사 하는 게 아니라 대마왕 감독하에 나만 한다고."

지은과 혜선의 얼굴에 경악이 서렸다.

"정말?"

지은과 혜선이 동시에 소리쳤다. 이경은 울상이 된 얼굴로 고개를 끄덕였다. 다른 레지던트들에 비해 이경의 미비차트가 유난히 많아 보인다며 주말을 맞이해서 열심히 노력하라고 하얗게 웃던 대마왕의 얼굴이 떠올랐다.

이놈의 안구에는 왜 자꾸 습기가 차는지……. 눈가를 거칠게 닦아내는 이경을 보며 지은이 한숨을 쉬었고, 반쯤 졸면서 이경을 위로하던 혜선은 잠이 확 깬 얼굴로 이경을 바라보았다.

"너, 이제 정말로 뒤지셨구나."

지은과 혜선은 이경의 꿈속에서 대마왕이 중얼거렸다는 말을 질린 얼굴로 되뇌었다.

꿈자리가 사나워서 그런지 하루 종일 컨디션이 엉망이었다. 피곤하고 피로하다. 이경이 뻐근한 목을 좌우로 돌렸다. 하지만 그 와중에도 손은 신들린 듯이 움직였다.

빠진 부분은 도대체 왜 이리도 많은 것인지, 미비차트를 채워 넣는 것 개학 하루 전날 모든 방학숙제를 몰아서 하는 느낌이었다. 차라리 은광이와 토순이를 15분 안 보고 차트정리를 할 걸…… 회까지 몰려들었다.

토순이에 대한 애정이 식은 것은 아니었지만, 해도 해도 끝이 보이지 않는 차트정리는 정말 딱 죽을 맛이었다. 그런데 그때였다.

따르릉, 전화벨이 울렸다. 응급실 노티였다.

"ER인데요, 뇌교출혈(pontine hemorrhage)입니다."

환자의 폰스(pons, 뇌교)에 실지렁이 같은 경미한 뇌출혈이 보이니 어서 내려오라는 명령 아닌 명령을 듣고 있던 이경의 얼굴이 잔뜩 일그러졌다. 규정상 안 내려갈 수는 없고, 그렇다고 내려가자니 입맛이 썼다. 대마왕에게 단독 차트검사를 맡는다는 이유로

받게 된 동정을 핑계로 담당 환자까지 죄다 동기들에게 부탁하고 차트검사에 몰입하고 있는데 이 판국에 응급실까지 내려가자니 눈앞이 아찔했다.

하지만 오늘 의국에 노는 손은 이경 단 하나였다. 그녀가 입을 씰룩거리면서 내키지 않는 걸음을 위해서 몸을 일으켰을 때였다.

삐그덕. 소리와 함께 문이 열렸다. 2년차 재웅이었다.

"선배!"

의국 1년 선배인 재웅은 이경의 대학 1년 선배이기도 하고, 동시에 동아리 1년 선배이기도 했다. 재웅이 이경의 유난스레 반가운 반응에 움찔하며 몸을 뒤로 뺐다.

"왜?"

"에이, 우리 사이에."

다시 나가려고 하는 재웅에게 냉큼 다가간 이경이 그의 어깨를 털며 먼지를 터는 척했다. 방긋방긋 웃음을 보이는 이경의 모습이 심히 수상쩍었다.

"물론 알고 있겠지만, 네가 아무리 그래도 미비차트 못 도와준다."

"미비 아니거든? 선배는 어째 사람의 순수한 호의를 그렇게 모냐?"

"인간불신이라 그래. 정확하게는 도이경 불신! 난 너에게 순수한 호의라는 것이 있다는 것을 안 믿거든."

재웅이 이경에게 떨떠름한 표정을 지어 보였다. 도이경과 박지은, 그리고 하혜선! 잔머리의 세트 상품들에게 들들 볶이면서 호구 취급당했던 지난날을 떠올리니 그는 회한과 서글픔이 스쳤다.

재웅의 노골적 경계에 이경이 입을 삐죽이며 항변했다.

"선배 너무하다."

"너무하긴? 넌 내가 선주랑 결혼만 안 했어도 그날로 지옥 시작이었어. 치프 샘이 아니라 내가 널 피 말려 죽였을 거다."

선배가 선주와 결혼을 하지 않았다면 선배가 있는 신경외과에는 결코 오지 않았을 것이라며 이경이 중얼거렸다. 이경을 보며 혀를 찬 재웅이 가볍게 그녀의 이마를 때리며 입을 열었다.

"잘났다. 그래, 너 잘났어. 그런데 무슨 일인데?"

"응급실에서 노티 왔어."

"근데?"

"선배가 가라고."

"인마, 너한테 온 노티잖아."

"아니지. 정확하게는 신경외과 의국에 온 노티지."

이경이 검지를 좌우로 흔들면서 말하다, 재웅이 갈 생각이 전혀 없어 보이자 잠시 고개를 돌려 침을 눈가에 문질렀다. 그녀가 최대한 불쌍한 얼굴을 하며 재웅에게 매달렸다.

"더럽게!"

"내가 이렇게 더러워지면서까지 사정하잖아. 나 진짜 응급실 내려갈 시간 없어. 미비차트가 산더미란 말이야. 내 환자도 감당이 안 돼서 애들한테 부탁했는데 응급실에 가면 어쩌냐. 그러니까 이번만 선배가 좀 해주라. 응?"

이경이 재웅의 팔을 잡고 조르듯 좌우로 흔들었다.

재웅이 책상 위에 산더미처럼 쌓인 이경의 미비차트를 바라보았다. 확실히 양이 많기는 많아 보였다. 석 달 나흘 밤을 새워도 모자라 보였다. 이경이 장 치프에게 찍혔다는 이야기에 교수님들마저 알게 모르게 봐주고 있는데, 꽤 친한 사이인 재웅이 이경의 부탁을 거절하기는 어려워 보였다.

"으이그, 이 웬수야!"

인생에 결코 도움이 안 되는 이경에게 재웅이 진심과 농담을 반쯤 섞어서 구박했다.

"이번만이다?"

"정말? 만세! 선배, 사랑해!"

수락을 내린 재웅 앞에 이경이 두 손을 번쩍 들고 만세를 부르며 오두방정을 떨었다. 방방 뛰던 이경이 재웅의 등을 떠밀었다.

"뇌교출혈 환자래. 인턴 이야기를 듣자니 경미한 편이라고는 하는데 자세한 건 선배가 직접 내려가서 브레인 CT 확인해봐. 내가 선배를 위해 친히 문을 열어주지! 어서 가!"

이경이 화사하게 웃는 얼굴로 문고리를 잡고 기운차게 잡아당겼을 때였다.

"동작 그만."

"으악!"

문을 열자마자 보이는 덕현의 얼굴에 놀란 것인지, 아니면 멈추라는 덕현의 목소리에 놀란 것인지는 명확하지 않았지만, 이경과 재웅은 거의 동시에 자지러지는 비명을 질렀다.

대마왕 장 치프가 닫힌 의국 문 앞에 서 있었다. 딱딱한 얼굴의 덕현이 싸늘한 목소리를 흘렸다.

"내가 문제인지 니들이 문제인지 난 개념이 안 잡힌다. 요즘에는 1년차가 2년차를 부려먹나 보지?"

순식간에 이경과 재웅의 얼굴이 새파랗다 못해 새하얗게 탈색되었다. 덕현은 빙그르르 돌리던 자신의 펜으로 이경과 재웅의 머리를 공평하게 한 대씩 때리면서 말을 시작했다.

"석재웅, 넌 시간이 넘쳐나? 1년차가 받은 노티도 대신 뛰어주게?"

얼굴을 잔뜩 일그러뜨린 재웅이 고개를 숙였다.

"그리고 도이경!"

잔소리를 하기 전부터 죽을죄를 지었다는 표정으로 땅바닥만 보고 있는 이경을 보며 덕현이 한숨을 내쉬었다.

사고뭉치에 애물단지, 뺀질이!

도대체 이 후배를 어떤 단어로 정의 내려야 할지 골치가 아팠다. 어디에서부터 손을 보고, 어디에서부터 고쳐 나가야 할지 참 두루두루 머리 아팠다.

연거푸 한숨을 내쉰 덕현이 시간을 확인했다. 한 5분 정도 서서 그들의 대화를 들었던 것 같은데, 노티가 언제 들어왔는지가 문제였다.

노티가 들어오고 30분이 지나도 레지던트들이 내려오지 않으면 자동적으로 교수님들에게 노티가 올라간다. 그리고 교수님들에게 노티가 올라가면 대형사고가 터진다. 신경외과 치프로서 그것만은 막아야 했다.

"노티 언제 들어왔어?"

"방금이요."

"그럼 일단 석재웅 선생이 가봐. 그리고 도이경 선생은, 나와 이야기 좀 하지."

덕현이 부글거리는 속내를 억누르면서 말했다. 부리나케 도망가는 석재웅을 부러운 눈길로 바라보는 이경을 보자니 속에서는 천불이 났다.

"넌 의대 왜 왔냐?"

"네?"

숨을 크게 들이마신 덕현은 눈을 동그랗게 뜨고 반문하는 이경에게 독설을 퍼부었다.

"의사가 차트만 적는 사람이야? 네가 의무기록사야? 의사가 환자를 봐야지! 너무 바쁜 나머지 환자가 감당이 안 돼서 애들한테 넘겨? 응급실에는 시간이 없어서 못 간다고? 네가 의사야?"

드물게 화가 난 덕현이 큰 목소리로 호통을 쳤다.

"넌 도대체 의사가 뭐 하는 사람이라고 생각하는 거냐? 네가 할 일은 차트를 적는 게 아니라 사람을 고치는 것이야. 넌 차라리 나한테 혼나는 길을 택했어야 했다. 왜? 너는 의사니까. 너한테는 수많은 환자들 중에 하나겠지만, 네 환자들에게 너는 유일한 의사다. 네게 주어진 의무는 환자를 고치는 것, 단 하나밖에 없어!"

불같이 화를 내는 덕현을 보며 이경이 질끈 입술을 깨물었다. 나름대로의 힘겨움이 있었기에 다소 억울한 감도 있었지만 지금 이경이 느끼고 있는 감정은 무엇보다 부끄러움이 가장 컸다. 당장 발등의 불부터 끄고자 죄책감 없이 저지른 잘못이 말 그대로 최악의 실수가 되었다.

"죄송합니다."

"왜 죄송한데? 도이경! 넌 나한테 죄송할 게 아니라, 환자들한테 죄송해야 해. 알아? 의사 자격도 없는 사람이 흰 가운을 입었다는 데 죄송해야 한다고."

"죄송합니다."

눈을 질끈 감은 이경의 눈시울이 뜨겁게 느껴진다.

이경을 보며 크게 숨을 몰아쉰 덕현은 한참 동안 말이 없었다. 덕현은 정적 속에서 아직 어린 후배 의사를 바라보았다. 상황은 이해를 한다. 그 자신도 그랬으니까. 레지던트 1년차의 살인적 업무는 모든 것을 던져놓고 차라리 도망이라도 치고 싶을 정도이다. 안 그래도 힘든 신경외과인데 자신까지 한몫 보탰으니 오죽할까. 하지만 그래도 이것은 아니었다.

덕현이 무엇인가 결심한 듯 단호한 태도로 입을 열었다.

"너 쉬어라."

고개 숙인 이경의 눈에 잠시 혼란이 깃들었다. 하지만 덕현은 차가운 표정으로 무미건조하게 말을 이었다.

"의사 노릇 하기 싫은 모양인데, 아주 푹 쉬어라. 너 같은 게 의사라고 설치면 그거야말로 의사 망신이야. 레지던트 그만둬라. 도이경 선생 너 자고 싶은 대로 자고, 너 하고 싶은 대로 해. TV도 보고 싶은 만큼 봐. 눈치 안 보고 좋네."

"치프 샘!"

아무리 잘못하기는 했지만, 그래도 덕현의 말은 너무 심했다. 하루에 잠을 두세 시간 자면서도 꿋꿋하게 버텨온 레지던트 생활이다. 신경외과를 택할 때 첫사랑에 대한 사심이 없었다고는 말할 수 없지만, 신경외과에 대한 매력과 관심, 의사로서의 사명감과 환자에 대한 열정이 전혀 없었다면 아무리 사심이 있다고 해도 신경외과를 택하지 않았을 것이다.

52

이경은 의사라는 직업이 좋고, 소속된 신경외과가 좋다. 손짓 하나로 사람을 살릴 때 느껴지는 보람이 있고, 항상 역동적으로 움직이는 대한병원 신경외과가 좋다. 자신의 진심마저 거부하는 덕현을 보며 이경은 두 주먹에 힘을 주었다. 꽉 잡은 두 손에 손톱 자국이 깊이 새겨졌다.

이경이 덕현에게 고개를 숙이며 애원하듯 말했다.

"잘못했습니다. 앞으로 열심히 하겠습니다. 그 말씀은 거둬주 세요."

"내가 왜?"

"치프 샘!"

"치프 샘이라고 부르지도 마. 레지던트도 그만둘 사람이 왜 나더러 치프라고 불러?"

덕현의 빈정거림을 들은 이경은 울지 말아야 하는데 자꾸만 눈 물이 나와서, 눈물이 시야를 막고 목청을 막았다. 그녀가 억지로 말을 토하듯이 뱉어냈다.

"전 의사고, 그건 치프 샘이 뭐라고 하셔도 변하지 않습니다. 전 신경외과 레지던트입니다."

울음기 섞인 목소리가 또박또박 의사를 표현했다. 덕현은 코웃 음을 쳤다.

"그건 네 희망사항이고. 어느 의사가 환자 버려두고 차트만 적고 있냐? 넌 의사 될 자격이 없어. 개나 소나 원하면 다 의사가 되는 줄 알아? 면허만 있다고 다 같은 의사야? 넌 네가 자격이 있 다고 생각해?"

덕현의 독설에 억지로 울음을 삼키면서 꾹꾹 참고 있던 이경의 눈에서는 결국 눈물이 떨어졌다.

"도이경 선생, 내가 널 때렸어? 아니면 욕을 했어? 왜 울어? 울면 다 해결돼?"

덕현은 이경의 눈물을 보며 조소했다.

그리고 싸늘한 말에 이경이 어금니를 꽉 물었다. 울면 안 된다는 것은 아는데 자꾸만 눈물이 나온다. 그녀가 팔을 들어 거칠게 눈가를 문질렀다.

꺽꺽, 애써 울음을 삼키면서 이경을 보며 덕현이 숨을 낮게 토했다. 잔뜩 인상을 쓴 이맛살에 빗금이 두어 개 줄었다.

"넌 오늘부터 환자 보는 것 금지다. 응급실 콜도 받지 마. 신경외과 의국도 출입금지야. 네 멋대로 한번 해봐."

싸늘하게 말을 내뱉은 덕현이 몸을 돌렸다.

주변에는 소란을 듣고 모여든 사람들이 꽤 많았다. 의국 밖에서 떠든 덕분에 복도의 다른 전공의 의국원들과 간호사, 의국비서들까지 모두 다 그들의 이야기를 들었다. 몇몇 신입 레지던트들은 경악 속에 입을 벌리고 있기까지 했다.

덕현이 몸을 돌리자 사람들은 모세의 기적처럼 갈라졌다. 몇몇 낯익은 의국원들에게 눈을 부라린 덕현은 뒤에서 우는 이경을 버려두고 무심히 몸을 돌려 사라졌다.

이경은 덕현이 가고 난 후에도 한참 동안 서서 눈물을 떨어뜨렸다.

이경은 동료 레지던트들의 손에 이끌려 인적 드문 정원 휴게실에 자리를 잡았다. 하지만 이동하는 동안에도 쉼 없이 눈물을 흘렸고, 끊임없이 후회하고 자책했다.

혜선은 슬피 우는 이경을 보며 안타깝게 중얼거렸다.

"네 꿈이 예지몽이었구나."

지은이 눈치 없이 중얼거리는 혜선의 옆구리를 찔렀다. 불난 집에 부채질하는 것도 아니고……

신경외과에서 난리 났다는 이야기를 듣고 부랴부랴 달려왔더니 이미 이경은 당할 대로 당해서 녹다운이 되어 있었다. 이제는 겨우 눈물을 거둔 듯했지만 여전히 두 눈이 퉁퉁 부은 모습은 안쓰럽기 그지없었다.

"인마, 그러니까 요령도 적당히 부렸어야지."

벽에 몸을 기댄 석민이 이경을 보며 불퉁한 표정으로 혀를 찼다.

"형!"

이경이 혼난 것이 마치 자신의 잘못인 것 같아 안절부절못하던 재웅이 석민을 향해 소리를 질렀다. 어디 감히 선배한테 소리를 지르느냐며 티격태격거리는 두 사람을 보며 지은이 혀를 찼다.

한숨을 내쉰 지은은 다시 이경에게 시선을 돌렸다. 주저앉은 이경은 기가 다 빠진 모습이었다. 어지간히 당한 모양이었다. 이럴 줄 알았으면 억지로라도 정형외과에 같이 끌고 갈 것을 그랬나, 한숨이 절로 나왔다. 정형외과도 그리 녹록한 곳은 아니지만 그래도 바늘 하나 들어가지 않는 치프가 버티고 있는 신경외과보다는 나을지도 모르겠다.

"너희 치프 샘도 참. 빡빡한 것은 알고 있었지만 진짜 너무하다. 죽을죄를 지은 것도 아니고 한 번쯤 눈감아주면 어디가 덧나서."

지은이 이경의 등을 가볍게 토닥였다. 이경이 잘못한 것은 알고 있었지만 그래도 이리 눈물 흘리는 모습을 보니 안쓰러워지는 것은 어쩔 수 없었다.

그때였다.

"진심이야?"

지은의 말에 석민이 정색하고 나섰다. 재웅과 툭탁거리던 행동을 멈추고 석민은 뚫어져라 지은을 노려보듯 바라보았다.

"뭐가요?"

"치프 샘이 너무하다는 말, 너 지금 진심으로 하는 이야기야? 어이없네."

"무슨 뜻이에요?"

"말하는 게 웃겨서 그래. 말은 바로 하자. 잘못한 사람이 누군데 누구한테 너무하대?"

석민이 거칠게 머리를 쓸어 올리면서 말했다.

"뻔뻔한 건지, 아니면 생각이 없는 건지."

거친 말투에 재웅은 비명처럼 석민의 이름을 부르고 나섰고, 지은은 전투태세가 되었다.

"선배, 말이 많이 심하네요."

"내 말이 심하냐? 아니면 다른 것도 아니고 차트 정리한다고 요령 부리다가 혼난 애 감싸고도는 니들이 심하냐? 입을 안 떼려고 했는데 안 뗄 수가 없게 만드네."

"형, 그러지 마요. 또 왜 그러는데!"

석민의 팔을 붙들고 늘어지는 재웅을 단호하게 쳐낸 석민이 싸늘한 목소리로 일갈하고 나섰다.

"도이경, 네가 직접 말해봐. 환자를 두고 차트 정리하는 게 맞는 거냐? 응급실 콜이 왔는데? 물론 네 상황은 알아. 잠잘 시간도 없는데 시키는 건 더럽게 많고, 그 와중에 치프 샘한테까지 찍혔으니 어려울까? 네 살 길 찾는 거 이해는 한다. 뇌교출혈이라고는 하지만 경미하다고 하니 크게 급해 보이지도 않고. 알아, 이해는 해. 하지만 동의는 못하겠다. 공감도 못하겠어. 아무리 힘들다고 해도 노티 거부는 아니야."

"노티 거부라니요. 부탁한 거잖아요."

고개 숙인 이경은 말이 없었다. 대신 지은이 이경을 거들고 나섰다.

"그렇잖아요. 피차 힘들고 빡빡한 게 레지던트 생활이니까 서로 돕자는 거지. 그렇게 따지면 석민 선배는 남한테 당직 부탁해 본 적 한 번도 없어요? 아니잖아요. 병원 일 힘든 것 모두가 알고 있고, 과부 사정 홀아비가 안다고 레지던트 사정은 레지던트가 아니까 서로서로 돕자는 거잖아요. 그리고 차트검사도 그래요. 왜 그걸 이경이만 해요? 신경외과 진짜 이상하네."

"뭐라고? 너 말 다 했어?"

"아니요, 아직 많이 남았어요. 3박 4일은 더 필요해요. 계속할까요?"

석민과 지은이 팽팽하게 부딪쳤다. 하늘 같은 3년차라지만 같은 정형외과 선배도 아니고, 병원 선배로 있었던 시간보다 대학 선배이자 동아리 선배로 벽 없이 지냈던 시간이 더 길었던 지은은 석민의 불퉁한 말에 맞불을 놓았다.

"됐어, 그만해. 선배도 그만해요."

이경이 지친 목소리로 둘을 말렸다. 안 그래도 머리가 지끈거리는데 골칫덩어리, 고민덩어리를 하나 더 추가하고 싶은 생각은 추호도 없었다.

가슴이 먹먹하고 답답했다. 처음에는 덕현이 야속했고, 조금 지나고 나니 자신의 행동에 대한 후회가 밀려왔다. 의사로서의 본분, 의사라는 직업이 가진 의미, 어쩌면 이경은 바쁜 일상에 쫓겨 처음 의대에 진학하려고 마음먹었을 때의 초심을, 처음 의사가 되어 히포크라테스 선서를 할 때의 초심을 잃어버렸는지도 모르겠다.

하늘을 보며 한숨을 내쉬던 이경이 조용히, 자신 평생에 결코 잊을 수 없는 선서문을 나직이 중얼거렸다.

"이제 의업에 종사할 허락을 받음에 나의 생애를 인류 봉사에 바칠 것을 엄숙히 서약하노라. 나의 은사에 대하여 존경과 감사를 드리겠노라. 나의 양심과 품위를 가지고 의술을 베풀겠노라. 나는 환자의 건강과 생명을 첫째로 생각하겠노라."

한 단어, 한 단어 되뇔 때마다 자꾸만 눈물이 나왔다. 누구보다 훌륭한 의사가 되고 싶었기 때문에 누구보다 열심히 달려왔다고 생각했는데, 대체 어디에서부터 망가졌는지 이경은 알 수가 없었다.

"정형외과면 정형외과 일에만 신경 써! 주제넘게 신경외과까지…… 어? 이경아."

이경의 말림에도 불구하고 지은과 드잡이 직전까지 갔던 석민이 멈칫하며 이경을 불렀다. 시근덕대며 석민을 노려보던 지은도 이경을 바라보았다. 혜선과 재웅은 어찌할 바를 모르고 이경의 주변에서 발을 동동 굴렀다.

"나 울면 안 되는데 자꾸 눈물이 나와. 어쩌지? 내가 너무 많이 잘못해서, 정말로 의사가 못되면 어쩌나 싶어서, 나 어째? 그냥 레지던트 그만둘까? 나 같은 것이 의사가 되면 아주 큰 잘못을 하는 것 같아서……."

자신을 부르는 목소리에 고개를 든 이경의 눈동자가 쉼 없이 흔들렸다.

말간 눈물이 자꾸만 떨어졌다. 사회생활에서 우는 여자 따위, 경멸받아 마땅하는 것은 알고 있지만 그래도 자꾸만 눈물이 나왔다. 운다고 해결되는 것은 아무것도 없는데……. 이대로 정말 신경외과에서 쫓겨나면 어쩌나, 의사가 못되면 어쩌나 하는 생각이 들었다.

물론 레지던트를 포기하고 다른 병원이나 다른 전공으로 다시 레지던트를 이수하는 방법도 있기는 하지만 그러고 싶지는 않았다.

이경은 대한병원 신경외과가 좋았다. 1분, 1초, 피 마르는 현장감이 좋았다. 의료사고의 위험부담도 크지만, 그녀의 손짓 하나로 사람을 살리고 그에게 새로운 생명을 줄 수 있는 이곳이 너무 좋았다.

우는 이경을 보며 모두가 침묵했다. 한숨을 내쉰 석민이 머리를 긁적이며 입을 열었다.

"인마, 왜 그런 말을 해. 괜찮을 거야."

석민이 서툰 위로를 건넸지만, 이경의 눈에서는 여전히 좌절과 고통이 넘실댔다. 잠시 하늘을 바라보며 한숨을 내쉰 석민이 입맛을 다시며 다시 입을 열었다.

"그거 겁준 거야. 진짜야. 날 보낸 것도 치프 샘인데 널 쫓아
낼 생각이면 안 그랬지. 안 그러면 이 바쁜 시간에 우리가 어떻게
빠져나오냐. 물론 치프 샘이 화는 났어. 났는데, 그래도 쫓아낼 생
각은 없어. 원래 연차마다 군기 잡는다고 뺀질거리는 녀석들 한
놈씩 잡아서 들들 볶는 것은 연례행사……."

"석민 형!"

재웅이 다급하게 석민의 이름을 외쳤다.

우는 이경의 모습을 달래려고 한 것뿐인데, 당황한 나머지 신
경외과의 내부사정을 다 풀어놓았다. 석민은 아차 싶어서 입을 가
렸고, 재웅은 한 손으로 얼굴을 덮었다.

울던 이경이 멍한 눈으로 그들을 바라보았다. 지은과 혜선도
얼굴을 찡그리며 그들을 바라보았다.

"석민 선배? 재웅 선배?"

이경이 석민과 재웅을 번갈아 불렀다.

"원래 연차마다 하나씩 잡아요? 군기 때문에?"

석민과 재웅은 이경의 눈을 피하며 연신 먼 산만 바라보았다.
물기 가득한 코맹맹이 소리에 가슴이 타들어갔다. 도망이라도 가
려고 눈을 두룩두룩 굴리는데 지은과 혜선이 발 빠르게 출구를 차
단했다.

"선배, 그런 거면 나 다시 병원 들어가도 되는 거예요? 의사
안 그만둬도 돼요?"

펑펑 울어서 눈두덩이 벌겋게 부어오른 이경을 보며 석민과 재
웅은 자신도 모르게 신음성을 흘렸다.

"치프 샘 성격이 좀 더럽기는 하지만 그래도 아무나 잡는 것은 아니야. 너한테 기대를 많이 해서 그래. 기대를 많이 했는데도 네가 자꾸 요령을 부리면서 도망 다니니까 더 역효과가 일어난 거야. 그러니까 근성을 보여봐! 열심히 하겠다는."

일단 입을 놀린 후인지라, 자신들의 잘못을 덮기 위해서라도 석민과 재웅은 아낌없이 조언했다.

그리고 이경은 석민과 재웅의 적극적 지지와 조언을 기반으로 일어났다. 반성도 많이 했고, 후회도 많이 했다. 이제는 초심으로 돌아가서 좋은 의사가 되고 싶었다.

고개를 쏙 내민 이경이 신중한 눈으로 좌우를 살폈다. 응급실 간호사 정은과 눈이 마주쳤다. 정은이 이경을 보며 살래살래 고개를 흔들었다. 덕현이 없다는 뜻이었다.

열심히 노력하는 도이경이 되기 위한 첫 번째가 대마왕 덕현을 피하는 것이라는 것이 아이러니하기는 하지만, 일단 그는 피하고 봐야 했다.

"정말 없어요?"

"없어요. 아까 교수님 호출받고 위층 올라갔어요."

암호문과 같은 대화가 오가고, 이경이 냉큼 튀어나와 병실로 들어갔다.

평소보다 조금 늦은 시간에 환자의 상태를 체크하러 온 것이 멋쩍은 듯 이경이 배시시 웃으며 인사를 건넸다.

"좋은 아침입니다."

꾸벅 인사를 건넨 이경이 고개를 들었다. 잠에 취한 환자들과 보호자들의 얼굴이 보였다. 고작 몇 시간인데 왜 이렇게 반갑고 그리웠는지 모르겠다. 입원환자들의 얼굴을 보자 그들의 이름과 나이, 진단명과 수술명, 주의사항들이 주르륵 떠올랐다.

"은지야, 안녕? 잘 잤니?"

이경의 눈앞에 있는, 8살 꼬마 숙녀는 두정엽에 뇌종양이 생겨서 지난주 금요일에 머리를 열고 종양제거수술을 했다. 우측 편마비를 증상으로 해서 내원했는데 다행히 빠른 수술로 인해 후유증은 경미했다. 덕분에 꼬마 숙녀는 하루빨리 퇴원해서 학교 친구들과 함께 뛰어놀 수 있기를 손꼽아 기다리고 있다.

"네."

작게 고개를 끄덕이는 아이에게 이경이 옅은 웃음을 지었다. 어제 응급실에 도착한 환자가 이 은지 같은 아이였다면 나는 정말 못할 짓을 했구나 하는 생각이 떠올랐다. 바빠서 그랬다는 말은 변명이 되지 않았다. 병원까지 오는 일분일초가 아깝고 아쉬웠을 텐데 노티를 받고 어물댔던 스스로가 부끄러웠다.

"몸은 어때? 머리는 괜찮아? 아프거나 어지럽지는 않아?"

"네."

"그러면 손을 쥐었다가 펴보자. 잼잼 알지? 잼잼 해보자."

아이가 손을 오므렸다 펴기를 반복다. 문제가 있는 것은 오른쪽, 정상은 왼쪽이었다. 반응속도를 비교하니 양손이 비슷해 보였다. 차트에 아이의 현재 증상에 대해서 체크한 이경이 다시 질문했다.

"은지야, 그러면 손뼉을 쳐봐. 337박수 알지? 짝짝짝, 짝짝짝 짝짝짝짝짝짝짝. 한번 쳐보자."

차트를 옆구리에 낀 그녀가 먼저 시범을 보이고, 아이가 따라 했다. 이미 수차례 시켰던 손장난이라서 그런지 아이는 꽤 능숙해 보였다.

동작의 유연성과 반응속도도 정상이었고, 두피의 절제 부분도 잘 아물어가고 있었다. 환부에는 이제 딱지가 생겼다. 이대로만 아물면 좋을 것 같다는 작은 소망을 품고 드레싱을 했다. 그런데 조심스럽게 한다고 했는데도 영 아픈지 종알종알 떠들던 꼬마 숙녀의 이마에 빗금이 그어졌다.

"아파?"

"아파도 참아야 해요. 그래야 학교에 가서 선생님도 만나고 친구들도 만나지. 의사 선생님인데 선생님은 그것도 몰라요?"

잔뜩 인상을 찌푸린 은지의 반응에 이경도 함께 인상을 쓰고 물었지만 은지는 도리어 어른스럽게 이경을 타박했다. 은지 엄마와 이경이 동시에 쓴웃음을 지었다.

가끔 느끼는 것이지만 아픈 아이들은 언제나 지나치게 빨리 철이 든다. 그리고 일찍 철든 아이는 어른들의 가슴을 아프게 한다.

"그러게, 선생님이 바본가 보다. 그치?"

눈동자를 데룩데룩 굴리던 은지가 휙휙 고개를 저었다.

"모를 수도 있지. 어른이라고 모든 것을 다 아는 것은 아니래요. 하지만 선생님은 의사 선생님이니까 이제부터는 꼭 기억해야 해요."

어른스럽게 이경을 타이르는 은지가 우습고 가여웠다. 그리고 씩씩하게 행동해줘서 고마웠다.

은지에게 고맙다고 인사한 이경이 몸을 일으켜 은지의 모친과
눈을 마주쳤다. 아이에게 직접 묻고 확인해야 할 부분이 있고, 보
호자에게 묻고 확인해야 할 부분이 있었다. 아이의 언어나 활동,
걸음걸이에 혹시 이상이 있지는 않은지 묻고 그녀의 답변을 차트
에 기입하려던 찰나였다.

"그런데 선생님, 이제 괜찮으신가 봐요."

"네?"

뜬금없는 말에 이경의 펜이 멈췄다. 번쩍 고개를 든 이경이 눈
을 동그랗게 뜨고 은지 엄마를 바라보았다.

"아뇨, 어젯밤에 굉장히 잘생긴 남자 선생님 한 분이 오셔서
선생님은 갑자기 일이 있어서 못 올 수도 있다고 하셨거든요. 당
분간 못 오실 것 같다고, 그래서 조금 늦더라도 그분이 직접 오실
수도 있다고……."

이경의 반응이 심상치 않다고 느낀 것인지 은지 엄마가 말끝을
흐렸다.

이경은 자신도 모르게 눈을 감았다. 누군지 딱 감이 왔다. 굉장
히 잘생긴 남자 선생님, 그리고 이경이 오지 않을 것이라고 말할
사람이라면 딱 한 명이었다. 쓸데없이 부지런하기까지 한 성격 진
짜 나쁜 사람!

이경이 잘못한 것은 잘못한 것이지만, 덕현의 성격도 참 좋지
는 않다. 게다가 남의 환자한테 이경이 이제 환자를 못 본다고 통
고까지 하다니 참 끝내주는 책임감이다 싶었다.

"예, 갑자기 일이 있었는데 또 오늘은 괜찮아졌어요. 은지 앞
으로도 계속 제가 맡을 거예요."

깊게 한숨을 쉰 이경이 어색한 표정으로 대꾸했다. 사정을 구구절절 설명하기 어려운 상황에서는 그냥 환자와 보호자가 믿고 생각하는 대로 동의를 해주는 것이 편했다. 갑자기 사정이 바뀐 것 정도로 가면 적당하리라.

어색하게 웃은 이경이 주억거리며 동의를 표하고 다음 환자에게 넘어갔다. 59세 아주머니는 추간판탈출증, 소위 디스크 수술 받았고 다행히 수술도 성공적이었고 경과도 좋았다. 그리고 짐작건대, 아마 그녀도 은지 엄마와 비슷한 이야기를 들은 것 같았다.

"그러면 그 남자 선생님이 아니라 계속 선생님이 오시는 거유?"

"예."

"아이고, 아까워라. 그 선생님 참 잘생겼던데."

진심으로 아쉬워하는 듯한 아주머니는 덕현의 연애사에도 참 관심이 많았다.

"그 남자 선생님, 애인 있대요?"

"글쎄요."

"같은 병원 선생들이면서 그것도 몰라."

"그러게요."

"내가 그 남자 선생 얼굴 딱! 보고는 내 조카사위 삼으면 좋겠다고 생각했지. 설마 의사 선생, 자기가 관심 있어서 그 남자 선생님에 대해서 말 안 해주는 것은 아니겠지?"

"아니에요, 아주머니."

난감한 표정을 지은 이경이 속으로 중얼거렸다.

'머리에 총을 맞아도 그 짓은 안 해요. 세상에 남자가 장덕현 딱 하나만 남는다 해도 결코 침 흘리는 일 따위는 없을 거라고요!'

아주머니의 말을 받아주다 보니 이야기가 길어졌다. 환자는 아직도 많이 남아 있고, 시간은 없었다. 덕현이 이경 대신 환자들을 전담하겠다고 말한 이상, 서두르지 않으면 덕현과 마주칠 수도 있다.

이경은 자신의 목숨이 소중한 줄 아는 사람이었다. 살아서 존경받는 신경외과 의사가 되고 싶었다. 아니…… 존경까지는 아니더라도 일단은 살고 싶었다.

며칠 전, 정 교수는 레지던트 1년차가 노티를 미루다가 의국이 한바탕 뒤집어졌다는 이야기는 들었다. 덕분에 요 며칠 인턴이고 레지던트고 할 바 없이 다들 군기가 딱 잡혀 있는 것이 보기는 좋았다.

의사들의 군기는 의료사고 발행률과 직결되니 군기가 잡혀서 나쁠 것은 없다. 하지만 그렇다고 무시하고 용납하자니 멀찍이서 허둥대는 길 잃은 한 마리 미운 오리 새끼가 영 걸렸다.

쯧쯧, 혀를 낮게 찬 정 교수가 돌연 걸음을 멈추고 장 치프를 불렀다.

"덕현아."

"예, 교수님."

차갑고 단정한 얼굴이 정 교수 앞에 섰다.

"저쪽에 있는 녀석 말이다."

정 교수가 벽의 코너 쪽을 향해 고갯짓 했다. 덕현도 그의 시선을 따라갔다. 덕현이 돌아보자 소스라치게 놀라서는 벽 뒤에 숨어버리는, 자기가 타조 사촌인 줄 아는 불쌍한 어린양이 흰 가운을 삐죽이 빼놓고 있었다.

치프는 무섭고, 그렇다고 치프 때문에 병원 일을 등한시했다가는 정말로 변명도 못하고 병원에서 쫓겨날 것이 뻔하기에 멀찍이 떨어져서 회진 돌 때만 슬며시 고개를 내미는 가여운 레지던트 1년차였다. 이경 또래의 천방지축 딸이 있는 정 교수로서는 참 남 같지 않은 녀석이었다.

"언제까지 저렇게 둘 것이냐?"

덕현이 다시 정 교수를 향해 고개를 돌렸다.

"네가 물론 어련히 잘 알아서 하겠지만 보기가 썩 좋지만은 않구나."

"시정하겠습니다."

새파랗게 날선 얼굴을 보고 있자니 이제는 저 어린양이 회진 시간에도 보이지 않을 수 있겠다는 생각이 언뜻 들었다.

괜스레 레지던트 하나 잡겠다 싶어서 정 교수가 다시 입을 열었다.

"저 녀석을 아예 안 봤으면 좋겠다는 의미는 아닌 것을 알지?"

"예, 교수님."

불안함 가득한 목소리에 덕현이 희미하게 미소를 지으며 대꾸했다. 같은 남자인 자신이 봐도 퍽이나 잘생긴 얼굴이었다. 미소를 지으니 잘생긴 얼굴이 더욱더 잘생겨 보였다. 얼굴 뒤에서 후광이 비치는 듯한 모습에 정 교수가 헛기침을 했다.

"그래, 믿으마."

덕현의 어깨를 가볍게 치고 지나가는 정 교수의 손에는 신뢰가 가득 담겼다.

다음 회진을 위하여 정 교수가 덕현을 스쳐 지나갔다. 레지던트와 폴리클이 그의 뒤를 따랐다. 그리고 이경도 뒤를 따랐다.

덕현이 새삼 주시하는 것을 아는지 모르는지 좌우, 앞뒤 살피면서 슬금슬금 다가오는 것이 첩보전이 따로 없었다. 거울을 통해 보이는 이경은 속된 말로 폐인이 다름없었다.

덕현 몰래 환자들을 돈다고 들었다. 수면부족 때문에 두 눈은 시뻘겋고 머리는 부스스했으며 다크서클은 턱 아래까지 내려와 있었다. 혹시나 하고 차트를 검사해보니 미비차트도 모두 정리가 끝나 있었고, 덕현의 눈치를 보며 참가하는 컨퍼런스에서도 곧잘 대꾸를 했다. 의학 저널과 논문 공부도 소홀히 하지 않는 것 같았다.

고작 일주일 동안 살펴본 결과를 두고 이경이 정신을 차렸다, 차리지 않았다는 판단하기에는 아직 이른 감이 없지는 않지만, 현재까지는 합격점이었다.

덕현의 눈동자에 조심스레 동기들 사이에 몸을 숨기고 전진하는 이경의 모습이 잠시 머물렀다 스쳐 지나갔다.

3장

빡빡한 병동 생활은 치프에게 찍힌 이후 더 빡빡해졌다. 남들은 아침 6시에 도는 병동을 이경은 새벽 4시 반부터 돌았고, 남들은 당당하게 의국에서 환자들의 방사선 판독지와 검사 결과지를 검토할 때 이경은 병원 휴게실에서 쪼그리고 앉아서 검토했다.

환자와 보호자가 오가는 휴게실이었지만 장 치프와 만날 가능성이 있는 신경외과 의국보다는 훨씬 나았다. 의국 회의나 컨퍼런스, 교수님 회진은 어쩔 수 없이 참석했지만 그 외의 공간에서는 최대한 장 치프의 눈에 띄지 않기 위해 이경은 몸을 사렸다.

투쟁과 항변도 대충 급수가 맞아야 가능하지, 헤비급과 라이트급을 싸우라고 붙여놓으면 게임 진행이 안 된다.

이경은 생존을 최고 목표로 두고 살기 위해 발악했다. 때문에 지금 이 상황이 참 심각하게 난감했다.

"도이경 선생, 이 시간에 병동 돌아?"

신경외과 병동 앞에서 떡하니 버티고 있는 덕현을 보고 이경이 크게 숨을 들이마셨다.

어째 간호사가 이경을 보며 필사적으로 고개를 흔들더라니…….

사색이 된 이경이 주춤 뒤로 물러났다. 덕현의 날카로운 눈이 이경을 보며 반짝였다.

"환자에게 충분한 취침시간을 배려해줘야 한다는 사실을 모르나?"

덕현의 질문에 이경은 울상이 되어 고개를 숙였다.

"죄송합니다."

"목소리 낮춰. 환자들 다 깨울 생각이야? 따라와."

살벌하게 말한 덕현이 이경 앞에서 몸을 돌렸다. 이경은 하늘이 무너지고 땅이 무너져라 한숨을 내리쉬었다. 잘 피해 다녔는데 어쩌다 또 이리 만나게 되었는지 하늘이 다 원망스러웠다. 이제는 눈물까지 나오려고 했다. 죽을상이 된 이경이 느릿느릿 덕현을 따라갔다.

인적 없는 병원 복도에는 두 사람의 발소리만 들렸다. 그중에서도 덕현의 구둣발 소리는 유난히 크게 들렸다. 장 치프의 구두 소리가 공포영화의 효과음처럼 느껴져 뒤따르던 이경이 바르르 몸을 떨었다. 남들은 멜로나 코믹 등 장르도 잘만 고르는데 어째 고르는 족족 공포영화인지 서럽기까지 했다.

말없는 동행이 길어질수록 이경의 공포심도 점점 더 커졌다. 이경은 얼마 전에 꾼 꿈이 다시 떠올랐다. 입에 메스를 문 장 치프가 '넌 이제 뒤지셨어요.'라고 했던 꿈이 환상처럼 눈앞에 아른거렸다. 차라리 뒤돌아 한 대 맞기라도 하면 속이 후련할 것 같았다.

이경의 살 떨리는 심정을 아는지 모르는지, 덕현은 신경외과 의국에 도착하기까지 한마디도 하지 않았다. 의국의 문을 열고 들어간 그가 자석처럼 자신의 자리에 가서 앉았더니 책장을 뒤적였다. 이경의 존재를 아예 잊은 듯 그녀를 투명인간 취급 했다.

서류를 펄럭거리는 덕현을 보며 이경이 인상을 찡그렸다. 자신이 잘못한 것은 알지만 대마왕도 참 정이 안 간다며 입을 삐죽이던 찰나였다.

"네가 방금 들어가려던 813호에는 누가 있지?"

딸꾹.

나지막하게 깔린 덕현의 목소리에 이경은 자신도 모르게 딸꾹질을 했다. 긴장이 풀린 상태에서 갑자기 대마왕의 목소리가 들렸기 때문이다.

놀란 이경을 못마땅한 눈으로 바라본 덕현이 한숨을 내쉬었다.

"도이경 선생."

낮게 깔린 목소리는 저승에서 울려 퍼지는 음악처럼 살벌했다. 잔뜩 울상이 된 이경은 애써 숨을 참았지만 딸꾹질은 자꾸만 나왔다. 아예 덕현이 안 보이면 나을까 눈도 감고 숨도 참았는데 소용없었다. 차라리 이대로 숨이 멈춰서 기절이라고 하고 싶었다.

"야! 물을 마셔. 미련하게 그러지 말고."

덕현의 짜증 섞인 목소리에 이경이 눈을 더욱더 질끈 감았다.

눈 감고 서서 숨만 참는 미련한 모습이라니. 냉장고에서 생수를 꺼낸 덕현이 이경의 팔을 가볍게 쳤다.

"여기, 물!"

"으악!"

호의로 물을 건넸는데, 자지러지듯 비명을 지르며 생수병을 뿌리치는 이경을 보고 있자니 덕현의 이마에 빗금이 생겨났다.

"너, 지금 뭐 하냐?"

"죄, 죄송합니다."

말까지 더듬는 1년차 후배를 보는 덕현의 이마에 주름이 한 줄더 생겼다. 실력은 나쁘지 않은데 소심하고, 내성적인가 하면 또지나치게 요령이 좋았다.

"휴…… 물부터 마셔."

바닥에 주저앉아 생수병을 줍는 이경에게 덕현이 선심 쓰듯 제안했다.

"이제, 딸꾹질 안 하는데요?"

이경이 덕현의 눈치를 보며 대꾸했다. 어지간히 놀랐는지 딸꾹질이 한 방에 날아간 것이다.

"그럼 다시 묻지. 네가 방금 들어가려던 813호 세 번째 침대에는 누가 있어?"

어째 딸꾹질 이후 조금 더 눈빛이 살벌해진 것 같다. 이경은 눈동자를 위로 데굴데굴 굴리면서 기억을 되짚었다. 다행히 그리 오래 걸리지는 않았다.

"34세 교모세포종 강소운 환자입니다."

"증상은?"

"종양제거수술은 성공적으로 잘 끝났습니다만, 현재 경미한 뇌압상승이 보입니다."

"Head elevation은?"

"40°지시했습니다."

"CPP와 심박출량 변화는?"

"특별한 변화가 없습니다."

차트가 없음에도 대답하는 이경의 반응속도는 평균 이상이었다. 처음에 덕현이 이경을 테스트했을 때와는 달랐다.

뇌압상승 환자의 머리를 30°올리면 뇌압은 떨어지고 CPP나 CVR 등에 변화가 없지만 그 이상으로 올라가면 어떤 변수가 생길지 모른다.

그가 환자의 Head elevation을 질문했을 때, 60°까지만 안 올리면 되는 것 아니냐며 반문하지 않을까 예상했는데, 이경은 자칫 놓칠지도 모르는 부분까지 섬세하게 관찰해서 대답했다. 그만큼 환자에 대한 배려가 늘어난 것이었다.

덕현은 그 외에 Neck positioning나 Aggressive fever control 등 환자에게 베풀 수 있는 사소한 배려를 짚었으나 이경은 그 부분까지도 섬세하게 지시했다.

딱딱하게 굳었던 덕현의 얼굴이 살짝 부드러워졌다. 덕현에게 혼이 난 이후, 이경은 꽤 바람직한 방향으로 변화를 거듭한 것 같았다.

덕현이 무표정한 목소리로 이경에게 다시 질문했다.

"그럼 네 환자의 뇌압이 악화되었다고 가정할 때, 네가 주치의로서 환자에게 할 수 있는 최고의 치료법을 추천해봐. 단, ICP

의 증가가 다른 약물적인 방법으로 해결이 안 된다고 가정했을 때."

덕현의 질문에 이경은 지속뇌실배액법(Ventricular drainage)을 택할 것이라며 그에 대해서 설명을 늘어놓았다. 두 번을 연달아 대마왕에게 당한 덕분에 환자에 대해서는 빠삭하게 알아본 데다, 특히 지속뇌실배액법의 경우는 바로 어제 의학저널을 통해서 본 부분이기도 해서 이경의 대답은 청산유수였다.

덕현은 숨도 쉬지 않고 빠르게 대답을 뱉어내는 이경을 보며 현재 그녀의 수준을 가늠했다. 낮게 깔린 눈동자가 이경을 곧게 직시했다.

"감마나이프수술(Gamma knife surgery)에 대해서 말해봐."

그렇게 이경은 적지 않은 시간 동안 피 마르는 문답을 이어갔다. 의국에서 졸고 있던 당직 레지던트도 어느새 깨서 그들을 구경하고 있었다.

"급성 경막하 혈종(acute subdural hematoma)의 주 손상 혈관은?"

"IVH(Intraventricular Hemorrhage, 뇌실내 출혈) 환자의 단계별 대처법은?"

"SAH(지주막하출혈) 경과 및 예후 말해봐."

덕현의 질문은 끊임이 없었다. 이경은 점점 시야가 어질해지는 것 같았다. 손끝에서 쥐가 나고 혀가 꼬였다. SAH가 몇 퍼센트건 무슨 상관이냐마는 이경의 입은, SAH가 10~15%의 급성이면 출혈 후 병원에 도착하기 전에 사망, 처음 2~3일 사이의 사망률이 10%이며, 5~60%가 처음 30일 이내에 사망한다는 이론을 충실하게 내뱉고 있었다.

지금 당장이라도 쓰러지고 싶은 심정이었다. 덕현에게 처음 찍힌 그날처럼, 이대로 한바탕 또 들들 볶여야 할지도 모른다는 좌절감에 억지로 버티고 있었던 것이지, 이미 이경은 자신의 한계를 벗어난 상황이었다. 그리고 바로 그때였다.

"땡! 디아제팜(diazepam)은 0.55mg/kg이야. 0.15에서 0.3은 미다졸람(midazolam)이야."

덕현이 들고 있던 차트로 이경의 머리를 내리치면서 정정했다. 간질중첩증 환자의 외부 치료에 대한 대답이었다.

이경의 얼굴은 절망으로 물들었다. 덕현의 폭탄투하를 무사히 지나갈 것이라 예상하지는 않았지만, 그 상황이 또다시 닥치니 눈앞이 깜깜했다.

귀를 막고 어디 도망이라도 치고 싶었지만 그랬다가는 의국회의나 컨퍼런스도 참석하지 못하게 될 것이 분명했다. 이경을 죽어라 미워하는 덕현의 성격으로 보건대 의국에서 쫓겨나는 것은 물론이고, 레지던트 자리에서도 쫓겨나게 될 터.

자포자기한 이경이 눈을 감고 섰다. 이경은 대마왕 앞에 스스로를 제단 위에 제물로 던져버렸다. 저 모든 독설에 호되게 후려 맞지만 않으면 야구 방망이로 두들겨 맞아도 괜찮겠다는 생각을 할 때였다.

"……도 선생!"

덕현의 날카로운 목소리가 다시 이경을 불렀다.

번쩍 눈을 뜬 이경이 덕현을 바라보았다. 날선 덕현이 그녀를 노려보고 있었다.

"몇 번을 불렀는데 대답을 안 해? 선 채로 졸았어?"

졸지는 않았지만 망상을 했다. 대마왕에게 잡아먹히는.

솔직하게 진실을 말할 수 없는 이경이 머리를 긁적이며 변명했다.

"죄송합니다. 제가 요즘 귀가 안 좋아서요."

들킬 가능성만 없으면 청각장애라고 빡빡 우겨서라도 이 자리를 벗어나고 싶었다.

"귀가 안 좋아? 치료는? 귀가 아프면 ENT(이비인후과)에 가 봐야 할 거 아냐. ENT 위치 어딘지 몰라?"

덕현 앞에서 벗어나기 위해서 변명을 주절거렸는데 그 변명 때문에 또 벼락같은 외침이 터져 나왔다.

죽상이 된 이경이 고개를 바닥에 처박았다. 이대로 있다가는 한바탕 깨지고 ENT에 끌려가게 생겼다. 그리고 진료 후 멀쩡한 귀를 가지고 꾀병 부린다고 덕현에게 또 깨지는 것은 명약관화했다. 이경이 변명할 거리를 생각하며 끙끙거렸다.

흡사 죄인이라도 된 듯 고개를 바닥에 처박고 낑낑거리는 이경을 보며 덕현이 혀를 찼다.

"좀 빠릿빠릿하게 행동 못해?"

"죄송합니다."

"됐다. 그만 가봐. 병동이나 돌아. 아! 그리고 내일모레 신경외과 전 레지던트 차트 불시 검사하니 조심해."

이경은 가보라는 덕현의 말에 바다에 끌려갔다가 살아 돌아온 토끼처럼 화색이 도는 얼굴로 의국의 문고리를 잡았다. 이대로 빠져나가기만 하면 됐다. 그런데 뭔가가 이상했다. 덕현의 뒷말이 걸렸다.

삐그덕, 기계음 같은 소음을 만들며 이경이 몸을 돌렸다.

그리고 이경이 몸을 돌렸을 때, 덕현은 단정한 자세로 차트를 넘기고 있었고 당직이던 재진은 덕현을 잡고 경악하고 있었다.

"치프 샘, 차트검사해요?"

"그래."

"왜 이렇게 불시에……."

"불시에 하니까 불시검사지. 전공의 서명 빼먹고, 경과기록 빼먹고, 진단명 틀린 녀석들 전부 다 정정하라고 해. 걸리면 가만 안 둔다."

"치프 샘!"

재진의 절규는 처절했으나 이경은 눈만 끔벅거렸다. 도무지 공감이 안 갔다.

노티를 재웅에게 넘기는 것을 걸린 이후 이경은 내내 예외와 제외의 연속이었다. 레지던트 회식 때도 제외, 차트검사 때도 제외였다. 치프에게 깨질 걱정은 안 해도 되지만 신경외과라는 소속에서 튕겨져 나온 듯한 소외감을 느껴야만 했다.

이경이 떨리는 목소리로 덕현에게 물었다.

"치프 샘, 설마 저도 포함이에요?"

"넌 신경외과 아냐?"

이경의 질문에 덕현이 싸늘하게 대꾸했다. 재수 없는 덕현의 목소리가 이번처럼 사랑스럽게 들린 것은 처음이었다.

이경의 눈에는 어느새 눈물이 글썽글썽했다. 오랜 따돌림으로 인해 상처를 많이 받았던 이경으로서는 감격해서 덕현을 껴안고 환호라도 지르고 싶은 심정이었다.

"치프 샘!"

"미리 경고하는데, 걸린 놈들은 아예 태어난 것을 후회하게 만들어주마."

이경이 환호하려는 찰나 덕현이 무표정한 얼굴로 협박을 이어 갔다. 잘생긴 입매가 비틀리니 비열하고 냉정하게 보였다.

"도이경, 특히 너! 조심해. 23일부터 11일까지 진단명에서 알 파벳 틀린 게 17개, 25일부터 8일까지 전공의 서명 빼먹은 게 2개, 중간에 경과기록 빼먹은 게 5개야."

기쁨은 어느새 터진 풍선처럼 급격하게 빠져나갔다.

"엑? 저 미비 다 채웠는데요?"

"다시 해. 미비가 총 32개야."

싸늘하게 대꾸한 덕현이 몸을 돌려 절망에 빠진 재진을 바라보 았다.

"너도 마찬가지야. 쟤는 1년차니까 이해라도 하지. 넌 3년차가 알파벳 틀린 게 24개나 돼. 생각을 하고는 사는 거야? 제대로 해. 집 중관리 받기 전에 똑바로 좀 하자. 그리고 벌써 5시 40분이다. 늦기 전에 병동 돌아. 아침 컨퍼런스 늦으면 가만 안 둘 줄 알아."

덕현은 살벌하게 협박을 하고 병동을 돌기 위해 의국을 나섰 다. 이경은 외톨이에서 벗어난 것을 기뻐해야 하나, 아니면 2일 후에 있을 차트검사를 두려워해야 하나 도무지 가늠을 할 수가 없 었다.

이경은 만 20일 만에 다시 신경외과 레지던트로 돌아왔다. 그리고 덕현의 인정을 받고 일상에 복귀하고 딱 13시간 만에 후회에 잠겼다.

덕현의 테스트가 끝난 5시 40분에 병동 돌고 아침 8시에 컨퍼런스 참가, 회진 돌고 푸시 하고 외래일 보고 응급 갔다가 콜 받고 수술방에 들어갔다. 덕현의 등살에서 벗어난 것이 고작 13시간인데 필드 투입만 세 차례였다. 저녁에 입원환자 보러 병실도 돌아야 하는데 또다시 수술방에서 콜이 들어왔다. 심지어 이번에는 지명이었다.

"선배, 잠깐만! 또 나야? 나 10분 전에 수술 끝났어. 의국에 돌아온 지 5분밖에 안 됐다고."

황망한 이경을 보며 석민이 안쓰러운 표정으로 고개를 끄덕였다. 덕현의 편을 들며 노티를 지연시킨 이경의 정신상태가 빠졌니 어쩌니 하던 석민이라지만, 20일 내내 들들 볶인 것으로도 모자라 압박이 풀리자마자 하루 종일 필드 투입만 세 차례니 안 불쌍할 수가 없었다.

"너 지명이다."

혼이 반쯤 날아가 버린 이경을 보며 석민이 안쓰러운 듯 그녀의 머리를 쓰다듬었다.

"후배야, 내가 다 미안하다. 그동안 구박해서 정말 미안하다. 우리 치프는 인간이 아니었구나. 너 몸보신하게 내가 개소주라도 사주랴?"

울상이 된 이경은 석민의 손길을 짜증스럽게 뿌리쳤다.

"무슨 말도 안 되는 소리래. 근데 정말 나야?"

아니길 바라는 이경을 향해 석민이 씁쓸하게 고개를 끄덕였다.

"너 맞아. 치프가 신경외과 레지던트 1년차 중에 도이경이라는 애 있으니까 수술 있으면 걔 쓰라고 신신당부했다더라. 너 당분간은 죽어날 거다."

"허허!"

석민의 예언 아닌 예언에 이경은 울지 못해 웃었다. 눈동자에 눈물이 그렁그렁한 상태로 허탈하게.

그럼 그렇지, 대마왕 장덕현이 도이경을 그리 쉽게 풀어줄 리가 없었다. 질문 몇 개 넘어가고 미비차트 32개 걸린 거로 이경을 예쁘다고 할 덕현이 절대 아니었다.

옆에 앉아서 내일모레 있을 미비를 채우고 있던 재웅이 무감각한 목소리로 중얼거렸다.

"도이경 2분 34초 지났다."

"2분 34초?"

글썽거리던 눈물이 쏙 들어갔다. 이경이 고개를 들고 몸을 벌떡 일으켰다. 군대도 아니고 분과 초 단위로 움직이는 제 자신이 서글퍼서 미칠 것 같았다. 하지만 그래도 움직여야 했다.

"선배 몇 번 수술방이야?"

"B rosette(로제트) 4번 수술방."

도이경은 꽁지에 불붙은 참새 새끼처럼 후다닥 달려 나갔다. 이러니저러니 해도 치프가 무섭기는 한 모양이었다. 20일 동안 이경은 치프의 명령이라면 하늘의 별도 따올 정도로 꽤 쓸 만해져서 돌아왔다.

뛰어가는 이경의 뒷모습을 바라보던 석민이 고개를 절레절레 흔들었다. 의국에 들어오지도 못하고 밖에서만 빌빌대던 과거가 부럽고 그립다며 징징댈 모습이 눈에 보듯 훤했다.

수백 권의 미비를 'No interval change'와 'Same as yesterday', 'The condition of the patient remains the same', 한국어로 말하자면 '변화 없음'으로 채워가느라 손놀림이 바쁘던 정섭이 초췌한 얼굴로 동기를 돌아보며 입을 열었다.

"쟤 또 수술 들어가?"

"응. 이번에는 치프 추가 지명."

석민이 고개를 끄덕였다.

"독하다, 독해. 사람 하나 피 말려 죽이려는 우리 치프도 독하고, 그 치프를 이렇게까지 독하게 몰아간 쟤도 독하고."

감탄사를 내뱉은 정섭이 낮게 혀를 찼다. 어지간한 남자들도 수술방에 두 번만 들어가면 죽어난다. 그런데 여자에다가 이제 겨우 1년차를 잡아 죽일 듯 들들 볶는 덕현을 보고 있자니 사람 참 성격 더럽다 싶다.

정섭의 말이 듣기 싫은 듯 석민이 슬그머니 치프의 편을 들었다.

"의사한테 남자, 여자가 어디 있냐?"

안 하느니만 못한 편들기였다. 석민의 편파적 변명을 들은 정섭이 코웃음을 쳤다.

장덕현이라는 의사의 사명감과 책임감에 대해서는 익히 존경하는 바지만, 인간 장덕현의 성격에 대해서는 그리 좋은 평가가 내려지지 않는다. 신경외과의들은 모두 까칠하다지만 그중에서도 덕현은 유별났다.

"그래서 재, 이번에는 누구 수술인데?"

"오진환 교수님, AVM수술."

석민이 내일모레 있을 차트검사를 위해 자신의 미비차트에 손을 뻗으면서 여상스럽게 대꾸했다.

"빡시겠네?"

"참고로 제1어시스터는 우리 치프다."

"헐, 죽어나겠고만!"

정섭은 동정을 금할 수 없다는 듯 허탈한 한숨 소리를 뱉어냈다. 까칠함의 절정을 달리는 두 사람이 모여서 만들 하모니에 끼어들 불순분자에 대한 동정심이 무럭무럭 자라났다.

석민이 뱉어낸 조사에 반응한 것은 정섭뿐만 아니었다. 차트검사를 위해 모여 있던 재웅과 재민, 성현 등 대부분의 레지던트가 경악한 눈빛으로 석민을 응시했다.

"진짜 몸보신하게 보약이라도 한 제 지어주고 싶다."

재웅이 혀를 내둘렀다. 오진환 교수님이라고 하면 인간 컴퓨터라고 할 정도로 빡빡하기로 정평이 났다. 근 20년 동안 그 교수님의 눈에 든 레지던트는 치프인 덕현이 유일하다는 것이 세인들의 평가다.

"그러게. 근데 AVM이면 감마나이프수술인가?"

"아마도."

석민이 고개를 끄덕였다. 감마나이프수술은 동정맥기형에서 8~90%의 좋은 치료 효과를 보이고 있었다. 해면혈관종에서는 이견이 있을 수도 있지만 동정맥기형인 AVM에서는 거의 감마나이프수술을 통하면 안전성과 치료성을 높일 수가 있다.

감마나이프수술의 효과와 효능에 대해서 토론에 들어간 석민과 재웅을 보며 재민이 조용히 조심스럽게 고개를 끄덕였다.

"우리 치프 독하네. 그래서 도 선생한테 감마나이프수술을 물어본 거구나."

토론하던 석민과 재웅의 눈이 재민에게 향했다.

"치프가 도이경한테 감마나이프에 대해서 물어봤어?"

"어. 나 당직이었거든. 아까 새벽에 테스트하더라고. 난 아무 생각 없이 들었지, 그걸 또 물어봐서 수술실에 끌고 들어갈 줄 알았나."

재민이 낮게 혀를 찼다.

"옆에서 듣고 있자니까 지속뇌실배액법이랑 간질환자 대처법이랑 폭넓게 두루두루 물어보던데 도이경 진짜 죽었구나. 용서가 아니었어. 어제까지가 예선이고, 오늘부터가 본선인 것 같다."

감탄과 찬탄 속에 안쓰러움과 동정이 담겼다. 그리고 내가 아니라 정말 다행이라고 안도했다.

그것도 잠시, 신경외과 동료 의사들은 부디 이경이 좋은 곳으로 가기를 그녀의 명복을 빌며, 내일모레 있을 미비차트를 채워갔다.

저녁 9시, 병동환자에 대한 오더만 내렸다면 슬슬 업무를 정리하고 퇴근할 시간인데 신경외과 의국에 레지던트들이 바글바글했다. 다음 날로 다가온 미비 검사 때문이었다.

만성피로 상태인 직업적 특징 때문에 꾸벅꾸벅 졸며 고개를 끄덕이다 결국은 제품에 놀라 일어나 다시 일을 하는 케이스가 여기 저기에서 속출했다. 그리고 그중 1명은 침대에 엎드려서 대놓고 수면을 취했다.

1시간 40분 동안의 감마나이프수술 어시스터를 끝낸 이경은 그 후로도 한 번의 수술에 더 참가해야 했다. 그리고 악착같이 덕현 이 지적한 32개의 미비를 끝냈다. 덕분에 시한부 자유의 몸이 된 이경은 웅크리고 누워 잠을 취한 것이다. 동료들이 레지던트 기숙 사에 들어가서 자라고 권유했지만 오가는 시간이 아깝다며 이경 은 의국 침대에 누웠다.

하루 종일 들들 볶이다 못해 톡톡 튀겨진 그녀는 손가락 하나 도 까딱할 수 없을 정도로 녹다운이 되어 있었다. 이경은 누운 지 1초 만에 잠이 들었다. 커튼이 사라진 침대에서 만인의 눈빛을 받 으면서 잠드는 것도 쉬운 일은 아닌 것 같은데 그녀의 수면에 장 애란 없었다.

고로롱고로롱 낮게 코고는 소리가 들렸다. 어지간히도 피곤했 나 보다. 하지만 거슬렸다. 듣다 못한 성현이 이경을 깨우기 위해 몸을 일으키는 순간이었다.

"그냥 둬."

전문의 시험을 앞두고 공부하고 있던 덕현이 낮지만 분명한 목 소리로 성현을 제지했다.

"잠 정도는 편하게 잘 수 있게 내버려 둬."

덕현이 책에서 눈도 떼지 않고 말을 이었다.

"의국에서 용납 못하는 것은 응급환자를 두고 콜을 지연시키 는 것뿐이야. 콜이 온 것이 아니라면 힘들게 환자 진료하고 돌본

의사의 휴식을 방해하지 마. 이건 기본 중에 기본이야. 코를 골든 이를 갈든 그 소리가 거슬리면 자체 해결해."

냉정한 덕현의 목소리에 성현이 입을 벌렸다. 덕현은 뒤에도 눈이 달렸나 보다. 말을 하고 있는 지금도 책에서 눈을 떼고 있지 않건만 성현이 무슨 짓을 하려는지 그는 분명히 알고 있었다. 하지만······.

성현의 얼굴이 울상이 되었다. 위 연차들 모두 가만히 있는데 가장 막내인 1년차가 유난을 떤다고 할 수도 있겠지만 거슬렸다. 성현은 옛날부터 귀가 예민했다. 소음에 민감했다. 거슬리는 소리를 들으면 도무지 집중을 할 수가 없다. 도로 앉지도 못하고 이경을 깨우지도 못하는 성현의 얼굴이 난감함으로 일그러졌다.

안절부절못하는 성현의 모습에 덕현이 나직이 한숨을 쉬며 다시 입을 열었다.

"내 캐비닛을 보면 귀마개 서너 개 있을 거야. 비밀번호는 12345."

구원의 동아줄 같은 덕현의 목소리에 성현이 냉큼 덕현의 캐비닛을 향해 달려갔다. 어떤 귀마개인지는 모르겠지만 없는 것보다는 나으리라.

덕현이 다시 책을 향해 눈을 내리고, 성현은 희희낙락하며 덕현의 캐비닛에서 귀마개를 꺼낼 때였다.

"네, NS(신경외과)입니다."

콜이 왔다. 연신 고개를 끄덕이며 전화를 받은 재웅이 성현을 향해 고갯짓했다.

"도이경 깨워. 교모세포종 환자가 두통을 호소한대. 도이경

담당 환자야."

무심한 재웅의 목소리에 성현이 안타깝게 이경을 바라보았다. 박복한 것! 잠든 지 1분이 될까 말까 한데 병동에서 콜이 울렸다. 이경을 깨우기 위해서 성현이 다시 손을 뻗은 순간이었다.

치프의 목소리가 또다시 울려 퍼졌다.

"됐어. 깨우지 마."

"예?"

이경을 깨우려는 그를 연달아 말리는 목소리에 놀란 성현이 덕현을 바라봤다. 눈도 깜박이지 않고 책에 집중하던 덕현이 책을 덮고 재웅에게 물었다.

"813호 강소운 환자 맞지?"

813호 강소운 환자라면 덕현도 안다. 이경에게 불벼락을 내린 후 이경이 가지고 있는 담당의의 권한을 일부 위임받아 강소운 환자에 대해서는 덕현이 진료를 진행한 바 있었다. 이경의 태도 변화를 검사하기 위해서 의무기록도 검토했다.

"예, 치프 샘."

"내가 대신 갈 테니 도 선생은 그냥 뒤."

자는 사람을 억지로 깨워서 콜 받으러 내보냈다고 해도 믿을 만한 사람의 선심에 재웅이 황당한 눈으로 덕현을 바라봤다.

"치프 샘이 직접 가시게요?"

"수술 후 ICP(뇌압상승)이라서 Head elevation과 Neck positioning을 조절하기만 되는 환자야."

덕현이 태연한 목소리로 설명을 늘어놓았다. 813호 강소운 환자는 종양 제거도 깨끗하게 잘되었고, 경미한 뇌압상승이 있기는 하지만 그 부분도 점차 완화되고 있는 상태였다. 때문에 특별한 시술이나 처치가 필요한 것이 아니었다. 머리를 높여 정맥배액이 잘 이루어지도록 보살피기만 하면 된다.

정말 직접 가려는 듯 몸을 일으키는 덕현을 보며 석민이 인상을 찡그렸다.

"치프 샘, 그냥 이경이를 깨우는 게……."

아래 연차가 위 연차의 콜을 대신 받는 경우는 있어도, 위 연차가 아래 연차의 콜을 대신 받는 경우는 없었다. 게다가 덕현은 현재 신경외과의 치프였다. 이건 위 연차들의 체면과 치프의 권위가 달린 일이었다.

"됐어. 콜은 내가 받으면 돼."

"하지만 치프 샘, 위 연차가 아래 연차의 콜을 대신 받는 게 어디 있어요."

못마땅한 기색이 역력한 석민을 보며 덕현이 무표정한 목소리로 말을 뱉었다.

"바쁘면 위 연차가 아래 연차 콜을 대신 받을 수도 있고 대신 뛰어줄 수도 있어. 괜히 권위의식에 젖어서 애들 잡을 생각 하지 마."

서늘한 목소리는 대상을 가리지 않고 차가웠다. 찔끔한 석민이 입을 다무는 것을 확인한 덕현은 늦었으니 나중에 이야기하라며 서둘러 병동으로 사라졌다.

졸린 눈을 비비며 몸을 일으키니 휘파람 소리가 그녀를 반겼다.

"도이경, 복 받았구나."

"복 받았다니?"

이경이 눈을 끔벅거리며 뜬금없이 소리를 주절거린 성현을 응시했다. 성현이 개구진 웃음을 지으며 이경에게 말했다.

"총애받고 있어서 좋겠다고."

"누구한테?"

"치프 샘한테."

욕이 절로 튀어나왔다. 필터 없이 흘러나오는 욕은 적나라할 정도로 직설적이었다.

"총애 같은 소리 한다. 네 눈은 해태냐? 남들 2개 가진 눈 너는 4개 가졌으면서도 제대로 못 봐?"

이경은 치미는 욕설을 꾹꾹 누르며 성현을 노려봤다. 순간 잠이 확 깼다. 찬물을 뒤집어써도 지금 이 상황보다는 나을 듯했다.

"아니, 그 얘기가 아니라……."

"그 얘기가 아니긴 뭐가 아니야? 총애? 하! 총애? 그럼 네가 총애 대신 받아볼래?"

이경은 당황하는 성현에게 다다다 쏘아붙였다. 눈에서 불을 뿜으며 득달같이 달려드는 이경은 마치 성난 황소 같았다.

성현은 질린 기색이 역력한 얼굴로 잽싸게 사과했다.

"미안."

분을 삭이지 못해 시근덕거리는 이경을 보니 덕현이 떠오른다. 치프한테 들들 볶이더니 어째 치프를 닮아간다. 이경이 들었다면 기겁했을 생각을 한 성현이 두 손 모아 죄를 청했다.

이경의 시뻘건 낯빛이 성현의 사과를 듣자 조금 옅어졌다. 하루 종일 쌓였던 분노가 성현에게 향한 것은 미안하지만, 총애 소리는 다시 생각해도 분통이 터진다.

겨우 안정된 이경이 가쁜 숨을 몰아쉬며 성현을 향해 싸늘하게 눈을 흘겼다.

"농담도 가려가면서 하는 거야."

앞으로 얼마나 더 뺑뺑이를 돌아야 할지 알 수 없는 상황이었다. 이경은 농담이라도 치프나 이 상황과 관련된 것은 싫었다.

발작하듯 거부하는 이경을 보며 성현이 멋쩍은 표정으로 뒤통수를 긁었다. 가볍게 던진 돌이 정말 개구리 한 마리 잡을 뻔한 듯했다. 하지만 치프는 이경이를 그리 싫어하는 것 같지 않은데……. 이경이를 깨우지 말라며 대신 콜을 받아 나간 치프를 떠올리며 성현이 입을 열었다.

"그건 그런데…… 네 콜, 치프 샘이 대신 받았어."

듣기 싫다며 귀를 막고 짜증을 내던 이경이 눈을 동그랗게 뜨며 물었다.

"무슨 콜?"

"아까 너 잘 때 환자한테 콜 왔는데, 치프가 너 깨우지 말라고 본인이 대신 받았어."

"설마."

"진짜야."

이경이 인상을 찡그렸다. 거부감 가득한 표정에 의심이 몽실몽실 자라났다.

그 인간미 없고 냉랭한 치프가? 날 못 잡아서 먹어서 안달 난 그 치프가? 바늘로 찔러도 피 한 방울 안 흘릴 것 같은 우리 치프가? 도대체 무슨 생각으로? 무슨 꿍꿍이가 있기에?

이경의 지나치게 솔직한 표정에 성현이 쓰게 입맛을 다셨다.

"치프 샘 좋은 사람이야."

"누가 나쁘대?"

이경이 쌜쭉하게 말했다. 덕현이 좋은 사람인 것은 이경도 안다. 실력도 있고, 의사로서의 사명감도 있다. 이경이랑 도무지 궁합이 안 맞아서 그렇지.

"난 그냥 궁금하다는 거지. 사실 우리 치프가 누구 콜을 대신 받아주는 사람은 아니잖아."

새치름하게 말하는 이경의 머릿속에는 수많은 계산이 돌고 돌았다. 호의를 호의로 받아들일 수 없는 현실이 참 많이 슬프기는 한데, 그녀의 치프는 단순히 호의로 넘어가기에는 너무나 복잡한 사람이었다.

"혹시 어느 병동에서 콜 왔는지 알아?"

"그건 모르겠고 교모세포종이라고 한 것 같아."

"아, 813호네."

이경은 생존을 위하여 리스트를 뽑기 시작했다. 수술동의서에 사인을 받았고, 설명도 제대로 했고, 드레싱도 했고, 오더도 내렸다. 혹시나 하는 생각에 강소운 환자에게 내린 오더 내용도 기억을 되짚었다.

아직까지 크게 사고 친 것은 없는 것 같은데…….

마른 입술을 축인 이경이 벌떡 몸을 일으켰다.

"나 병동 좀 돌고 올게!"

"지금? 밤 12시야!"

성현이 경악했다. 레지던트들도 주섬주섬 정리하고 자러 가는 시간이다. 환자가 깨어 있을 시간이 아니었다.

"그래도 혹시 모르니까 그냥 갔다 올게. 혹시 알아, 깨어 있을 줄?"

앉아서 불안해하는 것보다는 직접 가서 보는 것이 나은 선택 같았다. 깨질 때는 깨지더라도 무엇 때문에 깨졌는지는 알고 싶었다. 이경은 813호를 향해 바람처럼 뛰어갔다.

이르지도 늦지도 않은 평범한 오후, 의국의 레지던트들은 학업 삼매경에 빠져 있었다.

스텝을 뽑을 때 USMLE(미국의사시험)을 참고하겠다는 윗분들의 발표 이후 한국의 전문의 시험과 미국의 의사시험을 함께 준비해야 하는 덕현의 눈빛이 날카롭다.

스텝 선정 시에 USMLE를 참고하는 것은 내후년부터라지만 병원장의 손자라는 후광이 덕현을 몰아세운다. 덕현은 금수저 잘 물고 태어나서 스텝이 되었다는 비아냥거림을 들을 생각이 전혀 없다. 그의 스텝지원 시기에 오해의 소지가 있다면 애초에 오해가 생길 수 있는 원인 자체를 없애는 것이 덕현의 방법이다.

STEP1과 STEP2CK, STEP2CS를 모두 고득점으로 패스했으니 STEP3도 고득점을 받아 유종의 미를 거둘 생각이다. 책을 펼친 덕현의 눈이 열성적으로 빛났다.

"헤헤. 치프 샘."

집중하여 공부하는 덕현의 뒤로 피로회복제 하나를 들고 그의 주위를 맴도는 가여운 어린양이 한 마리 나타났다. 실실 실없는 웃음을 흘리며 나타난 어린양은 덕현의 주위를 맴돌며 빙충맞은 웃음을 흘렸다.

"무슨 일이야?"

공부를 방해받은 것이 불쾌한 듯 덕현이 날카롭게 대답했다. 찌릿, 위로 올라간 눈썹이 삐뚜룸했다.

"여기……."

이경은 덕현의 불편한 반응에도 실실 웃으며 응대했다.

평소에는 덕현이 마치 빚쟁이라도 된 것처럼 피해 다니기 바빴던 이경이었기에 덕현의 의구심은 더욱 깊어졌다.

"뭐야?"

"피곤하실 텐데 드시면서 하시라고요."

이경이 배시시 웃으면서 말했다. 덕현은 이경의 머릿속이 궁금했다. 조금만 봐달라고 청탁하러 온 것 같기도 하고 너무 힘든 나머지 역효과로 정신 쪽에 문제가 생긴 것은 아닌가 하는 걱정이 들기도 했다. 이경이라면 복수혈전을 생각할 수도 있지 않나 하는 생각도 들었다. 자꾸만 피로회복제에 농약을 넣었다는 모 신문기사가 덕현의 머리에 떠돌았다.

덕현이 복잡 미묘한 눈으로 이경과 그녀가 들고 온 피로회복제를 바라보았다.

"됐어. 너 마셔."

"치프 샘!"

"이런 것 안 줘도 되니까 일이나 잘해. 그러면 돼!"

냉랭한 덕현이 쌀쌀맞게 말했다. 시무룩한 이경을 보며 덕현이 말을 덧붙였다.

"앞으로는 하루에 네 번씩 수술실 들어갈 일 없을 거야. 그러니까 안 이래도 돼."

애써 마음잡고 선심 쓴 호의가 뜻하지 않은 장벽에 부딪혔다. 이경이 입을 비쭉거렸다. 대신 콜을 받아준 것도 고맙고, 환자와 보호자에게 이경이 좋은 의사라며 칭찬했다는 이야기에 앞으로 잘 좀 지내보자고 들고 온 건데…….

"그래도 드세요."

이경이 불쑥 피로회복제를 내밀었다.

"수술방 적게 들어가게 해달라고 들고 온 것 아니에요. 그냥 호의니까 호의로 받아주세요."

멀뚱한 눈이 덕현을 바라보았다. 이경은 피로회복제를 내민 손을 거두지 않았다. 이경을 바라보는 덕현의 검은 눈이 알 수 없는 빛을 띠었다.

"치프를 생각하는 제 마음이에요."

이경의 뜬금없는 말에 저널을 정리하던 석민이 쿨럭거리며 마른기침을 했다. 그뿐이 아니었다.

"너, 피로회복제에 독 탔냐?"

"선배!"

밉살맞은 석민을 향해 이경이 매섭게 눈을 흘겼다.

"아니 뭐, 그냥 농담이지."

날선 이경의 반응에 석민이 멋쩍은 표정으로 시선을 내렸다.

"좀 심했다."

동기 정섭이 석민의 옆구리를 찔렀다. 석민은 왜 나만 가지고 그러냐고 발끈하며 정섭과 티격태격거렸다.

차트를 기입하던 성현이 이래저래 수모에 좌절을 당하는 이경을 안쓰럽게 바라보며 입을 열었다.

"치프 샘이 콜 대신 받아줘서 고맙다고 들고 온 것 같은데……. 이경이 나쁜 애 아니에요. 아무리 그래도 그렇지, 치프를 죽이려고 하겠어요. 다리 하나 부러뜨리는 정도라면 모를까."

곧 죽어도 동기밖에 없다며 성현이 이경의 역성을 들었다. 동기의 역성에 이경은 너무 고마워서 눈물이 다 날 것 같았다.

"넌 그냥 입 다물어라."

이경이 천장을 바라보며 마른세수를 했다. 조금 친해져보자고 피로회복제 하나 들고 왔다가 미래의 살인자로 주시받게 된 기분은 그리 유쾌하지 않았다. 여기저기에서 수군거리는 모습을 보고 있자니 왜 안 하던 짓을 했는지 몹시 후회스러웠다.

도로 피로회복제를 들고 가야 하나 이경이 고민에 잠긴 무렵이었다.

"다들 조용히 해. 공부하는 사람도 있어."

이쪽저쪽 아무리 봐도 공부하는 사람은 하나도 없지만 덕현의 말 한마디에 의국은 순간 조용해졌다. 레지던트들이 서로의 옆구리를 쿡쿡 찌르는 와중에 덕현이 이경을 바라보며 입을 열었다.

"고맙다. 잘 마실게."

그가 모질게 굴수록 이경만 타박받는 모습을 익히 보았는지라 덕현이 드물게 미소를 짓고 감사의 인사를 전했다. 단, 딱 1초 동안만.

"자, 그럼 이제 각자 할 일 해."

잠시 부드러워진 얼굴을 다시 딱딱하게 굳힌 덕현이 의국 내를 훑으며 다시 입을 열었다. 더 이상 떠들게 둘 수는 없었다. 그에게 나, 또 다른 레지던트들에게나 시간은 더없이 소중한 것이다.

"우와!"

조용히 의국을 나와 화장실 변기에 쪼그리고 앉은 이경이 두근거리는 가슴을 세차게 눌렀다. 대마왕의 웃는 얼굴에 놀라서 엉겁결에 피로회복제를 주고 오기는 했는데…….

헐! 살짝 눈꼬리가 휘고 입매가 부드러워진 것만으로 덕현은 완전히 다른 사람이 되었다. 지은이 덕현을 두고 잘생겼다 어쩐다 했을 때는 미처 몰랐는데 확실히 그가 잘생기기는 한 모양이었다.

신은 없다. 신은 죽었다. 아니면 그냥 미쳤다.

다른 사람도 아니고 대마왕 덕현에게 세간의 사람들이 원하는 모든 것을 다 안겨주다니…….

덕현은 전생에 나라를 구했고, 이경은 전생에 나라를 팔아먹었나 보다. 이경은 평범 그 이상도 이하도 아닌 자신의 비루한 스펙에 한숨을 내쉬었다. 나라에 충성해야겠다. 다음 생에는 그녀도 오너 집안 재벌 2세에 바람직한 외모를 타고날 수 있도록.

치프의 행운과 이경의 불행에 대해서 대충 정의도 내렸는데 두근거리는 가슴은 멈출 생각을 안 한다.

이경은 쉴 새 없이 두방망이질하는 그녀의 심장을 손으로 꾹꾹 눌렀다. 쪽팔리게 대마왕을 보고 두근거렸다고 하면 어디 가서 말도 못 한다. 덕현이 이경을 못 잡아먹어서 안달이라는 사실은 병

원 식구들이라면 누구나 다 알고 있는데 빼도 박도 못하고 마조히
스트 확정이다. 괴롭힘 당하면서 쾌감을 느끼는 변태만큼은 되고
싶지가 않다.

　이경은 흥분 상태인 그녀의 심장박동을 안정시키기 위하여 심
호흡을 했다. 하지만 철없는 심장은 의사와는 상관없이 자꾸만 혼
자 움직인다. 자신의 가슴을 내려다보는 이경의 얼굴이 잔뜩 울상
이 되었다.

4장

　미비검사를 무사히 지나갔나 했더니 의국 레지던트 MT가 남아 있었다. 하지만 의국 레지던트 MT는 그녀가 생각했던, 위 연차와 아래 연차가 함께하며 우정과 동지애를 키우는 그런 감동에 겨운 해피하우스가 결단코 아니었다.

　"만세! 나이스!"

　"아이고, 아부지!"

　누군가는 하늘을 향해 어퍼컷을 날리고, 또 누군가를 땅을 치며 조상을 원망한다. 그리고 또 누군가는 성호를 긋고, 다른 누군가는 염주를 돌렸다. 경품추첨이나 로또추첨방송을 앞둔 것 같은 반응이 의국 레지던트 MT에 불참하는 당직 의사 선발을 앞두고 벌어졌다.

　의사는 일반 직장인과 달리 휴무일이 없다. 언제 어느 때 사건·사고가 생길지 모르기에 몇몇 의사들은 일종의 담합대회인 의국 레지던트 MT에 불참하고 병원에 남아 환자를 돌봐야 한다.

이경은 당직의를 선발해야 하는 이유도 이해했고, 공평하게 제비뽑기로 당직의를 선발하는 것도 이해했다. 그런데 딱 하나 이해할 수 없는 것이 있었다.

"당직의로 뽑혔는데 왜 기뻐해요?"

이경이 멀뚱한 눈으로 2년차 선배 재웅을 바라봤다. 층층시하를 모시고 떠나는 MT라고는 해도 일단은 노는 것이다. 업무를 가장한 휴식이었다. 병원에 남아 다른 의사들의 빈자리를 땜빵하는 것과는 사정이 달랐다. 때문에 이경은 이해할 수가 없었다. MT를 앞둔 신경외과의 분위기는 인턴을 돌면서 본 피부과의 그것과는 꽤 많이 달랐다.

재웅은 도무지 이해할 수 없다는 듯한 표정의 이경을 향해 입을 열었다.

"그래서 넌 뭔데?"

"MT참가요."

이경이 자신이 뽑은 끝 부분이 검은색 종이막대를 팔랑거렸다.

"저 계곡에 놀러 가요."

이경이 방실방실 미소를 지었다. 노는 것이 좋은 20대 후반의 철없는 아가씨는 사르르 행복한 미소를 지었다.

재웅은 이경에게 저 검은색 종이막대의 의미를 알려줘야 하나 고민에 잠겼다. 왜 당직이 삶을 상징하는 흰색막대이고, MT참가자가 죽음을 상징하는 검은색 막대인지를 알면 그녀의 화사한 미소는 사라질 것이 분명했다.

재웅은 불쌍하고도 가련한 중생을 연민이 가득한 눈길로 바라보았다.

"선배?"

이경이 고개를 갸우뚱하며 즐거워야 할 MT에 대해서 의구심을 품을 때였다. 어느새 의국에 들어온 치프가 대충 참가자와 불참자로 갈린 레지던트들을 가볍게 훑었다. 어느 쪽이 참가이고 불참가인지 고민할 필요도 없이 불참가인 예비 당직의들은 서로 껴안고 대한독립만세를 외치고 있었다.

피식, 웃음을 흘린 덕현이 바닥에 엎드려 살풀이춤을 추고 있던 정섭을 불렀다.

"이정섭 선생, 너 참가야?"

"예, 치프 샘."

다 죽어가는 정섭 옆에서 신나게 디스코를 추던 재민이 유쾌하게 소리쳤다.

"치프 샘, 저는 불참이요."

대대로 MT 복불복 제비뽑기를 준비하는 사람은 MT 불참에 걸렸는데 이번에도 불참신이 재민을 버리지 않았다며 재민이 설레발을 쳤다. 벌떡 일어난 정섭이 재민의 머리를 옆구리에 끼고 꾹꾹 알밤을 놓았지만 재민의 얼굴에서는 미소가 떠나지 않았다.

어린아이처럼 노는 그들을 바라보던 덕현이 조용히 고개를 돌려 석민을 찾았다. 석민도 MT를 참가하게 되었는지 그리 상태가 좋지는 않았다.

가볍게 웃은 덕현이 들고 온 A4 뭉치를 책상 위에 내려놓고 의국의 문을 탕탕, 두드렸다.

"주목! 이야기 좀 하자."

떠들던 레지던트들이 일시에 입을 다물었다.

"1년차 중에 당직의 뽑힌 사람 있나?"

멀찍이 있던 이경의 동기인 기준이 손을 들었다.

"기준이 하나밖에 없어?"

"예, 치프 샘."

직접 제비뽑기통을 돌렸던 재민이 덕현의 질문에 답했다.

"올해는 1년차들 전원 참가해야 하니까 혹시 당직의로 대타 뛰고 싶은 사람은……."

"치프 샘, 저요!"

"치프 샘!"

"제가 꼭 하고 싶습니다."

덕현의 말이 끝나기도 전에 여기저기에서 지원자가 속출했다. 의국 레지던트 MT를 단순히 단합대회라고 생각했던 1년차들은 순간 온몸을 엄습하는 서늘함에 몸을 부르르 떨었다.

뭔가 불안해도 엄청 불안했다. 하지만 위 연차들은 아무도 1년 차들에게 MT에 대해 알려주지 않았다. 대화는 그들만의 리그였다. 덕현을 위시한 4년차들이 대화를 주도하는 가운데 2년차와 3년차가 간간이 곁들었다.

"1년차는 타이(환자의 조직을 바늘로 봉합한 뒤 손으로 짓는 매듭) Test를 할 생각이야. 펠로우 선생님이 이번 1년차들 타이가 미흡하다고 그 부분 충당시키라고 하셨다."

"그럼 타이 Test를 첫날에 하나요?"

"아니. 타이 Test는 맨 마지막 날에 하고, 첫날은 분당병원에서 발생한 산모의 분만 3일 후 뇌실질내 출혈 사례에 대해서 토론할 생각이야."

"엑! 너무 수준이 높아요."

"교수님 지시사항이야. 그리고 그 외에 임신성 고혈압으로 인한 임산부의 내출혈 관련 질문도 있을 테니까 2년차, 3년차들 준비 똑바로 하고. 1년차들 앞에서 망신당하지 말자. 뇌 CT 사진은 미리 전달할 테니까 지주막하 출혈, 좌측두엽 뇌실질내 출혈, 뇌실내 출혈 부분에 대해서 반드시 공부하고, 관련해서 응급 개두술과 좌측 전측두엽 감압 두개골 절제술, 혈종 제거술과 동맥류 결찰술도 제대로 공부해 와."

불안한 예감은 어째 점점 현실이 되어가는 것 같았다. 치프답지 않게 공부해야 할 것들을 하나하나 섬세하게 짚어주는 것도 두려운데, 이야기 하나하나가 범상치 않은 것이 없었다. 게다가 왜 사람 불안하게시리 그곳에 MT 이야기가 끼는지 모르겠다.

점점 온도가 떨어지다가 급기야는 빙점 이하로 수직 하강하는 실내 온도에 1년차들은 부르르 몸을 떨었다. 치프가 자신이 들고 온 자료들을 반드시 하나하나 꼭 챙겨서 보라고 했을 때는 오한이 서리고 다리가 떨려서 서 있을 수도 없었다.

멍한 정신을 대충 부여잡은 이경은 덕현이 나감과 동시에 재웅에게 달려들었다. 이러니저러니 해도 친한 선배이자 친구 남편인 재웅이 가장 만만했다.

"재웅 선배!"

이경이 비명을 지르듯 재웅에게 매달리자 재웅이 이경의 어깨를 툭툭 두드렸다.

"축하한다. 축! 사망이네."

기묘하게 일그러진 이경의 얼굴을 보며 재웅은 천천히 대한병원 신경외과 레지던트 MT의 진실을 알려줬다.

의과대학 골학 MT의 업그레이드 버전으로 불리는 신경외과 레지던트 MT는 놀러 가는 담합대회가 아니었다. 장소는 계곡일지 모르지만 뚝, 떨어진 펜션에서 레지던트들의 출입을 제한하고 그들의 부족한 의학 지식과 실력을 발전시키는 악명 높은 학습의 장이었다.

"헐?"

사람이 너무 황당하면 말도 안 나오는 법이다.

이경은 뒷골이 당겨왔다. 뭐, 이런 말도 안 되는…….

이경의 멘탈이 붕괴되는 사이, 유일한 천국행 티켓을 거머쥐었다가 1학년 전원 참가라 외친 치프의 말 한마디로 인해 졸지에 지옥에 가게 생긴 기준은 이미 유체이탈을 했다.

여기저기에서 비명과 괴성이 난무했다.

"선배, 신경외과에 대해서 물을 때는 그런 말 없었잖아?"

"야, 넌 물건 팔 때 부작용이랑 단점, 주의사항 다 알려주고 파냐? 일단 팔면 끝이야. 그리고 MT에 관한 모든 것들은 극비사항이야."

"극비사항이라니?"

"다른 과는 안 이렇거든. 이게 알려지면 인턴들이 신경외과에 오겠냐? 그리고 설사 오더라도 알고 당하는 거랑 모르고 당하는 건 다르지. 뭐, 고통은 나눌수록 덜해진다잖아."

어깨를 으쓱하며 말하는 재웅의 얼굴은 사악해 보였다.

재웅은 이 기괴한 MT가 신경외과 닥터들 중에서도 성격 나쁘기로는 첫째, 둘째 가린다는 전설의 23대 치프부터 시작된 신경외과만의 전통이니 자랑스러워하라고 했다.

이경은 그 순간 대대로 신경외과 치프는 가장 성격이 못되고 까칠한 사람이 한다는 전설이 진짜라는 것을 깨달았다. 덕현만 욕할 것이 아니었다. 23대 치프부터 시작해서, 대한병원 신경외과 치프들은 진짜 하나같이 다 성격이 이상하다.

피로회복제 하나로 뇌물을 주장할 정도로 뻔뻔하지는 않지만, 그래도 가는 게 있으면 오는 것도 있어야 할 텐데 장덕현이라는 사람은 참 변함없이 못됐다. 꽃미남의 마법은 그리 오래가지 않았다.

얼굴만 잘나면 뭐한담? 성격이 좋아야지!

야밤에 혼자 훌쩍이며 타이 연습을 하는 이경의 손짓이 서글프다.

"도이경 선생!"

"예, 치프 샘!"

"타이 연습 잘하고 있지?"

스치듯 던지는 물음이 서러워서 이경은 홀로 실을 들고 의국에 자리했다. 피로회복제 가격 500원이 아까워지는 순간이다.

덕현 본인은 생각나서 한번 던져본 말일지 몰라도, 듣는 이경에게 타이 Test에서 떨어지면 다시 지옥이 시작될 것이라는 협박으로 들렸다. 그리고 아마 이경이 생각한 그것이 99%의 확률로 정답일 것이다.

쓸데없이 꼼꼼하고 쓸데없이 부지런한 대마왕 치프는 자신이 직접 만든 페이퍼를 통해 매듭을 맺는 방법을 그림까지 포함해서 전달했다. 유의사항까지 꼼꼼하게 정리했는데 덜컥 테스트에서 떨어지면 모르긴 몰라도 몸 성히 도망치기는 어려울 듯하다.

"어?"

집중해서 매듭을 맺던 이경의 얼굴이 울상이 되었다. 실이 끊어졌다. 덕현을 떠올리니 집중력이 반감되었나 보다. 아니, 손에 너무 힘이 들어간 것인가? 라텍스 고무장갑을 낀 손이 힘없이 떨어졌다.

두손타이(Two-han tie)는 쉬운데 한손타이(One-hand tie)는 왜 이렇게 사람 애를 먹이는지 답답하다 못해 눈물이 다 날 지경이었다.

너무 힘을 주면 실을 끊어먹고, 너무 힘을 주지 않으면 실이 풀린다. 천천히 시간을 두고 하라면 하겠는데 타이 한 세트에 최대 2초, 되도록 1초 내에 끝내라는 지시사항을 보니 연달아 한숨이 나왔다. 그리고 그때였다.

"실 끊어먹었어?"

낮게 혀를 차는 소리에 이경이 깜짝 놀라 뒤를 돌아봤다. 덕현이었다.

"치프 샘?"

혹시 졸아서 꿈을 꾸나 싶어 이경이 잔뜩 인상을 일그러뜨리고 앞을 직시했다. 4년차는 당직도 안 뛰어서 덕현이 야밤에 의국에 있을 이유가 없는데…….

침대에서 일어나 그녀를 향해 점점 다가오는 덕현을 보며 이경은 꿈에서 죽으면 현실에서도 죽는다는 그 전설의 공포영화를 떠올렸다. 그는 꼭 영화 나이트메어에 나오는 프레디 같았다.

이경은 주춤 뒤로 물러나면서 입을 열었다.

"전공의 기숙사에서 안 주무시고 왜 여기에 계세요?"

"수술 끝나고 나니 2시라서."

대수롭지 않게 대꾸한 덕현이 시선을 아래로 내렸다. 그리고 살짝 인상을 찌푸렸다. 짐작은 했지만 실이 끊어진 모습을 보니 마뜩잖았다.

"힘이 넘쳐나? 멀쩡한 실은 왜 끊어먹어?"

"그러게요."

이경의 목소리가 기어 들어갈 듯 작아졌다. 혈관 대용으로 쓰고 있는 명주실 두 가닥 위에 대롱대롱 매달려 있는 실을 보니 이경은 자신의 비루한 실력이 더 한스러웠다. 생각 같아서는 자신만만하니 1초 만에 타이 한 세트를 완료해서 덕현 앞에서 콧대를 높이고 싶은데 현실은 시궁창이다.

시무룩한 이경을 보던 덕현이 나지막이 숨을 뱉어내고 그녀의 뒤로 왔다.

"도이경 잘 봐."

엑? 갑자기 뒤에서 느껴지는 숨결에 이경이 기겁할 듯 놀라 뒤를 돌아보려고 했지만, 딴짓하지 말고 집중하라며 머리를 누르는 덕현의 손길에 억지로 고개를 돌려야만 했다.

"타이는 외과의사에게 있어서 기본이야. 그리고 그중에서도 신경외과는 특히 한손타이를 주로 써. 의대에서 두손타이가 정석이라며 가르치는 것은 아는데 신경외과는 한손타이가 정석이고 기본이야."

덕현은 손가락의 움직임을 이경 앞에서 천천히 보여줬다. 가늘고 긴 손가락이 부드러우면서도 매끄럽게 움직였다.

"실을 안쪽으로 넣고 그 밑에 손가락을. 응? 이런 식으로. 타이에 구멍이 나면 안 되니까 당기고 눌러가면서 만들어. 그렇다고 너무 당기지는 말고."

낮고 성량이 풍부한 목소리가 텅 빈 의국 안에 울려 퍼졌다. 이경은 편안하게 앉아 있던 의자 위가 마치 바늘방석이 된 기분이었다. 괜히 조마조마하고, 괜히 움찔움찔한다.

덕현은 남의 속도 모르고 태연하게 말을 이었다.

"그럼 직접 해봐. 아무리 늦어도 2초에 한 세트를 끝내야 해."

이경은 숨결이 닿을 듯 가까운 등 뒤에 덕현을 두고, 부들부들 떨리는 손으로 타이를 시도했다.

묶고, 또 묶었…… 는데 풀렸다.

이경은 머리라도 한 대 얻어맞는 것이 아닌가 싶어서 자동적으로 두 손을 들어 머리를 감쌌다. 일종의 조건반사였다.

눈을 질끈 감은 이경은 일단 머리부터 가리고 봤는데, 싸한 적막에 곧 자신의 실수를 깨달았다. 두 근 반 세 근 반, 죽을상이 된 이경이 뒤를 돌아봤다. 대마왕 강림으로 산지옥을 보게 될 수도 있겠다고 생각했다. 하지만 정작 보게 된 것은 어이없는 표정의 덕현이었다.

"도이경?"

"예."

이경이 기어 들어가는 목소리로 대답했다.

"저번에도 느낀 것이지만…… 내가 무서워? 맞을까 봐 겁나?"

덕현이 물었다. 아무리 생각해도 이경이 저렇게 겁을 낼 정도로 때린 적은 없었다. 폭언은 퍼부었을지 몰라도 최소한 폭력만큼은 자제했다. 타이 하나 실패했다고 잽싸게 머리를 감싸는 이경을 보니 기분이 묘하게 씁쓸하다. 의아한 눈이 이경을 향했다.

"그게요……."

고개 숙인 이경이 눈치를 보며 우물거렸다. 무서운 것도 맞고, 맞을까 봐 겁나는 것도 맞는데, 본인 앞에서 뭐라고 해야 할지 알수가 없다.

"이경아."

"네, 치프 샘."

"널 혼낸 기억은 있지만 그래도 때린 기억은 없는 것 같은데, 내가 틀려?"

덕현이 조심스럽게 접근했다. 애물단지에 사고를 많이 치는 후배이기는 하지만 그래도 덕현 나름대로는 아끼는 녀석이다. 손이 많이 가는 녀석이라 그만큼 눈길도 많이 갔다. 노티 때문에 한차례 호되게 혼을 내기는 했지만 열심히 하는 것이 눈에 보여서 좋은 의사가 되리라 기대하고 있기도 하다.

"아니요, 맞습니다."

눈동자를 데굴데굴 굴리던 이경이 작게 대답했다. 확실히 덕현이 후배들에게 손을 안 대는 것은 맞다. 바로 옆 동네인 정형외과만 해도 수시로 종아리를 차인다고 지은이 투덜댈 정도니까. 하지만 그래도 무서운 것을 어쩌나, 생긴 것에서부터 90%를 먹고 들어가는데! 커다란 덩치에 시종일관 딱딱하고 차가운 얼굴은 이경에게는 공포 그 자체다.

죄를 지은 것도 아닌데 땅만 바라보고 있는 이경을 보는 덕현의 얼굴에 착잡함이 서렸다.

"도이경."

"네."

"후우, 아니다."

낮게 한숨을 쉰 덕현이 이경의 머리를 쓱쓱 쓰다듬었다. 이경은 키만 작은 것이 아니라 머리도 작았다. 덕현은 손안에 다 들어오는 두개골을 만지고 있자니 부들거리는 이경이 새삼 안타까웠다.

"이 녀석아, 왜 겁을 내?"

불과 얼마 전까지만 해도 헤실거리면서 다가왔던 이경인지라 잔뜩 기죽은 모습을 보고 있자니 너무했던 것은 아닌가 싶기도 하다. 잔뜩 군기가 잡히다 못해 팽팽한 1년차를 보는 덕현의 눈길이 연민을 담아 부드러워졌다.

"힌트 하나 주마."

"예?"

"MT 때 타이 Test는 실제 수술상황처럼 5시간 동안 서서 대기를 한 후에 시작된다. 슈처(suture, 봉합) 후에 타이로 넘어갈 거야."

바닥만 바라보면 이경의 고개가 다시 벌떡 들렸다. 동그란 눈이 휘둥그레졌다. 세상에나! 어쩐 수상하다 했더니 실전 테스트였다.

놀란 이경을 보며 덕현이 피식거리며 입을 열었다.

"그럼 니들이 인턴이나 폴리클도 아니고 두꺼운 고무줄 2줄 가져다 놓고 타이 시도하라고 할 줄 알았어? 그렇게 하면 못하는 놈이 어디 있다고? 너도 대충 짐작은 했으니까 명주실 두 가닥 놓고 타이연습을 했겠지. 미세혈관 대용으로."

이경의 의도를 정확하게 짚어내는 덕현을 보며 이경이 살그머니 시선을 피했다.

"단, 혈관대용으로는 무난하게 노란 고무줄을 사용할 생각이야. 가운데가 비어져 있는. 아기기저귀용 노란 고무줄. 그러니까 이제부터라도 실전에 맞춰서 노력해봐. 하지만 잘했다. 실력이 많이 늘었네."

덕현이 넉넉한 표정으로 미소 지었다.

두꺼운 고무줄 놓고 시험을 볼 것이라 생각했는지 연습을 안 하는 녀석들도 몇이 보였는데, 이경은 이면에 숨겨진 의도를 일부 짐작하고 제 나름대로는 이런저런 방향으로 노력을 했다.

의사는 쉴 새 없이 공부하고 노력하며 자기 발전을 시도해야 한다. 사고뭉치 애물단지가 이제 겨우 초보의사 딱지를 붙였나 싶어 덕현은 꽤 만족스러웠다.

"감사합니다."

드물게 이경을 보며 웃는 덕현을 보며 이경은 조금씩 고개를 아래로 숙였다. 생각지도 못한 덕현의 칭찬이 왜 이리도 기쁜지 모르겠다.

이경은 자꾸만 옆으로 찢어지는 자신의 입매를 주체할 수가 없었다. 입술을 질끈 깨물어도 자꾸만 입이 옆으로 길게 찢어진다. 눈꼬리도 옆으로 찢어진다. 그녀의 양 볼은 메추리알 하나씩을 박아 넣은 듯 동글동글해졌다.

이경은 덕현이 그 후 몇 마디 조언을 더 하고 나간 후에도 연신 해죽해죽 웃음을 흘렸다. 덕현이 쓱쓱 문질러준 머리에도 손을 올렸다. 항상 혼나기만 하던 치프에게 칭찬을 들은 기분은 꽤 좋았다. 칭찬은 고래도 춤추게 하는 게 아니라 싫은 사람도 좋아지게 하나 보다.

시간은 흘러 드디어 무엇을 상상하던 그 이상을 보여준다는 지옥의 의국 MT 날이었다.

하늘 같은 4년차가 노예 같은 1년차를 위해 손수 밥을 하고 반찬을 만들었다. 장도 직접 보고, 심부름도 직접 갔다. 예를 들자면 양반이 하인의 수발을 드는 것과 같은 행태인데…… 불행히도 하나도 안 고맙고 하나도 안 송구스럽다.

덕현이 던져준 컨퍼런스 자료를 외우는 이경의 입이 삐죽거렸다. 도대체 이게 골학 MT와 다른 게 뭔지 모르겠다.

1분 1초가 피 마르는 삶과 죽음의 전쟁터를 벗어나서 자연과 벗하며 몸과 마음을 건강하게 하자는 의국 MT가 가진 본연의 목적은 사라졌다. 이경은 다시 의대생으로 돌아가 업그레이드 골학 MT를 체험하는 듯한 데자뷰를 느꼈다.

수영장이 있는 아름다운 펜션, 그것도 계곡과 맞닿아 놀기 딱 좋은 곳에 대한병원 1~3년차 레지던트들은 감금됐다. 쉴 새 없이 이어지는 공부와 테스트, 테스트에서 통과하지 못하면 잠도 못 잤다. 저널과 컨퍼런스 자료가 끊임없이 오갔고, 토론 및 테스트에서 대답을 잘못한 사람들은 잠도 자지 못하고 올바른 지식을 습득해야만 했다.

통과를 하든 못하든 책임이 개인에게만 주어지면 차라리 괜찮다. 하지만 불행히도 조별 연대책임이었다. 3년차 둘, 2년차 둘,

1년차 둘 도합 여섯으로 이뤄진 조가 총 5개다. 구성원의 수에 플러스마이너스가 있기는 하지만 전체적인 구성이나 인원수에는 별 차이가 없다.

"도이경, 잡생각하지 말고 어서 외워."

페이지를 넘기는 이경의 손이 잠시 멈칫하자, 귀신같은 덕현이 다가와서 그녀의 머리를 가볍게 눌렀다. 울상이 된 이경이 자신의 머리 위에 손을 올렸다.

"치프 샘, 너무 어려워요."

"어려우니까 시키는 거야. 설마 물장난하고 놀라고 여기에 데려왔겠어?"

덕현의 말에 이경의 얼굴은 더욱더 울상이 되었다. 이경 옆에서 중얼중얼 책을 외우던 성현이 벌떡 고개를 들며 질문했다.

"그래도 치프 샘, 마지막 날만큼은……."

"뭐, 너희 조 전원이 일찍 패스하면 마지막 날은 물놀이하고 놀 수도 있지. 열심히 해라."

뜨거운 열망이 담긴 성현을 보며 덕현이 슬쩍 입매를 비틀었다. 그리고 잠든 누군가를 찾아 바람같이 사라지는 덕현의 뒷모습을 보는 1년차들의 눈에는 실낱같은 희망이 담겼다.

그때, 3년차 정섭이 코웃음을 치며 비웃음을 날렸다.

"그거 사기다."

정섭은 책에서 눈도 떼지 않고 입을 열었다. 순진한 1년차들이 줄줄이 속아 넘어가 좌절하는 모습은 마지막 날에만 볼 수 있는 장관이기는 하지만, 테스트의 블랙홀이었던 이경과 성현이 생각 이상으로 선전해주는 바람에 테스트를 일찍 패스했다.

정섭은 넉넉한 마음으로 1년차들에게 진실을 알려줬다.

"설마요."

"말도 안 돼요."

칭찬 한 번 받았다고 치프바라기가 된 이경과, 물놀이에 대한 열망 하나로 미친 듯이 책을 파는 성현이 반발했다.

재웅이 피식거리며 조소를 흘렸다. 작년에 한번 당해본 2년차로서는 순진한 1년차들이 마치 과거의 자신처럼 느껴졌다.

"정섭 선배 말이 맞아."

1년이나 지났건만 상처는 치유되지 않았다. 재웅은 허무하고도 허탈한 눈으로 1년 전의 과거를 되짚었다.

"애초에 2박 3일로 끝날 공부가 아니거든."

산더미같이 쌓인 자료를 바라보는 재웅의 눈에 고통과 괴로움이 담겼다. 바쁜 의국에서 레지던트들이 단체로 시간을 내고 몸을 뺄 때는 그럴 만한 타당한 이유가 있어야 한다. 아무리 주말을 꼈다고 하지만 레지던트들에게 단체로 3박 4일이나 시간을 빼줬을 때에는 무엇인가 음모가 있다는 것을 깨달아야 한다.

"그래도 일찍 끝내면 혹시 모르잖아요."

성현이 반론을 펼쳤다.

"펜션 빌리는 데 돈이 얼만데요. 이렇게 경치 좋고 시설 좋은 곳일수록 더 비싸요. 놀게 해줄 생각이 없었으면 애초에 여길 빌리면 안 되죠."

꽤 논리적인 반론에 재웅과 정섭의 눈이 마주쳤다. 실소가 절로 흘러나왔다. 집중해서 책을 읽던 석민과 혁찬이 동시에 코웃음을 터트렸다.

"그건 떡밥."

석민이 간결하게 부가 설명을 덧붙였다. 그리고 정섭이 석민의 설명에 살을 덧붙였다.

"물고기 낚는 떡밥, 다른 말로 하면 먹지도 못하는 모형당근."

꽤 죽이 잘 맞는 두 3년차를 보는 1년차들의 시선이 황망해졌다. 2년차 재웅이 순진한 1년차들을 위해서 입을 열었다.

"계곡과 수영장은 관상용이야."

혁찬도 동의하며 고개를 끄덕였다.

2년차와 3년차가 이구동성으로 외치는 말에 1년차들은 패닉상태가 되었다.

"하지만 치프 샘은 갈 수 있다고 했잖아요."

"응, 갈 수야 있지. 테스트가 다 끝나면. 근데 니들은 이게 2박 3일로 다 끝날 양으로 보이냐?"

산더미처럼 쌓인 책들은 그 책으로 집을 지어도 수십 채를 지었을 양이다. 박스에 담겨서 쉴 새 없이 반입되던 책들은 어째 처음 봤을 때보다 양이 더 많아 보였다.

성현의 얼굴이 울상이 되었다.

"그러면 공부할 필요가 없는 거잖아요."

"그건 아니지."

정섭이 손가락을 좌우로 흔들었다.

"이거 패스 못하면 의국에서도 이어지거든. 시즌1은 MT, 시즌2가 의국. 참고로 사정 따위는 봐주지 않는다. 도이경 당하는 것 봤잖아. 도이경, 치프 샘이 어디 너 일 많은 거 감안하면서 일 시키디?"

정섭이 이경에게 질문했다. 성현의 옆에서 덩달아 울상이 된 이경이 고개를 절레절레 흔들었다. 덕현의 눈 밖에 난 덕분에 데굴데굴 돌밭에서 굴렀던 만 20일은 그냥 악몽이었다. 하지만 의국으로 돌아온 이후 덕현의 굴림은 그야말로 산지옥이었다.

'동물나라'의 토순이를 보면서 덕현을 욕할 때가 훨씬 좋았다. 의국에서 쫓겨났던 20일 동안 못 부려먹었던 것을 만회하겠다는 듯 수술이며 푸시, 콜, 노티를 가리지 않고 들들 볶았다. 이경은 다시는 그런 일을 겪고 싶지 않았다.

무엇인가 반론하려던 성현은 뒤늦게 깨달은 진실에 으아악, 괴성을 질렀다.

"이건 말도 안 돼! 악몽이야!"

2년차와 3년차들은 순진했던 1년차 성현을 회상에 젖은 눈으로 바라보았다. 산타할아버지가 거짓말이라는 것을 깨달았을 때처럼 성현은 고통 속에서 몸을 비틀었다.

인간의 한계에서 끅끅, 서러워하는 성현의 곁에서 이경은 조용히 책을 펼쳤다. 정섭의 말이 사실이라면 일분일초가 아쉬웠다. 이경은 다시 자신의 발로 산지옥으로 들어가고 싶은 생각 따위는 결코 없었다.

"도이경, 공부하시게?"

타깃1을 격침시킨 정섭이 타깃2에게로 시선을 돌렸다.

혼자만 살겠다고 공부를 하는 1년차를 바라보며 위 연차들은 미묘한 표정을 지었다.

"혼자만 공부한다고 될 일이 아닐 텐데……."

정섭이 음흉한 표정을 지었다. 눈을 동그랗게 뜨고 그를 바라보는 이경의 눈에서는 의아함이 느껴졌다. 정섭은 이경을 보며 불행하게 만들 힌트를 던져줬다.

"애석하게도 너 혼자 외운다고 끝이 아니거든. 너희 골학 MT 때 충분히 겪어봤잖아. 한 조가 전원 통과하지 못하면 휴식은 없어."

정섭이 낄낄 웃음을 터트렸다. 석민은 후배 괴롭히기에 여념이 없는 정섭을 보며 미묘하게 인상을 찌푸렸지만, 괴성을 지르며 좌절하는 성현과 망연자실한 이경을 보면서는 미약한 미소를 흘렸다. 낯선 이에게서 낯익은 추억이 떠오르는 것은 꽤 나쁘지 않았다.

신경외과 의사들은 대대로 성격 까칠하다. 타인의 불행은 나의 행복, 위 연차들은 아래 연차들의 불행을 지켜보며 스트레스를 풀었다.

공부, 공부, 공부, 그리고 또 공부.

성격 나쁜 선배들과 산더미처럼 쌓인 책들이 이경의 스트레스를 몇 배로 늘렸다. 그리고 이경은 공부 시작 7시간 30분 만에 녹초가 되었다.

"쉬고 싶어요."

위 연차들 사이에서 조금 굴렀을 뿐인데, 하루에 수술실을 네 번 들어갔을 때보다 더 피곤해졌다. 이경은 산소가 필요했다. 지나치게 인구밀도가 높은 펜션에서 벗어나고 싶었다.

슬그머니 현관을 열고 나온 이경이 돌계단에 쪼그리고 앉았다. 단지 선배들에게서 벗어나고 싶어서 나온 것인데 산과 물이 어우러진 아름다운 모습을 보고 있자니 마음이 정화가 되는 것 같았다.

"에휴."

그래봤자 한숨이 폭우처럼 터져 나오지만 어쨌든 안에 있는 것보다는 나았다.

오늘이 벌써 이틀째인데 공부한 것보다 공부하지 못한 것이 훨씬 더 많았다. 더도 덜도 말고 딱 5배였다. 그나마 다행이라면 주어진 책과 자료 안에서만 테스트를 한다는 것인데 이경은 그것만으로도 한숨이 절로 나왔다.

"진짜 싫다. 언제 다 공부하지."

다리를 쫙 펼친 이경이 넋두리처럼 중얼거렸다. 식사시간도 줄이고 잠도 줄여가면서 공부를 했는데 어째 학습량은 볼 때마다 늘어나는 기분이다. 책상 위에 잔뜩 쌓아져 있을 책을 떠올린 그녀가 절레절레 머리를 흔들었다. 그때였다.

"여기에서 뭐 해?"

낯익은 목소리가 들렸다. 고개를 번쩍 든 이경이 고개를 돌렸다. 덕현이었다. 펜션 안에 있는 것 같더니 어느새 밖에 나왔는지 손에는 추가 봉투를 한가득 들고 있었다.

"치프 샘!"

덕현이 돌계단에 앉아 있는 이경에게 성큼성큼 다가왔다. 반가운 것도 아니고, 안 반가운 것도 아닌 미묘함 속에서 이경은 엉거주춤하게 몸을 일으켰다. 어찌할 바를 몰라 하는 그녀에게 덕현이 손을 아래위로 흔들었다.

"괜찮으니 앉아 있어. 쉬러 나온 거야?"

"예. 머리가 좀 아파서요."

"공부할 것이 조금 많지?"

"아니요, 심하게 많아요."

다 죽어가는 이경의 목소리에 덕현이 피식 웃음을 흘렸다.

"녀석."

덕현이 이경의 머리에 손을 올렸다. 머리가 따끈따끈해서 과열된 기계가 생각났다. 덕현이 이경의 머리를 쓱쓱 쓰다듬었다.

"더운데 안에 들어가자."

"치프 샘 먼저 들어가세요. 저는 나중에 들어갈게요."

"인마, 여기 위험해. 옆 펜션에 어떤 사람이 왔는지 어떻게 알아? 야밤에 여자 혼자 나와 있으면 안 돼!"

"에이, 그것도 여자 나름이죠. 저는 얼굴이 무기라서 괜찮아요."

덕현의 배려에 이경이 손사래를 쳤다. 의대에 입학한 순간부터 여자로서의 도이경은 버렸다. 한때는 짝사랑의 상대, 윤 선생님 때문에 두근거리는 마음으로 전공을 선택한 적도 있었다. 하지만 그것은 마음뿐이고 현실은 쉴 새 없이 몰아치는 의대의 바쁜 일정 속에서 인간으로서의 몰골을 유지하는 것만으로도 벅찼다.

"머리는 안 감아서 푸석푸석하고, 화장도 안 하고, 이렇게 시커먼 티 쪼가리 하나 뒤집어쓰고 있는데 누가 절 여자로 봐주겠어요. 노숙자로나 안 보면 다행이지. 야밤에 이렇게 나와 있으면 제가 위험한 게 아니라 절 본 사람들이 도리어 절 무서워해요."

"우리 의국의 홍일점께서 이렇게 스스로에 대한 자신이 없으면 쓰나."

자조 섞인 이경의 말에 덕현은 안쓰러운 표정을 지었다.

"어차피 홍일점 취급도 안 해주시잖아요."

"홍일점 취급 받고 싶어?"

"설마요. 그냥 사람이면 족해요."

이경이 어깨를 으쓱하며 말했다. 덕현은 겸연쩍은지 멋쩍은 얼굴을 하고 뒷목을 긁적이며 변명은 늘어놓았다.

"사람 취급이라……. 인마, 그래도 내 딴에는 너도 아끼는 후배야. 며칠 전에도 너한테만 타이 Test에 대한 힌트를 알려줬잖아."

"그게 저만 알라고 하신 것인가요. 1년차들한테 다 알리라고 한 것이지."

이경이 입을 삐죽였다. 덕현이 멋쩍은 웃음을 흘렸다. 굳이 그런 의도는 아니었는데 이경은 그렇게 받아들였나 보다. 열심히 하는 이경이 귀여워서 힌트를 전해준 것인데…….

"그런 의도는 아니었어."

"예, 그렇다고 해둘게요."

이경이 새침하게 대답했다. 이경의 대답에 쓴웃음을 지은 덕현은 다시 시계를 보며 질문을 던졌다.

"근데 정말 안 들어갈 거야? 시간이……."

"거기 인구밀도가 너무 높아서 산소가 부족해요. 치프 샘 먼저 들어가세요."

아무리 대낮처럼 밝은 밤이라고 해도 밤은 밤이었고, 그는 여자 혼자 두고 갈 정도로 무심한 사람이 아니었다. 무엇보다 그녀가 자신의 휘하에 있는 레지던트였다.

낮게 혀를 찬 덕현이 성큼 계단 위로 올라가 이경의 옆에 털썩 주저앉았다.

"그럼 나도 좀 앉아 있지, 뭐."

"치프 샘?"

이경이 의아한 목소리로 덕현을 불렀다. 하지만 덕현은 자신이 들고 온 검은 봉지에서 맥주를 꺼내 이경에게 건네며 물었다.

"마실래?"

"아니요. 다시 들어가서 공부해야 해요."

맥주를 보며 침을 꿀꺽 삼킨 이경이 시무룩하게 대답했다. 부어라 마셔라 하면서 스트레스를 잔뜩 풀 수 있을 것이라 생각하고 온 것이 무색할 정도로 의국 MT는 스파르타였다.

이경의 거절에 덕현이 피식 웃음을 터트렸다. 그녀가 무슨 생각을 하고 있는지 훤히 보이는 듯했다. 이경의 머리를 꾹 누른 덕현이 맥주캔 하나를 더 꺼내서 이경에게 건넸다.

"그러지 말고 마셔. 괜찮아. 너희 조는 4차 테스트까지 전원 패스했던데, 뭘."

묘하게 넉넉한 덕현의 말에 이경이 시니컬한 표정을 지으며 대꾸했다.

"3박 4일 일정에서 2일째인데 4차 테스트지요. 8차 테스트까지 있다면서요. 그거 진짜예요?"

"아니, 9차까지. 하나 더 있어, 총괄 테스트."

이경이 황당한 눈으로 덕현을 바라봤다.

"선배들이…… 8차라고 하던데요?"

"그런데 너희 1년차가 타이 Test를 너무 수월하게 넘길 것 같아서 시간이 남을 것 같더라고. 그래서 4년차들끼리 협의해서 하나 더 늘렸어. 8차보다는 9차가 어감도 좋잖아?"

덕현이 싱긋 웃으면서 말했다. 불완전한 8보다는 꽉 채운 9가 좋다는 망언을 주절거리는 덕현을 보며 이경은 경악했다. 세상에나! 사람도 아니었다.

속이 탄 이경은 덕현이 건넨 맥주 캔을 냅다 뜯어서 한 모금 식도로 넘겼다. 그리고 덕현에게 따지듯이 캐물었다.

"타이 Test는 치프 샘이 알려주신 거잖아요."

"그렇지."

"그런데 그 타이 Test를 쉽게 넘길 것 같다고 시험 종류를 하나 더 늘리면 안 되는 거잖아요."

거의 울 듯한 이경을 보며 덕현이 미안한 듯 안타까운 표정을 지었다.

"그래도 어쩌겠냐. 4년차 전원 의견이야."

"치프 샘!"

이경이 덕현에게 매달리듯 하소연했다. 하지만 덕현은 두 손을 들어 절레절레 흔들었다.

"나 힘없다."

"9차 테스트는 정말 너무해요. 3박 4일 동안 시험 9개를 어떻게 봐요."

"그걸 노리고 만든 거야. 우리도 못 놀았는데 너희를 놀게 해줄 수는 없잖아."

사람이 아니라 악마였다. 대마왕이라는 별명답게 덕현은 이경의 피가 마르고 살이 떨리는 이야기를 참 가볍고 상큼하게 늘어놓았다.

9차 테스트를 생각하니 머리가 다 지끈거렸다. 이경은 남은 맥주를 한입에 다 털어 넣었다. 꿀꺽이며 쉼 없이 맥주를 식도로 넘겼는데 아무리 마셔도 속이 풀리지 않았다.

어느새 한 캔을 다 마셔버린 이경은 덕현에게 손을 내밀었다.

"주세요."

"뭘?"

"맥주요."

"맥주? 왜?"

덕현이 의아한 눈으로 이경을 바라봤다.

이경은 멀뚱한 덕현의 손에서 그가 들고 있던 맥주를 빼앗았다. 그리고 목으로 신나게 넘겼다.

너무 공부를 열심히 해서 머리가 어지러운 탓인지, 아니면 술기운이 오른 것인지, 이도 저도 아니면 9차 테스트가 이경의 정신을 혼미하게 만든 것인지는 모르겠지만 목이 탔다. 술이 필요했다. 현실도피가 하고 싶었다.

하지만 정작 이경에게 현실도피를 하고 싶도록 만드는 일은 바로 그다음에 일어났다.

"이경아, 그거 내가 마시던 것인데?"

졸지에 마시던 맥주를 빼앗긴 덕현이 당황한 목소리로 이경을 불렀다. 덕현의 맥주 한 캔을 거의 다 마셔가던 이경은 순간 정신이 들었다. 잠시 외출했던 그녀의 정신이 반짝이며 귀가를 선언했다.

"컥!"

사레가 들린 이경은 자신의 가슴을 두드렸고, 덕현도 난처한 표정을 지으며 이경의 등을 두드려줬다.

"인마, 왜 갑자기 술을 그렇게 마셔?"

"쿨럭, 치프 샘 때문, 쿨럭, 이에요."

덕현이 황당한 목소리로 되물었다.

"내가 뭘 어쨌다고?"

"9차 테스트요. 저 때문에 테스트 1회 더 늘어났다고 하면 저 죽어요."

이경이 덕현을 원망하며 말했다. 선배며 동기를 가릴 것도 없이 이경을 죽이려고 들 것이 분명했다.

"그게 왜 너 때문이야?"

"제가 치프한테 얻은 타이 Test 힌트를 애들한테 알려주는 바람에 그런 것 아니에요?"

"아니야. 원래 마지막 9차 테스트는 필수적으로 붙어. 물론 건네준 일정표에는 8차 테스트까지 적혀 있겠지만 인생이 계획대로만 움직이는 것은 아니잖아. 2년차 때도, 3년차 때도, 일찍 끝난 조에는 9차 테스트를 항상 추가로 시행했어."

"말도 안 돼요!"

"말이 안 되기는 무슨. 의국 MT에 새로운 전통을 만든 23대 치프가 남기신 명언이 하나 있지. 굴려라. 굴리면 구를 것이니! 시켜서 안 되는 것은 없다."

뭐, 그딴 게 다 있냐는 듯 이경의 입이 떡 벌어졌다.

"진짜야."

덕현이 어깨를 으쓱하며 말을 이었다.

"의국에 히포크라테스 선서문 있지? 그 액자 자세히 보면 뒷부분에 종이가 하나 더 겹쳐 있는데 거기에 23대 치프가 직접 써서 남겼어."

"도대체 그 성격 나쁜 사람이 누구래요?"

이경은 자신도 모르게 중얼거렸다. 덕현이 답했다.

"이동욱 교수님."

"엑? 진짜요? 그 수염 잔뜩 있고 맨날 웃기만 하는 거북이 교수님요? 말도 안 돼요. 문혁 교수님이라면 모를까."

이경이 기겁하며 반론을 펼쳤다. 남녀노소 할 것 없이 성격이 나쁜 신경외과에서 가장 인품이 넉넉하신 분이 그분이시다.

"치프 샘, 잘못 알고 계신 것 아니에요?"

"맞는데? 23대 치프 이동욱! 직접 서명까지 하셨어. 그리고 문혁 교수님은 24대 치프. 이동욱 교수님의 말도 안 되는 전통을 굳건하게 이어가신 분이시고."

헐! 이경의 얼굴이 더 일그러질 수 없을 만큼 일그러졌다. 이경은 도무지 표정 관리가 되지 않았다. 남들이 신경외과를 말리는 이유가 있었다.

"신경외과는 정말 올 곳이 못 되는 곳이었어요."

넋을 놓은 이경이 허탈함 속에서 중얼거렸다. 믿을 사람 하나도 없다는 옛말이 그냥 있는 것이 아니었다.

좌절하는 후배를 보며 덕현이 멋쩍은 표정으로 관자놀이를 긁적였다. 신경외과가 조금 까다롭기는 해도 이렇게까지 부정할 곳은 아닌데……

"뭐, 그래도 선후배 관계는 돈독하잖아. 우리 병원 신경외과처럼 선후배 관계 좋은 곳도 없어. 위 연차들 욕하면서 우애와 친목을 다진 덕분에 협동심 하나는 끝내줘."

덕현은 전혀 장점 같지 않은 것은 장점이라고 늘어놓았다. 이경의 얼굴이 떨떠름하게 뒤틀렸다. 그냥 선후배 관계를 버리고 편한 레지던트 생활을 하고 싶었다.

이경이 연거푸 한숨을 내쉬었다. 덕현은 불쌍한 1년차의 등을 다독거렸다. 어째 신경외과에 회의를 느끼고 있는 것 같은데 도망치기 전에 잘해줘야겠다.

"맥주 한 캔 더 마실래?"

덕현은 연민과 동질감으로 이경에게 제안했다.

"아니요. 저 벌써 2캔이나 마셨잖아요."

이경은 대수롭지 않은 표정으로 거절했다. 하지만 순간적으로 머리를 스친 생각에 눈을 동그랗게 뜨고 제 손을 내려다보았다.

맥주 캔!

동그란 눈동자가 그녀의 손에 들린 맥주 캔과 덕현의 얼굴을 분주하게 오갔다.

덕현은 그사이 맥주를 한 캔 더 따서 마시고 있었다. 잘생긴 얼굴이 꿀꺽꿀꺽 시원하게 맥주를 마시는 모습을 보고 있자니 마치 한 편의 CF와 같은 분위기가 느껴졌다. 화내는 치프 샘이 아니라 부드럽고 말랑말랑한 덕현은 꽤 잘생겼다.

잠시 멍하니 덕현을 바라보던 이경이 화들짝 놀라서 양손으로 제 뺨을 찰싹, 하고 때렸다.

"이경아?"

놀란 덕현이 다시 이경의 이름을 불렀지만 이경은 덕현의 말을 듣지 못했다. 미친 듯이 고개만 절레절레 흔들었다.

변태와 마조히스트라는 단어만 자꾸 이경의 머릿속에서 뱅글

뱅글 돌았다. 붉게 달아오른 얼굴이 자꾸만 화끈거렸다. 덕현이 마시던 맥주 캔에 닿아 간접키스를 한 그녀의 입술도 살짝 후끈거리는 것 같다.

"이경아, 취했어? 얼굴이 발갛다. 안으로 들어갈래?"

시야에서 좀 사라져줬으면 좋겠는데 덕현은 제 얼굴을 자꾸만 이경의 눈앞에 들이민다.

섹시한 눈과, 섹시한 코와, 섹시한 입과…… 으아악!

기겁한 이경이 고개를 절레절레 흔들었다. 미쳤나 보다. 진짜 괴롭힘 당하면서 쾌감을 느끼는 변태가 되었나 보다. 저 사람은 대마왕인데, 이경을 미친 듯이 괴롭힌 대마왕인데 왜 자꾸 얼굴이 화끈거리고 두근거리는지 모르겠다.

"치프 샘, 저 들어가서 공부할게요."

몸을 벌떡 일으킨 이경이 후다닥 안으로 날듯이 뛰어 들어갔다. 뒤에서 덕현이 뭐라 소리치는 것이 얼핏 들렸지만, 덕현의 목소리를 듣고 있으면 그녀의 고장 난 가슴이 또다시 마라톤을 시작할 것 같은 불길한 예감이 들었다.

그날 밤, 치프를 뒤에 두고 펜션으로 달려가는 이경의 얼굴에는 붉은 꽃이 피었다.

5장

얼굴이 빨갛게 변해서 펜션으로 뛰어 들어가는 이경을 보는 덕현의 눈이 황망했다.

"정말 취했나?"

혼자 남겨진 덕현이 중얼거렸다.

취하면 안에 들어가는 것이 맞기는 한데 이경의 빈자리는 꽤 서운하다. 든 자리는 몰라도 난 자리는 안다더니 이경이 떠난 자리는 왠지 휑한 기분이 든다.

입맛을 다신 덕현이 자신의 손에 들린 맥주 캔에 집중했다. 그 자신도 안에 들어가기는 해야 할 텐데 반쯤 남은 맥주가 아까웠다. 버릴 수도 없고, 들고 들어가자니 혼자 치사하게 맥주를 마셨다며 타박당할 것이 뻔했다.

덕현은 돌계단에 나른하게 몸을 기댄 후 남은 맥주를 마시기 시작했다. 이경의 반응을 살피기 위해 맥주를 꺼내 들었던 방금 전과 달리 순수하게 즐기기 위하여 맥주를 마셨다.

아름다운 경치를 보며 맥주를 마시는 것은 그리 나쁜 기분은 아니었다. 고즈넉하지만 수려한 경관은 그 존재만으로도 마음에 안정을 준다. 더운 밤, 아름다운 풍경과 맥주 한 캔은 꽤 어울리는 조합이다.

덕현은 낭만적인 야경에 젖어들 듯 빠져들었다. 내내 딱딱하게 경직되어 있던 얼굴이 부드럽게 풀어졌다.

이틀 동안 잠을 제대로 못 자고 쉬지도 못한 것은 아래 연차들 뿐만이 아니다. 그들을 감독하는 4년차도 꽤 고된 행군이다.

아래 연차들은 자기 공부만 하면 그만이지만, 4년차들은 아래 연차들의 수발을 드는 동시에 틈틈이 전문의 시험도 준비해야 했다. 덕현처럼 USMLE(미국의사시험)을 준비하는 사람은 공부해야 할 양이 몇 배나 된다.

레지던트 4년차는 미래에 대한 고민을 하는 나이다. 개원의와 페이닥터, 그리고 스텝으로 남는 길 중에 하나를 택해서 병원이라는 보호막을 떠나 홀로 서야 한다. 레지던트 때처럼 배우는 과정이라는 변명은 통하지 않는다.

남들은 덕현이 고민 없이 병원에 남는 길을 택할 것이라고 하지만 아무리 덕현이라 해도 미래에 대한 고민과 번뇌는 피해갈 수 없었다.

한숨을 내쉬는 덕현의 눈에 이경이 집어 던진 2개의 맥주 캔이 보였다. 벌컥벌컥 맥주를 마시다가 컥, 소리를 내며 사레가 들린 그녀도 생각났다. 무서워하던 그의 맥주를 뺏어 마실 정도면 급하기는 엄청 급했던 것 같다.

덕현이 작게 웃음을 흘렸다. 졸지에 마시던 맥주를 빼앗겼으면 화가 나야 하는데 그렇지 않았다.

애물단지 후배.

그도 그녀와 같은 과정을 거쳤고, 그녀도 곧 그와 같은 과정을 거치게 될 것이다. 대학 6년과 인턴 1년, 그리고 레지던트 4년. 조금씩 차이는 있을지언정 그들은 같은 공부를 하고 같은 고민을 하며 성장한다.

세간에선 그를 두고 이경을 못 잡아먹어 안달이 났다고 하지만 특별히 미운 후배가 있을 리가 있나! 다 같은 후배인 것을. 게다가 이경은 꽤 오랜만에 들어온 의국의 홍일점이니만큼 더 신경이 쓰인다.

덕현의 눈은 이경이 후다닥 사라진 방향을 향해 제법 오랫동안 머물다 사라졌다.

털레털레 펜션으로 돌아온 이경이 축 처진 채 문을 열고 들어왔다. 사람들의 눈이 일시에 그녀에게 향했다. 테스트 때문에 한껏 예민해진 사람들에게는 문소리 하나도 거슬렸다.

"왜 자꾸 왔다 갔다 하는……. 너, 무슨 일 있냐?"

짜증 섞인 목소리로 말하던 석민이 순간 멈칫했다. 벌건 얼굴을 감싸 안고 문 앞에 스르륵 주저앉는 이경의 행색은 아무리 봐도 정상이 아니었다.

"석민 선배."

석민을 올려다보는 이경은 코도 빨갛고 볼도 빨갛고 귀도 빨갛고 얼굴이며 목, 손 등 보이는 곳은 다 빨갰다. 눈시울도 벌겋고, 심지어 술 냄새도 났다.

"나 타락했어요."

뜬금없는 이경의 말에 석민은 말문이 막혔다.

"타락도 보통 타락이 아니에요."

난데없이 폭탄을 터트리더니 이제는 자신의 머리를 쾅쾅 두드리고 볼도 철썩철썩 두드렸다. 자아비판에 돌입한 이경을 보는 석민의 얼굴이 미묘해졌다.

"이래서는 변태 확정이야. 난 정말 구제불능인 거 같아요. 내가 정말 왜 이러는 걸까?"

"무슨 일을 저질렀는데?"

"그러게요. 난 도대체 무슨 일을 저지른 것일까요?"

이경은 급기야 울먹이는 표정으로 석민에게 물었다. 바람 좀 쐬러 나간다더니 이경은 도대체 무슨 일을 저지르고 온 것일까? 석민은 정말 이경에게 묻고 싶었다.

말없이 그녀를 바라보는 석민에게 이경은 조용히 질문했다.

"선배, 선배가 범죄자를 좋아한다면 어떨 거 같아요? 아니, 범죄자는 아닌데, 아무튼 그 비슷한 거요. 선배한테 엄청 나쁘게 대한? 아니다. 나쁜 건 나니까…… 맞다! 범죄자가 자신을 잡은 형사를 좋아하게 된 상황?"

횡설수설하는 이경을 바라보는 석민의 입매가 삐뚜름해졌다. 기가 막히고 어이가 없어서 코웃음밖에는 나오지가 않았다.

"내가 왜 범죄자가 되거나 범죄자를 좋아해야 하는데?"

"그냥 가정하는 거잖아요."

"그러니까 그 가정을 왜 해야 하는데?"

"나라고 그런 가정을 하고 싶어서 하겠어요. 멀쩡한 사람도 많은데 왜 꼭 그 사람을 보면 가슴이 두근거리고 얼굴이 화끈화끈해지는 것일까요?"

눈물이 그렁그렁해진 이경이 소녀의 순정과 짝사랑의 로망에 어쩌고저쩌고 헛소리를 늘어놓았다. 본인은 진지하다고 주장하지만 석민이 보기에는 헛소리 그 이상도 이하도 아니었다.

"네가 누굴 좋아하는데?"

"나쁜 놈이요!"

말이 떨어지기 무섭게 이경이 답했다. 석민은 고개를 절레절레 흔들었다. 언제나 변함없는 시크함을 자랑하는 석민이라지만 이번만큼은 평정심을 유지하기 힘들었다.

"아, 그러세요?"

"네. 나쁜 놈만 보면 자꾸 가슴이 두근거리고 얼굴이 화끈거리고 심장이 쿵쾅거려요."

양손으로 볼을 수줍게 감싼 이경을 보며 석민이 한숨을 내쉬었다. 주정뱅이를 붙잡고 대화하는 것만큼 쓸모없는 일이 없다는 옛사람들의 명언이 생각났다.

석민이 고개를 돌려 성현을 불렀다.

"성현아!"

"예, 선배."

어느새 다가와 이경과 석민을 구경하고 있던 성현이 냉큼 대답했다.

"이경이 챙겨라."

"예?"

"죽이든 재우든 네가 알아서 해. 도대체 어디에서 술을 마셨는지는 모르겠다만 네 동기 네가 챙겨야지. 죽어도 동기사랑, 살아도 동기사랑 몰라?"

자신에게 이경을 떠맡기는 석민을 보며 성현이 울상이 되었다.

"석민 선배!"

"내가 웬만하면 재우라는 이야기는 안 하겠는데 쟤 꼴을 봐라. 공부하고 시험 볼 상태인가. 그냥 네가 끌고 가서 재워. 혼자서 감당이 안 된다 싶으면 기준이나 다른 너희 동기들 부르든가."

성현이 석민에게 매달리듯 하소연했지만 이경은 졸지에 성현의 몫이 되었다. 할 공부가 산더미인데 졸지에 주정뱅이의 뒤치다꺼리를 하게 되었다.

"에? 선배, 나 안 취했는데요?"

몽롱함 속에서 주구장창 헛소리를 늘어놓던 이경이 뒤늦게 정신을 차리고 자신의 건재함을 피력했지만, 사람들의 인식 속에서 도이경은 이미 구제불능의 주정뱅이였다.

"선배, 나 정말 안 취했어요. 성현아? 나 안 취했어!"

정신도 멀쩡하고 혀도 꼬이지 않았다. 아니, 그전에 맥주 2캔으로 취하기는 개뿔이! 간에 기별도 안 가는 양을 가지고 취했다며 자신들끼리 수군대니 이경은 당황스러웠다.

석민은 극구 멀쩡하다고 우겨대는 이경을 보며 테스트를 담당하고 있는 4년차 선배를 불렀다.

"해욱 선배, 이경이 재워도 되죠? 저희 5차 테스트는 내일 아침에 하겠습니다."

"그래, 재워. 내가 봐도 도이경 쟤는 재워야겠다."

흔쾌히 허락도 떨어졌다.

이경이 자신은 멀쩡하다고, 5차 테스트를 볼 수 있다며 그간 공부한 임산부의 분만 후 뇌실질내 출혈에 대하여 증례와 고찰을 열심히 소리쳤으나, 그녀의 말을 들어주는 사람은 아무도 없었다.

"푹 재워라. 아주 제대로 맛이 갔다."

"그렇죠? 술 때문에 맛이 간 건지, 공부를 너무 많이 해서 맛이 간 것인지는 모르겠는데, 제정신이 아닌 것 같아요."

해욱과 석민이 주고받는 이야기에 이경이 발끈해서 반박하려고 했지만 성현은 냉큼 그런 이경의 입을 막고 안으로 끌고 들어갔다.

"아, 좀 놔봐!"

"시끄러. 빨리 들어오기나 해."

"아니, 난 석민 선배랑 해욱 선배랑 할 말이 있다니까?"

이경이 열심히 목소리를 높였으나 불행히도 이경의 말을 들어주는 사람은 없었다. 수면실 대용인 다락방으로 질질 끌려가는 이경의 목소리가 고요한 가운데 우렁차게 울렸다.

다락방에 끌려온 이경이 억울한 목소리로 소리쳤다. 하지만 씨알도 먹히지 않는 이야기였다.

"나 정말 안 취했어."

"그래, 너 안 취했어. 그러니까 자라."

결백을 주장하는 이경에게 베개 대용으로 쓰라며 의학 서적 22

권을 던져준 성현이 홀가분한 표정으로 다락에서 내려왔다.

동기 사랑도 내가 살아야 동기지, 아니면 넌 원수가 된다며 잔뜩 윽박지른 성현은 내일 테스트에서 이상 없도록 해달라며 신신당부를 했다.

이경을 다락방에 던져놓고 내려오는 성현의 발걸음이 가벼워졌다. 그리고 그때, 짤랑거리는 소리와 함께 펜션의 문이 다시 열렸다.

"김성현, 공부 안 하고 뭐 해?"

다른 사람들은 일하는데 혼자 다락방을 드나드는 성현을 보는 덕현의 눈이 가늘어졌다. 공부하다 쉬는 것은 모르겠지만 아예 늘어져서 푹 자버리면 곤란하다.

"아, 치프 샘! 오셨어요. 저, 이경이 재우고 왔어요."

성현이 발랄하게 덕현을 반겼다. 그리고 치프에게 심부름을 시킨 4년차 동기들의 반김도 뒤따랐다.

누군가는 밥을 해야 했고, 누군가는 시험 감독을 해야 했다. 그리고 또 누군가는 시험 문제를 채점해야 했다. 모두가 미친 듯이 바쁜 현재, 아래 연차들의 수발을 들어야 하는 4년차들 중 노는 인력은 치프인 덕현밖에 없었다.

"덕현아, 술! 맥주! 소주!"

덕현보다 술을 더 반기는 4년차들은 냉큼 덕현에게 달려갔다. 벌떼같이 달려드는 4년차들에게 먹이를 던져주듯 술을 건넨 덕현이 성현을 보며 말을 이었다.

"이경이는 왜 재워? 걔 잔대?"

미간이 찌푸려진 덕현을 보며 성현이 대꾸했다.

"본인은 자기 싫다면서 책 보는데 그냥 재워야 할 것 같아서요."

"재워야 하다니?"

"상태가 조금……."

성현이 말을 채 잇지 못하고 있는데 갑자기 다른 목소리 하나가 끼어들었다.

"걔 상태가 안 좋아. 걔는 재워도 돼. 내가 자라고 했어. 그런데 덕현아, 윽! 맥주가 부족해."

"그거 아까 오면서 내가 마셨어. 근데 이경이 상태가 안 좋아?"

성현과 우형이 동시에 대답했다.

"정상이…… 아니에요."

"살짝 맛이 갔긴 하더라."

덕현이 고개를 갸웃거렸다.

"방금 앞에서 만났을 때는 괜찮은 것 같던데?"

물론 9차 테스트가 있다는 이야기를 들은 후부터는 눈에 띄게 상태가 안 좋아지기는 했지만 그전까지는 정상으로 보였다.

그때 해욱이 그들의 대화에 끼어들며 덕현에게 물었다.

"헐! 너 3캔이나 마신 거야? 음주운전으로 안 잡혔냐?"

"아니. 마시면서 온 게 아니라 요 앞에서 마셨어, 이경이랑."

"너, 이경이랑 마셨어?"

"앞에서 만났다니까."

여상스럽게 고개를 끄덕이는 덕현을 보며 해욱과 우형이 호기심에 가득한 눈을 했다. 하늘 같은 4년차를 바라보는 성현의 눈에도 호기심이 일렁거렸다.

"치프 샘!"

"왜?"

"걔 혹시 이상한 것 없었어요?"

"이상한 것이라니?"

"오자마자 횡설수설하면서 헛소리를 늘어놓더라고요."

"글쎄다. 이상한 점이라……."

팔짱을 낀 덕현이 턱 위에 오른손을 올리고 골똘하니 고민에 들어갔다. 어느새 정섭과 재웅, 성현 등 이경의 조 사람들이 그를 응시했고, 다른 조 사람들이라고 예외는 아니었다.

잠시 이경의 모습을 되짚던 덕현이 문득 떠오른 듯 덧붙였다.

"아, 그래, 이상하기는 했다. 안에 들어가라고 하는데도 계속 밖에 있겠다고 하더라고. 자기는 돌계단에 앉아 있겠다면서 부득불 우기더라."

의미심장한 눈빛이 여기저기에서 오갔다.

"혹시 펜션에서 그 범죄자라는 사람을 만난 거 아니에요?"

"아니, 범죄자가 아니라 범죄자를 잡는 형사라고 했잖아. 자기는 범죄자고."

"걔가 범죄를 저지를 일이 뭐 있다고요."

"그건 그렇다만……."

"도이경이잖아. 혹시 몰라. 나는 걔가 TV에서 난폭한 토끼 보면서 실실 웃을 때는 등골이 다 시리더라."

"그래도요. 그냥 범죄자를 만나서 스톡홀름증후군으로 감정이 동조된 것 아닌가?"

"그것보다는 그 난폭한 토끼 괴롭히는 놈 있지? 새파랗게 어린 얼라. 걔 만난 것 아냐?"

"에이, 그러면 범죄예요. 은광이 말하는 거지요? 걔 정말 솜털이 보송보송한 애기예요. 이제 겨우 9살이라고요."

위아래 연차가 모두 모여 쑥덕거렸다. 도이경의 짝사랑에 대해서 토론하는 후배와 동기들을 보며 덕현의 표정이 묘하게 비틀렸다.

"헛소리들 그만하고 각자 할 일 하자. 멀쩡한 애를 두고 무슨 헛소리야?"

"야, 막말로 너도 이상하다고는 생각하잖아."

해욱이 따지고 들자 덕현은 말문이 막혔다.

"이상하지? 그렇지?"

덕현은 채 말을 잇지 못했다. 덕현이 볼을 긁적거렸다.

"그거야 그렇지. 안 그래도 날 무서워하는 애가 내 손에 들린 맥주까지 뺏어갔으니……."

"헐!"

공기 빠지는 소리가 곳곳에서 튀어나왔다.

"치프 샘, 진짜요?"

"덕현 선배!"

덕현이 홈런을 때렸다. 이경의 상태에 대해서 토론하던 사람들은 동시에 할 말을 잃었다. 도이경이 장덕현을 얼마나 싫어하고, 또 얼마나 무서워하는지 가장 잘 아는 것이 그들이다.

수상한 이경의 상태를 되짚던 석민이 딱 잘라 결론을 내놨다.

"미쳤네."

"뭐?"

"짝사랑이 어쩌고는 개뿔이. 그냥 미친 거예요, 걔는. 범죄자가 형사를 사랑하고 어쩌고 하는 것은 그냥 헛소리고, 걔 미쳤어요. 정상이 아닌 거 같습니다."

깔끔하고도 간결하게 맞아떨어진 결론에 여기저기에서 동조하는 목소리가 튀어나왔다.

"석민 선배 말이 맞는 것 같아요. 그냥 단순히 정상이 아니었어요."

"그렇다. 그냥 미친 거네. 술에 취해서 횡설수설하면서 할 말 못할 말 못 가린 거다."

자신들끼리 알아서 결론을 내는 것을 지켜보는 덕현의 얼굴이 미묘하게 일그러졌다.

도이경, 너는 도대체 의국 생활을 어떻게 해온 것이냐?

조용히 다락방을 응시하는 덕현의 얼굴에 의문이 스쳤다.

아침이 밝았다. 뜨거운 태양은 찬란하고, 그 태양 빛을 받은 수풀과 수면은 더욱더 찬란하게 빛났다. 짝사랑에 대한 마음을 깨우쳤다는 이유 하나만으로 졸지에 주정뱅이에 광년이가 된 이경이 아래층으로 내려왔다.

다락으로 쫓겨나 혼자서 공부를 해야만 했던 이경이지만 발걸음만은 가벼웠다. 밤새 분만 후 뇌실질내 출혈에 대한 증례를 다 외운 덕분에 이번 5차 테스트는 무던히 패스할 수 있겠다는 자신감이 이경 안에 충만하게 차올랐다.

분만 후 뇌실질내 출혈만 공부했을까? 6차와 7차 테스트를 대비해서 피넘브라시스템을 이용한 급성 허혈성 뇌졸중 치료 결과도 공부했고, 뇌출혈 환자의 하지근력 약화 사례에 대해서도 공부했다.

밤새 잠도 제대로 자지 못하고 책을 들여다본 덕분에 이경의 두 눈은 토끼처럼 붉게 충혈이 되었지만 마음만큼은 뿌듯하니 부자가 된 느낌이었다. 머리가 지식으로 꽉꽉 차서 어떤 돌발 상황에서도 당황하지 않고 잘 버틸 자신이 있었다.

발랄하게 계단을 걸어 내려오는 이경의 발걸음이 밝고 희망찼다. 치프가 이경의 눈을 똑바로 바라보지만 않는다면 이경은 그 어느 때보다도 정상적인 자신만의 평정을 유지할 수 있을 것 같았다. 하지만 꿈은 그냥 꿈일 뿐이었다.

"어이, 도이경! 너 치프 샘 맥주 뺏어 마셨다며?"

착실하게 다음 계단을 밟아서 내려오던 이경의 발이 헛발질을 했다.

"으악!"

엉겁결에 난간을 붙잡은 이경이 안도의 숨을 내쉴 겨를도 없이 황망한 눈으로 목소리의 주인공을 찾았다. 인생에 별반 도움이 안 되는 동기 성현이었다.

"뭐라고? 너 지금 방금 뭐라고 했어?"

"네가 치프 샘 손에 들린 맥주를 뺏었다면서. 진짜 깡도 세다. 매일 TV로 깡순이 토끼만 보더니 깡만 늘었냐? 진정 네가 챔피언인 것 같다. 최고!"

유행가의 가사를 읊조린 성현이 엄지를 불쑥 앞으로 내밀며 감탄사를 토해냈다. 이경은 넋을 놓고 성현을 응시했다.

"너, 그거 어떻게 알았어?"

"어떻게 알긴. 치프 샘이 얘기해줘서 알았지."

대수롭지 않게 대꾸하는 성현을 보는 이경의 눈동자가 믿을 수 없는 현실 앞에서 불안하게 흔들렸다.

"치프 샘이?"

"응."

성현이 고개를 끄덕였다.

"치프 샘이 그걸 말해? 도대체 언제? 왜?"

"석민 선배가 너 이상하다고 하니까 확실히 이상하기는 했다면서 말하더라고. 근데 어째 너는 갈수록 깡이 세지냐."

성현이 낄낄거리며 이경의 술주정에 대해 감탄을 늘어놓았다. 언제 어떤 상황에서도 실망을 주지 않는다며 유쾌한 웃음을 흘렸다. 그리고 이경은 절규했다.

"말도 안 돼!"

"말이 안 되긴 뭐가 안 돼?"

아침부터 괴성을 질러대는 이경에게 핀잔을 주는 목소리가 튀어나왔다. 아침 세안을 하려는 듯 어깨에 수건을 두르고 칫솔을 든 석민이었다.

"치프 샘 화 안 났으니까 잠 깼으면 대충 추스르고 시험 준비나 해. 너 때문에 어제 5차 테스트 마저 끝내려고 했는데 못했잖아. 오늘은 못해도 7차 테스트까지 끝내야 하니까 정신 바짝 차리고 따라와."

석민의 뒤에서 고개를 빠끔히 내민 재웅이 연신 고개를 끄덕였다.

"넌 어째 눈만 떼면 사고냐."

재웅이 낮게 혀를 차며 안타까운 듯 이경에게 걱정을 던졌다.

잠깐 사이에 100년은 늙은 것처럼 지친 기색이 역력한 이경에게 혁찬도 한마디를 던졌다.

"그것도 재주다, 재주! 사람이 저렇게 꾸준히 사고를 치기도 어렵지."

이경은 혼이 나간 듯 자신도 모르게 계단 위에 털썩 주저앉았다. 다리에서 힘이 스르륵 빠져나갔다. 종잇장 구겨지듯 계단 위에 걸터앉은 이경의 머릿속에는 간밤에 저지른 만행들이 하나하나 떠올랐다.

덕현의 맥주 캔을 뺏어들고 간접키스!

으아악, 이경이 두개골을 꽉 누르며 머리를 절레절레 흔들었다. 술을 많이 마신 것도 아니고 고작해야 맥주 두 캔 마셨을 뿐인데 어쩌다가 일이 이렇게 되었는지 모르겠다.

'내가 못살아, 못산다. 도이경아, 너 도대체 왜 사니? 응?'

이경은 잔뜩 울상이 되어 난간에 머리를 찧었다. 뇌가 감당할 수 없는 충격을 받거나 쇼크를 받으면 자기보호 차원에서 기억상실증이 걸리기도 한다는데, 이경의 뇌는 왜 이렇게 쓸모없이 튼튼한지 모르겠다.

성현은 자학하는 이경에게 슬금슬금 다가와서 이경의 뱃살을 쿡, 하고 찌르면서 물었다.

"야, 너 근데 그때 진짜 필름 끊긴 거였어? 그랬으면 취한 김에 치프 샘한테 욕도 좀 하고 그러지. 우리 치프 샘이 일할 때 좀 빡빡해서 그렇지, 그런 부분은 유하잖아. 욕도 하고 한 두어 대 때리기도 했으면 너 스트레스도 확 풀리고 좋았을 텐데."

성현이 아쉬움을 가득 담아 이경에게 조언했다.

"다음부터는 술 한잔 거하게 마시고 진상도 부리고 그래. 물론 치프 샘 맥주 뺏은 시점에서 너는 네 스트레스를 다 푼 것 같기는 하다만 그래도 본인 앞에서 욕하고 때리는 것에 비할까? 도이경, 너라면 할 수 있다. 파이팅!"

친구인지 원수인지 알 수 없는 성현의 행동에 이경의 눈빛이 날카로워졌다.

"넌 좀 가라."

"야?"

"아, 좀 가!"

그녀의 손으로 성현의 얼굴을 덮은 이경이 원한을 담아 그를 뒤로 밀었다. 천하장사 도이경의 힘을 못 이긴 성현이 뒤로 휘청하며 이경을 향해 투덜거렸지만 이미 이경에게 성현의 말 따위는 들리지 않았다.

천장을 올려다보는 이경의 눈동자에 서러움이 가득 담겼다. 아냐, 정말 되는 일 더럽게 없다!

2일째에 4차 테스트를 종료하고, 3일째에는 5차부터 8차 테스트까지 완료했다. 다른 조는 3일째가 되어도 6차 테스트에서 허우적거렸다는 것을 생각하면 확실히 이경의 조는 이번 의국 MT에서 최고의 성적을 거뒀다. 하지만 그녀는 전혀 기쁘지 않았다.

"도이경, 맥주 줄까?"

"아니요."

술은 마셔서 뭐 하노? 주정이나 부릴 것을.

"왜? 마셔! 맥주 시원하고 좋다."

"됐어요."

맥주는 마셔서 뭐 하노? 광년이 취급이나 받을 것을.

벽에 머리를 기댄 이경의 입에서는 연거푸 한숨이 터져 나왔다. 간밤에 영혼을 전부 다 불태워버린 느낌이다.

이경이 감당할 수 없는 깨달음 속에서 허우적거리는 사이, 그녀는 광년이가 되고 주정뱅이가 되고 깡순이 토끼와 동급이 되었다. 이경은 지친 모습으로 널브러졌다.

남의 속도 모르는 바보 같은 치프는 이경이 그때 몸이 조금 안 좋았던 것 같다며 사람 좋은 미소를 흘렸다. 만날 사람 윽박질러서 자신의 주장을 관철시키는 주제에 이럴 때만 좋은 사람인 척한다.

덕현을 노려보는 이경의 눈동자에 새하얗게 원망이 서렸다. 그녀만 빼놓고 하하호호 하고 있는 이들을 보던 이경이 참다못해 불쑥 손을 들어 덕현을 불렀다.

"치프 샘, 저도 술 주세요!"

"넌 마시지 마!"

석민이 이경의 요청을 제지했지만 이경은 아랑곳하지 않고 덕현에게 술을 달라 채근했다.

"괜찮겠어?"

"네."

이경이 두 손으로 컵을 내밀었다. 이경의 눈치를 보며 조심스레 맥주를 드는 덕현에게 이경이 반대 의견을 내놓았다.

"맥주 말고 소주 주세요."

깡순이의 깡이 날이 갈수록 일취월장한다며 정섭이 낮게 휘파람을 불었다.

이경을 바라보는 덕현의 미간이 걱정 속에서 찌푸려졌다. 아무리 종이컵이라고는 하지만 급수가 있었다. 물컵처럼 가장 커다란 종이컵이 있는가 하면 소주잔처럼 작은 종이컵도 있다. 그리고 그중에서 이경이 들고 있는 것은 전자였다.

"정섭아, 그쪽에 소주잔 있어?"

한숨을 내쉰 덕현이 정섭에게 물었다. 하지만 이경은 그런 배려, 필요 없었다.

"아니요. 그냥 여기에다가 주세요."

이경이 이글이글 불타오르는 눈빛으로 덕현을 응시했다. 곧게 바라보는 눈에서는 불꽃이 튀겼다. 한숨을 내쉰 덕현이 소주병을 들어 종이컵의 반을 채웠다.

"더 주세요."

"더?"

"예. 고작 이것으로는 간에 기별도 안 가요. 술은 컵이 꽉 차도록 채워야 제맛이죠."

고작 맥주 2캔에 해롱대면서 헛소리를 한 주제에 주당 같은 말을 나불대고 있다.

애가 주량이 어떻게 되더라? 덕현이 레지던트 신입 OT 때 이경의 모습을 떠올리려 애썼다. 하지만 생각나는 것은 사람인지 개인지 확인이 되지 않고 널브러져 있던 레지던트들의 모습뿐이었다.

"어서 주세요."

이경의 채근에 덕현은 아무 말 없이 소주를 부었다. 크게 심호흡을 한 이경이 소주를 원샷했다.

놀란 사람들의 눈이 이경을 향했다. MT 마지막 날의 여흥을 즐기기 위해서 가볍게 술을 입에 대고 있던 석민과 정섭들이 이경을 응시했고, 성현은 놀란 나머지 마시던 쏘맥을 그대로 주르륵 흘려 버렸다.

"한 잔 더 주세요!"

이경이 덕현을 향해 불쑥 잔을 내밀었다.

"야, 그만해!"

성현이 불안한 표정으로 이경을 말렸지만, 성현을 뿌리친 이경이 당돌하고 또랑또랑한 눈으로 덕현을 바라봤다.

"치프 샘! 한 잔 더 주세요."

덕현의 눈빛이 가라앉았다. 이경의 의도가 궁금했다. 덕현은 또다시 이경의 잔을 채웠다. 두 번째 잔도 남김없이 원샷한 이경이 덕현에게 다시 잔을 내밀었다.

"한 잔 더요!"

마지막 세 번째 잔까지 원샷한 이경이 '캬!' 소리를 내며 잔을 내렸다. 잠깐 사이에 거의 소주 1병에 달하는 양을 마셨다. 취기가 이경을 감쌌다.

순식간에 얼굴이 붉어진 이경이 덕현을 똑바로 응시하며 입을 열었다.

"치프 샘!"

"왜?"

"저 할 말 있어요."

"해."

덕현이 깔끔하게 답했다. 술을 핑계로 할 말 못할 말 내뱉은 사람이 이경 하나만은 아니었다. 술기운을 빌려서라도 무엇인가 이야기하고 싶은 것 같은데 병원 일에 피해를 주는 것이 아닌 한 그 정도는 덕현이 받아줄 수 있었다.

덕현을 바라보는 이경의 눈동자가 가늘어졌다. 가느다랗게 찢어진 눈에 단단한 결심이 깃들었다.

"그럼 나가요."

이경이 몸을 일으켰다.

"이곳에서 할 이야기가 아니니까 나가서 해요. 사람들 없는 곳에서 말하고 싶어요."

"밖에서?"

슬슬 혀가 꼬이는 이경을 보며 덕현이 난처한 듯 이맛살을 찌푸렸다. 도대체 얼마나 거한 대거리를 하려고 하는지 이경은 덕현의 팔을 끌듯이 잡아당겼다.

취기가 오르는 것인지 제 몸 하나도 감당하지 못하고 살짝 휘청거리는 모습을 보며 덕현이 한숨을 내쉬었다.

"나, 나갔다 오마."

"치프 샘, 괜찮으시겠어요? 호신용 스프레이라도 하나 드릴까요?"

성현이 물었다. 취한 척 폭력과 폭언을 내뱉으라는 조언 아닌 조언을 내뱉은 탓에 덕현을 바라보는 성현의 눈동자에는 죄책감이 넘실거렸다.

"호신용 스프레이?"

"예, 밤에 위험하거나 하면 칙, 하고 뿌리는 거요. 요즘 치한 퇴치용으로 많이 팔잖아요."

덕현이 성현을 가만히 응시했다. 씨름선수 부럽지 않은 거구는 어떤 경우에서도 피해자가 될 가능성이 없어 보인다.

"그걸 네가 왜 가지고 있어?"

"저는 소중하니까요."

성현이 방긋 웃으며 대꾸했다. 요즘 세상이 얼마나 흉흉한지 아냐며 내뱉는 헛소리에 덕현은 그냥 귀를 닫았다.

이경이나 성현이나, 이번 1년차는 유독 애물단지가 많다. 애물 단지 하나는 옆에서 헛소리를 하고 있고, 또 다른 애물단지는 대화를 하자면서 혼자 휘적휘적 밖으로 걸어 나가고 있었다.

씁쓸하게 입맛을 다신 덕현이 재차 한숨을 내쉬었다. 일단은 이경의 일이 급해서 그냥 넘어가겠지만 이번 1년차들에게는 특별한 정신교육이 필요할 듯하다.

밖으로 나온 덕현은 돌계단에 오도카니 앉아 있는 이경을 발견했다. 어제 함께 술을 마셨던 그곳이었다. 이경은 멍한 표정으로 밤하늘을 바라보고 있었다.

푸른 밤 밝은 달 은빛 별, 꼼짝도 하지 않고 밤하늘을 응시하는 이경은 술에 취하고, 경치에 취한 듯했다.

가볍게 한숨을 내쉰 덕현이 성큼성큼 다가가 이경의 어깨를 가볍게 두드렸다.

"뭘 봐?"

"헤헤, 치프 샘!"

멍하니 하늘만 바라보고 있던 얼굴에 화색이 돌았다. 이경이 덕현을 보며 배시시 웃었다. 기다렸던 반가운 이의 등장에 이경이 두 팔을 벌려 덕현을 환영했다.

"우리 치프 샘! 무서운 치프 샘!"

"얼씨구?"

기가 막힌 듯 덕현의 입에서 실소가 터져 나왔다.

나가서 이야기를 하자고 할 때까지만 하더라도 어느 정도 상황을 판단할 정신은 있는 것 같았는데 지금은 그나마도 없는 듯했다. 완전히 취한 것 같았다. 내일이 되면 필름이 끊겼다며 머리를 붙잡고 끙끙거릴 이경이 눈에 보이는 듯했다.

대화고 뭐고 간에 일단 펜션으로 다시 데리고 가는 것이 가장 큰 문제일 것 같은데…….

"히잉, 치프 샘!"

이경이 덕현의 팔에 매달리며 칭얼거렸다.

"치프 샘, 나 힘들어요."

술주정이었다.

"치프 샘, 진짜 힘들어요."

겉보기에는 주사였지만 속내에는 나름대로 꽉 막힌 것들이 적잖게 있으리라. 눈코 뜰 새 없이 노예처럼 착취당하는 레지던트 생활에 쉬운 것이 있을까?

떨떠름한 표정으로 이경을 바라보던 덕현이 한숨을 내쉬며 이경의 말을 받았다.

"뭐가 그리 힘든데?"

치프의 역할은 수련의들을 통솔하여 병원의 원활한 운영을 돕는 것에만 있는 것이 아니다. 수련의들의 고민과 고뇌를 파악하고 그들을 지탱해주는 지지대로서의 역할도 겸하고 있다.

자신의 역할을 되새긴 덕현이 한결 누그러진 목소리로 이경에게 질문했다. 그러자 그녀는 안심하기라도 한 듯 솔직함으로 답했다.

"사는 게 힘들어요."

이경의 말에 덕현은 순간적으로 당황했다. 그가 예상했던 것은 빡빡한 병원 일정과 업무가 힘들다는 말이지, 인생에 대한 고뇌가 아니었다.

고차원적인 고민 상담에 덕현은 잠시 할 말을 잃고 이경을 바라보았다. 그리고 그가 잠시 멈칫하는 사이, 이경의 입에서는 고민 상담이 청산유수로 흘러나왔다.

"제가 사실은 좋아하는 사람이 있어요."

치프가 연애 상담까지 들어줘야 하던가?

"제가 좋아하는 사람은 정말 멋진 사람이거든요. 얼굴도 착하고 몸매도 착하고 성격까지 착해요. 퍼펙트! 전 정말 그렇게 좋은 사람, 멋진 사람은 처음 봤어요. 저는 그분만 생각하면 지금도 가슴이 두근거려요."

사랑하는 윤 선생님을 떠올린 이경의 눈빛이 몽롱해졌다.

덕현이 아무리 이경의 마음을 흔들어도 어찌 윤 선생님의 포스를 넘어설 수 있으랴!

새파란 예과 1년부터 시작된 이경의 짝사랑은 곧고도 단단했다. 내 사랑 윤 선생님 한 분 보고 피안성(피부과, 안과, 성형외과) 정재영(정신과, 재활의학과, 영상의학과) 다 버리고 온 신경외과가 아니던가!

언제, 무슨 일이 있어도 이경은 그녀의 윤 선생님을 포기하지 않을 자신이 있었다. 불과 얼마 전까지만 해도!

"실은 제가 그분을 따라서 신경외과에 왔거든요. 너무 멋있어서! 그분 곁에 있고 싶어서. 연인은 못 되지만 좋은 후배, 좋은 동생은 되고 싶어서! 그런데……."

어쩌다가 이렇게 되었을까요?

덕현을 바라보는 이경의 눈가에 눈물이 글썽글썽 맺혔다. 사랑하는 윤 선생님은 여자 친구와 헤어지고 해병대에 자원입대했고, 갈대 같은 이경의 마음은 대마왕 덕현을 보면서 두근두근 떨린다.

눈도 섹시하고, 코도 섹시하고, 입도 섹시하고, 목소리도 섹시하고, 덕현의 커다란 덩치를 보면서도 가슴이 쿵쾅거린다. 덕현의 금테안경에 서늘한 빛이 스치면 심장이 벌렁거리고, 그가 안경을 벗고 나직하게 숨을 토하면 다리의 힘이 풀린다.

이경의 부실한 몸은 자존심도 없었다. 이래서는 누가 이경에게 마조히스트적 성향을 지닌 변태라고 해도 반박할 수가 없다.

"치프 샘, 저 어떻게 하죠? 너무 좋아요. 좋아서 미칠 것 같아요."

변태는 싫다. 마조히스트도 싫다. 그런데 덕현이 좋다. 이경의 윤 선생님, 정욱 선배처럼 마냥 친절하고 다정하지는 않지만, 괜찮은 의사가 되기 위해 누구보다 노력하는 덕현이 이경은 좋다.

이경은 덕현에게 매달려 펑펑 눈물을 쏟아냈다.

"이경아!"

놀란 덕현이 엉거주춤 이경의 등을 토닥이니 서러움은 한층 더해졌다.

"으허엉, 나빠요. 못됐어. 진짜 미쳤나 봐!"

술에 취해서 혀도 꼬이고 말도 꼬이고 몸도 꼬이는데, 울음이라고 안 터질 리가 없다. 덕현의 몸을 더듬거리고 있자니 눈물이 자꾸만 나왔다. 덕현의 몸은 그 자체로 예술이었다. 어깨가 넓고 흉곽이 튼실하고 가슴도 빵빵했다. 내 것이 될 가능성이 없으면 뼈다귀만 가지런히 놓여 위태롭게 흔들릴 일이지, 먹지도 못하는 떡 주제에 반들거리면서 보기에만 좋다.

그런데 그때였다. 이경의 눈에 보인 덕현의 입술은 참 맛있어 보였다. 아까 강소주를 마시고 안주도 못 먹었다는 생각이 순간적으로 이경의 머릿속을 스쳤다. 어차피 그녀의 것이 되지 못할 것이라는 생각이 들자 침이라도 발라놓고 싶었다.

울음을 멈춘 이경이 아랫입술을 씰룩거리며 덕현을 응시했다. 붉고 도톰한 입술이 참 고왔다.

"치프 샘!"

"왜?"

"이건 벌이에요."

이경의 물기 가득한 목소리에 오기가 서렸다. 못 먹는 떡을 보면서 속만 썩이느니 화끈하게 먹어치워 주자는 심술이 돋아났다. 쓰러지듯 덕현에게 돌격한 이경의 입술이 덕현의 말캉한 입술을 스치듯 닿은 순간이었다.

이경은 순간 머리가 띵해지면서 시야가 멀어지는 것을 느꼈다. 덕현의 붉은 입술이 클로즈업되어 이경의 시야에 들어왔는데 입술이 갑자기 2개가 되고, 3개가 되었다.

"이경아!"

이경은 그녀를 부르는 다급한 덕현의 목소리를 들으며 까무룩 정신을 잃었다. 과도한 음주로 인한 탈수 증상이었다.

6장

그럭저럭 평탄했던 MT는 이경의 기절을 기점으로 끝이 났다. 과도한 음주로 인한 쇼크사(死)나 코마(coma, 혼수상태) 사례가 적지 않기 때문에 놀란 덕현은 즉시 이경을 병원으로 이송했다.

"쯧쯧, 적당히 마실 일이지."

"죄송합니다."

문혁 교수님의 말씀에 이경이 기어 들어가는 목소리로 대답했다.

"의국 MT에서 실신한 것이 이 친구였나?"

"예, 교수님. 죄송합니다."

오진환 교수님도 한 말씀 덧붙였다. 부딪치는 교수님마다 꼭 한마디씩 하고 지나쳤다. 이경은 땅을 파고들어 갈 듯 암울한 목소리로 연신 고개를 조아렸다.

이경의 실신으로 MT 일정이 꼬인 덕분에 병원 안에서, 최소한 신경외과 안에서 이경이 쓰러진 사실을 모르는 사람은 없었다.

회진을 돌 때도, 컨퍼런스를 할 때도, 심지어 수술실 들어갈 때도 이경을 향한 묘한 눈길이 느껴졌다. 본의 아니게 이름을 떨치게 된 이경의 고개가 점점 아래로 숙여졌다.

멀리서 그런 이경을 바라보는 덕현의 눈이 복잡한 빛을 띠었다. 그녀가 뱉은 말의 의미를 알고 싶은데 이경이 쓰러지는 바람에 미처 묻지 못했다.

단순히 연애고민이라고 하기에는 뭔가 찜찜하고, 그를 향한 고백이라고 생각하기에는 또 무엇인가가 부족했다. 하지만 또 대충 넘기기에는 마지막에 이경의 말이 묘했다.

입을 맞춘 것이야 사고라 치면 된다. 인공호흡도 하는 마당에 그런 것에 의미를 두지는 않는다. 하지만 의국 내에 감정이 얽히는 경우는 그리 내키는 것이 아니기에 신경을 쓰지 않으려 노력해도 자꾸만 신경이 쓰였다.

좋아하는 사람을 따라 신경외과에 왔다며 펑펑 울던 이경의 모습은 퍽 심각해 보였다. 그런데 왜 그 자신에게 입을 맞췄을까? 상대를 헷갈렸나? 하지만 아무리 그래도 그렇지!

그렇다고 이경이 덕현을 좋아한다고 생각을 한다면…….

"에이! 설마."

덕현은 자신도 모르게 실소를 흘렸다.

한번 호되게 당한 탓인지 이경은 요즘도 덕현만 보면 슬슬 피해 다녔다. 요즘 들어 조금 나아졌다고는 하지만 덕현이 타이 묶는 법을 알려주려고 했을 때 움찔하던 이경을 생각하면 절대 불가능한 이야기였다. 타이 하나 실패했다고 잽싸게 머리를 감싸던 이경의 행동은 폭력가정에서 맞고 자란 아이의 전형적인 대처와도 비슷했다.

세상 그 어느 누구도 겁나고 무서운 사람을 좋아하는 사랑은 없었다.

"도통 영문을 모르겠네."

미간을 찌푸린 덕현이 낮게 중얼거렸다.

그를 좋아하는 것도 아니고, 그러면 사고인데, 그렇다고 또 마냥 사고라고 치부하기에는…….

덕현은 심란한 표정으로 머리를 긁적였다. 이 상황을 대충 어떻게 봉합은 해야 할 것 같은데 제법 머리가 복잡했다. 그들에겐 아무래도 대화가 필요할 듯하다.

대화는 무슨.

인상을 찌푸린 덕현이 낮게 중얼거렸다. 싸움도 손바닥이 부딪쳐야 하듯이 대화도 얼굴을 마주 봐야 가능한 스킬이었다.

덕현은 대화를 하고자 하는 의지가 충만했지만 정작 그 상대인 이경이 이렇게 그를 피했다. 별생각이 없었는데 이쯤 되면 오기마저 생기려고 한다.

물론 사고를 쳐서 민망하기야 하겠지만 저렇게 노골적으로 피하면 당하는 사람은 매우 기분이 나쁘다.

이경이 덕현만 보이면 꽁지에 불붙은 참새새끼인 양 후다닥 도망을 가는 통에 덕현은 채 말 한번 붙이지도 못하고 그녀를 놓쳐야만 했다. 노티 거부 사건 때도 그랬지만 정말 도망가는 재주 하나는 발군이었다.

"도이경 선생은?"

"……ER(응급실)요."

"콜 왔어?"

"아뇨."

석민이 그의 눈치를 보며 말끝을 흐렸다.

"그런데 치프 샘, 혹시 걔가 또 사고를……."

"그런 거 아니야."

덕현은 석민의 말을 단호하게 잘랐다. 하지만 계면쩍어하는 그를 보며 다소 누그러진 목소리로 말을 덧붙였다.

"미안하다. 일 봐."

덕현이 손사래를 치며 대꾸했다. 석민은 그런 덕현을 보며 잠시 고개를 갸우뚱한 후 꾸벅 고개를 숙이고 제자리로 돌아갔다. 덕현은 잠시 그런 석민을 바라보다 고개를 돌렸다.

석민에겐 미안하고, 이경에게는 짜증이 났다. 덕현은 거칠게 머리를 쓸어 올렸다.

하여간 애물단지!

덕현은 천장을 보며 짧지 않은 숨을 내쉬었다. 사고면 사고라고 죄송하다 말하면 될 것을 사람을 이렇게 번거롭게 한다.

사고가 아닐 확률도 있을 수야 있겠지만…….

에이, 설마!

책상에 앉은 덕현은 펜으로 책상을 가볍게 쳤다. 머릿속이 정리가 되지 않는다.

컨퍼런스 내내 뜨겁다 못해 활활 타오르는 것 같은 덕현의 눈길이 등 뒤에서 느껴졌다.

요 며칠, 덕현이 그를 찾아 ER이며 외래를 다 뒤졌고, 그랬음에도 불구하고 허탕을 치는 바람에 꽤 저기압이라는 소문을 전해 들은 이경의 얼굴이 종잇장처럼 구겨졌다.

계속 덕현의 눈살을 받느니 차라리 이대로 불타올라 먼지가 되어 사라지면 딱 좋겠다는 생각이 이경의 머릿속에서 사라지지 않았다.

도대체 그날의 그녀는 무슨 생각을 하고 그랬던 것인지 이경 스스로도 이해가 가지 않았다. 뜬금없이 덕현을 끌고 밖으로 나갔을 때부터 이경의 개념과 상식은 저 멀리 피안의 세계로 날아가 버린 것 같았다.

몰래 숨어서 지켜봤다는 목격자들의 목격담에 따르자면 이경은 어지간히도 진상을 부린 것 같았다.

"성현아, 혹시 치프 샘 아직도 날 노려보고 있니?"

"알긴 아냐? 눈빛으로 사람을 죽일 수 있었으면 넌 진즉에 죽었어."

이경의 말에 힐끗 뒤를 돌아본 성현이 안타까운 표정으로 고개를 끄덕이며 퉁박을 주었다. 이경의 얼굴이 처참하게 구겨졌다.

술이 원수였다. 진상도 그런 진상이 없었다. 그녀가 생각해도 참 미친 짓이었다. 치프 샘을 붙잡고 대거리를 하다가 쓰러지는 것은 도대체 무슨 경우인지 모르겠다.

두 손으로 두개골을 꽉 부여잡은 이경이 기억을 되짚었다.

처음에는 윤 선생님의 이야기를 했고, 나중에는 치프 샘을 원망했다. 왜 내 사랑 윤 선생님을 두고 내가 대마왕 당신한테 설레어야 하냐면서 원망을 쏟아냈다. 그리고 꿈인지 현실인지는 가물가물한데 대마왕의 입술도 훔쳤다.

"으, 내가 못살아."

이경이 억눌린 신음성을 흘렸다. 질문 폭격으로 인하여 살 떨리고 피 마르는 컨퍼런스 시간에 잡생각을 하는 자신이 참 바보처럼 느껴졌다.

지금 발표하고 있는 에이즈(AIDS, 후천성면역결핍증) 환자에게 나타난 중추신경계 림프종 사례가 꽤 중요하다는 사실은 알고 있지만, 발표자의 이야기는 이경의 귓속에 들어오지 않았다. 머릿속에는 오직 MT 때의 기억만 가득했다.

의외로 다정한 덕현, 잘생긴 덕현, 간만에 훈훈했던 그들의 사이, 그리고 그 훈훈함을 깔끔하게 부숴버린 그녀의 술주정!

책상 앞에 고개를 푹 숙인 이경의 얼굴이 울상이 되었다. 정말 울어서 지울 수 있는 과거라면 온몸의 물이 다 빠져나갈 때까지 울고 싶었다. 아니, 지울 수가 없어도 울어서 덕현의 입을 막을 수만 있다면 이경은 울 자신이 있었다.

땅이 꺼져라 한숨을 쉰 이경이 성현의 옆구리를 찔렀다.

"왜 불러?"

열심히 컨퍼런스 발표를 듣고 있던 성현이 귀찮은 듯 대꾸했다.

"너 다시 말해봐. 내가 도대체 치프 샘한테 무슨 짓을 한 건데?"

얼굴을 있는 대로 구긴 이경이 성현에게 그녀의 만행에 대한 스물다섯 번째 질문을 건넸다.

처음 덕현을 끌고 나갈 때까지의 기억은 또렷한데 그다음부터는 도대체 무슨 짓을 했는지 이경 스스로도 선명하지가 않다. 소위 필름이 끊겼다고 말하는 블랙아웃(Blackout)현상이다.

띄엄띄엄 그녀의 만행이 생각나는 것을 보면 기억이 중간중간 사라진다는 코르사코프 증후군(Wernicke-korsakoff syndrome) 같기도 하다.

"또? 말해줬잖아."

"목소리 낮춰. 재웅 선배가 째려보잖아. 잘 기억이 안 나서 그러는데 다시 말해봐!"

성현은 귀찮은 듯 대꾸했지만 이경은 연신 성현을 채근했다. 골백번 들어도 암담하기 그지없는 상황이지만, 지피지기(知彼知己)면 피해를 최소한으로는 할 수 있다.

인간아, 왜 사니? 떨떠름하게 이경을 훑어본 성현이 한숨을 내쉬며 다시 한 번 이야기를 꺼내놓았다.

"네가 치프 샘한테 와서 술 달라고 생떼를 쓰고, 100ml 종이컵으로 소주 3잔을 연달아 원샷한 후에 치프 샘을 밖으로 끌고 나갔어. 여기까지는 이해했지?"

"응."

이야기만 들어도 가슴이 아프고 억장이 무너져 내린다. 좀 말려주지 그랬니. 성현에게 말없는 원망을 흘리는 이경의 눈빛이 서글펐다.

이경의 눈빛을 애써 무시한 성현이 말을 이었다.

"그다음부터는 그냥 네가 치프 샘한테 막 매달렸어. 치프 샘의 팔을 끌어안더니 갑자기 치프 샘을 끌어안고 우는 거야. 막 뭐라고 소리치면서. 그러다가 픽 쓰러졌어."

"혹시 무슨 말을 했는지도 들었어?"

"아니, 전혀. 말소리까지 듣기에는 너무 멀었다니까."

성현은 사실만을 신속하고 정확하게 전달했다. 그 상황을 떠올리며 자학을 하는 이경에게 조언도 덧붙였다.

"근데 너, 술 마시면 안 되겠더라. 진상도 그런 진상이 없어. 진상, 진상, 도진상, 또 진상! 넌 진짜 왜 그러고 사냐? 너 술버릇 정말로 더럽더라."

성현이 혀를 내두르며 내뱉는 감상에 이경의 얼굴에는 또다시 그림자가 깃들었다. 덕현의 입술에 키스한 것은 그냥 꿈이었던 것 같은데 매달려서 울고불고 난리친 것은 사실인 것 같다.

덕현에게 도대체 무슨 말을 했는지 궁금하지만 차마 덕현에게 달려가 물을 엄두가 나지 않았다. 아무리 기억을 되짚어도 생각이 나질 않았다.

자신의 머리를 쥐어박는 이경의 머릿속에 예전에 보았던 공익광고의 한 구절이 생각났다.

〈순간의 선택이 당신의 인생을 좌지우지합니다. 과도한 음주, 이제는 멀어져야 할 때입니다.〉

이경이 연거푸 한숨을 내쉬었다. 피가 되고 살이 되는 공익광고의 카피를 무심코 넘겼던 과거의 자신이 정말로 원망스러웠다. 사고를 치기 전에 한 번만이라도 생각을 하고 움직였다면 이 꼴은 나지 않았을 것 같다는 후회가 물밀듯이 몰려 들어왔다. 감당할 수 없는 현실 앞에서 이경은 연신 서러움을 흘렸다.

하루는 기어서 다니고, 또 하루는 날아서 다녔다. 어느 날은 덕현을 피하기 위해 하루 종일 뛰어다니기만 한 날도 있었다.

순간의 선택은 이경의 인생을 좌지우지하고, 순간의 실수는 이경의 삶을 피곤하게 했다. 제아무리 도망 다니는 것에 이력이 난 이경이라고 해도 도망과 도주, 기피는 여전히 힘겨웠다.

안 그래도 바쁜 하루 일과에서 치프를 피해 다니는 것까지 신경 쓰다 보니 하루가 48시간이어도 모자랐다. 하루에 1끼 먹기도 힘든 나날이었다. 그러다 사흘째 되는 날은 참다못해 지하 1층으로 뛰어 내려가 덥석 김밥을 집어 들었다.

보기만 해도 즐거운 포만감이 느껴졌다. 이경이 헤벌쭉 웃으며 카운터를 향해 몸을 돌렸다. 그런데 돌아서는 곳에 치프가 있었다. 이경의 얼굴에서 순식간에 미소가 사라졌다.

"도이경?"

낯익은 목소리에 이경은 순간 움찔했다. 원수는 외나무다리에서 만난다던 옛말은 거짓이 아니었다. 기를 쓰고 덕현을 피해 다녔는데 매점 앞에서 그를 만났다.

이경의 앞에 철벽처럼 버티고 선 덕현은 정말 대마왕처럼 무서웠다. 생존에 대한 본능 앞에서 이경은 입술을 질끈 깨물었다. 반복된 짓이김 속에서 허옇게 떠 있던 이경의 입술에 붉은색 홍조가 돌았다.

고양이 앞의 쥐처럼 바짝 긴장한 이경을 본 덕현이 명령하듯 말했다.

"이야기 좀 하자."

단호하고 강단 있는 목소리에 이경이 움찔했다. 사색이 된 이경의 눈동자가 재빠르게 회전했다. 덕현에게 핑계를 대고 도망갈 거리를 찾는 것이었다. 하지만 덕현이 더 빨랐다.

"나갈까?"

"치프 샘, 저기요……."

"시간 괜찮지?"

낚아채듯 이경의 팔을 잡아당긴 덕현이 이경을 보며 하얗게 웃었다. 이경은 이 상황에서 덕현을 뿌리쳤다가는 제명에 살지 못할 것이라는 것을 본능적으로 깨달았다. 이경은 반항 한번 해보지 못하고 도살장에 끌려가는 소처럼 덕현을 따라갔다.

덕현이 한 걸음을 걸으면 이경은 두 걸음, 덕현이 두 걸음을 걸으면 이경은 네 걸음을 걸었다. 평균키 이상인 덕현과, 평균키 이하인 이경이다. 신장의 차이도 있지만 성미 급한 덕현이 성큼성큼 보폭을 크게 해서 걷는 바람에 이경은 덕현을 따라가는 것이 꽤 벅찼다. 하지만 보폭의 차이보다 더 힘든 것은 굳건하게 이경의 팔을 잡고 있는 덕현의 손이었다.

덕현의 손이 잡고 있는 부분이 어쩐지 후끈후끈한 느낌이었다. 덕현만 보면 쿵쿵 심장이 마라톤 질주를 한다. 이경의 몸은 변태 같을 뿐만 아니라 진부하기까지 했다.

"치프 샘, 팔 좀 놔주시면 안 돼요?"

팔은 후끈후끈하고 몸은 노곤했으며, 가슴은 쿵쾅거렸다. 사우나라도 한 것 같은 느낌이었다. 이경이 팔을 놓아달라며 부탁했지만 덕현은 대답이 없었다.

입을 굳게 다물고 이경을 끌고 온 덕현은 인적 드문 병원 건물 뒤편에 도착하고서야 이경을 놓아줬다.

"치프 샘, 무슨 일이세요?"

이경의 물음에 덕현은 대답 없이 그녀를 응시했다. 이경은 어쩐지 부끄러워져서 미간을 손가락으로 긁적였다. 말없이 이경의 행동을 지켜보던 덕현이 천천히 입을 열었다.

"네가 직접 말해봐."

"예?"

"외면을 할까 하다가 그냥 넘어가기에는 조금 걸리는 부분이 있어서 직접 물어보고 싶었어."

주어와 목적어는 빠졌지만 이경은 덕현이 무슨 말을 하려는지 본능적으로 알 수 있었다.

빌어먹을 의국 MT! 정말 되는 것이 없었다. 술은 원수고, 그 술을 마시고 진상을 부린 이경 자신은 저주받아 마땅하다.

"⋯⋯뭐가요?"

이경은 시치미를 떼기로 마음먹었다.

이 상황에서 뭔지 안다고 하면 더 골치가 아팠다. 꿈인지 현실인지 모르는 상황에서 덕현에게 입을 맞춘 것은 둘째치더라도 그 전까지 벌인 모든 일들, 덕현을 좋아하는데 이 일을 어째야 하냐며 그를 잡고 대성통곡한 것은 부정할 수 없는 현실이었다.

"너, 기억 안 나?"

덕현의 질문에 이경은 나직이 입술을 깨물었다. 질문하는 덕현의 심기는 꽤 불편해 보였다.

이경이 좋아하는 것이 덕현이라고 사실대로 고백을 한다고 그가 이경을 때리거나 하지야 않겠지만, 이경은 괜스레 불편한 덕현의 심기가 두려웠다.

그녀의 마음을 알게 된 덕현과의 불편한 관계도 자신이 없었다. 더 가까워질 수도 없지만, 그렇다고 더 멀어지고 싶지는 않았다. 이경은 끝까지 기억을 못한다는 자세로 밀고 나가야겠다고 결심했다.

"무슨 기억이요?"

동그란 눈을 크게 뜨고 말갛게 묻는 이경을 보며 덕현이 인상을 찌푸렸다. 설마 했는데 정말로 기억이 끊긴 것인가? 이경을 보는 덕현의 눈이 가늘어졌다.

긴가민가하는 덕현을 보며 이경은 한발 더 나아가기로 마음먹었다.

"치프 샘, 저는 치프 샘이 도통 무슨 말을 하는지 잘 모르겠어요."

더 이상 도망칠 곳이 없을 때에는 아무것도 몰라요, 백치미가 최고라는 신념 아래 이경은 꿋꿋하고도 굳건하게 그녀의 의지를 표출했다.

"그렇단 말이지?"

덕현의 목소리가 낮게 가라앉았다.

"예."

이경이 적극적으로 고개를 끄덕였다. 기억이 안 난다고 하는 사람치고는 묘한 적극성이 덕현의 눈에 밟혔다.

"네가 날 때린 것도?"

기억이 난다.

162

"네가 날 잡고 울음을 터트린 것도?"

기억이 너무 잘 난다.

"네가 날 잡고 고백을 한 것도?"

아, 젠장!

"네가 내 입에다가 키스를 한 것도?"

으악! 그게 꿈이 아니라 현실이었어?

고개를 끄덕거리던 이경이 놀라 고개를 들었다. 덕현을 바라보는 이경의 눈이 휘둥그레졌다.

덕현은 놀란 이경을 보며 자신도 모르게 이맛살을 찌푸렸다. 내내 무엇인가 움츠려 있던 전과 달리 지금의 이경은 정말 놀란 것 같았다. 기억이 안 난다는 것이 영 거짓말은 아닌 듯했다.

그날 밤 이경의 말이 진심인지 주사인지 궁금했다. 아마 주사일 확률이 높겠지만…… 그러기에는 이경이 너무 눈에 띄게 그를 피했다.

추측과 가정을 반복하고, 그것들을 머릿속에 썼다가 지우기를 수십 번이다. 그래서 고민 끝에 이경에게 물어본 것인데 이경은 기억이 없다고 한다. 덕현은 어쩐지 허무해졌다.

덕현은 낮게 가라앉은 눈으로 이경을 바라봤다.

"도이경!"

"예, 치프 샘."

"네가 좋아하는 사람이 누구야?"

덕현이 단도직입적으로 물었다.

히끅!

놀란 이경이 자신도 모르게 거친 숨을 들이마셨다. 아무리 덕현이라고 해도 이렇게 직구를 던질 것이라고는 생각하지 못했다.

기겁하는 이경을 보며 덕현이 턱을 쓰다듬었다. 이렇게 반응하는 것을 보아하니 그녀가 사귀고 있는 누군가와 그를 착각한 것은 아닌 것 같고…….

"혹시 너, 나 좋아하냐?"

"아니요!"

어디에 산책을 간다고 하듯 여상스러운 물음이었지만 그 내용은 이경을 절로 경악시킬 정도로 쇼킹했다. 이경은 발작하듯 부정했다.

덕현은 떨떠름한 표정을 지었다. 아닐 것이라 예상은 하고 있었지만, 이경의 적나라한 거부를 직접 겪으니 어쩐지 씁쓸했다. 괜스레 느껴지는 서운함에 입맛을 다신 그가 다시 이경을 주시했다.

"저는 정말 치프 샘을 안 좋아해요. 물론 좋아는 하지만, 그러니까 이 좋아한다는 감정이 이성적인 감정이 아니라 존경! 그래! 존경이요. 치프 샘을 존경하고, 좋아합니다. 하지만 사랑은 아니고, 그러니까요……."

이경은 자신은 결코 덕현을 좋아하지 않는다고 강조에 또 강조를 늘어놓았다. 이경은 자신이 무슨 이야기를 하고 있는지 스스로도 감당이 안 되는 것처럼 보였다. 그리고 실제로도 그러했다.

덕현의 질문에 대답하는 이경의 얼굴은 이미 울상이 된 지 오래였고, 횡설수설하는 이경을 바라보던 덕현의 눈에는 점점 물음표가 맺혔다.

사귀고 있는 사람도 없고, 그를 좋아하는 것도 아니다. 그렇다면 제삼의 또 다른 누군가를 좋아한다는 이야기인데, 누군가를 좋

아한다면 그 사람에게 잘 보이기 위해서 예뻐 보이고 싶고 또 멋
져 보이고 싶은 게 보통 사람들의 생각과 행동이다. 하지만 이경
에게서는 누군가를 좋아하는 것 같은 분위기가 전혀 느껴지지 않
았다. 덕현이 고개를 갸웃했다.

"좋아하는 사람이 있기는 해?"

덕현의 의문 속에서 이경은 초조하게 입술을 깨물었다. 자기가
그 사람과 이어줄 것도 아니면서 뭘 자꾸 이렇게 캐묻는지 모르겠
다. 그녀 스스로도 잘 모르는 이경의 속마음이다. 쉽게 대답할 수
있는 것이 아니었다.

입술을 내민 이경이 날선 목소리로 대꾸했다.

"뭐가 그렇게 궁금하신데요?"

이경은 자기방어에 돌입했다. 워낙 사건이 많아 잠시 기가 죽
어 지내기는 했지만 그녀는 도이경이었다. 앙칼지고 성질 더럽기
로는 의국에서도 몇 손가락 안에 꼽힌다는.

게다가 여자의 사랑을 자기가 뭔데 캐물어?

이경은 덕현을 도전적으로 노려보며 따져 물었다.

"아니, 네가 고민이 많은 것 같아서."

그제야 제 실수를 깨달은 덕현은 멋쩍게 한발 물러났다.

"제가 치프 샘을 좋아한다고 말하면 어쩌려고 그런 질문을 하
세요?"

이경이 심술 사납게 이죽거렸다. 진심 반 농담 반이었다. 그리
고 덕현은 이경의 말을 농담 50%에 심술 50%라고 받아들였다.

"녀석도."

이경의 말이 농담인 줄 아는지 덕현은 긴장을 풀고 피식 웃음

닥터래빗과 165
대마왕

을 흘렸다. 이경은 그런 그를 못마땅하게 바라보며 말을 이었다.

"아뇨, 대답을 해보세요. 제가 좋아한다고 하면 기분이 어떠실 것 같아요?"

이경이 진지하게 질문했다.

"……설마 정말 나 좋아해?"

덕현이 미심쩍은 목소리로 되물었다.

"저도 설마요."

이경은 의도적으로 어깨를 으쓱했다.

"그러면 왜 날 보면서 도망갔는데?"

"민망해서요. 무슨 술주정을 부렸는지 몰라서."

이경은 슬그머니 고개를 돌리며 변명을 늘어놓았다. 무슨 술주정을 부렸는지 모르는 건 맞다. 온갖 진상을 다 부렸다는 사실은 알고 있지만.

"아무튼! 치프 샘 반응을 보면서 다른 남자들의 마음을 알고싶어서 그래요. 내가 좋아한다고 말하면 반응이 어떨까 해서. 그러니까 빨리 대답이나 해주세요. 네? 새앰!"

의심 섞인 덕현의 물음에 이경이 다시 채근했다. 이경의 잇단 채근에 덕현이 흐음, 신음성을 흘리며 입을 열었다. 뭐, 의심은 의심이고 질문은 질문이니까.

잠시 궁리를 한 덕현이 머리를 긁적이며 입을 열었다.

"뭐, 사람에 따라 다르지 않을까?"

"아니요. 다른 사람 입장 필요 없고, 그냥 치프 샘 입장만 얘기해주세요. 치프 샘이라면요, 기분이 어떨 거 같아요?"

아닌 척하던 새침함을 갖다 버린 이경이 눈을 반짝반짝 빛내면서 질문했다.

덕현만 보면 심장은 쿵쾅쿵쾅 마라톤을 하고, 혈관은 확장되어 피부를 붉게 만든다. 뇌에서는 페로몬과 도파민, 노르에피네프린, 세로토닌 등의 호르몬을 분비시켜서 쾌락중추를 자극한다.

인정하기는 싫지만 이경의 몸과 마음은 확실히 덕현을 보면서 설레고 있었다. 그렇다면 이제는 덕현의 마음이 궁금하다.

호기심이 가득한 후배의 물음에 덕현은 연신 난감한 듯 시선을 피했다. 진지하게 이야기를 하고 진위를 캐묻기 위해서 그녀를 건물 뒤편으로 데리고 왔는데, 어쩌다 보니 질문자와 응답자의 위치가 바뀌었다. 덕현이 난감한 표정을 지었다.

"글쎄다. 네가 좋아하는 사람이 내가 아니라면 내 의견은 별로 필요 없지 않을까?"

"그냥 보통 남자들의 반응이 궁금해서 그래요. 남자들은 고백을 받으면 기분이 어떤가, 반응이 어떤가 궁금해서. 진지하게 답해주세요. 치프 샘은 어떻게 생각해요?"

동글동글한 눈이 호기심과 기대를 가득 담고 덕현을 응시했다. 덕현은 갈등에 빠졌다.

전혀 감정적 교류가 없는 상대가 고백했다 가정하면 당연히 예쁜 것이 착한 것이고, 그럴수록 고백의 성공률이 높아지는 것은 당연한 것이다. 다만, 요즘 세상엔 맞벌이를 중요하게 여기니 그부분도 감안을 하지 않을까 싶다. 하지만 이 이야기를 적나라하게 한다면…….

덕현은 다시 한 번 머리를 긁적였다. 솔직하지만 이경에게는 상처가 될 수 있는 답변과, 거짓은 조금 섞였지만 이경에게 상처를 주지 않을 수 있는 답변 중 무엇이 좀 더 옳은 선택인지 알 수 없었다.

그러던 중, 고민하던 덕현에게 이경이 그의 결심을 굳히는 한마디를 던졌다.

"치프 샘! 솔직하게 말해주세요! 예를 들어서 정형외과 박은경 간호사랑 비교하면 어때요?"

이경은 대한병원에서 가장 예쁘다는 정형외과의 박은경 간호사를 예로 들었다. 덕현의 미간이 살짝 찌푸려졌다.

"어떤 의미야?"

"그러니까요, 만약에 제가 고백을 한다고 했을 때의 상황을 말씀해주시기 어렵다면 정형외과 박은경 간호사 쌤과 제가 동시에 고백을 한다고 가정했을 땐 어때요? 그러니까 둘 중의 누구를 선택하냐는? 뭐, 그런……."

"그건 좀 무리가 아닐까?"

덕현은 솔직해지기로 마음먹었다. 한참을 갈등했는데 박은경 간호사의 이야기를 꺼내는 이경을 보아하니 조금 상처를 받더라도 솔직한 답변을 꺼내놓는 것이 이경의 순조로운 연애를 위해서 좋을 것 같다. 덕현은 이경에게 피가 되고 살이 되는 조언을 늘어놓았다.

"그분은 워낙에 타고난 외모가……."

슬쩍 시선을 하늘 위로 올린 덕현이 작게 중얼거렸다. 어지간한 외모면 직업과 연봉으로 밀어붙일 수 있겠지만 박은경 간호사는…….

덕현의 말에 이경이 세모꼴이 된 눈으로 그를 노려봤다. 방실

168

방실 웃고 있던 얼굴이었는데 순식간에 우중충한 그늘이 쳐졌다. 울상이 된 얼굴에서 서러움과 배신감이 넘쳐났다.

"치프 샘!"

믿었던 치프 샘의 입에서 나온 말에 이경이 빽 소리를 질렀다. 언제나 이경 앞에서 당당한 치프 샘이었던 덕현이 작아졌다. 하지만 덕현도 어쩔 수 없는 남자였다.

"치프 샘은 내 선배잖아요. 그러면 비록 내가 박은경 선생님보다 안 예뻐도 '아니다! 이경이 네가 더 예쁘다.' 나 '이경이 너도 참 예쁘다.' 이렇게 말해주면 안 돼요?"

작아진 덕현이 조금 더 작아졌다. 이경의 마음도 이해는 가지만, 그것도 어느 정도여야 후배에게 꿈과 희망을 전해줄 수가 있다. 박은경 선생님은 소싯적 미스코리아 대회에도 출전한 탁월한 미모의 소유자였다.

덕현은 이경을 건물 뒤로 데려온 자신을 원망했다. 그놈의 상황 정리가 뭐라고 일을 이렇게까지 끌고 왔나!

"치프 샘!"

이경이 재차 덕현을 불렀다. 이것은 자존심의 문제였다. 이경이 덕현을 보며 시근덕거렸다. 덕현은 먼 산만 바라봤다.

"진짜 너무해요!"

이경이 울상이 되어 소리쳤다. 이경을 의국에서 쫓아내고 하루에 수술실에 네 번 들여보냈을 때의 덕현보다 지금의 덕현이 더 미웠다.

덕현은 여자로서의 자존심을 건드렸다. 바쁜 의국 일정 때문에 이경이 여자로서의 자신을 포기하고 산다고 하지만 이렇게까지

처참하게 깔아뭉개면 아무리 이경이라도 상처를 받는다.

"한마디만 하면 되잖아요. 이경 너도 예쁘다고!"

"……그래, 너도 예쁘지. 예뻐!"

마지못해 하는 투가 역력해서 이경은 더욱더 울화가 치솟았다.

남들은 홍일점이라 신경외과 내에서 온갖 떠받음을 다 당하고 살 것이라고 예상하지만 실체는 이렇다. 떠받드는 것도 그 사람들한테 여자에 대한 기본 매너와 예의, 상식이 있어야 가능한 것이다.

"진짜 미워 죽겠어!"

한참 동안 덕현을 노려보던 이경이 팩 소리를 치고 몸을 돌렸다. 사라지는 그녀의 걸음은 위풍당당했다.

덕현이 그녀의 치프이고, 선배라는 사실은 중요하지 않았다. 덕현이 섬세한 여자의 가슴에 대못을 박은 나쁜 놈이라는 사실만 중요했다. 그리고 지은 죄가 많은 나쁜 놈은 이경 앞에서 아무 말도 할 수 없었다.

덕현은 숨죽이고 이경이 사라지는 모습을 바라봤다. 그리고 그녀가 확실하게 사라지고 나서야 가느다란 한숨을 내쉬었다.

"휴!"

단순히 의국 MT의 진상을 밝히려고 했을 뿐인데 어쩌다 일이 이렇게 되었는지 모르겠다. 어째 의도하지 않게 대형 사고를 친 느낌이었다.

눈물이 그렁그렁해서 그를 원망하던 이경이 머릿속에 떠올랐다. 덕현이 신음성을 흘렸다.

물론 이경은 귀엽다. 가끔은 예쁜 모습도 보인다. 하지만 안개

꽃과 장미를 어떻게 같은 선에서 놓고 둘 다 예쁘다고 하라는 말인가! 안개꽃도 예쁘고 장미꽃도 예쁘기는 하지만 객관적 아름다움과 화려함은 장미꽃이 월등하다.

"그래도 안개꽃은 안개꽃 나름의 아름다움이 있으니 괜찮다고 다독거려줄 것을 그랬나?"

작게 중얼거린 덕현이 뒷머리를 긁적였다.

상처 받은 이경이 쿵쾅거리며 의국으로 돌아왔다. 그리고 덕현에게 상처 받은 가슴을 동기에게 위로를 받으려고 했다. 하지만 원수 같은 성현은 더한 말을 털어놓았다.

"치프 샘이 틀린 말 했냐? 너도 진짜 양심 없다."

성현을 노려보는 이경의 눈이 실처럼 가늘어졌다.

"나의 천사, 나의 여신, 나의 마돈나! 박은경 선생님과 네가 비교나 되냐?"

몽롱한 눈으로 허공을 바라보며 박은경 선생을 찬양한 성현이 이경을 비웃었다. 성현의 설레발에 의국에 모여 있던 사람들이 꿈틀꿈틀 모여들었다.

"뭐야, 도이경! 너 설마 양심도 없이 박은경 선생님과 널 비교한 거야? 네가 머리에 꽃을 꽂아봐라. 박은경 선생님보다 네가 더 예뻐지나."

의국 침대에 누워서 뒹굴뒹굴하던 3년차 레지던트 석민이 비웃음 가득한 말을 하나 날렸다. 동기 기준과 2년차 재웅도 말을 덧붙였다.

"박은경 선생님보다 더 예뻐진다는 것은 죽었다 깨어나도 무리죠."

"도대체 너의 그 근거 없는 자신감은 어디에서 나온 거냐? 난 진짜 진심으로 궁금하다."

그나마 어느 정도 친분이 있다고 생각한 사람들의 입에서 하나같이 독설이 튀어나왔다. 잔뜩 일그러진 얼굴이 이경은 마지막 희망, 신경외과에서 가장 사람 좋은 정섭을 공략하기로 했다.

병동 콜을 받고 돌아오는 정섭에게 달려들었다.

"정섭 선배님!"

배고픈 하이에나처럼 달려드는 이경의 모습에 정섭이 흠칫했다. 이경은 속사포처럼 말을 쏟아냈다.

"선배님, 나 예뻐요?"

"그럼, 우리 후배님 예쁘지."

정섭이 싱긋 웃으며 이경의 머리를 쓰다듬었다. 누나만 셋인 집의 막둥이는 여자의 마음을 설레게 하는 법을 안다. 그나마 대한병원 신경외과에서 가장 매너남인 것이 정섭이다. 이경은 실낱같은 희망을 안고 정섭에게 재차 질문했다.

"그러면 정형외과 박은경 선생님과 비교하면 어때요?"

정섭의 미소가 순간 굳어졌다. 이경의 머리를 쓰다듬던 손도 그대로 멈췄다. 정적 속에서 정섭은 마네킹처럼 굳어졌다.

"낄낄. 그거 봐라. 네가 너무 양심이 없는 거라니까."

의국에 돌아오는 레지던트들마다 전부 똑같은 반응이다. 짜기라도 한 것인지 모조리 매정하고 야속한 반응들이다.

선배와 동기들을 흘겨보는 이경의 눈동자에 원망과 서러움이 넘실댔다.

"내가 더 예쁠 수도 있는 거잖아요. 사람의 눈은 다 제각각이랬어요."

"야, 그것도 어느 정도 수준이 비슷해야 하는 거지. 아무리 콩깍지를 뒤집어써봐라. 번데기가 나비로 보이나. 이건 애초에 네가 너무 양심이 없던 거라니까."

"번데기가 변태해서 나비가 되는 거잖아."

"그 번데기가 나비 번데기인지, 아니면 배추벌레 번데기인지 누가 알아? 나방도 번데기는 만들어."

성현이 가슴을 쾅쾅 두드리면서 레지던트들의 의견을 대변했다.

"이경아, 오빠 말 들어라. 소크라테스 선생님이 말씀하셨다. 니 꼬라지를 알라고. 뱁새가 황새를 따라가려면 가랑이가 찢어지는 법이야."

성현을 노려보는 이경의 눈동자에 하얗게 백태가 꼈다.

생각 같아서는 눈을 허옇게 까뒤집고 성현의 목을 잡아서 짤짤 흔들고 싶었다. 사람으로 둔갑도 제대로 못하는 곰 주제에 어디서 감히 주제파악을 운운하냐고 괴롭히고 싶었다. 하지만 다수 의견을 무시할 수는 없었다.

덕현뿐만 아니라 성현이며 석민, 기준, 재웅, 정섭까지 모두 이구동성으로 같은 말을 할 때는 이경도 문제가 있다고 판단했다. 그리고 여자로서의 자존심에 상처를 받은 이경은 달라졌다.

자타공인 선머슴, 치마보다는 바지와 더 친하고 구두보다는 운동화, 꽃핀보다는 문구용 집게가 더 잘 어울리는 것이 바로 도이경이었다. 하지만 언제까지 그럴 수는 없기에 결단을 내렸다.

"쟤, 왜 저러냐?"

새벽부터 의국에 등장한 꽃순이를 보며 석민이 머리를 갸웃했다. 전날 그들의 놀림 때문에 혹시라도 불쌍한 1년차의 뇌에 이상이라도 생긴 것은 아닌가 하는 생각이 언뜻 들었다. 인간의 뇌와 신경을 주로 치료하는 신경외과 의사다운 의문이었다.

"손가락으로 가리키면 안 돼요. 눈치채요."

성현이 작게 속삭거렸다. 성현은 독 품은 살모사를 경계하며 말을 이었다.

"아주 제대로 원한을 품었어요. 건드리면 물어요. 진짜로."

"건드리면 물어?"

"예. 아까 뭐라고 했더니 시끄러우니까 닥치라고 했어요."

독기 품은 이경을 떠올린 성현이 절레절레 머리를 흔들었다. 석민은 놀란 기색을 했다. 이리저리 치이면서도 험한 말만큼은 자제했던 이경이었다.

"꽤 마음이 상했나 보네?"

"그렇다니까요."

"심지어 쟤가 지금 뭐 하는지는 아세요? 새벽같이 나와서는 시키지도 않은 의무기록을 정리하고, 지금은 시간이 남는다면서 컨퍼런스 때 발표될 내용을 공부하고 있어요. 자기가 맡은 것도 아니고 해욱 선배가 준비하는 발표를 말이에요."

"헐!"

황당함이 육성으로 터졌다.

"할 일이 그렇게 없어? 왜 그런대?"

174

"도이경이 독을 품었어요. 애정을 구걸하지 않겠대요. 예쁘고 똑똑한 미녀 의사가 되고 싶대요."

이경을 돌아보는 석민의 눈빛이 애잔해졌다. 석민이 안타까움을 가득 담아서 말했다.

"정신줄을 놓았구나."

그 이상으로 적합한 표현이 없었다.

"그러게요. 많이 서운했나 봐요."

성현이 착잡한 표정으로 동의했다. 애정이 식었니 어쩌니 하면서 온갖 서러움을 흘리던 어제의 도이경을 떠올리니 새삼 죄책감이 쓰나미처럼 몰려왔다.

과부 팔자 홀아비가 안다고 이경에게 꾸밀 시간이며 여유가 없다는 것은 성현이 가장 잘 안다. 아무리 이경의 바람이 무리수였다 하더라도 립서비스로 예쁘다는 말 한마디 정도는 해줄 수 있는데 성현 자신이 너무 심했다는 생각이 들었다.

"너라도 좀 편을 들어주지 그랬어."

석민이 성현의 옆구리를 쿡 찌르면서 말했다. 성현이 씁쓸한 표정으로 고개를 끄덕였다. 동기사랑은 나라사랑, 나중에 보면 남는 것은 동기밖에 없다는 선배들의 말도 떠올랐다. 성현이 상처받은 도이경에게 예쁘다는 말을 해야 하나 고민하던 찰나였다.

"왜 이렇게 조용해?"

문을 열고 들어온 덕현이 의아한 목소리로 말했다. 공부를 하거나 일을 하는 것도 아닌데 의국 안은 숨 쉬는 소리도 들리지 않을 정도로 조용했다.

"너희 둘은 사내 녀석들이 뭘 그리 딱 달라붙어 있어? 그리고 도이경은……"

덕현의 목소리가 점점 작아지다가 소멸했다. 예쁘다는 대답을 듣지 못해 심통을 부리며 사라지던 어제의 이경이 떠올랐다. 덕현도 이경 앞에서 떳떳한 사람이 아니었다.

"치프 샘, 오셨어요?"

성현과 석민이 몸을 일으켜 치프에게 고개를 꾸벅 숙였지만, 이경은 덕현을 향해 고개도 돌리지 않았다.

"흠흠!"

덕현이 헛기침을 하자 도끼눈으로 팩 고개를 돌려서는 고개를 꾸벅 숙인 것이 다였다. 어제도 딱히 상태가 좋지는 않았지만 그래도 저렇게까지 살벌한 모습은 아니었다. 덕현이 석민과 성현에게 눈짓하며 물었다.

"쟤, 왜 저래?"

"그러게요."

석민과 성현이 멋쩍은 표정으로 대꾸했다. 고개를 갸웃한 덕현이 이경에게 다가갔다.

"도이경?"

"네."

"무슨 일 있어?"

"없어요."

이경은 덕현의 물음에 고개도 돌리지 않았다. 단답형으로 딱딱 떨어지는 대답을 내놓는 이경에게서 차가움이 뚝뚝 떨어졌다. 덕현은 더욱더 의구심이 치솟았다. 괴로워도 슬퍼도 웃음 짓는 도이경이었기에 이런 모습은 덕현도 처음이었다.

혹시라도 무슨 일이 있는가 하는 걱정이 치솟았다.

"도이경?"

덕현이 이경의 어깨를 잡아 그녀의 몸을 돌리려고 했다. 탁, 매섭게 덕현의 손을 뿌리친 이경이 뱅그르르 의자를 돌려 덕현을 마주 봤다.

"무슨 일이세요?"

물에 술 탄 듯, 술에 물 탄 듯 마냥 헤실거리던 이경이 속에 칼날 같은 서늘함을 품었다. 덕현의 표정이 이내 머쓱해졌다.

"아니, 네 기분이 별로 안 좋아 보여서."

"저는 항상 기분이 좋아야 해요?"

이경이 따지듯이 캐물었다. 덕현은 슬그머니 뻗었던 손을 내렸다. 생각지도 못했던 이경의 날카로움에 덕현은 입맛만 다셨다.

"누가 그렇다니."

"그럼 됐어요. 저 공부할래요. 병동에서 콜이 오지 않은 이상은 건드리지 말아주세요."

자발적으로 공부하는 것은 꽤 바람직한 행동이었지만 덕현은 어쩐지 뺨이라도 한 대 얻어맞은 듯했다. 이경의 노골적인 거부는 그만큼 충격적이었다. 덕현은 잠시 동안 자신의 빈손을 바라보며 왠지 모를 아쉬움을 느꼈다.

그날 내내 그녀가 즐겨 보는 TV 프로그램 '동물나라'에 나오는 토끼처럼 난폭하고 살벌한 기운을 감추지 못했던 이경은 '토순이 2호'라는 별명을 얻었다.

7장

　얼마 전까지만 해도 비디오를 틀면 호랑이가 아이를 물고 가는, 짧지만 강렬하고 임팩트 있는 경고문을 볼 수 있었다.

　'옛날 어린이들에게는 호환 · 마마 · 전쟁 등이 가장 무서운 재앙이었으나 현대의 어린이들은 무분별한 불량 · 불법 비디오를 시청함으로써 비행청소년이 되는 무서운 결과를 초래한다.'는 내용이 바로 그것이었다.

　그리고 지금 이 순간, 대한병원 신경외과 레지던트 일동은 그 경고문에 100% 공감하고 있었다. 폭력이 넘쳐나는 유해한 프로그램을 애한테 보여주는 것은 안 된다. 사람은 은연중에 폭력을 학습한다. TV 프로그램 '동물나라'를 통해 난폭한 토끼, 토순이를 즐겨 보던 도이경도 마찬가지다.

　예쁜 여자만 인정받는 현실 앞에서 도이경은 삐뚤어지기로 마음을 먹은 듯했다.

"이경아, 폭력의 학습성에 대해서 어떻게 생각해?"

"쓸데없는 소리를 할 시간이 있으면 공부나 해. 너 병동 환자들 오더와 외래환자들 차트정리는 다 끝냈어? 시간이 그렇게 많니? 일이나 해!"

도도하고 시크한 여자 도이경이 쌀쌀맞게 대꾸했다. 치프인 덕현을 연상시키는 차가움이었다. 차가워진 동기의 행동에 성현은 서럽게 울먹였고, 석민은 그런 성현을 감쌌다. 의국의 레지던트들은 모두 상처 받은 성현을 동정이 가득한 눈으로 바라보았다.

도 긴 개 긴으로 똑같이 행동하던 두 사고뭉치 중 한 녀석이 철이 들었다는 사실은 반겨야 할 일이지만, 버림받은 나머지 한 녀석은 한없이 불쌍해졌다. 시무룩한 표정으로 컴퓨터 앞에 가서 앉는 성현을 본 재웅이 낮게 혀를 찼다.

이경에게 마지막 결정타를 날린 정섭은 후회와 죄책감에 시달렸다. USMLE(미국의사시험)을 앞두고 책을 펼쳤던 덕현도 예외는 아니었다.

여자의 가녀린 가슴에 대못을 박은 죄인들에게는 입을 열 자격이 없었다.

이경의 가녀린 가슴에 대못이 주르륵 박힌 그날 이후, 시커먼 사내 녀석들만 바글바글한 신경외과 의국에 꽃이 한 송이 피어났다. 생물학적 성별은 여자였지만 전혀 여자 취급을 받지 못했던 도이경이 바로 그 주인공이었다.

이경은 옛날의 그녀와는 이별을 고했다. 얼굴에 겨우 물만 묻히고 헐레벌떡 뛰어갔던 땡순이 도이경은 버렸다.

화장도 하고, 예쁜 옷도 입었다. 룸메이트인 정형외과 1년차 레지던트 지은에게 머리핀이며 액세서리를 협찬받았다. 꾸밀 줄 몰라서 못 꾸미는 여자는 없다. 꾸밀 시간이 없고, 꾸밀 여유가 없어서 못 꾸미는 것이다.

이경은 잠과 휴식을 버리고 미모를 얻었다. 미스코리아 출신의 정형외과 간호사를 따라가기에는 벅찰지 모르지만 이경은 조금이라도 더 아름답게 보이기 위해서 노력했다.

"위험한데……."

거의 반쯤 시체 꼴로 돌아다니는 이경을 본 덕현이 낮게 혀를 찼다. 곱게 단장하는 것을 나쁘게 보는 것은 아니지만 개인적으로는 시간낭비라고 생각한다.

병원의 업무는 그대로인데 단장하느라 시간을 쏟으면 결국 그것은 수면시간의 감소로 이어진다. 안 그래도 평균 수면시간이 서너 시간밖에 되지 않는 레지던트 1년차. 지금의 도이경은 꾸미기는 예쁘게 꾸몄을지 모르지만 속을 뜯어보면 골병이 들었을 것이 분명하다.

다크 서클은 무릎 아래까지 내려왔고, 몸은 소금에 절인 배추처럼 시들시들한 이경을 보며 덕현이 한숨을 내쉬었다. 지은 죄가 있다 보니 나서서 뭐라 이야기할 수가 없었다. 하지만 굳이 꾸미지 않아도 귀엽고 예쁜데 뭘 저리 유난을 떠는지 모르겠다.

덕현이 이경에게 다가갔다.

"도이경 선생?"

"네, 치프 샘!"

"지금 바빠?"

"아니요. 의무기록만 마저 채워 넣으면 됩니다."

이경이 딱 부러지게 대답했다.

"병동환자들 오더도 다 내리고 외래환자들 차트도 다 마감했어?"

"예, 치프 샘!"

"그걸 다 했다고?"

"네."

이경이 선선히 고개를 끄덕이자 덕현의 눈이 가늘어졌다.

미비차트가 쌓이고, 컨퍼런스 도중에 조는 레지던트들이 속출하는 것은 그들이 게을러서 그런 것이 아니다. 시간 부족 때문에 생겨나는 빈틈이다.

하루에 48시간이어도 모자란 상황에서 하루 일고여덟 시간을 다 챙겨서 자는 사람은 없었다. 잘 자야 서너 시간 쪽잠이었다. 인체가 필요로 하는 최소 수면시간을 채우지 못했기 때문에 순전히 방어본능으로 강제수면 상태에 빠져드는 것이다.

지금 이경이 진행하는 스케줄은 정상적인 수면시간으로는 도무지 감당할 수가 없는 양이었다.

"도이경 선생, 너 오늘 몇 시간 잤지?"

"네?"

"몇 시간 잤어?"

덕현의 목소리가 절로 날카로워졌다.

"잘 만큼 잤어요."

내내 날카로움을 가장하던 이경의 얼굴에 난색이 스쳤다.

덕현이 미간을 찌푸렸다. 그나마 보장된 서너 시간도 제대로 자지 못한 모양이었다. 이경처럼 무리를 하다가 쓰러진 레지던트가 한둘이 아니다.

"오늘 당직이야?"

"아니요."

"그럼 이 시간에 왜 남아 있어?"

새벽 2시 14분. 당직의도 아닌 전공의가 고작 의무기록을 채워 넣기 위해서 남아 있을 시간이 아니었다. 의무기록이 중요하지 않다는 것은 아니지만 전체 차트검사가 아직 한 달도 넘게 남아 있었다. 이경이 홀로 의국에 남아 유난을 떨 일이 아니라는 것이다.

날카로운 덕현의 반응에 이경이 영문을 알 수 없다는 표정으로 눈을 끔벅였다. 덕현이 한숨을 내쉬며 이경의 팔을 잡았다.

"일어나."

"예?"

"일어나라고."

"으아악!"

덕현의 성마름에, 의자에서 일어나려던 이경은 꼬꾸라질 뻔했다. 내 도도함! 이경이 억울한 눈으로 바라보았지만 덕현의 행동에는 거침이 없었다.

"잠을 못 자서 그런 거야."

"치프 샘이 끌어당기지만 않았으면 괜찮았어요."

이경이 불퉁한 목소리로 작게 대꾸했다. 하지만 덕현은 아랑곳하지 않고 이경의 팔을 끌었다. 덕현의 팔에 끌려가는 이경의 표정이 황망했다.

"도대체 왜 그래요?"

덕현은 대답 없이 이경을 잡아끌었다. 그는 의국의 침대 옆에 도착해서야 이경의 팔을 놓아줬다.

"자."

"예?"

이경이 황당하다는 표정으로 대꾸했다.

"생각 같아서는 그대로 올려 보내고 싶은데 네가 정말 자는지 안 자는지 확인이 안 돼서. 여기에서 자. 확인할 거야."

"치프 샘!"

이경이 짜증 섞인 목소리로 덕현을 불렀다.

"졸리면 자겠죠. 괜찮아요."

이경이 대수롭지 않다는 말투로 대답했지만 덕현의 마음은 굳건했다.

"네가 그 정도로 잘하는 녀석 같았으면 걱정도 안 해."

못생긴 내 걱정은 왜 한답니까? 이경이 슬쩍 입을 삐죽거렸으나 덕현이 그녀를 걱정한다는 말을 하니 기분은 좋았다.

"하지만 치프 샘, 제가 애도 아니고요……."

덕현은 말없이 이경을 응시했다. 네가 애랑 다른 점이 뭐가 있는데?

말을 지지리도 안 듣는 1년차를 한숨 쉬며 바라본 덕현이 이경을 침대 위에 밀었다.

"앗!"

묘한 분위기에 이경은 잠시 동안 가슴이 설레었지만 덕현은 별

생각이 없어 보였다. 침대 위에 앉혀진 이경의 몸을 강제로 눕히고, 그녀의 몸 위에 이불을 덮었다.

"자라."

"괜찮다니까요?"

"내가 안 괜찮아. 회진 돌다가 쓰러져서 사람 기겁시키지 말고 어서 자."

덕현은 제 말대로 정말 이경을 의국 침대에서 재울 생각인 듯했다. 자리도 뜨지 않고 멀건 눈으로 이경을 바라봤다. 꼭 저승사자 같았다. 이경이 이맛살을 찌푸렸다.

반항기 넘치는 1년차를 바라보던 덕현이 몸을 움직였다. 팔짱을 풀고 이경이 누워 있는 침대 옆으로 다가와서 앉았다.

"잠 좀 자라. 애물단지 짓은 혼자서 다 하더니 왜 갑자기 쓸데없이 성실해져서 사람을 놀라게 해?"

말투는 그리 친절하지 않았지만, 꼼꼼하게 이불을 덮어주는 덕현의 손길에서는 다정함이 느껴졌다.

이경은 괜스레 서러워져서 입을 실룩였다.

"치프 샘 나빠요."

"그래. 잘 자라."

덕현은 내친김에 이경의 배도 토닥여줬다. 애들은 잘 때 배를 쓸어줘야 잘 잔다는 사촌 누나의 말을 떠올렸다. 덕현은 어린 조카에게 그랬듯이 다정하고 부드럽게 이경의 배를 다독였다.

"착하다, 착하다. 얼른 자라, 얼른 자라."

어색한 돌림노래도 시작했다.

"그게 뭐예요?"

난감함에 미간을 찌푸리고 있던 이경이 풋, 웃음을 터트렸다. 하지만 덕현은 뻔뻔하게도 손짓과 돌림노래를 계속해서 반복했다.

"얼른 자라고 불러주는 자장가야."

"그게 어디를 봐서 자장가예요?"

"내 딴에는 자장가야. 그러니까 딴생각하지 말고 얼른 자."

덕현이 무뚝뚝하게 대꾸했다.

"치프 샘, 노래 진짜 못 불러요."

"그래. 나 음치니까 넌 잠이나 자라. 착하다, 착하다. 얼른 자라, 얼른 자라."

자세히 들어보니까 노래라기보다는 주문에 더 가까웠다. 하지만 효과는 있는 모양이었다. 이경은 자신도 모르게 하품을 했다. 악과 오기로 버텼는데 이경의 몸은 그녀의 생각보다 훨씬 더 피곤했던 모양이다.

종알종알 말대꾸하며 떠들던 이경이 어느새 조용해졌다.

이경을 보는 덕현의 눈동자가 다정해졌다. 안 자겠다고 버티더니 누운 지 몇 분도 되지 않아 스르륵 잠이 들었다. 덕현은 피식 웃으며 이경의 머리를 쓸어 올렸다. 곤히 잠든 이경은 마치 아이처럼 천진해 보였다.

"미안하다."

덕현이 작게 중얼거렸다. 덕현 하나로도 모자라서 레지던트들이 돌아가면서 구박을 했다니 말은 안 해도 상처가 컸을 것 같다. 자기는 차갑고 도도하면 안 되냐고 되묻던 이경을 떠올리니 안타깝기는 한데 우습기도 했다.

덕현이 손을 멈추고 가만히 이경의 얼굴을 뜯어봤다. 작고 오밀조밀한 얼굴이며 그의 조카를 보는 듯한 통통한 볼이 제법 귀엽게 느껴졌다.

박은경 간호사가 크고 시원시원한 외모의 서구형 미인이라면 도이경은 선이 가는 동양적 미인이다. 박은경 간호사에게는 박은경 간호사만의 매력이 있고, 도이경에게는 도이경만의 매력이 있다. 객관적인 아름다움과 이성으로서의 매력은 또 다르다. 사람들이 누구나 미인만 좋아하면 콩깍지라는 말이 왜 생겨났을까!

괜스레 말실수를 해서 멀쩡한 애를 괴롭힌 듯한 생각에 덕현은 내내 이경에게 미안했다.

침대에 누운 이경은 정말 잠이 모자랐던 것인지 고로롱고로롱 낮게 코를 골며 잠을 청했고, 덕현은 자리에서 일어나 책상으로 갔다.

그간 책을 보고 있으면서도 보는 기분이 아니었는데 오늘은 왠지 공부가 잘될 것 같았다. USMLE Step 3 : Master the Boards 교재를 펼친 덕현의 손이 매끄럽게 장을 이동했다.

숙면을 취한 듯 유례없이 맑고 개운한 하루였다. 밝은 얼굴로 이경이 기지개를 폈다. 내리쬐는 햇빛이 밝고 희망찼…….

헉! 갑작스런 깨달음에 이경이 놀라 숨을 들이마셨다.

"또 지각이구나!"

이경의 얼굴이 죽을상이 되어 일그러졌다. 헐레벌떡 몸을 일으킨 이경이 이상한 점을 깨달은 것은 바로 그때였다.

"얼라리여?"

이경이 고개를 갸웃했다. 멀뚱한 눈으로 주변을 훑었다. 어디에서 많이 보던 곳이지만 이경이 있을 곳은 아니었다.

큼지막한 채광창이며 고급스런 가구가 이경을 둘러싸고 있었다. 협탁 위에는 화려하고 싱그러운 꽃들이 가득 꽂혀 있었다.

분명히 이경은 의국에서 잠을 자고 있었는데 이상하게도 지금 그녀는 휘황찬란한 VIP 병동에 있었다. 이상한 나라의 폴과 니나도 아니고 순식간에 장소가 이동될 리가 없었다.

이경은 꿈인가 생신가 싶어 자신의 볼을 꼬집었다. 99.9% 꿈일 것이 분명한지라 있는 힘껏 살을 비틀었다.

하지만 아팠다.

"아야!"

괴성을 지른 이경이 아픈 볼을 쓱쓱 문질렀다. 꿈은 아닌 것 같았다. 고통 속에서 이경의 눈동자에는 눈물이 한 방울 맺혔다.

이게 도대체 무슨 일인가 해서 이경이 한참 동안 멍하니 앉아 눈을 껌벅거릴 때였다.

"깼어?"

결코 무시할 수 없는 목소리가 들려왔다. 이경이 목소리가 들린 방향으로 고개를 돌렸다. 그곳에는 막 문을 열고 들어오는 덕현이 있었다.

"치프 샘?"

비현실적인 상황 앞에서 이경이 덕현을 불렀다.

덕현은 아무런 대꾸 없이 이경에게 다가와 혈압과 맥박을 재고, 수액을 체크했다. 반 정도가 이경의 몸으로 사라졌다. 최소한 3분의 2 정도는 맞았으면 좋겠는데 생각보다 너무 일찍 깼다.

"수액 들어가는 속도를 좀 더 높일 것을 그랬나?"

덕현이 중얼거렸다. 이경이 재차 덕현을 불렀다.

"치프 샘, 이게 도대체 어떻게 된 일이에요?"

"뭐가 어떻게 된 일이야"

"제가 왜 여기에⋯⋯."

이경이 말을 흐리며 물었다.

순간이동도 순간이동인데, 이경은 VIP 병동과는 정말 상관이 없는 사람이었다. 하루에 기백만 원을 넘나드는 VIP 병동에서 묵을 돈도 없었고, 돈이 있어도 VIP 병실은 싫었다.

VIP 병동은 신경외과 과장님이 주치의로 등장하는 곳인지라 노예인지 머슴인지 구분이 안 가는 1년차 레지던트로서는 황감해서 치료를 받을 자신이 없었다.

어안이 벙벙한 듯한 이경을 보며 덕현은 한숨 섞인 웃음을 뱉어냈다. 그리고 이경이 그토록 궁금해하는 그녀의 상황에 대해서 답변을 내렸다.

"미주신경선 실신(Vasovagal syncope)."

덕현이 간결하게 병명을 내뱉었다. 이경의 표정이 어색해졌다.

"미주신경성 실신이라니요?"

"수면부족이나 스트레스 등 신체적, 정신적 긴장으로 인해 혈관이 확장되고 심장박동이 느려져 혈압이 낮아짐. 저혈압과 서맥성 심장박동으로 인해 뇌로 가는 혈류량이 감소, 이로 인해 일시적으로 의식을 잃는 상태."

덕현이 미주신경성 실신의 사전적인 의미를 늘어놓았다. 이경의 얼굴이 일그러졌다.

누가 그걸 몰라서 물었대요? 노골적으로 일그러지는 이경의 얼굴을 보며 덕현이 그녀의 이마에 딱밤을 놓았다.

"아얏!"

"네가 미주신경성 실신으로 쓰러졌어."

이경이 투덜거리며 이마를 문지르는 모습을 보며 덕현이 조금 더 설명을 늘어놓았다.

"제가요?"

이경이 말도 안 된다는 표정으로 덕현에게 되물었다. 도도한 토순이 2호가 아니라 애물단지 도이경이 말했다.

"저 있는 게 힘밖에 없어요. 저는 신경외과 레지던트도 순전히 체력과 힘으로 뽑혔어요. 치프 샘 기억 안 나세요? 문혁 교수님이 저보고 그러셨잖아요. 다들 까칠하고 성격 나쁜 신경외과에는 저처럼 단순하고 무식한 캐릭터도 필요하다고. 제가 옛날부터 가장 부러운 게 운동장에서 아침 조회할 때 픽픽 쓰러지는 애들이었어요."

단 한 번도 쓰러진 적 없는 도이경은 그 연약한 소녀들을 눈물을 머금고 바라봤다. 하지만 그 전날 저녁을 굶고, 아침까지 굶었어도 도이경은 쓰러지지 않았다. 땡볕에서 1시간을 버티면 남자애들도 쓰러지는 아이들이 속출하는데 체력 좋은 도이경은 심하게 멀쩡했다.

어째 자폭하는 것 같은 느낌이 들기는 하지만 이경은 치프 샘의 웃기지도 않는 농담을 부정하기 위해서 그녀의 과거를 진솔하게 털어놓았다.

자기도 여리고 연약한 여자라면서 내내 콧대를 높인 주제에 부
침개 뒤집듯 바로 의견을 뒤집는 이경을 보며 덕현은 남몰래 웃음
을 삼켰다.

"그랬었나?"

"네!"

이경이 연신 고개를 주억거렸다. 이경은 자신이 신콥으로 쓰러
질 것이라고는 단 한 번도 생각해본 적이 없다고 했다.

하지만 그 점은 덕현도 마찬가지였다. 그래서 식은땀을 흘리는
이경을 보며 덕현은 기겁할 듯 놀랄 수밖에 없었다. 침대에 눕자
마자 잠든 이경의 모습을 보며 이상한 점을 느꼈어야 하는
데…….

덕현이 씁쓸한 표정으로 기억을 되짚었다.

잠들었다고 생각한 이경에게서 거친 숨소리가 들리고, 그녀의
피부가 창백해지고 축축해졌다. 식은땀을 과도하게 흘리는 그녀
를 보면서 악몽을 꾼다고만 생각했다. 하지만 단순히 악몽이라고
만 생각하기에는 이경의 상태가 묘했다.

깨워야 하나 말아야 하나 고민을 하고 있을 때, 한참을 뒤척거
리다가 희미하게 눈을 뜬 이경은 어지럽고 속이 메스거린다고 말
하더니 그대로 뒤로 넘어갔다. 당시의 상황을 떠올린 덕현의 얼굴
이 어두워졌다.

"인마, 어쨌든 몸조심해. 넌 의사가 네 몸 관리 하나 제대로
못하면 어쩌자는 거야?"

덕현의 타박에 이경은 멋쩍은 표정으로 뒷머리를 긁적였다.

걱정해줘서 고맙기는 한데 기분이 참 묘했다. 눈 밖에 난 것이

라면 아예 관심도 주지 말고 신경도 쓰지 말지, 괜히 사람 가슴 떨리게 신경을 써주는 척한다.

덕현을 보고 있노라면 정형외과 박은경 간호사가 예쁘다고 당당하게 말하던 덕현과, 이경을 걱정하는 덕현이 번갈아가며 클로즈업되어 이경의 머리를 혼란스럽게 한다. 덕현을 흘겨보는 그녀의 눈에 복잡한 빛이 스쳤다.

제 몸을 걱정한 것뿐인데 어딘가 심술 사나워 보이는 이경을 보며 덕현이 쓴웃음을 지었다. 저번에도 느꼈지만 이경은 말 안 듣는 그의 조카랑 정말 비슷하다.

몸에 좋은 것이라면 무조건 '싫어.'를 먼저 말하는.

덕현은 물끄러미 이경을 다시 한 번 바라보았다. 온갖 사고는 도맡아 치고, 울고불고 술주정을 한 것까지 봐서인지 이경이 유독 어리게 느껴진다.

짝사랑한다던 그 남자의 마음을 알겠다고 그에게 질문을 하다가 봉변을 당한 것도 그렇고…….

솟아오르는 연민에 덕현은 조카에게 하듯 이경의 머리를 쓱쓱 쓰다듬으며 말을 이었다.

"아프면 너만 손해야. 네 몸은 네가 챙겨. 똑똑하고 예쁜 도이경도 좋지만 건강하고 씩씩한 도이경이 더 낫지 않나? 아무리 예뻐도 비실거리는 여자는 인기 없어."

생각도 못했던 덕현의 다정한 말이었다. 이경은 자신도 모르게 침을 꿀꺽 삼켰다. 잘생긴 얼굴 뒤에서 후광이 비친다. 울긋불긋 달아오른 얼굴에 알록달록 예쁜 단풍이 피어났다.

그리고 떨리는 가슴속에 용기가 피어났다. 기가 죽어서 덕현의 눈치만 살피던 이경이 슬그머니 입을 열었다.

"근데요, 치프 샘!"

이경이 말꼬리를 늘리며 덕현을 불렀다.

"정말 예쁜 여자보다 건강한 여자가 더 나을까요?"

상처 받을 대로 받은 가슴이지만 위로가 필요했다. 이경이 실낱같은 희망을 안고 덕현에게 물었다.

두 눈을 동그랗게 뜨고 쿵덕쿵덕 뛰는 가슴으로 질문하는 이경을 보며 덕현은 결국 웃음을 터트렸다.

누군지 몰라도 엄청 좋아하기는 하는구나!

덕현은 조금 넉넉해진 마음으로 이경이 원할 만한 답변을 내놓았다.

"당연한 것 아닌가?"

"하지만 건강한 저보다 예쁜 박은경 간호사 선생님이 더 좋다면서요."

"좋다고는 안 했어. 네가 예쁜 사람을 물어봤잖아. 객관적으로 보면 박은경 선생님 예쁘지. 하지만 너도 예뻐."

"정말요? 박은경 간호사 선생님보다 더요?"

"응."

잠시 멈칫하기는 했지만 어쨌든 덕현은 망설임 없이 고개를 끄덕였다.

며칠 동안 까칠하고 도도한 도이경을 체험하면서 덕현에게도 학습효과라는 것이 생겨났다. 예쁘든 안 예쁘든 여자에게는 일단 예쁘다고 해줘야 하고, 그중에서도 도이경에게는 특히 특별한 관심과 배려가 필요했다.

이경의 얼굴엔 조금씩 화색이 번졌다.

"진짜요?"

헤벌쭉 벌어진 이경의 얼굴에 설렘과 두근거림이 넘실댔다.

며칠 전에 들었던 내용과 별로 달라진 것이 없는 이야기인데 박은경 간호사보다 이경이 더 예쁘고 매력이 넘친다는 이야기 때문인가? 이경은 자꾸만 입이 벌어지고 웃음이 나온다.

기분 좋은 이경을 보며 덕현은 그가 던진 말의 효과를 깨달았다. 그리고 본능적으로 그가 어떤 행동을 해야 할지 깨달았다.

덕현은 지난 실수의 만회와 의국의 화목, 애물단지 후배의 건강을 위해 돈 안 드는 공짜 립서비스를 마구 추가했다.

"그럼, 이경이 네가 가장 예쁘지. 다른 녀석들도 말을 안 해서 그렇지, 이경이 네가 가장 예쁘다고 생각할 거야."

"그런가요?"

"그래. 그러니까 앞으로는 잠 좀 자. 네 몸이 건강해야 건강한 정신으로 보다 많은 환자를 볼 수 있는 거야."

덕현의 말에 이경은 하늘로 날아갈 듯한 기분이었다. 뒷부분이 조금 마음에 들지 않기는 하지만 덕현이 그녀를 생각해줬다는 것에 티를 안 내려고 하는데 자꾸만 해죽해죽 웃음이 흘러나온다.

"에이, 치프 샘도. 과찬이세요. 하지만 제가 뭐, 예쁘기는 하죠."

양 볼을 감싼 이경이 몸을 비비 틀었다. 듣기 좋은 말도 한두 번이라며 칭찬도 적당할 때가 좋다고 하지만, 덕현의 말은 아무리 들어도 기분이 좋았다.

덕현은 그런 이경을 보며 한참 어린 동생을 보듯 작게 미소를 지었다. 이리저리 사고를 치는 것을 보면 애물단지는 맞는데 크게 밉지는 않으니 그것도 재주였다.

"아무튼 불편한 것은 없지? 지금 수액만 마저 맞고 의국에 가 봐. 다들 걱정하고 있을 거다."

마지막으로 링거액이 떨어지는 속도를 조절한 덕현이 입을 열었다. 그리고 그 말 한마디로 인해 순식간에 현실로 돌아온 이경은 돌아서는 덕현의 옷자락을 잡았다.

"치프 샘!"

"왜?"

"근데 여기 얼마예요?"

침대도 푹신푹신하고 햇볕도 짱짱하게 들어오고 보이는 것마다 비싼 티가 줄줄 나니 좋기는 한데 영 부담스러웠다. 아니, 사실은 VIP 병실보다 VIP 병실에서 하룻밤 머무른 가격이 더 부담스러웠다.

"36개월이나 48개월 할부는 안 될까요. 무이자로요."

"뭐?"

"대한병원 레지던트가 대한병원에 입원했는데 그 정도는 해줘야지요. ……안 될까요?"

평범한 소시민 도이경이 한숨을 내쉬었다. VIP 병실 말고 6인실 정도면 얼마나 좋았을까? 아니, 그냥 의국 침대에 콕 박아놓고 링거액만 하나 건네줬어도 좋았을 것이다.

VIP 병동의 병원비를 떠올린 이경의 목소리에서는 미련과 아쉬움이 뚝뚝 흘러넘쳤다.

"좀 말려주지 그랬어요."

이경이 덕현을 원망의 눈초리로 바라봤다. 칭찬을 받을 때는 좋았는데 현실을 떠올리니 그냥 한숨이 나온다.

처량하게도 어깨가 축 처져서 계산기를 두드리고 있는 이경을 보며 덕현이 픽 웃음을 흘렸다.

"뭘 말려?"

"VIP 병실이요."

이경이 시무룩하게 말했다.

"내가 VIP로 옮기자고 했는데?"

"헐!"

믿을 놈 하나도 없다더니 그 말이 딱 맞았다. 덕현에게 불쌍하게 보여서 병원비를 36개월이나 48개월 무이자 할부로 해달라고 할 생각을 하고 있던 이경의 머릿속에 새삼 분노와 배신감이 자라났다.

"왜요!"

의국 MT에서 진상을 부린 죗값을 이리 받는가 싶어 이경의 얼굴이 울상이 되었다. 덕현이 말을 이었다.

"병실이 없었어. 마침 VIP 병동은 비어 있었고."

종합병원 침대 TO가 잘 나지 않는 것은 사실이다. 이경이 땅이 꺼져라 한숨을 내쉬며 아쉬움을 흘렸다.

"그럼 응급실에라도 던져놓으시지요. 아니다. 그냥 의국 침대에 던져놔도 좋았을 거예요."

"여기 공짜거든."

"그러니까…… 예?"

VIP 병실 입원비가 얼마나 비싼 줄 알기는 하냐고 투덜거리려 던 이경이 순간 합죽이가 되었다. 덕현은 깜짝 놀란 이경에게 설명을 늘어놓았다.

"다른 사람도 아니고 우리 병원 레지던트가 업무 중에 과로로 쓰러졌는데 다른 병원으로 보낼 수는 없잖아. 그리고 네가 쓰러진 것도 어찌 보면 산재라면 산재고. 그래서 그냥 비어 있는 VIP 병실 내달라고 했어."

덕현이 눈을 찡긋하며 말을 이었다.

"어때? 이 정도면 잘한 거야?"

"치프 샘!"

비싼 병원비가 문제였던 것이지 이게 공짜라면 사정이 달랐다.

6인실은 개뿔이! 1인실도 아니고 대기업의 회장님들이며 국회 의원들만 들어간다는 VIP 병실이다. 꾸미는 곳에만 한 재산이 들어간다는 비싼 곳!

이경의 눈동자에 감동의 물결이 넘실거렸다. 노골적이고 적나 라한 이경의 표정 변화에 덕현이 웃음을 흘렸다. 정말 한시도 눈을 뗄 수 없는 변화무쌍함이다.

"정말 공짜예요? 만세! 치프 샘, 사랑합니다."

이경이 격렬한 사랑 고백과 함께 덕현에게 안겼다.

"인마, 너 링거 조심해!"

이경의 손등에 꽂힌 링거 주삿바늘을 위태롭게 바라보던 덕현이 조심하라고 소리쳤지만, 양팔을 벌리고 덕현에게 안겨드는 이경을 말릴 수는 없었다.

그리고 도를 넘어선 오두방정은 결국 사건을 불러일으켰다. 방방 뛰다가 결국 주삿바늘이 빠지는 바람에 이경은 결국 수액을 다 맞지 못했다. 하지만 그럼에도 이경은 마냥 기분이 좋아 보였다.

한참 동안 병실 이곳저곳을 팔랑팔랑 나비처럼 뛰어다니던 이경은 병실관광도 지친 듯 성현에게 VIP 병실 자랑을 하겠다며 의국으로 사라졌다. 도도한 도이경이니 어쩌니 하면서도 가장 먼저 생각이 나는 것은 동기인 모양이었다.

쓴웃음을 지은 덕현은 이경이 떠나간 빈자리에 혼자 오도카니 앉아 피 말랐던 1시간을 떠올리며 긴 숨을 내쉬었다.

실신한 이경의 모습에 놀라 응급실로 연락했지만 때마침 TA(교통사고, Traffic Accident) 환자들이 밀려와 코드 블루(Code Blue)가 뜬 덕분에 응급실이고 병동이고 간에 하나같이 침대가 없었다.

간호사는 그냥 의국 침대에 이경을 두면 안 되겠냐며 난색을 표했지만 미우니 고우니 해도 덕현의 휘하에 있는 레지던트였다. 그가 마음의 빚을 가지고 있기도 한.

VIP 병실비가 아무리 비싸고 좋은 곳이라고 해도 그가 데리고 있는 레지던트들보다는 가치가 덜했다.

이경이 누워 있던 침대를 본 덕현이 작게 미소를 띠었다. 펑크 날 카드값이 조금 걱정은 되지만 마음은 편안하다. 만약 이경을 의국 침대에 재웠다면 이렇게 기분 좋은 아침은 되지 못할 것 같다.

시계를 본 덕현은 다시 시작될 하루를 생각하며 기지개를 펴 몸의 긴장을 이완시켰다.

화창한 날씨에 기분 좋은 사람들, 어찌 됐건 나쁘지 않은 아침이다!

이경은 개선장군처럼 의국으로 돌아갔다. 막 컨퍼런스를 끝내고 좀비처럼 늘어져 있던 레지던트들이 일시에 일어나 이경을 맞이했다.

"오, 도이경! 살아 있었구나."

성현이 두 팔을 벌려 이경을 반겼다.

"그래."

이경이 성현을 스쳐 지나며 새침하게 대꾸했다.

아놔, 도도한 도이경! 그러고 보니 도이경은 박은경 간호사보다 예쁘다고 하지 않았다는 이유만으로 쌀쌀맞아졌다.

자신의 빈손을 바라본 성현의 얼굴이 시무룩해졌다.

그때 그냥 예쁘다고 해줄 것을 그랬다. 성현은 후회했지만 후회는 아무리 빨라도 늦은 법이었다. 하지만 성현은 잘못된 과거를 당당하게 인정하고 그것을 고치기 위해 노력하는 남자였다.

"너 예뻐."

"뭐?"

"박은경 간호사 선생님보다 네가 더 예뻐."

뜬금없이 튀어나온 말에 이경이 인상을 찌푸렸다. 선배들과 동기들에게 주려고 VIP 병동 냉장고에서 음료와 과일, 과자도 잔뜩 챙겨 왔는데 성현이 갑자기 뜬금없는 소리를 한다. 마치 놀림을 받은 기분이었다.

심기가 불편해 보이는 이경을 보며 한숨을 내쉰 재웅이 앞에 나섰다. 융통성 없는 성현의 뒤통수를 때리며 이경의 비위를 맞췄다.

"건강한 네가 반갑다는 뜻이야."

신경외과 의국의 유일한 유부남 재웅이 말했다. 아내 선주에게 매일같이 들들 볶인 덕분에 재웅은 눈치가 늘었다. 그리고 그 눈치는 사회생활에 매우 유용하게 사용됐다. 섬세한 여성의 마음과 단순무식한 남자의 마음, 재웅은 자신의 경험을 살려 성현을 단속하고, 이경의 비위를 맞췄다.

떨떠름한 표정으로 성현을 노려보던 이경이 재웅을 보며 한숨을 내쉬었다.

그래, 저 곰한테 뭘 바라는 내가 바보지.

슬며시 성현을 외면한 이경은 조금 누그러진 기색으로 들고 온 쇼핑백을 그들에게 내밀었다.

"이거요."

"뭔데?"

"선물이요."

새치름함을 지운 이경이 의미심장한 미소를 띠며 방긋 웃었다.

VIP 병동은 확실히 뭐가 달라도 달랐다. 이름도 모르는 열대과일이 그득그득 쌓여 있고, 처음 보는 외국 음료며 과자도 가득했다. 이경은 그들이 자신만큼 놀랄 것이라 확신하며 자신만만한 태도로 쇼핑백을 내밀어다.

그리고 그것을 받아 든 재웅과 성현의 입은 있는 대로 벌어졌다. 먹고 싶은 것은 많지만 실제 먹는 것은 심하게 부실한 그들이기에 이경의 선물은 매우 특별했다.

가슴 벅찬 표정으로 쇼핑백 안을 바라보는 그들을 바라보며 멀리서 상황을 관망하던 석민과 해욱들도 슬금슬금 다가왔다.

"도이경 예쁘다."

"박은경 선생님보다 훨씬 더 예뻐."

"나는 원래 우리 이경이가 세상에서 가장 예쁘다고 생각했다."

"똑똑한 미녀 의사 도이경, 나는 우리 신경외과에 도이경 선생님이 계셔서 참 다행이라고 생각해."

의국엔 아부와 아첨이 난무했다.

치프의 당부도 있고 해서 안 그래도 이경의 비위를 맞춰줘야겠다 생각을 하고 있었던 상황인데 도이경이 비싸 보이는 먹거리를 잔뜩 들고 와서 떡밥을 뿌렸다.

바쁠 때면 식사도 건너뛰고, 가끔 먹는 것은 김밥과 빵 쪼가리, 컵라면이 다인 레지던트들은 망설임 없이 도이경 우상화를 시도하기 시작했다.

사정을 모르는 도이경과 비싸 보이는 먹거리를 얻은 레지던트들, 찬바람이 돌아 쌀쌀하던 신경외과에 간만에 평화가 찾아왔다.

8장

이경의 매일매일은 충만했다. 찌그러지고 빠그라진 그녀의 자존심은 200% 회복됐다.

그녀가 쓰러진 것이 꽤 충격이었던 듯 신경외과 레지던트들은 이경을 볼 때마다 예쁘다는 말을 해줬고, 그것은 치프인 덕현이라고 예외는 아니었다.

"치프 샘, 저 예뻐요?"

"그래."

"석민 선배, 나 예뻐요?"

"오냐, 예쁘다. 예쁘다 못해 아작아작 씹어 먹고 싶다."

"성현아!"

"미친 듯이 예뻐. 박은경 간호사보다 더 예뻐!"

이름을 부를 때마다 예쁘다는 소리가 여기저기에서 팡팡 터져

나왔다.

엎드려 절을 받는 것이라고 해도 좋았다. 이제야 겨우 홍일점 대접을 받는 기분이었다. 이경의 얼굴에 헤실헤실 미소가 피어올랐다.

이경은 이제 돌쇠 도이경이 아니라 예쁜이 도이경이 되었다.

하늘 높은 줄 모르고 올라가는 도이경의 콧대에 사람들은 고개를 절레절레 흔들었지만, 치프가 도이경의 뒷배로 버티고 있는 상황에서 이경에게 '예쁘다'의 진실을 알려줄 사람은 아무도 없었고, 이경의 귀에는 아부와 찬사가 넘쳤다.

하지만 그중에서도 가장 이경을 즐겁게 만드는 것은 이경이 쓰러진 이후부터 친절하고 다정해진 덕현이었다.

그러던 어느 날이었다.

"치프 샘!"

덕현을 발견한 이경이 그를 부르며 쪼르르 달리듯 뛰어갔다.

변화 없이 무뚝뚝한 얼굴이었지만, 이경은 여자의 육감으로 그녀를 대하는 덕현이 조금 부드러워졌다는 사실을 알고 있었다. 왜 부르냐는 말 한마디도 없이 멀뚱하니 그녀를 바라보는 모습이 조금 섭섭하기는 하지만…….

뭐, 말은 이경이 하면 된다.

"어! 치프 샘, 어디 가세요?"

"왜? 할 말 있어?"

"헤헤."

이경은 덕현을 보며 실없는 웃음을 흘렸다.

할 말이 있을 리가 있나? 그냥 한번 불러본 것인데!

이경은 덕현을 보며 샐샐 눈웃음을 흘렸다. 하지만 의아한 눈으로 그녀를 바라보고 있는 덕현을 바라보노라면 뭐라 답은 해야 했다.

덕현을 보며 눈동자를 데굴데굴 굴리던 이경은 영혼 없는 대답일지언정 일단 대답부터 내놓기로 마음먹었다.

"흰 가운도 벗으셨고, 오늘따라 일찍 퇴근하시는 거 같아서요. 혹시 어디 가시나 해서요. 궁금하잖아요. 치프 샘은 제 워너비(wannabe)니까."

주절주절 늘어놓은 이야기에 덕현이 반문했다.

"워너비?"

"네. 닮고 싶은 사람. 동경하는 사람!"

그리고 플러스 원트 투(want to), 원하는 사람.

이경은 잘라먹은 고백 때문에 부끄러웠고, 덕현은 대놓고 그를 존경한다는 후배 덕분에 부끄러웠다.

"인마, 워너비는 무슨……."

"아녜요. 치프 샘은 정말 제 워너비예요."

플러스 원트 투(want to).

겉은 시커멓고, 속내는 까맣다 못해 싹수가 노란 이경이었지만 이경은 덕현 앞에서 겉과 속 모두를 숨기고 방실방실 웃었다.

아무것도 모르는 덕현은 그런 이경이 귀여운지 피식 웃음을 흘렸다.

"뭐, 그리 봐주면 고맙고."

"고마우면 맛있는 것 사주세요."

"언제?"

"언제든지요. 뭐, 지금도 좋고요."

이경이 어깨를 으쓱하며 답했다. 기다렸다는 듯이 튀어나온 대답에 덕현은 의아한 눈으로 이경을 보며 물었다.

"사주는 것은 문제가 아닌데, 너 지금 외래 볼 시간 아냐? 왜 복도에서 서성대고 있어?"

시계를 보고 시간을 확인한 덕현이 이경에게 질문했다. 덕현의 말에, 생글생글 웃음만 흘리고 있던 이경도 그를 따라 시계를 보았다. 그리고…….

헐!

"어머나!"

이경은 자신도 모르게 비명을 내질렀다. 그러고 보니 이경은 지금 병동환자의 ABGA(동맥혈가스 분석) 결과를 다시 체크하라는 연락을 받고 가는 길이었다.

사랑도 좋은데, 깨지는 것보다는 조금 덜 좋았다.

순식간에 현실세계로 내려온 이경은 그 즉시 덕현에게 꾸벅 고개를 숙이고 뒤로 돌아 뛰기 시작했다. 하지만 그 와중에도 인사하는 것은 잊지 않았다.

"샘, 안녕히 다녀오세요."

"어딜?"

"어디든지요."

두 번째 말은 거의 고함에 가까웠다.

발등에 불이라도 떨어진 듯 열심히 뛰기 시작한 이경을 보며 덕현은 자신도 모르게 헛웃음을 터트렸다.

"나 참, 저 애물단지."

덕현은 자신도 모르게 고개를 절레절레 흔들었다. 황당하기도 황당하고, 귀엽기도 귀엽고. 아마 동생이 있다면 저런 느낌일 것 같았다. 조카 같다고 생각했는데 조카라기보단 나이 차이 많이 나는 막냇동생의 느낌이었다.

덕현은 잠시 이경이 서 있던 곳을 바라보았다. 기운차게 달려와 기운차게 사라진 이경의 잔상이 보이는 듯했다. 바람처럼 나타나서 바람처럼 사라진다는 말이 이경처럼 딱 맞는 사람도 드물 것이다.

애물단지에 사고뭉치, 조금 나아졌나 했더니 오늘도 또 한 건을 하려는 모양이었다. 어딜 가는 중이었는지는 모르겠는데 이경이 그곳에 도착하자마자 깨질 것은 명약관화했다.

덕현은 이미 점이 되어버린 이경의 뒷모습을 보며 잔웃음을 터트렸다. 답답했던 마음이 이경을 보고 웃고 나니 조금은 개운해지는 느낌이다.

망신! 망신! 이런 개망신!

터덜터덜 걷는 이경의 얼굴이 시무룩했다. 반갑게 덕현을 발견하고 맛있는 것을 사달라며 작업을 거는 것까지는 좋았는데 ABGA(동맥혈가스 분석) 오더를 깜박하는 바람에 오늘도 이경은 덕현 앞에서 망신을 당했다.

아침에 혈액 샘플을 완성해서 제출했는데도 불구하고 다시 한 번 체크를 지시한 윗동네 교수님도 싫고, 그걸 까먹은 자신은 더 싫었다.

이경은 왜 자꾸 덕현 앞에만 서면 실수가 잦아지는지…….

이경은 땅이 꺼져라 한숨을 내쉬었다. 뭐, 이경이 작업에 들어간다고 작업을 받아주는 덕현도 아니지만 그래도 사람 기분이라는 것이 그렇지 않은가!

다른 사람한테는 몰라도 덕현에게만은 똑똑하고 빠릿빠릿하고 유능하고 뭐, 그런 모습을 보여주고 싶은데 왜 덕현한테만 항상 덜떨어지고 부실하고 모자란 모습을 보여주는지 모르겠다.

진짜로 병원 터가 안 좋나?

이경은 멀쩡한 병원의 터까지 싸잡아 원망을 퍼부었다. 윤 선생님부터 시작해서 덕현까지, 이경이 주구장창 짝사랑만 하고 있는 것도 병원의 터가 나쁜 탓이고, 대한병원에 유난히 솔로가 많은 것도 병원의 터가 나쁜 탓이다.

실례로 신경외과 의국만 해도 모태솔로가 넘쳐나지 않는가!

"이건 분명히 병원 터가 안 좋은 거야."

의심은 확신이 되었고, 확신은 원망이 되었다.

아! 덕현에게 맛있는 것 사달라고 하고 싶었는데…….

맛있는 것을 사달라고 해도 여자라기보다는 거의 사고뭉치 막둥이 동생 보듯이 보는 것은 알고 있지만 그래도 쥐 잡듯이 잡히는 이전보다는 나았다.

'치프 샘!' 하다가 '오빠!' 하는 거고, '오빠!' 하다가 '아빠!' 하는 거고.

세상사 모두 그런 것 아니겠냐며 이경은 잠시 현실을 잊고 키득거렸다. 하지만 그래도 뒤돌아보면 여전히 우울한 것이 현실이다.

세상을 다 산 표정을 한 그녀가 시무룩한 표정으로 의국 문을 열었다. 변함없는 일상, 변함없는 인원들이 의국에서 바글거리고 있었다. 덕현만 빼면.

마지막 부분이 가장 가슴 아픈 이경이 제 책상으로 걸어가 털썩 자리에 앉았다. 그리고 아무 말 없이 책상에 얼굴을 묻었다. 아놔, 젠장!

그렇게 이경은 책상에 얼굴을 묻고 진지하게 자기 성찰에 빠질 생각이었다. 덕현의 생각도 좀 하고, 이경 자신의 생각도 좀 하면서. 그런데 동냥도 쿵짝이 맞아야 한다더니 주변이 지나치게 시끄러웠다.

시끄러우니 조용하라고 소리를 지를 수 있는 군번은 아니지만 지렁이도 밟으면 꿈틀한다며 소음에 대해 불만을 토로할 심산으로 몸을 일으켰는데, 오늘따라 의국의 분위기가 조금 이상했다.

"무슨 일 있어?"

몸을 일으킨 이경이 성현에게 다가가 물었다.

"뭐가?"

"의국이 시끌시끌해서……."

"아!"

짧은 감탄사를 내뱉은 성현이 머리를 긁적였다. 그리고 잠시 후, 목소리를 낮춰 이야기보따리를 풀기 시작했다.

"치프 샘 환자 치료 중단한대."

"치료 중단이라니?"

"819호에 할머니 환자 하나 있었잖아. 거, 누구냐? 여운계 닮았던 cerebellar ICH(cerebellar intracerebral hemorrhage, 소뇌내출혈) 환자. 연세도 너무 많고, 크게 낫는 것 같지도 않고, 그리고……."

성현이 에둘러 설명을 했다. 하지만 그가 하고자 하는 말이 무엇인지 모르는 사람은 없었다.

"그거구나?"

"그렇지, 그거지."

이경은 조용히 입을 닫았고, 성현도 비슷했다. 경제적 부담으로 인해 치료를 포기하는 가족을 보는 것은 병원에선 종종 있는 일이었다.

이경은 천장을 보며 한숨을 내쉬었다. 차라리 듣지 말 것을 그랬다.

"그러고 보니까 나 아까 치프 샘 봤어. 퇴근하시더라. 심란하시겠지?"

이경의 물음에 성현은 아무 말 없이 고개만 끄덕였다. 돈 때문에 가족의 치료를 포기하는 사람의 심정은 어련하겠냐마는 그것을 곁에서 지켜보는 그들도 그리 편안한 마음은 아니었다.

이경은 나직하게 한숨을 내쉬었다. 우리 치프 샘, 그래 봬도 참 사람 좋은데…….

치료를 중단할 수밖에 없는 819호 할머니도 불쌍하고, 그런 결정을 내릴 수밖에 없는 할머니의 가족들도 불쌍하고, 살릴 수 있는 환자임에도 현실적인 부분 때문에 두 눈 멀쩡히 뜨고 놓쳐야 하는 덕현도 불쌍하고.

이경은 덩달아 심란해 한숨만 연거푸 내쉬었다. 치프 샘의 상황이 어떤지도 모르고 '예쁘다'는 말 한마디에 세상을 다 가진 듯 팔랑거리며 돌아다녔던 자신이 괜히 죄스러워지는 하루다.

이경은 철없던 자신이 미워 자신의 머리를 한 대 쥐어박았다.

바람을 쐬고 싶어서 나갔는데 갈 곳이 없어 결국 한강 주변만 서성이다 돌아왔다. 인적 없는 복도를 걷는 덕현의 얼굴이 씁쓸했다.

한두 번 보고 겪은 일이 아니라지만, 오늘 덕현이 유난히도 씁쓸한 것은 살고 싶어도 살 수가 없었던 누군가가 기억이 났기 때문이다.

누군가는 살 수 있는데도 목숨을 포기하고, 누군가는 단 1시간, 1분, 1초라도 삶의 끈을 붙잡고 있기를 바라 기도하고 또 기도한다. 덕현은 이 불공평하고 부조리한 현실 앞에 씁쓸한 한숨만 내쉬었다.

어차피 지금 그가 이렇게 힘들어해도 며칠 후면 그는 819호 할머니를 잊을 것이 분명하다. 하지만 그럼에도 힘들어할 수밖에 없고, 또 안타까워할 수밖에 없는 것은 그가 의사라는 직업을 가지고 있기 때문일 것이다.

진짜 의사는 환자의 삶에도, 죽음에도 모두 덤덤해져야 한다고 하는데 덕현은 아무래도 힘들다. 후배들에게는 이런저런 입바른 소리를 건네고 설교를 하지만 정작 그는 아직 진짜 의사가 되지 못했나 보다. 덕현은 지금 이 순간, 그 사실이 가장 가슴이 아팠다.

자조 섞인 한숨을 뱉어낸 덕현은 의국의 문을 열었다. 지금 이 시간에 전공의 기숙사에 올라갔다가는 자는 사람들을 다 깨울 것 같으니 의국에서 대충 몇 시간이라도 눈을 붙이기 위해서였다.

오늘 당직이 누구더라?

덕현은 떠오르지 않는 기억을 되짚으며 의국의 문을 열었다. 그리고 덕현은 그곳에서 의외의 상황을 직면했다.

"치프 샘 오셨어요?"

"안 주무셨어요?"

저마다의 인사로 그를 맞이하는 당직의들의 반응은 예상을 했던 것이었다. 하지만…….

"뭐냐, 저건?"

덕현의 시선이 그의 책상을 향했다. 그를 향해 고개를 꾸벅 숙이는 당직의들보다 먼저 눈에 들어온 것은 그의 책상 위에 놓인 기묘한 꽃이었다. 피로회복제를 꽃 모양으로 세워놓은 것도 꽃이라고 한다면……. 그래, 이것도 꽃이었다.

황당한 표정이 된 덕현이 당직의들을 돌아보았다. 그가 의국에 들어왔을 때만 해도 말을 잘하던 당직의들은 덕현의 물음에 고개를 숙이고 애써 덕현의 시선을 피했다.

한참 동안 그들을 바라보던 덕현은 말없는 당직의들을 스쳐 자신의 책상을 향해 걸어갔다. 그리고 그의 책상에 놓인 꽃을 관찰했다.

둘, 넷, 여섯, 여덟…….

꽃 모양을 만들려고 얼핏 피로회복제 2박스 정도는 사용을 한 듯했다.

황당함이 어이없음으로, 그리고 웃음으로 변화되었다.

"하! 누구 아이디어냐?"

사람이 너무 기가 막히면 헛웃음이 나온다.

덕현의 말에 시선을 외면하던 당직의들 중 재웅이 꾸물거리며 다가와 입을 열었다.

"죄송합니다. 말렸어야 하는데……."

"누구 짓인데?"

"도이경 선생이요."

재웅이 작게 우물거리며 답했다. 그리고 덕현은 그럴 줄 알았다는 듯 새삼스런 시선으로 다시 꽃 모양 피로회복제 더미를 바라보았다.

"그렇지, 도이경. 걔밖에 또 누가 있겠냐."

덕현은 이경의 이름을 곱씹으며 고개를 끄덕였다.

덕현의 책상에 이런 짓을 해놓을 사람도, 그리고 잔뜩 우울해져 있던 덕현을 엉뚱한 짓 한 방으로 웃길 수 있는 것도 도이경이 유일했다.

"죄송합니다. 치프 샘이 보기 전까진 절대 치우지 말라고 신신당부를 해서……. 지금 치울까요?"

재웅이 덕현의 눈치를 보며 질문했다. 성현은 아예 치울 채비를 하는 듯 조용히 빈 박스를 들고 다가와 덕현의 대답만 기다리고 있었다. 덕현은 다시 한 번 자신의 책상을 내려다보았다.

피로회복제로 만든 꽃이라……. 힘을 내라는 뜻인가?

잠시 후 덕현이 꽃 모양을 만들고 있는 피로회복제를 향해 손을 뻗었다. 그리고 한 병을 들어 뚜껑을 땄다.

꽤 오랫동안 상온에 둔 듯 피로회복제는 미지근했지만, 이것 한 병을 마시니 답답했던 속이 조금은 풀리는 듯했다.

순식간에 한 병을 다 마신 덕현이 재웅과 성현을 돌아보며 말했다.

"너희도 한 병씩 마셔."

"예?"

"먹으라고 놓은 것 같은데 마셔야지. 마시고 남은 것은 냉장고에 뒀다가 피곤한 애들 마시라고 하고."

당직의들의 반문에 동문서답으로 답을 한 덕현은 들어올 때보다는 조금 더 밝아진 표정으로 그들을 돌아보았다. 그리고 의국 침대로 가 부족한 잠을 보충하기로 마음먹었다.

"치프 샘?"

그의 행동이 이해가 가지 않는 듯 성현과 재웅이 그를 보며 연신 고개를 갸우뚱했지만 덕현은 씩, 진한 웃음을 한 번 흘린 후 그대로 침대에 누웠다.

내일을 위한, 그리고 내일도 그를 기다리고 있는 그의 환자를 위한 덕현의 준비였다.

간밤에 고민을 하다가 결국 사고를 치고 말았다.

그 후 밤새도록 치프 샘이 들어왔나 들어오지 않았나 전전긍긍하다, 이경은 자신이 친 사고를 자신의 손으로 수습하기로 마음먹었다.

덕현이 보고 조금이라도 기운을 얻었으면 그건 그거대로 좋은 일이고, 안 봤으면 이경도 덜 민망하니 그것도 그것대로 좋은 일이다.

혹시라도 그녀의 피로회복제 꽃다발을 보고 짜증을 냈을 확률도 있지만…….

그건 박은경 간호사 선생님 사건으로 밀고 나가야지! 이경은 굳건하게 결심했다. 이러니저러니 해도 덕현이 무서운 것은 사실이니까.

이경은 작전을 실행하는 특공대의 마음으로 새벽같이 의국으로 내려왔다. 그런데 덕현은 의국 침대에 누워 잠을 자고 있었다. 베개를 살짝 뒤로 세우고 팔짱을 낀 채 자고 있는 덕현의 모습은 꽤 피곤해 보였다.

자리에 없을 것이라고 생각했는데…….

덕현을 보며 눈동자를 데굴데굴 굴리던 이경은 살금살금 침대를 향해 다가갔다. 그는 곤한 것인지 그녀가 근처에 가도 도무지 일어나지를 않았다.

"도대체 언제 들어오신 거래."

작게 중얼거린 이경이 덕현의 안색을 살폈다. 어제 오후에는 대수롭지 않게 넘겼는데 찬찬히 보니 얼굴이 그리 좋지만은 않아 보였다.

"에그, 눈치도 없지."

이경은 입을 삐죽대며 자신의 머리를 때렸다. 성현보고 눈치 없는 곰탱이라 그리 구박을 했는데, 지금 보니 이경의 눈치도 그리 좋지만은 않았다.

좋은 의사, 괜찮은 의사, 믿을 수 있는 의사.

덕현은 정말 그런 의사가 되고 싶나 보다. 이경이 방만하다고 덕현에게 한차례 깨지기는 했지만, 그것이 억울하지 않은 것은 덕현은 그 이상으로 스스로를 채찍질하는 사람이기 때문인 듯하다. 살 수 있는데도 스스로 치료를 포기하는 환자를 맡게 된다면, 생각만으로도 참 슬플 것 같았다.

그런데 그건 그렇고…….

"우리 치프 샘 진짜 잘생겼네."

이경이 헤벌쭉 웃음을 지었다.

눈을 뜨고 있을 땐, 그리고 화를 내고 있을 때에는 더할 나위 없이 완고해 보이고 사나워 보이던 얼굴이 잠에 들어 있으니 부드럽고 온화해 보였다. 물론 그 와중에도 인상은 쓰고 있지만 말이다.

뉘 집 아들인지 참 잘생겼다. 내 것이 되지 못할 것이라면 탐나게 생기지는 말아주지. 이경이 입을 삐죽였다.

생각 같아서는 퍽퍽 흔들어 깨워서 심술이라도 잔뜩 부리고 싶지만……. 뭐, 봐줬다. 일이 있었으니까!

개구진 미소를 지은 이경이 주변을 한번 둘러봤다. 사람이 없었다. 시간대도 굿! 올 사람도 없었다.

망을 본 이경은 곧 망설임 없이 덕현의 입술에 자신의 입술을 가볍게 맞닿았다. 술주정을 부릴 때 덕현의 입술을 훔쳤다고는 하지만 이경에게는 기억이 없으니까…….

이경은 다시 고개를 숙여 덕현의 입술에 자신의 입술을 맞댔다. 덕현은 이런 상황을 꿈에도 생각을 못하는지 여전히 표정 없는 얼굴로 잠을 자고 있었다.

"이걸로 충전 끝!"

이경이 작게 키득댔다.

도둑키스도 아니고 도둑뽀뽀 따위, 언젠가는 한번 웃고 말 일이기는 하지만, 먹지도 못하는 떡 입 한 번 못 대보면 그건 더 억울할 것 같다.

"그래도 억울하게 생각하진 마요. 그때 술주정 빼곤 이게 첫 키스니까."

이경이 덕현을 향해 작게 속삭였다. 그리고 침대에서 일어났을 때처럼 팔랑팔랑 발랄하고 유쾌한 걸음으로 조심조심 의국을 빠져나왔다.

그리고 잠시 후, 딸칵 문소리가 나고 죽은 듯 잠을 자고 있던 덕현의 눈꺼풀이 가늘게 들렸다.

무슨 소리가 들린 것도 같은데…….

잠기운에 몽롱한 덕현이 어렵게 눈꺼풀을 들어 올렸다. 그리고 몸을 일으켜 의국 내를 살폈다.

하지만 그런 덕현의 행동이 무색할 정도로 주변엔 아무도 없었다. 이렇게 이른 시간에 출근할 사람은 아무도 없었고 당직의들은 ER에서 호출을 받아 내려간 지 오래였다.

잘못 들었나?

덕현이 손으로 얼굴을 쓸어내리며 마른세수를 했다.

정신은 비몽사몽이고, 눈은 감겨서 떠질 줄을 모른다. 간밤에 좋은 꿈을 꾼 모양인지 침대에서 일어나기 싫다는 것도 덕현의 선택에 한몫했다.

어떤 꿈인지는 모르겠지만 잠에서 깬 지금까지도 라벤더 향이 느껴지는 것처럼 생각되는 것을 보면 좋은 꿈이었겠지.

덕현은 간단하고 단순하게 생각하며 침대에 다시 몸을 던졌다. 아무래도 조금 더 잠을 자야 할 것 같았다.

이경은 한참 동안 ER(응급실)에서 서성거리다 오전 6시가 다 되어서야 다른 레지던트들 사이에 섞여 입실을 시도했다.

"좋은 아침입니다."

그리고 이경이 발랄하게 의국에 돌아왔을 때에는 당직 레지던트를 비롯해 몇몇의 레지던트들이 이미 의국에 출근을 한 후였다.

"좋은 아침!"

"안 좋은 아침!"

"아침부터 기운도 좋다."

반갑게 인사를 맞아주는 사람, 안 받아주는 사람, 타박을 하는 사람 등 안 반가운 사람은 몇 명이 있는데, 정작 중요한 덕현이 없었다.

"치프 샘은요?"

이경은 석민에게 다가가 넌지시 덕현의 행방을 물었다.

"응? 왜?"

"치프 샘이 안 보이셔서요. 치프 샘, 항상 의국에 계셨잖아요. 가장 먼저 출근하고 가장 늦게……."

그게 치프를 찾는 이유가 될지는 알 수 없지만 이경은 제풀에 놀라 주절주절 변명을 늘어놓았다. 하지만 그것을 어색하게 느낀 것은 오직 이경뿐인 듯했다. 석민은 대수롭지 않은 표정으로 아무렇지도 않게 이경의 질문을 받았다.

"회진 돌러 가셨어. 우리 치프 샘이야 FM이지. 어제 좀 일찍 퇴근했더니 일이 밀렸다고 회진 좀 돌고 수술방 들어간다고 하시던데?"

"그래요?"

"그래. 인마! 너 어제도 사고 쳤다며? 쓸데없는 데 머리 굴리지 말고 너도 빨리 회진 준비해."

"누가 사고를 쳐요? 치프 샘 기분 전환하고, 힘내라고 만들어 놓은 것인데."

석민의 타박 아닌 타박을 들으며 이경은 덕현의 자리를 향해 고개를 돌렸다.

덕현의 책상엔 이경이 마지막으로 봤을 때처럼 각종 서적들이 펼쳐져 있었다. 그리고 덕현이 잠들었던 의국의 침대엔 이불이 살짝 구겨진 채로 구겨져 있었다.

다 있는데 덕현만 없었다. 이경은 작게 입술을 삐죽였다. 물론 도둑키스를 한 주제에 뻔뻔하게 얼굴 들이밀 생각은 아니었지만 그래도 얼굴은 한 번 봤으면 했는데……

하여간 이경의 치프 샘은 너무 비싸게 군다!

9장

악몽 같던 관광버스 전복사고로 인해 요 며칠 병원은 불야성을 이루었다. 위아래를 막론하고 풀타임으로 가동된 지 보름, 산더미 같았던 TA(교통사고) 환자들을 근처 종합병원이며 연고지 병원으로 이송한 후 레지던트들은 겨우 한숨을 돌리나 했다. 하지만 병원 일에 '안심'이라는 것은 지나치게 섣부른 판단이었다.

"도이경 당첨!"

이경은 석민의 뜬금없는 말에 눈만 끔벅거렸다. 그녀가 졸다가 석민에게 지목이 된 것도 아닌데도 이경은 이 상황이 이해가 가지를 않았다. 그런데 졸지에 이름이 불린 것은 이경 혼자만의 일이 아닌 듯했다.

"이석현 당첨! 이정섭 당첨!"

석민의 입에서는 낯익은 이름들이 쉴 새 없이 터져 나왔다. 그리고 그 이름의 주인공들은 모조리 이경처럼 뜬금없는 상황에 당황해하고 있었다.

"그게 뭐예요? 갑자기 웬 당첨 타령이에요?"

재웅은 들고 있던 acute SDH(급성 경막하 혈종·출혈/Acute Subdural Hematoma, Hemorrhage) 케이스를 덮으며 질문을 던졌다. 하지만 질문이 먹힐 상대가 아니었다.

"차해명 선생, 정석우 선생, 진경찬 선생 전부 다 당첨."

정신줄을 놓은 것 같은 석민의 당첨자 선발에 레지던트들은 황당한 얼굴로 석민을 바라보았다. 하지만 석민은 얼굴빛 하나 변하지 않고 계속해서 말을 이었다. 의국원들은 서로의 얼굴을 마주보며 연신 고개만 갸웃거렸다.

지옥의 의국 MT는 이미 다녀왔고, 도서지역 의료봉사는 매년 연말에 간다. '당첨'이라는 단어에 암울한 것들만 떠올리고 있는 자신들의 형편을 생각하니 참 우울한데, 그렇다고 병원에서 뜬금없이 로또 복권을 나눠줄 일도 없으니 석민이 말하는 '당첨'의 의미는 참으로 야릇하고 오묘했다.

레지던트들은 어느새 하던 일을 멈추고 석민을 바라보고 있었다. 그리고 재웅 등 2년차 두엇만 제외하고는 모두가 석민에게 이름이 불렸을 때 석민의 입에서는 '이상 당첨자 발표 끝!'이라는 선언이 튀어나왔다.

"선배, 근데 진짜 뭐 했어요?"

"당첨자? 당첨자는 뭐, 엿이라도 하나 사줘요?"

"나는 엿 말고 자장면. 짬뽕도 좋고, 안 되면 군만두라도 하나 사주면 감사해요."

"근데 왜 저는 빼요? 뭔데 전 당첨자 제외입니까?"

하지만 당첨자 발표가 끝나니 의문은 더욱더 증폭되었다. 레지던트들은 일말의 설명도 없었던 석민의 행동에 대해 중구난방으로 떠들기 시작했다. 도떼기시장처럼 떠드는 레지던트들의 모습에 석민은 테이블을 두드려 그들의 시선을 모았다.

"야야, 조용히들 해봐!"

석민은 떠드는 레지던트들의 입을 단속했다. 그리고 그들에게 그가 뜬금없는 '당첨자' 타령을 한 이유를 늘어놓기 시작했다.

"돌아오는 다음 주 목요일이 광복절이자 병원 창립기념일인 것은 다들 알고 있지? 매년 병원 창립기념일마다 기념 세미나랑 행사를 벌였잖아? 그런데 이번엔 창립기념일 기념으로 직접 도서 지역에 가서 봉사를 한다고 결정 났다."

헐! 기부한다고 해서 월급의 끝전 떼기도 군말 없이 실천을 했는데 이제는 몸으로 직접 때우라고?

석민의 말이 끝나기도 전에 여기저기에서 급하게 숨을 들이마시는 소리들이 연속으로 들려왔다. 그리고 숨을 들이마시는 소리의 횟수만큼 항의의 언성도 높아졌다.

"농담 아니에요?"

"말도 안 돼! 그게 진짜면 치프 샘이나 다른 4년차 선배들이 와서 직접 말씀하셔야지, 왜 석민 선배가 발표를 해요?"

열화와 같은 불만이 쏟아져 나왔다. 하지만 석민은 말을 단호하게 자르며 자신의 말을 이었다.

"치프 샘이랑 다른 4년차 선배들은 지금 우리 어디로 가나 그거 추첨하러 가셨어."

석민은 이사장님의 훈화말씀을 그대로 읊기 시작했다. 레지던트들의 이해를 돕기 위해 덕현이 유인물을 전달해준 것이다.

"전국에는 436개의 유인도(有人島)가 있는데, 그 섬들의 의료기관을 합산하면 병원은 3개, 의원은 18개밖에 없다. 즉, 한국에서 섬은 의료 혜택에서 철저히 소외된 소외지역이라고 말할 수 있다. 실제로 정기적인 여객선이 없는 섬도 188곳에 이른다. 이에 따라 대한병원은 의료인으로서의 책임과 의무를 통감하여⋯⋯."

석민이 구구절절 미사여구로 가득한 유인물을 읽을 때였다. 의국에 들어온 누군가가 유인물을 낚아채면서 말을 뱉어냈다.

"추도다."

"추도다에⋯⋯. 음? 치프 샘!"

덕현이 돌아왔다.

"인마, 이걸 다 읽고 있으면 어떻게 해?"

"중요하니까 그랬죠."

"요점만 얘기하면 되지, 인마. 자, 그럼 너도 자리에 가서 앉고! 나머진 내가 설명할게."

어디로 가나 지역을 추첨하고 왔다더니 그곳에서 무슨 일이 있었는지 덕현은 10년 치 기가 다 빨린 모습으로 레지던트들 앞에 섰다. 피곤한 모습이 역력한 덕현이 석민을 들여보낸 후, 작금의 상황에 대해 직접 설명을 하기 시작했다.

"차석민 선생에게 어디까지 설명을 들었는지 모르겠는데, 며칠 전에 서울 내의 대형 병원 5곳의 이사장님들이 회의를 하신 모양이야. '섬 건강 프로젝트'라고."

섬 건강 프로젝트⋯⋯.

뭔가 이름만 들어도 윗분들이 무슨 의도를 가지고 있는 것인지 알 것 같은 기분이 들었다.

지역봉사는 좋은 것이고, 섬 건강 프로젝트 또한 취지 하나는 엄청 좋기는 하지만, 이경은 떨떠름한 표정을 지울 수가 없었다. 그리고 그것은 다른 레지던트들도 마찬가지였는지 이곳저곳에서 한숨이 토해져 나왔다.

"대충 알고 있지? 연말에 오지마을 찾아가는 것과 비슷하다고 생각하면 돼. 지금 해욱이랑 너희 선배들은 남아서 일정을 짜고 있는데, 그곳에서의 결과에 따라 우리가 어느 구역을 맡을지가 정해진다고 보면 된다."

덕현이 말을 이었다.

"의료봉사는 전원이 다 참가하는 것이지만, 병원을 비워놓을 수가 없기 때문에 부득이하게 2년차 몇 명은 병원에 남을 것이고, 그것은 저번 의국 MT 때 불참으로 빠졌던 사람들의 의견을 가장 우선적으로 참고한다. 만약 본인이 바꾸고 싶다면 다른 참가자와 일정을 조절하는 것으로 하고."

덕현은 마치 준비를 하기라도 한 듯 청산유수로 말을 뽑아냈다. 그리고 바늘 하나 들어가지 않을 정도로 단단한 덕현의 태도에 레지던트들의 얼굴에는 일시에 먹구름이 끼었다.

덕현은 그런 후배들을 달래기 위해 입을 열었다.

"자, 이미 결정된 것 좋게 생각하자. 위에서 결정된 것을 우리가 바꿀 힘도 없거니와, 실제로 섬 지역이 의료 혜택을 받기 힘든 것은 사실이잖나. TA(교통사고) 환자들 받느라 힘들었다는 것은 나도 아는데, 추도 주민들의 경우 대다수가 고령의 어르신들인 데다 주변에 병원이나 약국이 없어 의료서비스를 제대로 받지 못해 외부 지원이 꼭 필요한 상황이라고 하더라고. 이번만 너희가 양보해."

덕현은 항의가 전혀 들어가지 않을 정도로 단호하게 말을 끊어 냈다. 그는 이미 가기로 마음을 먹은 모양이었다.

윗선에서 지시하고, 치프가 마음을 굳힌 상황이라면 안 갈 수도 없었다. 레지던트들은 저마다 울상이 되어 불만을 토로했다. 그리고 이경은 단단한 모습의 덕현을 보며 다소 꺼려졌던 마음을 깨끗하게 털어냈다.

뭐, 어차피 매년 연말이면 의료봉사로 전국의 도서지역을 뛰어다니는데 한 번쯤 더 간다고 큰일이 나는 것도 아니다.

피하지 못할 바에는 즐기라고 했다.

좋은 일도 하고, 님도 보고. 님도 보고, 뽕도 따고.

이경은 사랑하는 치프 샘을 위해 총대를 메기로 결심했다. 사실 숨 가쁘게 돌아가는 병원에서 벗어나 조금 느긋하게 여유를 가지는 것도 나쁘지는 않다. 게다가 곁에 덕현이 있다는데!

머릿속에서 계산기를 신나게 두드린 이경은 씩씩한 모습으로 손을 번쩍 들었다.

"근데 치프 샘!"

"왜?"

"저희 몇 박 며칠이에요? 미리 말씀을 해주셔야 짐을 싸죠. 옷은 한 일주일 치 준비하면 되나요?"

이경의 말에는 이미 이경이 추도로 떠난다는 것이 전제가 되어 있었다.

다른 레지던트들은 어떻게 뭉치면 추도에 가지 않아도 되는 것일까 이런저런 궁리를 하고 있던 중이었다. 이경의 말에 당연히 배신감이 들 수밖에 없었다. 다른 레지던트들이 황당하게 바라보는 것이 느껴졌지만, 이경은 반가운 표정을 짓는 덕현만 보였다.

암 쏘 쏘리 벗 아이 러브 덕현!

이경은 속으로 조용히 흘러간 유행가를 읊조리며 동료들에게 사과를 건넸다.

"빨리 움직여. 빨리, 빨리!"

추도에서 머물 수 있는 것은 1박 2일이었다.

봉사 일정은 하루면 끝이 날 수도 있지만, 교통편이 원활하지가 않아 불가항력적으로 1박 2일이라는 일정이 짜여졌고, 그 덕에 봉사자들은 너나 할 것 없이 식사준비 팀, 설거지 팀, 뒷정리 팀 등 나뉘어 잡무를 담당하게 되었다.

봉사자들은 대한병원의 의료진만 있는 것이 아니라 한방병원의 의료진, 할머니, 할아버지들의 머리 손질을 도와줄 이·미용 팀으로 구성이 되었다.

연말에 가는 도서지역 의료봉사 때에는 의료진이나 이·미용 팀뿐만 아니라 집수리를 도와줄 건축사 팀 등도 추가가 되는데, 이번 봉사는 급조하다시피 꾸린 것이라 규모가 평소보다 축소된 것 같았다. 아마 이 '섬 건강 프로젝트'도 2회, 3회 등 횟수를 거듭함에 따라 좀 더 경험이 쌓이면서 인력이 추가될 듯하다.

그렇게 이경이 뿌듯한 시선으로 진료실이 설치된 마을회관을 바라보고 있었을 때였다.

"어머나, 할머니!"

이경은 자신도 모르게 소리를 질렀다. 치료를 받으러 오신 어르신들 중 한 분이 다리가 편찮으신지 문설주 옆에서 몸이 기우뚱했다. 그리고 이경은 뛰듯이 달려가 그런 할머니의 몸을 받쳤다.

"할머니, 괜찮으세요?"

이경의 질문에 할머니는 괜찮다는 듯 손만 위아래로 끄덕였다. 그리고 아무렇지도 않은 듯 다시 절뚝이며 건강검진 줄에 가서 순서를 기다리려고 했다. 그런데 그러기엔 할머니의 몸 상태가 너무 안 좋아 보였다.

고개를 든 이경이 잠시 주변을 둘러보았다. 하루만 한시적으로 무료 건강검진을 실시한다는 소식에 진료실에 있는 6개의 줄은 모두 지나치게 길었다. 이경의 얼굴에 난감함이 스쳤다.

오래 서 계시기 힘들 것 같은데…….

가볍게 입술을 깨문 그녀는 다시 한 번 주변을 둘러보았다. 그리고 조용히 할머니를 모시고 안쪽 코너로 들어갔다.

"아이고, 선생님! 나는 줄을 서야 하는데…….

"할머니, 안 서셔도 돼요. 지금 서 계시는 것도 힘드시잖아요. 이쪽으로 오세요."

지금 그녀가 하는 행동은 일종의 편법이고, 편법이 좋지 않은 것은 알고 있지만 가끔 예외는 있어야 하는 법이다. 이 또한 이경의 오만이고 교만일 수도 있지만, 비슷한 연세의 할머니를 둔 이경으로서는 이것이 좀 더 옳은 선택 같았다. 그리고 그때, 이경과 할머니가 진료실 안쪽으로 들어가는 모습을 본 한 쌍의 눈이 있었다.

이경은 그렇게 그녀의 휴식시간 10분을 반납해서 할머니의 진료를 봐드렸다. 할머니는 관절염이라는 병명이 명확한 상태였고, 연세가 있어서 기력이 없으신 듯했다. 그래서 이경은 링거 영양제를 놓아드리고, 파스와 구급 약품함을 따로 챙겨드렸다.

마을회관까지만 오시면 진료실에서 모두가 챙겨드리는 물품이 었는데도, 할머니는 몇 번이고 고개를 숙여 고맙다는 인사했다. 그리고 그것이 이경은 참 미안했다.

줄은 길고도 길었다. 추도에 있는 3개의 마을에 있는 사람들은 모두 진료실을 방문한 것 같았다. 진료를 받기 위해 찾아온 사람들은 그들의 예상보다 훨씬 더 많았다.

힘이 들면 10분씩 휴식하며 교대근무를 했지만, 그럼에도 일은 끝이 없었다. 추도에 온 의료진 전원이 건강검진 및 치료에 전념해도 일정이 빠듯할 텐데, 그중 남자 의료진들은 추도 어르신들 중 특히 거동이 불편하신 분들의 집을 방문하며 방충망을 수선하고 전구를 교체하고, 전기 수리를 하는 등의 잡무를 도와주기 때문에 일손은 한없이 부족했다.

해가 기웃하며 그림자를 늘일 때 즈음에는 밝은 얼굴, 깨끗한 마음으로 봉사를 하러 온 봉사자들의 얼굴에도 조금씩 땀방울과 피로가 맺혔다. 그리고 그것은 의료진들의 얼굴에도 예외가 아니었다.

"아, 힘들다."

먼저 두 손을 든 것은 이경의 동기 성현이었다.

"그러게. 좀 뻐근하네."

이경도 어깨를 주무르며 말을 거들었다.

이경과 성현의 말이 스타트라도 된 듯 잠시 휴식을 위해 진료실의 뒤편을 찾은 사람들은 너나 할 것 없이 피로함을 토로했다.

"아, 나도 어깨 아프다."

"그거 가지고 아프다고 하냐? 나는 아까 감나무 할머니 댁에 가서 대청소해드리고 왔거든?"

"나는 파란 지붕 할아버지께서 장작 좀 패달라고 해서 장작 패고 왔다."

제 각각의 경험이 영웅담처럼 흘러나왔다.

진료실에서 진료만 하던 이들도 있었지만, 모자란 일손 탓에 진료를 보는 틈틈이 일을 거들러 다녔기에 가능한 대화였다.

조용히 휴식을 취하던 이들은 중구난방으로 이야기를 꺼내놓았고, 결국 사달이 난 것은 성현이 제 경험담을 토해낼 때였다.

"조용히 안 해?"

낯익은 날카로운 목소리가 들려왔다. 밖에서 진료를 보는 분들이 들으실까 한껏 낮춘 목소리이기는 했지만, 신경질적인 목소리는 듣자마자 그 주인공이 누군지를 알 수 있었다.

"1년차들, 또 너희들이냐?"

석민의 날카로운 반응에 성현과 이경은 말없이 고개만 숙였다.

이경은 한마디를 제외하고는 아무런 말도 하지 않았기 때문에 다소 억울하기는 했지만 계급이 깡패였다.

석민은 날카로운 목소리로 말을 이었다.

"여기 안 피곤한 사람 어디에 있다고 그런 이야기들이야? 어르신들 들으면 기분이 어떠실까! 다른 사람들 듣기 전에 다들 조용히 해. 그리고 하루 종일 일해도 아무 말 없는 사람도 있는데 너희는 도대체 뭐 하는 짓이냐?"

석민은 노골적으로 혀를 찬 후 다시 진료실로 돌아갔다.

짧은 수다삼매경에 빠져 있던 이들은 다시 목소리를 낮췄다. 하지만 길어봤자 3분, 억울하기는 엄청 억울했다. 스피커 틀어놓고 목청을 높여 떠든 것도 아니고……

레지던트들은 서로를 팔꿈치로 툭툭 치면서 이건 너 때문이라며 서로에게 책임 전가를 했다. 하지만 그도 잠시, 추도엔 아직 일손이 많이 부족하다는 사실을 알기 때문에 어느 정도 휴식을 취한 사람들은 적당히 알아서 몸을 일으켰다.

"쳇! 그래, 마돈나 님도 일을 하시는데……"

성현도 한탄 같은 한숨을 내쉬며 몸을 일으켰다.

"마돈나?"

성현과 함께 몸을 일으키던 이경이 낯익은 명칭에 멈칫하며 질문했다. 성현이 이경을 돌아보며 여상스런 태도로 대꾸했다.

"그래, 마돈나. 오직 진리이신 그분이시지."

미국에 있는 그 연세 많으신 분 말고, 그가 말하는 마돈나는 귀부인을 높여 부르는 이태리어라며 madonna, 성현은 스펠링까지 친절하게 읊었다.

"놀고 있다."

이경이 그런 성현을 떨떠름한 눈으로 바라보았지만, 곰과 동물의 마돈나 예찬은 끊이지가 않았다.

"아름다운 마돈나, 마음씨도 고운 마돈나, 예쁜 우리 마돈나는 성격도 좋으시고……."

음정, 박자, 가사 다 엉망인 자작곡을 듣고 있노라니 이경은 어째 슬금슬금 기분이 나빠지는 것 같았다. 성현의 국적불명 장르불명 노래를 듣는 것이 처음은 아니지만, 그럼에도 묘하게 기분 나빴다.

성현의 마돈나 예찬을 듣는 것만으로도 석 달 나흘은 재수가 없을 것 같은 불길한 예감도 들었다.

"야! 시끄러. 방금 전에 석민 선배가 조용히 하라고 했잖아!"

이경은 석민의 이름을 빌려 성현을 타박했다. 하지만 성현은 아랑곳하지 않고 노래를 흥얼거렸다. 그리고 거구를 움직여 앞으로 나아갔다.

이경은 성현이 밖으로 나가려나 싶어 그녀도 휴식을 중단할 생각으로 몸을 일으켰다. 그런데 성현이 이상했다. 밖으로 나가는 것 같던 성현은 문대용으로 쳐놓은 커튼 바로 앞에서 움직이지 않았다.

"야! 안 나가?"

몸을 일으킨 이경이 성큼 앞으로 걸어가 성현의 등을 내리치며 말을 건넸다. 하지만 그럼에도 성현은 꼼짝도 않고 커튼 너머 밖만 바라보고 있었다.

"뭐 하는 건데?"

이경이 재차 채근했지만 밖을 내다보는 성현의 몸은 꿈적도 하지 않았다. 대신 성현은 손을 뒤로 해서 이경을 불렀다.

"왜?"

"이리 와봐."

"뭔데?"

"뭐긴, 내 로망이지."

성현은 속삭이듯 소곤거렸다. 무엇이기에 거창하게 '로망'이라는 단어 '씩'이나 나오나 하여 이경의 얼굴에는 호기심이 깃들었다.

이경은 성현의 옆으로 걸어가 성현이 보고 있는 바깥세상을 보기 위해 커튼을 조금 더 젖혔다. 그리고 잠시 후 그녀는 다정하게 붙어 있는 두 남녀를 발견했다. 그들을 본 이경의 눈꼬리는 순식간에 63빌딩이 부럽지 않을 정도로 허공을 향해 수직상승했다.

"잘 어울리지? 내 로망이야. 우리 치프 샘 같은 유능한 의사가 돼서 박은경 간호사 샘처럼 예쁘고 착한 천사님이랑 연애하는 것."

성현은 잘 어울리는 두 남녀에 대한 평가를 좔좔 토해냈지만, 불행히도 이경의 귀에는 그런 것들이 전혀, 전혀 들어오지 않았다.

이경은 눈에서 불꽃이 튀는 강렬함으로 두 남녀를 노려보았다. 한 사람은 NS(신경외과) 닥터이고 또 한 사람은 OS(정형외과) 간호사인데 무슨 할 말이 그리 많은지 모르겠다며 입술을 실룩거렸다. 그리고 독순술을 할 줄도 모르면서 마주 보며 대화하는 두 사람의 입을 뚫어져라 바라봤다.

"정말 잘 어울리지 않냐? 진짜 두 사람이 사귀면 완전 베스트 커플일 거 같다. 와! 치프 샘도 우월하고, 나의 마돈나 박은경 샘도 완벽하고!"

성현은 주절주절 헛소리를 늘어놓았다. 그리고 그동안 이경은 뭔가 가슴에서 부글부글 끓는 것 같은 기분이 느껴졌다.

"아, 박은경 간호사?"

심사가 비틀리니 선량한 목소리가 나올 리가 없었다.

치프 샘의 곁에 낯선 여자가 붙어 있는 것도 화가 나는데 그 여자가 다른 아닌 박은경 간호사라고 생각하니 이경은 괜스레 짜증이 났다.

"그렇지. 우리 박은경 선생님 말고 저런 완벽한 외모가 어디에 있겠냐! 게다가 완전 천사야, 천사! 인마, 너도 좀 보고 배워라. 예쁜 사람들은 마음도 착해요. 너는 이렇게 빈둥대지만 박은경 선생님은……. 으악!"

"이게 듣자 듣자 하니까!"

이경이 손으로 성현의 등짝을 매섭게 후려쳤다.

"아프잖아!"

"아프라고 때렸어."

이경은 찬바람 쌩쌩 감도는 쌀쌀함으로 성현을 노려보았다.

분위기 파악하지 못하고 박은경 간호사 예찬에 빠져 있던 성현은 순간, 선머슴 같던 동기 도이경이 도도한 도이경이 된 이유에 대해 떠올렸다. 그리고 그 때문에 죽을 듯 고생했던 지난날도.

옛날 일을 상기한 성현은 자동적으로 입에 지퍼를 채웠다.

치프 샘도 멋지고, 박은경 간호사 샘도 너무나도 아름다우시지만, 그는 가까이에 있는 주먹이 가장 무서웠다. 그들의 의대 동기인 지은은 그런 성현에게 덩칫값도 못한다며 혀를 차지만 무서운 것을 어쩌나! 세상에서 가장 무서운 것이 독기 품은 여자였다.

"음…… 너도 예뻐."

성현은 뒤늦게나마 사건을 수습하기 위해 애썼다. 도도한 도이경 타령을 하다가 쓰러진 이경을 보았기 때문인지 성현의 사건 수습은 실로 신속하기 그지없었다.

"친구야, 난 사실 네가 가장 예쁜 것 같아. 박은경 간호사 샘보다…… 는 아닐지 몰라도, 우리 도이경 선생님은 씩씩하고 건강한 아름다움을 가지고 있단다."

성현은 과거, 도이경의 신콥 사건 때 선배 레지던트들이 알려 줬던 대처법을 그대로 읊었다.

무조건 예쁘다고 해라, 진실은 중요한 것이 아니다, 할미꽃도 꽃이고 호박꽃도 꽃이니 일단은 눈앞의 불을 먼저 꺼라!

선배들의 조언은 주옥같았기에 성현은 일단 덮어놓고 이경의 칭찬을 했다. 이경의 삐뚤어진 심사를 되돌리기 위해 성현은 안간힘을 썼다.

하지만 지금 이 순간, 불행히도 성현의 '예쁘다'는 전혀 효과가 없었다. 아니, 효과가 없을 뿐만 아니라 그의 주절거림은 이경의 집중에 도리어 방해가 되었다.

"아, 좀!"

이경은 결국 성현에게 화를 냈고, 성현은 혼자서 조용히 입에 지퍼를 채우는 흉내를 냈다. 그리고 싸늘한 이경의 눈동자에 쫓기듯 커튼 뒤에서 빠져나와야만 했다.

성현도 쫓아내고 조용해진 커튼 뒤에서 이경은 덕현과 박은경 간호사를 한참 동안 바라보았다. 이경은 자신이 왜 이러는지 그녀 스스로도 이유를 알 수 없었다.

어차피 덕현은 이경의 것이 될 수 없고, 은경은 자타공인 대한병원의 마돈나였다. 만약 둘이 사귀게 된다면 저들의 조합은 최상의 것이 될 것이 분명했다.

이경은 그녀의 윤 선생님, 정욱 선배가 여자 친구를 사귀었을 때에는 그의 행복을 박수 치면서 빌어줬다.

비록 이경의 것이 되지 못하더라도 정욱만 행복하면 되니까.

그리고 '예쁜 것이 착한 것'이라는 남자들의 특성상 덕현도 박은경 간호사면 많이, 아주 많이 만족해하고 사랑할 것이 분명했다. 하지만 그럼에도 이렇게 짜증이 나는 이유는 뭘까? 짝사랑이 덕현이 처음인 것도 아닌데!

이경은 말없이 어금니를 꽉 깨물었다. 그리고 어금니를 깨물 때보다 조금 더 강한 압력으로 눈에 힘을 줬다.

덕현과 박은경 간호사…….

선남선녀이기는 한데 참 마음에 안 든다!

처음에는 덕현과 박은경 간호사 옆에서 봉사를 했다. 저들이 무슨 사이인가 감시도 하고, 덕현도 볼 생각에 이경은 주저 없이 덕현의 바로 옆자리를 주장했다.

물론 이경이 박은경 간호사의 자리에 있으면 좋겠단 생각도 잠깐, 아주 잠깐 하기는 했다. 하지만 그 어느 누구도 멀쩡한 신경외과 의사를 보조 자리에 앉히지는 않았다.

그래서 이경은 덕현과 박은경 간호사 바로 옆에서 질투에 불타올랐다.

"아이고, 부부인가? 참으로 잘 어울리네그려."

"어머나, 아니에요."

박은경 간호사 샘 나이스! 그래요, 그렇게 부정하는 겁니다.

근데 치프 샘, 왜 부정을 안 하세요?

"아주머니, 얼굴을 오른쪽으로……. 예, 그렇게 하시면 됩니다. 이제 제가 고개를 빠르게 좌우로 움직일 테니 몸에 힘을 빼시고 제가 상태가 어떤 상태인가 여쭤보면 그때 대답을 좀 부탁드리겠습니다."

이경은 추도 아주머니의 이석증보다는 왜 치프 샘이 아주머니의 대답에 답을 하지 않는지가 더 궁금했다.

물론 장 치프는 그 아주머니의 질문뿐만 아니라 병과 관련되지 않은 모든 질문을 무시했다. 눈과 귀를 막고 보다 신속하게 치료하는 것만 목표로 삼았다. 하지만 이경은…….

"아이고, 처녀! 아가씨, 환자는 나야, 나!"

눈이 자꾸만 덕현 쪽으로 돌아갔다.

"네? 아, 예. 알아요. 당연하죠."

"에그그그, 알기는. 저쪽 총각 좋아하는겨?"

"아니에요."

"아니기는. 자, 이야기해봐. 이 할미가 소싯적에는 읍내서 가장 인기가 많은 색시였다오. 내가 바로 대추나무집 할미야."

이경은 소싯적 그녀를 좋아하지 않은 남자가 없었다는 연애고수 할머니에게 붙들려 연애상담 아닌 연애상담을 받았다.

이경은 입 한 번 떼지 않았는데 대추나무집 할머니는 아시는 것도 많았다. 그분은 치료를 다 받고 난 후에도 이경의 옆에 앉아온 동네 사람들에게 소문이 자자했던 그녀의 한창때 미모에 대해 자랑했다. 그리고 대추나무집 할머니의 자기 자랑에 이끌려 추도 할머니들은 치료를 받고, 파스까지 전부 다 챙긴 후에도 이경의 주변에서 수다삼매경에 빠졌다.

그리고 할머니는 손자 자랑도 빼먹지 않았다.

"처자, 내가 우리 손자 소개시켜줄까? 우리 손자가 전교 1등을 놓치지를 않아."

"아, 그 집 손자는 이제 중학교 들어갔잖녀! 의사 선생, 내 손자 어떤가? 우리 손자 참 잘생겼어. 그 뭐시냐, 그랴. 꽃미남! 꽃미남이라니까?"

날 좀 봐달라는 덕현은 이경이 무슨 짓을 해도 봐주질 않는데 할머니들은 이경에게 손자를 소개시켜주지 못해서 안달이었다. 대추나무집 할머니는 밤마다 뻐꾹새는 수십 마리가 애달프게 울었고, 돌에 싸인 종이가 참 많이도 날아왔다고 하셨는데, 이경은 할머니들의 중매 요청만 가득이었다. 그것도 한참 어린 아이들의.

"쯧쯧."

반쯤 넋을 놓고 진료하는 이경의 모습에, 막간을 이용해 담배를 물러 가던 성현이 대놓고 혀를 찼다.

모든 의료진들의 인기는 좋았지만, 그중에서도 가장 으뜸은 푼수기 넘실거려 당신네 막내 손녀 같은 이경이었다.

덕현이나 다른 레지던트들에게는 깍듯이 '의사 선생님'이라고 하던 분들이 이경은 편하고 귀여운 손녀 대하듯 짓궂은 장난도 했다.

휴식을 위해 해욱과 교대한 덕현이 뒤에서 그런 이경을 바라보고 있을 때였다.

"보기 좋지?"

추도 의료봉사 팀의 인솔을 맡은 이동욱 교수였다. 덕현이 꾸벅 고개를 숙이며 인사를 건네자, 이 교수는 덕현의 곁에 다가왔다. 그리고 그가 지금까지 보고 있던, 북적북적한 이경의 주변을 그분도 함께 바라보았다.

의료봉사를 나왔다기보다 노인정 위문공연을 오기라도 한 듯 이경의 주위에는 유난히 어르신들이 많았다. 그분들은 이경이 특별히 아무런 말을 하지 않는데도 옆에 모여 당신들의 세상 사는 이야기를 하고 계신 듯했다.

"뭐, 기수마다 저런 녀석들이 있지. 유난히 친화력이 좋은 녀석들."

"친화력이요?"

"편안한 분위기 있잖나. 걱정 없이 천진난만한. 어르신들이 보기엔 너나 다른 녀석들은 주상절리처럼 뻣뻣하게 깎아놓은 의사 '선생님'들이고, 저 녀석은 그냥 손녀나 손녀 친구로 보이시는 거지."

이 교수는 작게 웃음을 흘리면서 말했다.

"의료봉사를 온다고 하면 다들 어르신들 아픈 곳이 없나 그런 부분에만 집중하지. 하지만 그게 다가 아니야. 그분들은 몸이 아픈 것보다 마음이 외롭고 고독하시거든. 의료봉사라고 해야 뭐, 있나? 의사들 와서 문진 몇 번 하고 마는 건데. CT나 MRI를 찍어주는 것도 아니고. 그런데도 온 섬마을 사람들 다 모이지 않나?

그건 그냥 사람이 고파서 그런 거야."

이 교수는 할머니들과 푸닥거리고 있는 이경을 보며 너그러운 웃음을 지었고, 덕현은 그런 이 교수를 따라 다시 한 번 그녀를 바라보았다. 확실히 자신을 대할 때와는 달리 어르신들이 이경을 편하게 대하는 것이 눈에 띄게 보였다.

"그런…… 겁니까?"

"그렇지. 그리고 어설픈 부분, 부족한 부분 다듬고 나면 저런 아이가 좋은 의사가 되는 거고."

이 교수는 무엇인가를 생각하는 듯 이경을 보며 눈꼬리를 휘었다. 이 교수의 말에 덕현도 조심스레 눈동자를 낮게 깔았다.

"넌 좋은 의사고, 진심으로 환자를 대하여 애를 쓰는 녀석이지. 하지만 환자들이 좋은 의사로 느끼기 위해선 네 분위기를 깎아 나가는 것도 좋을 게다."

이 교수는 깎아놓은 듯 잘생긴 덕현의 외모를 보며 말을 덧붙였다. 사람은 시각적인 동물이라 눈으로 보이는 것을 무시할 수가 없고, 때문에 의사가 너무 고압적이고 날카로우면 그에게 자신의 아픈 부분을 고스란히 노출할 수가 없다. 이 교수는 그가 겪었던 시행착오를 이 잘생긴 후배는 겪지 않기를 바라며 조언을 던졌다.

덕현은 이 교수의 말을 가슴 한구석에 새겼다. 그리고 여전히 철없어 보이는 애물단지 후배 이경을 새삼스럽게 바라보았다.

추도는 생각보다 좋은 곳이었다. 아니, 섬에 사는 어르신들이 좋으신 분들이었다.

병원에 가려고 하면 배 타고 버스 타고 뭍으로 나가야 하는데, 감사하게도 도시에서 의사 선생님들이 오셨다며 한참 나이 어린 이경의 손을 잡고 몇 번이나 고개를 숙였다. 그리고 괜찮다고 말씀드리는데도 자꾸 이것저것 먹을거리를 가져다주었다.

비단 먹을거리가 생겨 고맙다는 뜻이 아니다. 조금이라도 도움이 됐으면 한다며 김치며 채소를 조금씩 가져다주시는 그 마음이 너무 감사했다.

그리고, 그래서 이경은 좀 부끄러웠다.

"아, 죄송하네."

낮에는 마을회관에서 정신없이 어르신들을 치료하느라 몰랐는데, 이렇게 밤에 하늘을 우러르니 까만 밤하늘보다 더 시커먼 제 속이 이경은 정말 많이 죄송했다.

"시커멓기도 해라."

자학하자는 것은 아니지만 이경의 속은 참 많이 검었다. 지금 이경이 올려다보고 있는 저 밤하늘보다 더 검었고, 지금 이경이 올려다보고 있는 저 하늘의 별보다 더 많은 흑심을 품고 있다. 괜스레 미안해진 이경이 볼을 긁적였다.

추도의 할머니, 할아버지들은 순수하게 이경을 반겨주셨는데 속이 시커먼 이경은 덕현 때문에 추도에 오고, 와서도 박은경 간호사 때문에 잔뜩 질투를 하고…….

"나 정말 시커멓구나."

이경은 스스로에게 실망하며 한숨을 내쉬었다.

방금 전에도 할머니 한 분이 이경만 먹으라며 수박이랑 참외를 주었기에 미안함과 죄스러움은 더욱 극심했다. 손에 들린 검은 봉지가 유난히 무겁게 느껴지는 밤이었다.

"하지만 다신 안 그럴게요. 다음엔 흑심 빼고, 즐거운 마음으로 올게요. 정말이에요."

이경은 그녀의 손에 들린 수박과 참외에 대고 두 번째 추도 봉사를 다짐했다. 아니, 추도가 아닌 다른 곳이라도 좋았다. 오늘 자신을 반겨준 할머니, 할아버지들의 마음만큼, 아니 그 이상으로 이경은 그 마음들을 돌려주고 싶었다.

다짐하고 결심한 이경이 양손 가득 무겁게 숙소를 향해 걸어갈 때였다. 아무 생각 없이 흥얼거리며 걸어가던 이경의 눈에 시커먼 그림자가 하나 보였다. 그림자의 주인공은 커다란 나무 아래에서 혼자 담배를 피우고 있었다.

"누구지?"

이경이 고개를 갸웃거렸다.

낮에 진료실이 차려져 있던 마을회관은 밤엔 그들의 숙소가 되었다. 때문에 지금 이 시간에 마을회관 주변에 있을 사람은 그 자신들밖엔 없었다.

이경은 안 그래도 짐이 무거웠는데 잘됐다며 팔랑거리며 그림자에게 다가갔다. 그림자의 주인공이 누구인지는 모르겠지만 교수님만 아니라면 선배고 동기고 간에 일단 짐을 떠맡길 자신이 있었다. 다른 병원의 의료진이어도 무관했다.

오늘 그들이 먹은 옥수수, 감자, 김치, 쌈채소, 된장, 오이가 모두 그녀가 받은 음식이지 않은가! 뭐, 수박과 참외를 나눠주면 되겠지. 이경이 히죽히죽 웃으면서 그림자에게 다가갔다.

덕현은 가늘게 뜬 눈으로 검은 그림자를 관찰했다. 그럴 리는 없겠지만 혹시라도 좋지 않은 의도를 가지고 접근하는 사람이 아닌가 하는 우려에 잔뜩 경계한 눈이 되었다. 하지만 잠시 후, 덕현은 거짓말처럼 긴장을 풀었다.

담배를 바닥에 떨어뜨려 발로 비빈 그가 성큼성큼 다가갔다. 거북이걸음을 걷는 모양을 보니 어지간히 무거운 모양이었다.

덕현의 반대편에 있던 검은 그림자는 덕현이 그녀를 향해 걸어가자 잔뜩 긴장한 모습으로 걸음을 멈췄다. 반대편에서 이경이 무슨 생각을 하고 있을지 눈에 훤히 보이는 듯하여 덕현은 걸음을 멈추고 이경에게 말을 건넸다.

"도이경, 나다. 네 치프."

덕현은 이경을 향해 성큼성큼 걸어갔다. 이경이 든 짐들이 꽤나 무거운 듯하여 도와줄 심산이었다.

하지만 이경의 앞에 섰을 때 덕현은 마음과는 다른 이야기를 꺼내놓고 있었다.

"이 밤에 뭐야?"

"예?"

"밤에 나가지 말라고 한 얘기 못 들었어? 아무리 시골 동네라도 해도 최소한의 안전을 위한 주의사항은 지켜야지."

덕현은 타박 섞인 잔소리를 늘어놓았다. 그리고 말을 뱉고 난 후에야 아차 싶었다. 괜스레 미안해졌다. 방금 전 자신이 다가왔을 때부터 겁먹은 토끼처럼 서 있던 이경이 새삼 떠올랐다.

본인도 이 시간에 혼자 걸어오느라 겁이 났을 텐데…….

도로마다 늘어진 가로등으로 불야성을 방불케 하는 도시와 해가 지면 드문드문 주택가의 불빛 외에는 거의 아무것도 보이지 않는 시골은 확실히 분위기 자체가 달랐다. 아마 이경 본인도 제법 겁이 났을 듯싶다.

"됐다. 그냥 짐이나 줘."

짧게 한숨을 쉰 덕현은 이경의 머리를 손으로 쓰다듬었다. 그리고 짐을 들어주기 위해 허리를 숙였다. 덕현의 손이 이경의 손을 스쳐 검은 비닐봉투를 낚아채가던 바로 그 순간이었다.

"엄마얏!"

이경이 갑자기 비명을 질렀다.

그리 크지 않은 목소리였지만, 이경의 비명에 덕현도 놀랐다. 이경은 그녀의 손에 들린 비닐봉투를 마치 던지듯이 집어 던졌다. 그리고 검은 봉지 안의 그 무엇은 퍽, 소리를 내며 깨졌다.

"어! 내 수박이랑 참외!"

돌발 상황 앞에서 이경은 황급히 소리쳤다. 전혀 의도하지 않았던 상황이기에 검은 봉지 앞에 주저앉아 수박과 참외의 잔여물을 수습하는 이경의 얼굴은 울상이었다.

"인마!"

이경 때문에 덩달아 놀란 덕현이 황당한 눈으로 그녀를 보았다. 이경이 재빨리 작게 미안하다 우물거렸다. 다른 생각을 하다가 덕현이 가까이 온 줄도 몰라 놀란 것이라고 했다.

"어쩌죠?"

울상이 된 이경이 덕현을 올려다보며 물었다.

그만 아니었다면 이경의 과일들이 박살이 날 이유도 없었기에 덕현은 이경에게 미안한 표정을 지었다. 하지만 그보다 더 큰 문제는 따로 있었다.

"이것들, 요 앞에 사는 할머니가 주신 것이에요."

이경은 난감한 얼굴로 덕현을 바라보았다.

"내일 아침 일찍 또 온다고 하셨는데……."

이경이 난처한 얼굴로 웅얼거렸다. 좋은 마음으로 주신 것일
텐데 그렇게 그 선물들이 이렇게 길바닥에 무참히 떨어 있는 것을
보면 마음이 좋지 않으실 거라는 생각이 그들의 머릿속을 스쳤
다.

서로의 얼굴을 보며 한숨 쉬던 그들은 곧 휴대폰 불빛을 등불
삼아 수박의 잔해를 수습하기 시작했다. 할머니의 마음을 생각하
면 덕현과 이경은 부서진 수박을 놓고 갈 수가 없었다. 하지만 어
두운 밤, 떨어져서 박살이 난 과일 조각들을 줍는 것도 쉬운 일은
아니었다.

"치프 샘."

"왜?"

"열심히 주웠는데 왜 4분의 1 정도가 보이지 않는 것일까
요?"

이경은 만능박사 척척박사, 그들의 호프 치프 샘에게 질문을
던졌다. 덕현은 언제 어떤 질문에서도 대답을 잘해주는 능력자였
으니까. 하지만 이번 질문만큼은 덕현도 답을 내놓을 수가 없었
다.

대답 없는 메아리에 이경은 푹 한숨을 내쉬었다. 덕현은 말없
이 머리만 벅벅 긁었다.

"이경아."

"네?"

"대충 정리하자. 어느 분이냐? 내가 대신 사과를 드릴 테니……."

"사과랑은 상관없잖아요."

이경이 덕현의 말을 끊으면서 말했다.

"아마 우리가 이대로 숙소에 들어가 잔다고 해도, 그래서 내일 이 잔해를 고스란히 보신다고 해도 아마 할머니는 괜찮다고 하실 거예요. 그게 할머니니까. 보통 할머니들은 그래요. 근데 말은 못하셔도 내심 엄청 섭섭하실 거예요. 아깝기도 할 것이고. 당신들도 안 드시고 준 것이잖아요."

비록 먹지는 못했어도 그분께는 맛있게 먹었다고 감사의 인사를 드릴 생각이다. 그리고 그러기 위해서는 아무도 모르게, 수박의 잔해를 다 치워야 했다.

"치프 샘은 짝사랑 같은 것 한 적 없죠?"

이경이 말했다.

"갑자기 그게 무슨 소리야?"

"이건 그거 같아요. 짝사랑하는 사람이든 뭐든 좋아하는 사람한테 선물을 줬는데 그 사람이 그 선물을 무참하게 버린 것이나 다름없는 거예요."

이경이 자분자분한 목소리로 말을 이었다.

"물론 할머니는 짝사랑하는 사람한테 선물을 주신 것도 아니고, 내가 그걸 무참히 버린 것은 아니에요. 하지만 이걸 보시면 그분, 상처 받으실 거예요. 마음으로 주신 선물이잖아요. 그러면 우린 그거……. 실제로는 아니라도 해도 잘 먹었다고, 정말 너무너무 감사하다고 해야 해요. 그게 예의예요."

덜렁대는 자타공인 사고뭉치 이경의 입에서 나온 이야기에 덕현은 새로운 시선으로 이경을 바라보았다. 친화력과 자연스러운 배려, 이 교수가 말하던 것을 덕현은 어쩐지 알 것 같았다.

아무리 열심히 찾아도 끝은 보이지 않았고, 밤은 더욱더 깊어 갔다. 할머니께 상처를 주지 않는 것도 중요하지만, 덕현은 이쯤에서 결단을 내려야겠다고 생각했다. 그리고 모든 문제의 해결은 결자해지에 있었다.

"일어나."

"예? 왜요?"

이경은 자신의 팔을 잡고 그녀를 일으키는 덕현을 어리둥절한 눈으로 바라보았다.

덕현은 이경을 억지로 일으킨 후 이경의 옆에 있는 깨진 참외와 수박 덩어리들이 있어 있는 검은 봉지들을 그의 손으로 들었다.

"가자."

"네? 아직 정리를……."

"이쯤 하면 됐어. 나머지는 새벽에 내가 알아서 할 테니까 일단 가서 자. 자정이 넘었어."

덕현은 이경의 팔을 잡고 마을회관을 향해 걸음을 채근했다.

"어, 어, 치프 샘! 일단 이거부터 놓고……. 치프 샘!"

이경은 덕현을 황당하다는 눈으로 바라보았지만 덕현은 꿋꿋하게 앞으로 나아갔다.

"놔주면 또 주울 게 뻔하잖아."

"안 그래요. 놔주세요."

"일단 좀 걷고."

덕현이 단호하게 말했다. 그리고 이경은 그의 의도대로 반쯤 끌려가듯 하다 그들이 수박과 참외를 깨뜨린 논두렁길에서 벗어난 후에야 덕현의 손에서 풀려났다.

"아, 진짜!"

"아 진짜는 뭐가 아 진짜야? 넌 들어가서 자. 수박 잔해는 아침에 내가 치울 테니까."

덕현이 이경의 등을 떠밀었다. 이경은 마치 사고뭉치 동생 대신 뒷수습하는 오라비가 된 것 같은 덕현을 보며 미간을 찌푸렸다.

"그걸 왜 치프 샘이 치워요? 내가 깬 건데."

"내가 너한테 비닐봉지를 뺏으려고 안 했으면……."

"집어 던진 것은 나잖아요."

멍하니 망상에 빠져 있다가 깜짝 놀라서.

이경이 쓰게 웃으며 말했다. 이경은 가라앉은 눈빛으로 그녀가 수박을 깬 논두렁길을 바라보았다.

아무 생각 없이 팔랑팔랑 숙소로 돌아오다가 그녀와 마주 서 있는 것이 덕현이라는 사실을 깨닫고, 덕현이 이경의 머리를 쓰다듬었다는 사실에 괜히 설레어하고, 그러다가 박은경 간호사와 나란히 서 있던 덕현이 생각나 질투를 하고…….

"치프 샘! 치프 샘은 대마왕치고 꽤 착한 거 알아요?"

이경이 몸을 돌려 덕현을 바라보며 물었다. 덕현은 영문을 알 수 없는 눈으로 이경을 바라보고 있었다.

"근데 알고 보면 진짜 못됐어요."

이경이 익살스러운 표정으로 혀를 내밀면서 말했다.

이경의 말에 담긴 의미를 생각하느라 덕현의 얼굴이 잠시 굳어졌다. 그리고 그사이, 이경은 자신의 장점이자 단점인 팔랑개비 같은 가벼움으로 토끼처럼 날쌔게 숙소를 향해 달려갔다.

"치프 샘, 그럼 부탁 좀 드려요!"

말 한마디만을 남겨놓고.

혼자 남겨진 덕현은 이경이 남긴 수수께끼를 생각하느라 한참을 고민했다.

식사를 하는 덕현의 눈이 끊임없이 이경을 향했다.

우연이라도 덕현이나 이경을 한 번 보면 누구라도 알 수 있을 정도로 덕현의 눈은 노골적으로 이경을 주시했다. 그리고 그 과정에서 성현이 생각할 수 있는 것은 단 하나였다.

"너, 사고 쳤냐?"

성현은 동기사랑 나라사랑, 이경이 사고를 쳤으면 1% 정도는 벌금을 분담해줄 생각으로 이경에게 질문했다.

"아니거든?"

이경의 사고를 확신하는 듯한 성현의 물음에 이경이 이를 바득 갈며 부정했다. 그리고 성현은 그런 이경을 보며 고개를 갸웃거렸다.

목소리에 힘이 들어간 것을 보니 사고는 안 친 것 같은데…….

성현의 고개는 조심스레 덕현을 향했다. 하지만 반대의 의미는 아무리 머리를 굴려도 떠오르지 않았다. 성현이 생각할 수 있는 최대의 가정은 이경이 자신도 모르게 사고를 쳤다는 것이었다. 덕현만 그것을 알고.

성현은 씩씩하게 식사를 하는 이경을 보며 낮게 혀를 찼다. 그리고 고개도 절레절레 흔들었다. 이 사고뭉치 같으니라고…….

"이경아?"

"왜?"

"사고 쳐놓고 모르는 것도 죄다. 아니, 알고 친 거보다 모르고 친게 더 큰……."

"야! 아니라고 그랬지?"

이경이 성현을 보며 버럭 소리를 질렀다. 안 그래도 짜증이 나는데 어디 내 손에 한번 죽고 싶은 거냐며 살벌한 협박도 했다.

살기가 넘치는 이경의 모습에 위기감을 느낀 성현은 조용히 입을 다물었지만, 이경이나 덕현이나 확실히 수상한 것만은 사실이었다.

덕현은 식사도 하지 않고 이경을 훔쳐보았고, 이경은 아무 말없이 전투적으로 밥을 먹었다. 상에 나란히 앉은 두 사람의 대조적인 모습은 확실히 눈에 띄는 모습이었다.

그들의 모습이 이상하다고 느낀 것은 성현만이 아니었는지 재웅과 석민도 팔꿈치로 서로의 옆구리를 툭툭 찌르며 이경과 덕현을 관찰했다.

그렇게 파문은 조금씩 커졌고, 어느새 식사를 하는 인원의 태반이 이경과 덕현을 바라보고 있었다.

덕현은 의국원들의 노골적인 눈빛에 한숨을 내쉬었다. 참 쓸데없이 호기심 많은 위인들이었다. 하지만 사실 이 모든 상황의 원인은, 그리고 가장 호기심이 많은 것은 덕현 자신이었다. 그리고 덕현은 그 사실을 누구보다 더 잘 알고 있었다.

의국원들이 그를 두고 대마왕이라 부른다는 사실은 알고 있었다. 하지만 어제 이경의 이야기는 아무리 생각을 해도 이해가 불가능했다.

'치프 샘! 치프 샘은 대마왕치고 꽤 착한 거 알아요?'
'근데 알고 보면 진짜 못됐어요.'

이경이 남긴 두 문장의 말은 덕현이 도무지 이해를 할 수가 없는 부분이었다. 대마왕치고 착하다는 것이야 청소를 도와줘서 그런 것이라 치지만…… 알고 보면 못됐다니? 이해가 갈 듯하면서도 이해가 가지 않는 내용이었다.

'설마'와 '혹시'라는 가정이 머릿속을 스쳤다. 이경이 그를 좋아하는 것이 아니라고 생각을 했는데, 그럼에도 불구하고 오늘 이경의 말은 묘하기 그지없었다.

하지만 이경은 덕현에게 그 수수께끼에 대해 풀어줄 생각이 없어 보였다.

이경은 어젯밤 이후 덕현과 눈동자조차 마주치지 않았다. 아침 일찍 일어나 수박을 깨뜨린 흔적을 치우고 그 후로 계속 밖에서 맴돌았다. 오전 11시 30분이면 출발을 해야 하는데도 아침 식사 전까지도 대민 봉사를 운운하며 마을회관으로 돌아오지 않았다.

내가 도대체 무슨 실수를 저지른 거지?

덕현은 이 상황을 도무지 이해할 수가 없었다.

덕현은 밥술을 뜨는 둥 마는 둥 하다 식사를 끝냈다. 그리고 잠시 후 그를 찾아온 박은경 간호사를 따라 어디론가 사라졌다. 개수대 앞 유리창을 통해 덕현을 훔쳐보던 이경이 수세미를 쥔 손에 힘을 주었다.

감정을 담뿍 담은 손짓에 재웅이 이경에게 가까이 다가오려다가 도로 도망치는 모습이 보였지만, 그 부분까지 신경 쓸 정도로 이경은 배려가 넘치는 사람이 아니었다.

지금 이경에게 중요한 것은 덕현, 오직 그 하나였다.

이경은 땅이 꺼져라 한숨을 쉬고, 하늘이 뚫어져라 노려보았다. 세상에서 가장 나쁜 남자가 희망 고문하는 남자라고 했다. 계속 주구장창 못된 모습이나 보일 일이지, 쓸데없이 착하고 다정한 모습을 보여서 자신의 마음을 흔들리게 하는 덕현이 이경은 정말 미웠다.

물론 덕현이 이경을 두고 희망고문을 한 것 아니다. 하지만 그래도 이경이 이제 이 떨떠름한 짝사랑 한번 끝내보려고 하는데 덕현이 다시 이경의 눈앞에서 왔다 갔다 하니 이경의 창호지 같은 마음은 또다시 자꾸만 흔들린다.

이런 것인 줄 알았으면 덕현 따위 좋아하지도 않았다. 계속 정욱 선배나 좋아했을 것이다. 정욱과 그 여자 친구를 보면 별다른 감정이 없었는데, 덕현이 여자와 함께 있는 장면은 생각만 해도 싫다. 상상만으로도 끔찍하다.

이경은 그녀의 두 번째 짝사랑에서 그녀의 첫 번째 짝사랑이 그저 '동경'이었음을 깨달았다.

정욱을 좋아했을 때에는 그냥 정욱이 행복하면 좋았고, 정욱이 사랑하는 그의 여자 친구와 함께 있는 모습에 이경은 둘이 너무 잘 어울린다며 꺄아, 환호의 비명을 질렀다. 둘이 데이트를 하면 축하해줬다. 그때의 이경에겐 마음에 한 치의 그림자도 없었다. 하지만 지금의 이경은……

참 속이 시커멓다.

"잘 어울리긴 개뿔."

이경은 자신도 모르게 투덜거렸다.

생각할수록 짜증만 나고, 심술도 나고, 다 때려 부수고 싶고……

설거지를 하던 이경이 매서운 눈으로 자신 앞의 그릇 더미를 노려보았다. 짜증나고 신경질 나는데 죄다 집어 던져서 깨버릴까 하는 충동이 잠깐 스쳐 지나갔다. 하지만 그랬다가는 정말 빼도 박도 못하고 '광년이' 확정인지라 이경은 한숨만 내쉬었다.

"도대체 어딜 간 거래?"

이경은 짜증 섞인 표정으로 뒤를 돌아보았다. 박은경 간호사와 함께 자리를 뜬 장 치프는 어째 코빼기도 보이지 않았다.

"치프가 말이야, 솔선수범해서 일을 해야지, 자기만 데이트한 다고 훌쩍 나르면 끝나? 누군 데이트할 줄 몰라서 여기 붙어 있어?"

어금니를 꽉 깨문 이경이 잇새로 불만을 토로했다.

"그래, 박은경 간호사! 꽃처럼 예쁘다, 이거지. 예쁜 여자가 착한 거고, 나는 생긴 대로 노는 거고."

말을 하다 보니 자학이었다.

이경이 짜증 섞인 표정으로 수세미를 집어 던지며 몸을 벌떡 일으켰다. 속에서 천불이 나서 못 견디겠다. 짝사랑을 때려치울 때는 때려치우더라도 장 치프의 행방은 좀 알아봐야겠다.

몸을 일으킨 이경은 먹이를 찾는 하이에나처럼 그녀 대신 설거지를 할 대상을 물색했다. 그리고 당첨된 것은 이경을 피해 깨금 발로 도망치던 성현이었다.

"어이!"

이경이 번쩍 손을 들어 성현을 불렀다. 동글동글해서 이리저리 굴러다니기도 잘 굴러다니는 곰탱이는 이경의 사랑하는 동기였다.

"……왜?"

생존본능 쪽에는 조금 문제가 있지만, 강제노동거부 쪽에는 특화된 센서가 부착되어 있었다. 하지만 이경에게 걸린 이상 그건 이미 끝났다.

"사랑하는 친구야? 이리 오지 않으련?"

목소리는 부드러웠지만 절대 가까이 가서는 안 될 것 같은 느낌이 들었다. 성현은 주춤하며 한발 뒤로 물러났다. 그리고 그러자 이경은 두 걸음, 세 걸음 앞으로 나아갔다.

"뭘 자꾸 빼, 빼기는?"

성큼성큼 걸어간 이경이 성현의 팔을 잡으며 씩 웃음을 지었다. 성현이 도망가지 못하도록 그의 팔을 단단하게 틀어쥔 이경이 성현의 팔을 잡아끌면서 말했다.

"우리 설거지 좀 하자."

"……우리?"

"응, 우리. 근데 난 지금까지 했으니까 이제부터는 네가 하는 거지."

천연덕스러운 이경의 말에 성현이 눈을 휘둥그렇게 뜨고 그녀를 쳐다보았다.

"야! 그거 네 역할이잖아. 네 분담."

"대신 이제부터 내가 짐 옮길게."

이경은 시큰둥하게 대답하며 앞치마를 벗고, 고무장갑을 벗었다. 그리고 씩 웃으며 그것을 성현에게 넘겼다.

"요즘 내가 요즘 연애사업이 안돼서 접시만 보면 깨고 싶더라고. 네가 좀 해라. 후사하마."

이경이 성현의 어깨를 토닥이며 자리를 뜨려는 찰나였다.

"네 연애사업이 언제는 잘됐냐? 만년 짝사랑이면서."

웅얼거리는 성현의 말에 이경의 눈초리가 하늘을 향해 치켜 올라갔다.

"뭐?"

"음? 나 아무 말 안 했다."

"웃기네. 다 들었어!"

이경이 발끈하며 성현의 등짝을 후려쳤다.

"야, 나 아무 말 안 했다고! 진짜야!"

"까분다. 네가 아무 말 안 했는데 이렇게 저자세라고?"

"난 원래 저자세야. 바닥에 박박 기어서……. 야, 아파! 아얏! 알았어. 미안. 미안하다니까?"

넝쿨째 떡밥이 굴러들어 왔다. 이경은 핑곗거리도 있겠다, 성현을 한 대라도 더 때리기 위해 노력했고, 성현은 한 대라도 덜 맞기 위해 노력했다.

"친구! 이건 좀 아닌 거 같은데?"

"응. 친구? 이게 맞아. 넌 좀 더 맞자."

이경과 성현은 툭탁거리며 한 사람은 피하고, 한 사람은 때리는 행동을 계속했다. 성현이 이경의 두 손을 잡아 이경의 폭력을 막으려고 했지만, 이경은 괜히 깡패토끼, 토순이 2호라고 불린 것이 아니었다. 이경은 넘치는 힘으로 성현을 제압하려 노력했다. 그리고 바로 그때였다.

"뭐 하는 짓이야?"

싸늘한 목소리가 들렸다. 하지만 목소리에 담긴 서늘함과는 별도로 그 목소리의 주인공은 이경과 성현, 두 사람 모두에게 반가운 인물이었다.

"치프 샘!"

"치프 샘!"

이경과 성현은 동시에 덕현을 불렀다. 그리고 덕현을 부르는 그들의 얼굴에서는 반가움이 가득했다.

"어디에 계셨어요?"

내숭이 듬뿍 들어간 목소리는 이경의 것이었다.

"치프 새앰, 저 좀 살려주세요."

그리고 울상이 된 목소리로 엄살을 늘어놓는 것은 성현의 것이었다.

이경은 잽싸게 다리를 들어 성현의 종아리를 걷어찬 후 생글생글 웃는 얼굴로 덕현을 맞이했다.

"아무것도 아니에요, 치프 샘."

성현이 다리를 붙들고 아프다는 듯 낑낑거리는 것 빼고는 아무런 문제가 없었다.

이경은 말없이 그들을 바라보는 덕현에게 생글생글 예쁜 미소를 지어 보였다. 그리고 치프의 옆에 박은경 간호사가 없음에 미소는 조금 더 진해졌다.

하지만! 아직 안심하기는 일렀다.

"치프 샘! 그런데 박은경 간호사님은 어디에 계세요? 우리 성현이가 그분 굉장히 좋아하는데!"

이경은 오감은 물론이고 육감, 칠감까지 총동원해서 덕현의 눈치를 살폈다.

"잘 모르겠는데."

그리고 덕현이 대수롭지 않은 표정으로 말하는 것까지 보고 그녀는 흡족한 표정을 지었다.

역시 우리 치프 샘! 아직 안 넘어간 모양이었다.

이경은 순식간에 기분이 업되었다.

그의 마돈나 박은경 간호사 이야기가 나오자 잠깐 활기를 찾았던 성현이 다시 기가 죽은 모습이 보이기는 했지만, 이경은 성현보다는 덕현이 훨씬 더 중요했다.

"그럼 치프 샘, 가보세요. 저도 얼른 설거지하고 도우러 갈게요."

이경은 생글생글 웃으며 치프 샘에게 말을 건넸다. 생각 같아서는 지금 당장이라도 냉큼 치프 샘 옆에 달라붙고 싶었지만 이경의 치프 샘은 성실하니 자기 일 잘하는 사람을 더 좋아하니까……

이경은 덕현 몰래 주먹을 불끈 쥐며 설거지에 대한 의지를 불태웠다.

그리고 이경은 그 즉시 투덜거리는 성현에게 다시 앞치마와 고무장갑을 던졌다.

"도망가기만 해봐!"

"야, 나 할 일 많아."

"나도 많아."

이경은 성현의 팔을 꽉 잡고, 그와 함께 설거지를 했다.

그리고 덕현은 아무 말 없이 이경을 바라보다가 쌀쌀맞은 태도로 몸을 돌렸다. 그의 미간에는 주름이 생겼다.

덕현은 그들이 단순히 장난을 치고 있다는 것을 알고 있음에도 묘하게 기분이 나빴다. 이경이 낸 수수께끼도 아직 풀지 못했는데 자꾸만 불쾌한 기분이 들었다.

10장

추도에서 돌아온 지도 한참이 지났는데 요 근래 덕현은 계속 저기압이었다. 그리고 그런 덕현을 보는 이경의 기분도 저기압이었다.

"치프 샘 너무하네."

손에 턱을 괸 이경에 자신도 모르게 중얼거렸다.

이경이 덕현더러 너무하다고 하는 이유를 아는지 모르는지 성현도 이경을 따라 돌림노래를 시작했다.

"그러게. 치프 샘 너무하시네."

곰 발바닥 같은 두툼한 손에 얼굴을 올린 성현이 서글픈 목소리로 중얼거렸다.

엊그제는 포기를 해야겠다 마음을 먹었고, 어제는 용기를 내야겠다 마음을 다잡았다. 그리고 오늘은 또다시 포기 생각을 하고 있는 갈대 같은 여성은 그녀와 비슷한 심리 상태를 보이고 있는 성현을 보며 떨떠름한 표정을 지어 보였다.

"넌 뭐가 너무해?"

"그냥. 두루두루. 전부 다."

성현이 한숨 섞인 한탄을 토해냈다. 천장을 보며 한숨도 한 번 내쉬었다. 이경은 성현의 마음을 왠지 알 것 같아 조용히 그의 어깨를 두드려주었다.

몸매는 S라인, 얼굴은 미스코리아, 목소리는 성우급의 아가씨 하나가 눈앞에 삼삼하게 보이는데 잊기가 쉽겠냐?

이경은 성현에게 동질감 섞인 감정이입을 시도했다.

"힘들지?"

"응."

"원래 그래. 세상 참 더러워."

미남미녀만 사랑하는 세상.

그냥 이경한테는 이경이 좋아하는 치프 샘 던져주고, 성현한테는 성현이 사모하는 박은경 간호사 던져주면 될 텐데 뭘 이렇게 복잡하게 꼬아났나 모르겠다.

물론 덕현이나 박은경 간호사 입장에선 그들보다 서로를 더 좋아하겠지만…….

달달한 모습으로 사랑을 속삭일 두 사람을 떠올린 이경의 얼굴이 순간 울상이 되었다.

"하아!"

이경 역시 천장을 바라보며 한숨을 내쉬었다. 요즘 들어 어쩐지 덕현 생각만 하면 술이 당긴다.

"성현아!"

"응."

"우리 술 한잔할까?"

이경이 서러운 목소리로 말을 건넸다. 바로 눈앞에서, 치프 샘과 박은경 간호사가 하하호호 하고 있는데 술이라고 목구멍에 들어가겠느냐마는 맹물로 타는 속을 다스리는 것보다는 훨씬 나을 듯했다.

이경의 말에 성현은 고개를 옆으로 돌렸다. 이유는 모르겠지만 이경은 그와 똑같은 표정으로 몽롱하니 앞을 응시하고 있었다. 추도에서 연애사업 운운하더니 외롭기는 한 모양이다.

하지만 그렇다고 해서 성현을 넘보는 것은 안 된다.

"이경아."

"응."

"토깽아!"

"왜?"

"나 소중한 남자다."

뭐래?

뜬금없이 튀어나온 이야기에 이경은 영문을 모르겠다는 표정으로 성현을 바라보았다. 성현은 그런 이경에게 추가 설명을 덧붙였다.

"그거 있잖아, 나는 소중하니까 아무랑 술 마시면 안 되는 거. 자칫 잘못하다가는 발목을 잡히……."

"미쳤어!"

이경이 버럭 소리를 질렀다.

"나도 눈 있거든?"

이경은 양손으로 엑스 자 표시를 한 성현을 보며 짜증 섞인 표정을 지었다.

"아니, 너 눈 없다는 게 아니라 사람이 궁하면……."

"궁하긴 개뿔! 나도 사랑하고 있어. 사랑! 사랑! 사랑! 그놈의 사랑!"

이경은 거의 괴성을 질렀다.

짝사랑하는 것도 속 터지고, 그 짝사랑 상대가 바로 눈앞에서 연애하는 것도 속 터지는데 옆에서 곰탱이 한 마리가 부아를 긁어대니 이경은 더욱더 짜증이 났다.

"이놈의 곰탱이! 이놈의, 이놈의, 이놈의 곰탱이!"

이경은 신나게 성현의 등짝을 후려쳤다. 성현은 그래도 자기가 잘못한 것은 아는지 아프다고 하면서도 몸을 피하지는 않았다. 이경은 술 대신 폭력으로 스트레스를 해소하기로 마음먹었다.

"이놈의 곰탱이, 아프냐? 아프면 더 아파라. 더 아파!"

카랑카랑한 목소리가 짜랑짜랑하게 울렸다. 누구의 목소리인지 보지 않아도 알 수 있을 것 같았다.

"아얏, 아파! 진짜야!"

"그럼 아프라고 때리지, 심심해서 때리냐?"

덤 앤 더머처럼 쿵작거리는 두 남녀의 모습에 한창 진지하게 이야기를 하고 있던 은경의 눈도 그들을 향했다.

"아, 또 저분들이구나."

동갑내기 커플을 본 은경의 눈이 곱게 휘어졌다.

"저분들은…… 좋겠어요. 마음이 통해서."

은경이 속삭이듯 말했다.

풀리지 않는 연애사로 인해 은경 또한 톡톡히 마음고생을 하고
있기에 어린 커플의 툭탁거림은 그녀에게 한결 좋은 분위기로 다
가오는지도 모른다.

은경은 조금 아련한 눈으로 이경과 성현을 바라보았다. 그리고
은경의 눈동자가 옮겨지는 곳으로 덕현의 눈동자도 함께 움직였
다.

덕현은 낮게 가라앉은 눈으로 두 남녀를 바라보았다. 그들은
한참을 쿵쾅거리며 티격태격하고 있었다.

요즘 저 두 사람, 유난히 거슬린다.

가늘게 뜬 눈으로 두 사람을 노려보던 덕현이 불쑥 입을 열었
다.

"커플 아닙니다."

"네?"

"커플 아니라 친구일 겁니다."

아마도.

덕현이 싸늘한 목소리로 말했다. 사실 친구인지 커플인지는 모
르겠지만.

"아……."

은경은 덕현의 말에 짧은 감탄사를 내뱉었다. 하지만 그럼에도
이경과 성현을 보는 은경의 눈빛은 변화가 없었다.

은경은 조금은 그립고, 조금은 아련한 눈으로 그들을 바라보았
다. 한때 은경은 저들처럼, 아니 저들보다 조금은 더 친밀한 스킨

십으로 툭탁거리는 소꿉친구가 있었다.

"그래도 부럽네요, 정말로."

은경이 작게 중얼거렸다. 부럽고, 또 부러워서 은경은 그들을 뚫어져라 바라보았다. 그리고 어느 순간 그녀와 똑같은, 아니 같지만 조금 다른 눈으로 그들을 바라보는 덕현을 발견했다.

부러움과 거부감, 그녀와 똑같은 감정은 전자였고, 다른 건 후자였다.

잠시 골똘히 생각에 잠겼던 은경은 덕현을 보며 작게 웃음을 지었다. 어쩐지 이유를 알 것 같았다. 은경은 한참 동안 말없이 이경과 성현을 바라보다 잘 부탁한다며 덕현에게 고개를 숙였다.

은경은 OS(정형외과) 팀으로 돌아가고, 덕현은 싸늘한 얼굴로 의국으로 돌아왔다. 이경과 덕현은 계속 투덕거리며 장난을 치고 있었다. 요 근래 들어 유난히 자주 보이는 모습이었다.

함께 설거지를 하고, 함께 장난을 치고, 친밀한 스킨십을 기반으로 하는 그들의 장난에 덕현은 자신도 모르게 이맛살을 찌푸렸다.

USMEL(미국의사시험)를 얼마 앞두지 않고 있기 때문인가, 요즘 들어 이경과 성현의 저런 모습이 거슬렸다. 나이 어린 동생들의 장난 정도로 받아들이면 될 텐데 유난히 불쾌했다.

의국으로 들어가는 덕현의 얼굴에 그런 그의 불편한 심기가 드러나기라도 한 듯 이경과 성현은 일시에 거짓말처럼 조용해졌지만, 지금의 덕현에게는 정적과 침묵도 거슬림 그 자체였다.

의국으로 들어오는 덕현의 얼굴에는 미간에 주름이 가득했다.

'박은경 간호사랑 있을 때에는 인상도 안 쓰더니……'

한편, 이경은 그런 덕현을 보며 자신도 모르게 입을 삐죽거렸

다. 미스코리아 뺨치는 예쁜 언니랑 예쁠 것도 없는 레지던트 후
배들이 같을 리는 없지만, 이경도 덕현의 예쁜 얼굴과 예쁜 표정
이 보고 싶었다.

사랑하는 치프 샘은 저기압이고, 예뻐서 기분 나쁜 박은경 간
호사는 요즘 들어 자꾸 NS(신경외과) 의국 주변을 서성였다. 미인
의 등장에 의국 레지던트들이 조금 기분이 좋아지기는 했지만 이
경은 도리어 컨디션이 마이너스였다.

이래저래 좋은 일 없는 일상에서 이경은 오랜만에 시간을 내서
휴게실로 내려왔다.

"흐음, 어디에 있나?"

이경이 OS(정형외과) 1년차 레지던트 지은을 찾았다.

아침에 일어났을 때만 해도 별이야기가 없더니 무슨 할 말이
있다고 그녀를 휴게실까지 부른 건지 모르겠다. 전화로 이야기하
라고 했더니 그건 안 된다고 하고…….

영문을 알 수 없는 지은의 행동에 이경이 연신 고개를 갸웃거
릴 때였다.

"이경아!"

이경이 지은을 향해 고개를 두리번거리고 있는데 손을 번쩍 든
지은이 이경을 향해 손을 흔들었다. 그리고 이경은 순간 두 눈을
의심해야만 했다.

꾀죄죄한 흰 가운을 벗어버린 지은의 모습에 이경이 두 눈을
휘둥그렇게 떴다. 레이스 쉬폰 원피스에 미용실에서 공들인 웨이
브 펌, 샤방샤방한 핑크톤의 화장을 갖춘 지은은 이경에게 신선한

충격이었다.

"세상에나!"

이경의 입에서 감탄사가 튀어나왔다. 지은이 미인이라는 것은 알고 있었지만 이렇게까지 예쁘고 사랑스러운 모습일 줄은 꿈에도 생각 못했다. 의사의 길은 숭고하지만 여자라는 입장에서 본다면 무덤이나 다름없다는 선배들의 말이 새삼 이해가 갔다.

"너, 박지은 맞아?"

"왜?"

"진짜 예쁘다."

이경은 입을 헤, 벌리고 감탄했다. 어젯밤, 아니 오늘 새벽까지만 해도 잠도 제대로 못 자서 부스스한 모습이었는데 하루 만에 확 바뀌었다.

이경은 오프 때면 하루 종일 잠만 자던 스스로를 반성했다. 자고, 자고, 또 자고, 더 이상 잠이 안 오면 공부를 하던 스스로가 부끄러웠다.

"얘는 부끄럽게. 오프잖아. 데이트해야지."

지은이 이경의 팔을 툭 치며 몸을 꼬았다. 발그레 달아오른 볼이 사랑스러웠다.

"저번에 그 남자랑?"

"저번에 그 남자라니?"

"그 머리 복슬복슬하고 눈 동그란 남자 말하는 거 아냐? 이진 그룹 다닌다는 사람."

"아, 해찬이? 얘는, 깨진 지가 언젠데."

지은이 깔깔댔다.

"깨졌어?"

"응."

이경이 고개를 갸웃했다. 불과 두세 달 전에 본 것 같은데…….

"그럼 데이트는 누구랑 했는데?"

"폴리클."

"폴리클? 진짜?"

병원에 실습을 나오는 의대생이 바로 폴리클이다. 본과 3학년인 폴리클을 본과 3학년과 4학년을 보내고 인턴까지 돌아 레지던트 1년차가 된 지은이 만나고 있는 것이다.

이경은 마치 도둑놈을 바라보듯 지은을 쳐다봤다.

"만날 수도 있지 뭘 그래?"

지은은 떨떠름한 이경의 표정에 새침하게 이경의 팔을 때리면서 말했다.

"그거야 그렇지만……."

맹한 이경의 반응에 지은이 코웃음을 치면서 말했다.

"너 나한테 그렇게 말하면 안 돼. 난 그래도 널 위해서 데이트도 그만두고 부랴부랴 달려왔건만!"

"날 위해서라니?"

"좋은 소식이 있어서."

"좋은 소식이라니?"

"응, 좋은 소식!"

지은이 방긋거리면서 답했다. 의미심장한 지은의 반응에 이경이 고개를 갸웃거렸다.

"좋은 소식이 있을 게 뭐 있어?"

"있지, 있어. 뭐냐면 말이야?"

이경의 얼굴에 바짝 자신의 얼굴을 가져다 댄 지은이 이경에게 가까이 오라며 손짓했다. 이경은 얌전히 지은에게 다가갔다. 지은과 이경이 머리를 맞대고 앉았다.

싱긋 웃은 지은이 천천히 입을 열었다.

"정욱 선배, 휴가 나왔대."

"응?"

"정욱 선배. 네 사랑 윤 선생님!"

지은은 아직도 어안이 벙벙한 이경을 보고 한숨을 쉬었다. 그리고 그녀를 대신해서 깔끔하게 정의를 내려줬다.

"네 오랜 사랑 윤 선생님이 휴가를 나왔다고, 곧 병원으로 올 예정이래!"

"엑? 진짜?"

"응, 방금 들었어. 그래서 데이트하러 갔다가 부랴부랴 돌아온 거야. 어제 나왔는데 어제는 후배들이랑 부어라 마셔라 했대. 불러봤자 나올 놈 하나도 없다고 후배들이랑 마셨다는 거야. 대신 병원은 오늘 온대."

지은이 이경에게 귀한 정보를 넘겨줬다. 군대에 있으면서 옛 사랑의 상처를 모두 치유한 것 같다느니, 여전히 잘생겼다느니, 살짝 햇볕에 그을린 몸이 탄탄하고 멋졌다고 하더라는 목격자들의 증언을 아낌없이 전달했다.

"내가 그 얘기를 듣자마자 딱, 네 생각이 나더라고. 금쪽같은 오프에 내가 병원까지 왔을 때에는 그냥 왔겠냐?"

"그렇…… 지."

"오늘 저녁때쯤에 병원에 들를 예정이라니까 꽃단장하고 있어. 이 기회에 잘해봐야지. 네 짝사랑이 보통 짝사랑이냐? 의대 다닐 때부터니까 도대체 몇 년째래? 원래 사람의 마음이 가장 약해지는 것은 이별한 직후랬어. 사랑은 사랑으로 치유하는 거라잖아. 그러니까 이번에는 정말 잘해봐. 파이팅!"

지은은 호들갑을 떨며 이경의 짝사랑을 응원했다. 여차하면 냅다 입술부터 들이대고 한번 만나보자며 호탕하게 고백하라고도 했다. 이경은 긍정할 수도 없고 부정할 수도 없는 애매함 속에서 정욱의 등장을 반겼다.

"도이경, 너무 좋아서 말도 잘 안 나와?"

"아니야. 그러니까…… 응, 너무 반가워."

"그렇지?"

지은의 호들갑에 대충 장단을 맞추기는 했지만 이경은 어째 순수한 기쁨의 탄성이 나오지가 않았다.

사랑하는 윤 선생님, 이경의 오랜 짝사랑 상대인 정욱 선배다. 예과 1년부터 본과 4년까지 총 6년을 짝사랑했고, 병원에 온 후에도 이경은 내내 정욱을 사랑했다. 햇수로 따지자면 8년째였다. 그런데 이상하게도 정욱의 얼굴이 잘 생각이 나지 않는다. 어쩐지 바람피운 것 같은 기분도 들었다.

정욱의 시원시원한 성격, 다정한 배려에 반했다. 솔선수범하며 움직이는 그가 너무 멋져 보였다. 그래서 정욱이 결혼을 하고, 아이를 낳는다고 하더라도 이경의 짝사랑은 계속될 것이라고 생각했다. 도이경은 그리 쉽게 마음이 변하는 사람이 아니니까. 하지만 이상하다. 지금 이 순간, 이경은 어쩐지 정욱보다 덕현이 더 보고 싶었다.

박은경 간호사 때문에 우울하기는 하지만 그래도 덕현은 이경이 사랑하는 그녀의 임이었다. 보는 것만으로도 바닥까지 다운됐던 이경의 에너지가 그 즉시 100% 충전되는.

급할 것도 없는데 자꾸만 복귀하려는 이경의 행동에 지은이 이맛살을 찌푸렸지만 이경은 얼른 의국으로 올라가 치프 샘을 보고 싶었다.

이경은 이왕 꾸민 것, 자랑 한번 해보자며 지은에게도 같이 위로 올라가자는 권유를 했다. 하지만 지은은 질색하며 고개를 저었다.

기껏 오프라서 병원을 탈출했는데 그곳으로 다시 꾸역꾸역 기어 들어가고 싶지는 않았다.

하루만이라도 병원을 벗어나고 싶다며 지은은 이경에게 정색하며 사양했다. 일반인들이 많이 오가는 병원의 1층 휴게실이 그녀에게 허용 가능한 최대치였다.

'병원'이라는 곳이 생각만으로도 싫은 것인지, 샤방샤방한 폴리클이 밖에서 기다리고 있다며 지은은 서둘러 밖으로 나갔다. 병원에 있다가 선배 레지던트들한테 잡히면 빼도 박도 못하고 오프 반납이라며 올 때처럼 조용히, 그리고 잽싸게 튀쳐나갔다.

"내일 보자. 데이트 잘해!"

"응. 너도 파이팅!"

이경은 웃는 얼굴로 지은을 배웅했다. 하지만 지은을 떠나보낸 이경의 얼굴은 곧 어두워졌다. 이경은 애써 유지하던 해맑음을 미련 없이 풀어버렸다.

"도대체 왜 이러냐."

테이블에 고개를 박는 이경의 얼굴이 심란했다.

이성은 정욱 선배를 보면서 떨려야 하는데, 그녀의 심장은 이경의 머리와 다른 이야기를 한다. 못되고 나쁜 남자 덕현을 보면서 설레어한다. 이경이 변태가 맞기는 한가 보다. 죽어라 이경을 괴롭힌 나쁜 남자 장덕현이 좋으니 말이다.

누가 이경에게 마조히스트적 성향을 지닌 변태라고 해도 덕현이 그녀를 봐주면 좋겠다. 이경에게 예쁘다고 해주고, 이경을 사랑한다고 해주면 좋겠다. 이경이 기쁨에 겨워 덕현을 끌어안으면 덕현도 이경을 마주 안아주면 좋다. 덕현의 머리끝부터 발끝까지 전부 다 이경의 것이면 좋겠다.

"하아."

이경이 테이블 위에 콩콩 머리를 찧었다.

꾸미지 않아도 예쁜 박은경 간호사가 자꾸만 생각난다. 덕현이 그녀를 보며 헤벌쭉 웃는 모습만 상상이 된다. 물론 치프의 성격상 그럴 일이야 없겠지만 꿈과 망상은 자꾸만 미련을 더해간다.

예쁘게 보이려고 꽃핀도 꽂고, 입술에 립스틱도 발랐는데 치프 샘은 이경이 별로 안 예쁜가 보다. 이경의 얼굴이 금세 울상이 되었다.

"박은경 간호사한테 헬렐레하는 치프는 싫은데……."

이경이 작게 중얼거렸다. 차가운 도시 남자의 매력은 그가 계속 나쁜 남자임을 유지할 때만 매력이 있는 것이었다.

정욱이 연애를 할 때는 행복한 정욱을 보며 이경도 덩달아 행복해했지만 덕현이 연애를 하며 행복해하는 모습을 보기가 싫다. 차라리 그냥 모태솔로로 평생 병원에 남아주면 좋겠다. 그러면 이경도 함께 병원에 남아서 치프 샘을 보좌할 것이다.

치프 옆에서 유능함으로 그를 보좌하는 여의사!

상상만으로도 이경의 얼굴이 발그레하게 달아올랐다. 양 볼이 후끈후끈 달아올랐다. 볼을 감싼 그녀가 부끄러움에 몸을 배배 꼬았다. 하지만 부끄럽긴 한데 너무 기분이 좋다.

나이가 들면 치프도 좀 부드러워질지도 모른다. 공부하는 의국 MT를 만든 성격 나쁜 23대 치프가 인상 좋은 거북이 이동욱 교수님이 되었듯이, 치프도 마음씨 좋고 인자한 장덕현이 될지도 모른다.

이경은 정욱의 귀환소식을 듣고 난 후 덕현에 대한 마음이 한층 깊어졌다. 덕현과의 미래를 꿈꾸는 이경의 머릿속에는 이상! 야릇! 오묘한 망상이 깃들었다.

오늘 정욱이 온다던 지은의 소식은 정확했다. 이경의 오랜 짝사랑 상대인 정욱은 지은이 돌아가고 딱 3시간 만에 늠름한 모습으로 의국에 찾아왔다.

"필승!"

우렁차게 구호를 외치는 정욱의 모습은 확실히 멋졌다. 이전에도 체격이 좋기는 했지만 그래도 그때는 학자의 모습에 가까웠다면 지금의 정욱에게서는 완전한 남자의 향기가 뿜어져 나왔다. 구릿빛으로 그을린 얼굴이며 해병대 특유의 단정함에서 섹시함이 배어나왔다.

"선배!"

이경은 몸과 마음으로 정욱을 반겼다. 아무리 정욱에 대한 짝사랑을 포기했다고 하더라도 정욱은 이경이 가장 좋아하는 선배이기도 했다. 어리바리한 신입생을 친동생처럼 아끼고 보듬어준 정욱에 대한 감사함은 짝사랑을 포기하고 난 후에도 유효했다.

"선배, 너무 오랜만이에요."

"형, 완전 멋있어요! 저도 해병대에 가고 싶어요."

이경과 성현이 정욱의 양팔에 매달려 그의 귀환을 반겼다.

정도의 차이는 있지만 모든 의국원들이 한마음, 한뜻으로 정욱을 반겼다. 심지어 의국장인 문혁 교수님까지도 바른생활청년 윤정욱을 반기며 금일봉을 내려주셨다.

"넌 휴가 나와서 의국에 오고 싶든? 여기 안 지긋지긋하냐?"

"네, 저는 신경외과 의국이 너무 좋습니다."

떨떠름한 석민의 질문에 정욱이 늠름한 목소리로 대꾸했다.

"비록 선배님이나 동기들과는 다른 길을 택했습니다만, 신경외과 의사가 되겠다는 저의 결심은 굳건합니다."

당당하게 소신을 밝히는 정욱은 이별의 잔재를 꽤 많이 털어버린 듯했다. 헤어지자는 말만 남기고 흔적도 없이 사라졌다는 그의 여자 친구 이야기도 가볍게 꺼내놓았다. 거의 폐인 몰골이 되어 허우적거리던 이전의 모습은 보이지 않았다. 하지만 그는 정말 행복할까?

선후배들과 함께 정욱을 반기던 재웅은 문득 고개를 갸웃했다. 지금의 정욱은 단정하고 꼿꼿하지만 어딘가 비어 보였다.

"선배, 그럼 제대하고 나면 바로 의국으로 돌아올 거죠?"

이경이 방실거리며 정욱에게 물었다.

"응, 당연히 돌아와야지."

이경의 머리를 쓱쓱 쓰다듬는 정욱의 손길에서는 다정함이 물씬 풍겼다.

그러고 보니 정욱은 유난히 이경을 예뻐했다. 이경도 오늘따라 유난히 화사했다. 일명 박은경 간호사 사건 이후 화장은 포기한 줄 알았는데 오늘은 묘하게 마스카라며 아이라인, 볼터치까지 풀 메이크업을 했다.

이경과 정욱을 묘한 눈길로 바라보던 재웅이 천천히 입을 열었다.

"도이경, 너무 좋아하는 거 아냐?"

"당연히 좋아해야지요. 제가 우리 정욱 선배를 얼마나 좋아하는데요!"

깊은 성찰과 고민을 통해 정욱에 대한 자신의 마음이 그저 동경이었음을 깨달은 이경이 심플하게 고개를 끄덕였다. 부끄러움은 없었다.

"우리 이경이가 날 이렇게까지 반겨준다니 영광인데? 오빠가 맛있는 것 사줄까?"

"형, 저도 형이 정말 반가워요. 사랑합니다."

정욱의 말에 성현도 슬그머니 한 발 끼어들었다. 거대한 북극곰을 닮은 1년차는 공짜 음식에 홀라당 넘어가서 재주 부리는 곰돌이가 되었다.

"웃기네! 왜 자꾸 끼어들어?"

"야, 같이 먹자, 같이! 넌 무슨 애가 그렇게 야박하냐?"

이경과 성현이 티격태격거리는 모습을 바라보던 재웅이 고개를 돌려 정욱을 응시했다. 이경을 바라보는 정욱의 눈빛은 성현을 바라볼 때보다 더 부드러워 보였다. 이성으로서의 감정은 없어 보이지만 아끼고 귀여워하는 것은 사실이었다.

눈을 낮게 가라앉힌 재웅은 사랑에 상처 받은 동기를 위하여 조용히 떡밥을 던졌다.

"야, 성현이 네가 거기에 왜 껴? 둘이 데이트하게 둬라."

이렇게 몰아주고 엮어주면 당사자들에게는 별 마음이 없어도 어느새 엮이게 되는 것이 남녀관계다.

낚시와 떡밥, 주변인들의 적극적인 지지로 아내인 선주를 차지한 재웅은 이경을 정욱에게 몰아주기로 마음먹었다. 사랑은 사랑으로 치유를 해야 하는 법이다.

"엑? 데이트라니?"

"말도 안 돼!"

여기저기에서 반응이 튀어나왔다. 정작 정욱과 이경은 가만히 있는데 다른 레지던트들이 기겁하며 거부했다. 도이경에게 넘기기에는 윤정욱이라는 남자가 너무 아깝다는 것이 다수 의견이었다. 애먼 두 남녀를 억지로 붙이려고 하지 말라는 조언도 튀어나왔다. 그리고 그때였다.

"이경이는 정욱 선배 좋아해요."

가만히 대화를 주지하던 성현이 툭 튀어나왔다.

"도이경 오랜 짝사랑 상대가 정욱 선배잖아요."

의대생 시절부터 유명했던 도이경의 짝사랑을 떠올린 성현이 입을 열었다. 워낙 여기저기 설레발을 치고 다녀서 도이경이 윤정욱을 짝사랑하는 것을 모르면 대한의대의 의대생도 아니라는 이야기가 떠돌 정도였다.

성현의 말을 기점으로 의국은 도떼기시장이 되었다. 이경의 짝사랑에 대해서 아는 사람은 아는 사람대로, 모르면 모르는 사람대로 할 말이 많았다. 이곳저곳에서 지방방송이 난무했다.

잠시 후, 덕현의 입이 열렸다.

"시끄러워."

진시황 저리 가라는 독재자 덕현이 날카로운 목소리를 내뱉자 춘추전국시대는 순식간에 평정되었다. 오후 내내 기분이 좋지 않아 보이던 덕현이었기 때문에 레지던트들은 알아서 몸을 사렸다.

"김성현, 너는 할 일이 그렇게 없어? 남의 짝사랑에 대해서 소문이나 내고?"

성현이 냉큼 꼬리를 내렸다. 신성한 의국에서 시시껄렁한 잡담을 늘어놓은 것이 덕현의 심기에 거슬렸나 보다.

"죄송합니다."

"저는 괜찮은……."

"넌 괜찮아도 난 안 괜찮아!"

덕현은 이경에게도 날카로웠다.

이경이 쓰러진 이후, 최소한 이경에게만큼은 말랑말랑 부드러운 치프 샘이었던 덕현이었기 때문에 이경은 질겁하며 입을 다물었다.

성현의 역성을 한번 들어주려다가 제대로 혼났다. 입을 꼭 다물고 덕현을 바라보는 이경의 눈에는 서러움과 원망이 가득 담겼다.

덕현을 바라보는 의국원들의 눈빛에서 불편함이 넘실거렸다. 순간적인 감정에 소리를 내지른 덕현은 이내 후회했다.

덕현이 한숨을 내쉬었다. 자신의 직무와 책임을 다하지 않았기 때문에 레지던트들을 혼낸 적은 있어도, 그의 개인적인 감정 때문에 짜증을 낸 적은 없었다. 평생 그럴 일은 없을 것이라 생각했다. 하지만 오늘 그의 그런 의지가 무너졌다.

자신의 뜻대로 이뤄지지 않는 감정에 덕현이 저도 모르게 한숨을 내쉬었다. 되는 일이 더럽게 없다. 짜증 섞인 숨을 토한 덕현이 한결 누그러진 목소리로 정욱을 불렀다.

"정욱아!"

"예, 치프 샘."

정욱이 단정한 목소리로 대답했다.

"미안하다. 내가 몸이 좀 안 좋아서. 네 첫 휴간데 이런 모습을 보였다."

"아닙니다. 괜찮습니다."

정욱은 덕현도 꽤 아끼는 성격 좋은 후배였다. 자기도 모르게 튀어나온 날카로움에 덕현은 더 부끄럽고 더 미안해졌다.

덕현이 부스럭거리며 지갑을 꺼냈다. 생각 같아서는 함께 밥이라도 먹으면서 챙겨주고 싶은데 그게 쉽지 않았다. 행동하는 것이 어려운 것이 아니라 마음이 어려웠다.

지갑에서 하얀 지폐 대여섯 장을 꺼낸 덕현이 석민에게 건네면서 말했다.

"정욱이랑 애들 데리고 나가서 뭐 좀 먹여."

"치프 샘?"

석민이 의아한 듯 덕현을 불렀다. 덕현은 아랑곳하지 않고 말을 이었다.

"돈 아끼지 말고. 없으면 내 앞으로 외상 달고 먹어."

"교수님한테 받은 돈도 있는데요?"

"그 돈은 그 돈이고, 이 돈은 이 돈이야."

무뚝뚝한 덕현의 말에 정욱이 머리를 긁적이며 입을 열었다.

"치프 샘, 굳이 안 그러셔도 되는데요?"

"내가 그러고 싶어서 그래. 지금이 8시니까 특별하게 콜이 들어올 일도 없을 것 같고, 만약 들어온다고 해도 내가 뛸 테니까 오늘은 너희끼리 나가서 식사하고 와. 당직의는 2시간 안에 들어오고. 그럼 이만 해산!"

덕현이 딱 잘라서 결론을 냈다. 덕현의 뜻에 반대되는 의견은 내뱉지도 못할 정도로 차갑고 냉정한 목소리였다. 숨 막히는 병원 일을 생각하지 않고 마음 편하게 식사할 수 있는 회식은 꽤 반가운 자리였지만 치프의 반응이 조금 이상했다.

"치프 샘 많이 아프신가."

"그러게. 몸이 안 좋기는 한가 보네."

여기저기에서 작게 수군거리는 목소리가 들려왔다. 덕현은 그 목소리조차도 거슬렸다. 팔을 뻗어 손목시계를 본 덕현이 시간을 말했다.

"현재 시각 8시 2분 23초, 1분 내로 나가지 않으면 돈은 회수고 회식도 취소다."

"으악, 안 됩니다!"

"치프 샘!"

"지금 바로 나갑니다. 나가요!"

괴성과 비명이 오가는 가운데 흰 가운을 뱀허물 벗듯이 벗어놓은 레지던트들이 썰물 빠지듯 일시에 빠져나갔다.

이경은 끝까지 남아서 덕현을 걱정스러운 눈길로 바라봤지만 어서 나가자며 채근하는 성현의 손길을 뿌리칠 수가 없었다.

"다녀오겠습니다."

공허한 목소리가 조용히 흔들렸다.

레지던트들은 마치 썰물 빠지듯 일시에 몰려나갔다. 그리고 고요한 의국에 혼자 남은 덕현은 일시에 무너져 내렸다. 그의 자만과 오만에 웃음도 나오지 않았다.

처음에는 이경이 자신을 좋아하는 줄 알았다. 그러다 지나치게 자연스럽게 티격태격하는 이경과 성현을 보면서는 두 사람이 서로를 좋아하는 걸로 생각했다. 도대체 왜 이경이 성현을 좋아한다고, 자신을 좋아한다고 착각했는지 덕현은 그저 어이가 없을 뿐이다. 정욱의 방문에 좋아 죽는 이경의 모습에 순간적으로 자제심도 잃고 괜한 후배들에게 역정을 내고 말았다. 덕현은 지금 평소 같지 않은 자신의 모습이 당황스럽기만 하다.

사랑한다는 고백도 덕현의 것이 아니었고, 밉고 싫다고 울며 서러워했던 것도 덕현의 것이 아니었다. 벌이라며 그에게 건넨 입맞춤조차 덕현의 것이 아니었다. 덕현의 것은 아무것도 없었다.

이경이 그를 좋아한다고 하더라도 마음을 접으라고 할 셈이었다. 의국 내에서 연애는 그리 바람직한 것이 아니었다. 특정인에 대한 편애가 있을 수도 있고, 만약에 사귀다 헤어질 경우 사이좋은 선후배 관계마저 어그러질 수 있었다. 하지만…….

"젠장."

덕현이 거칠게 머리를 쓸어 올렸다.

사귄 것도 아니고 이경이 그에게 고백을 한 것도 아니다. 그들은 아무 관계가 아니다. 덕현은 지금 그가 처한 이 상황이 너무나 웃겼다. 애초에 그의 것이 아니었음에도 그의 것이라 생각한 존재가 손가락 사이로 빠져나가는 듯한 기분은 너무나도 허무하고 고통스러웠다.

잔뜩 주사를 부리고 덕현에게 쓰러지듯 안긴 이경, 그들의 첫 입맞춤, 잔뜩 어리광 부리고 투정 부리던 이경, 그런 그녀를 귀엽다고 생각했던 덕현, 실신한 이경을 보며 밤새 곁을 지켰던 모든 것이 덕현의 머릿속에서 복잡하게 얽히고설켰다.

정욱이 오는 것을 알았는지 평소에는 연하게 하던 화장을 무심한 덕현도 알 정도로 진하고 화려하게 했다. 곱게 단장하고 정욱에게 연신 미소를 흘리던 이경이 떠올리니 새삼 화가 난다.

덕현은 의자를 길게 빼서 천장을 보며 몸을 눕혔다.

"도이경, 도이경, 이경아."

멍하니 이경의 이름을 부르자 괴로움이 한층 무게를 더했다. 부쩍 예뻐진 모습으로 덕현의 주변을 뱅글뱅글 돌던 이경을 생각하니 가슴이 답답했다.

질끈 눈을 감은 덕현의 시야에 자꾸만 이경이 떠오른다. 한참 동안이나 깨닫지도 못했던 마음인데, 손에 쥘 수 없음을 알게 되자 이경에 대한 감정이 물밀듯이 쏟아져 내렸다.

그의 사고뭉치 후배 도이경은 덕현이 생각했던 것보다 더 깊게 그의 심장에 자리 잡고 있었나 보다.

11장

　교수님이 하사하신 금일봉이 100만 원, 치프인 덕현이 하사한 금일봉이 60만 원이었다. 우르르 몰려나온 레지던트들이 흐뭇한 시선을 교환했다.

　"꽃등심 콜?"

　"한우라면 콜!"

　음흉한 눈웃음을 엉큼한 눈웃음이 받았다.

　서로의 검지를 맞부딪치는 E.T. 손가락으로 서로의 생각이 통했음을 자랑하는 석민과 성현을 보며 레지던트들의 의견이 분분했다.

　"이 돈이면 한우 꽃등심을 배불리 먹고도 남겠다."

　"남으면 뭐 하겠노? 소주도 한 잔 마시면 되지."

　"소주만 마시면 쓰나? 맥주랑 섞어서 쏘맥!"

"전 양주도 좋아요."

이경은 입을 씰룩대며 시시덕거리는 레지던트들을 노려보았다. 이경은 불퉁한 표정을 지우지 못했다. 치프는 아프다는데 그런 치프한테 돈 뜯어서 지들 배를 채울 생각만 하는 선배며 동기들이 미워 죽겠다는 눈빛이었다.

"돈이 남으면 그대로 반납해야지 뭘 또 박박 긁어서 다 쓸 생각을 해요? 치프 샘 아프시다잖아. 그럼 죽이라도 사가야지!"

이경이 새된 목소리로 소리쳤으나 이경의 말을 들어주는 사람은 아무도 없었다. 냉큼 달려가서 석민의 손에 들린 저 봉투를 빼앗아야 하나 고민을 하고 있는데, 그 순간 이경의 머리 위에 큰 손이 내려앉았다.

"속상해?"

고개를 들어 보니 정욱이었다.

"뭐가요?"

"치프 샘이 아파서 속이 상하냐고."

"아, 아니에요, 그런 것."

이경이 냉큼 부정했지만 이경을 바라보는 정욱의 눈빛에서는 묘한 분위기가 흘러나왔다. 정욱은 여전히 다정했지만 이경은 그런 정욱의 눈빛이 왠지 불편했다.

"아니라니까요!"

작은 목소리로 한 번 더 반항했지만 정욱은 웃음만 흘렸다. 바짝 가시를 세운 고슴도치 같던 이경이었지만 여상스러운 정욱의 모습을 보고 있노라니 어쩐지 기운이 빠지는 느낌이었다.

"아니에요. 정말로."

독기를 뺀 이경이 시큰둥하게 답했다.

"내가 뭐라고 했나?"

정욱은 여전히 웃음기 가득한 얼굴로 의뭉스럽게 답했다.

군대에 가더니 못된 것만 배워왔다며 이경이 입을 삐죽거렸다. 작게 투덜거린 이경이 아스팔트를 가볍게 차며 말을 꺼냈다.

"그냥 걱정돼서 그래요. 치프 샘은 아프잖아요. 치프 샘이 우리 때문에 얼마나 수고를 많이 해요? 그런 치프가 아프다는데 전혀 걱정도 안 하고 마냥 시시덕대니까, 그냥 그래서 그런 거예요."

이경이 종알거렸다. 이래서 머리 검은 짐승은 거두면 안 된다는 둥 치프의 입장에 100% 빙의해서 오지랖을 부렸다.

정욱은 자신도 모르게 입가에 미소가 지어지는 것을 느꼈다. 그녀 딴에는 변명을 한다고 하는데 하나하나가 전부 다 자폭이었다.

"이거 서운하네."

"예?"

"너, 치프 샘 좋아하지?"

"히익!"

이경은 자신도 모르게 숨을 거칠게 들이마셨다. 말하던 그대로 굳어버린 이경을 보며 정욱이 키득거렸다.

"뭘 그리 놀라?"

이경의 머리를 두드리는 정욱의 손길에 애정이 담겼다.

"아니에요! 그런 것!"

이경이 서둘러 부정했지만 정욱의 눈은 예리했다. 그는 나름대로 연애를 해본 남자였다. 저쪽에서 꽃등심 운운하며 그저 행복해하는 모태솔로부대와는 사정이 달랐다.

"정말 아니에요."

"그래."

"믿어줘요!"

"그래, 믿지. 믿는데, 언제부터 좋아했어?"

"선배!"

능글맞은 정욱의 대처에 이경의 얼굴이 새빨개졌다. 정욱이 이경의 머리를 툭툭 두드리면서 말했다.

"넌 얼굴에 다 드러나서 거짓말이 안 된다니까?"

이경만 정욱을 8년 동안 봐온 것이 아니다. 정욱도 이경을 8년 동안 봐왔다. 이경은 우회해서 돌아가는 법도 모르고, 그저 자신이 생각하는 그대로 올곧게 걷는 사람이다. 마음을 속일 줄도 모른다.

정욱은 연신 싱글거리며 질문을 거듭했다.

"드디어 도이경에게도 첫사랑이 왔네?"

"아니에요. 제 첫사랑은 정욱 선배죠."

이경이 부끄러운 듯 볼을 감싸며 말했다. 이경은 8년 동안 정욱을 사랑하면서 행복했다.

"글쎄다. 그게 첫사랑이었을까?"

정욱이 의뭉스러움을 담고 질문했다.

이경은 그를 사랑하지 않았다. 소녀의 감정은 동경에 더 가까웠다. 온몸으로 자신을 좋아한다고 말하던 이경이 동생 그 이상도 이하로도 안 보였던 것은 그 때문이었던 것 같다.

선함과 맑음으로 반짝이는 이경의 눈에는 한 치의 욕망이나 욕심도 없었다. 그의 연인인 아영을 보며 두 사람 정말 잘 어울린다며 배시시 웃는 이경을 보았을 때 정욱은 이경의 감정이 사랑이 아니라는 것을 깨달았다.

정욱은 그의 말을 이해할 수 없다는 듯 고개를 갸웃거리는 이경의 머리를 다시 한 번 쓰다듬었다. 만약 딸이나 여동생을 시집보낸다면 이런 기분일 듯하다. 정욱이 한껏 아쉬움을 담아 이경에게 말했다.

"그래서 치프 샘은 네 마음을 알아?"

정욱의 말에 이경의 표정이 순간적으로 시무룩해졌다.

"아니요."

기운 빠진 목소리로 이경이 고개를 절레절레 흔들었다. 무심한 남자는 둔하기까지 해서 이경이 그를 좋아한다는 사실을 전혀 알지 못한다. 그것뿐이면 말을 말자. 박은경 간호사와 비교하며 있는 자존심, 없는 자존심 가리지 않고 박박 긁어냈다.

"그래?"

이번에는 정욱이 고개를 갸우뚱했다. 그에게 짜증을 내던 치프 샘의 모습을 떠올리면 치프 샘도 이경에게 꽤 마음이 있는 것 같았는데…….

"치프 샘은 내 마음 몰라요. 별로 알고 싶어 하지도 않는 것 같더라고요."

이경이 우울한 목소리로 말했다. 활기 없는 모습에 정욱도 덩달아 우울해졌다.

이경은 처량한 표정으로 연신 병원을 바라보았다. 보나 마나 치프인 덕현을 생각하고 있음이 분명했다. 정욱은 고심하며 턱을 쓸어내렸다. 사랑하는 후배에게는 한우 꽃등심보다는 덕현이 더 많이 필요해 보였다.

이경의 머리 위에 손을 올린 정욱이 강아지를 쓰다듬듯 이경의 머리를 가볍게 흔들었다. 결 좋은 머리카락이 정욱의 손길에 따라 이리저리 흔들렸다.

잠시 생각한 정욱이 다른 레지던트들이 있는 곳을 바라봤다. 아직도 싸우고 있었다. 한우 꽃등심으로 메뉴는 정한 것 같은데 어느 집이 더 맛있느냐로 의견이 갈리는 듯했다.

피식 웃은 정욱이 이경의 정수리를 가볍게 두드렸다.

"가봐."

"예?"

"저쪽은 바쁜 것 같으니까 너도 네 볼일 보러 가라고."

이경은 정욱의 말뜻을 알지 못하고 그저 눈만 끔벅였다. 정욱은 천천히 말을 풀어서 설명했다.

"저쪽은 내가 알아서 변명할 테니까 죽 한 그릇 사들고 치프 샘한테 가보라는 뜻이야."

이경의 얼굴이 순간 활짝 피었다. 머리에 꽂은 핀이며 입술에 바른 립스틱을 보았을 때에는 그런가 보다 했는데, 사랑 앞에 만개하는 이경을 보고 있자니 이경도 드디어 어른이 되었나 보다.

"정말요? 그래도 돼요?"

덕현에게 달려갈 생각을 하는 이경은 지금까지 정욱이 보아온 그 어느 때의 이경보다도 예뻐 보였다.

"그래. 그런데 이렇게 너무 노골적으로 좋아하면 내가 서운하잖아."

"헤헤."

능청스러운 정욱의 말에 이경이 혀를 내밀고 멋쩍은 웃음을 지었다. 정욱은 겸연쩍어하는 이경의 등을 살짝 밀었다. 세상에서 가장 서러운 것이 사랑하는 사람을 앞에 두고 가지 못하는 아픔이다.

"자, 가봐! 설마 내가 죽값까지 줘야 하는 것은 아니지?"

이경은 힘차게 고개를 끄덕였다. 덕현에게 갈 생각을 하는 것만으로도 기쁜 듯했다.

"나랑은 다음에 날을 잡아서 다시 만나자. 맛있는 것 사줄게."

정욱이 고개를 꾸벅 숙이는 이경에게 첨언을 덧붙였지만 돌아오는 대답은 없었다. 뒤도 돌아보지 않고 병원으로 돌아가는 이경의 귀에 정욱과의 만남은 그리 큰 비중을 차지하지 못하는 듯했다.

의대에 막 입학한 새내기, 그를 좋아한다고 고백하던 맹랑한 소녀를 떠올린 정욱이 잘게 웃음을 흘렸다. 이경에게도 봄이 찾아왔나 보다.

한참 동안 이경의 뒷모습을 바라보던 정욱이 몸을 돌렸다. 대한병원 신경외과 레지던트들은 아직도 티격태격하고 있었다. 한우 꽃등심을 먹으면서 곁들일 양주에 대한 토론이었다.

"어이, 아직도 못 정했어?"

손을 번쩍 들고 그들에게 다가가는 정욱의 얼굴에는 오랜만에 편안한 미소가 깃들었다.

이경은 냉큼 죽집으로 향했다. 편의점에도 죽은 많지만 좀 더 영양 많고 맛있는 죽을 위해 이경은 한참 동안 죽 전문점을 찾아

헤매야만 했다.

"전복죽이랑 삼계죽이랑, 굴죽 주세요. 아! 그리고 송이죽이랑 새우죽도 주세요!"

덕현이 음식을 가리는 것 같지는 않지만 특별히 무엇을 좋아하는지는 모른다. 얼핏 보니 해산물을 좋아하는 것 같기는 하지만 죽은 또 달랐다. 이경은 몸에 좋다는 죽들과 덕현이 좋아할 것 같은 죽들을 이것저것 주섬주섬 챙겼다.

"좋아해주면 좋겠다."

한우 꽃등심 다 필요 없다. 치프와 함께 마주 앉아서 단둘이 먹는 죽이 최고다. 입에 죽도 한 숟가락 넣어주면 더 좋겠지만 그것까지는 아직 무리인 듯하니 치프 샘이 이경이 사온 죽을 맛있게 먹어주는 것만으로도 만족한다.

생각만 해도 기분이 좋고, 떠올리는 것만으로도 가슴이 벅차오른다. 의국의 문고리를 잡은 이경의 얼굴에는 희망이, 미소가 꽃처럼 피어났다.

"어?"

이경이 단말마를 내질렀다. 불 켜진 의국에는 아무도 없었다.

"어라라? 어디 가셨나. 죽 사왔는데……."

이경이 미간을 찌푸리며 중얼거렸다. 한껏 부풀어 오르던 꿈과 희망이 피식 소리를 내며 바람 빠진 풍선처럼 꺼졌다. 죽은 따뜻할 때 먹는 것이 좋은데 치프 샘은 도대체 어디 갔나 모르겠다.

치프 샘이 언제 올지 모르니 죽을 냉장고에 넣어 놓아야 하나, 아니면 이대로 치프 샘이 돌아오기를 기다려야 하나 이경은 고민에 잠겼다. 솔로몬의 선택이 필요했다. 그때였다.

"닫아."

난데없이 들린 목소리에 이경이 고개를 획획 저었다. 말소리는 다시 한 번 들려왔다.

"문 닫아."

덕현의 목소리가 의국 침대에서 들려왔다. 주인을 반기는 강아지처럼 이경의 표정이 순식간에 변화되었다. 덕현은 팔로 얼굴을 반쯤 가리고 누워 있었다.

이경이 조심스레 문을 닫고 살금살금 덕현에게 다가갔다.

"치프 샘, 많이 아파요?"

걱정을 한껏 담아서 물었다.

"왜?"

"일어나세요. 제가 죽 사왔어요."

만들 주제는 되지 못하지만 그 이상으로 따뜻한 마음을 담아서 죽을 사왔다. 죽을 내미는 이경의 얼굴에는 덕현이 죽을 먹어주리라는 것에 대해서 한 치의 의심도 없었다.

"죽?"

"몸이 안 좋다고 하셔서요. 치프 샘 저녁도 안 드셨죠? 몸이 안 좋을 때에는 뭐라도 먹어야 한대요. 치프 샘이 뭘 좋아하는지 몰라서 그냥 제 마음대로 사왔어요. 해산물 좋아하시죠? 전복죽, 굴죽, 새우죽, 종류별로 사왔어요. 혹시나 해서 삼계죽이랑 송이 죽도 사왔어요. 드시고 싶은 것으로 드세요."

이경은 덕현에게 죽을 권했다. 침대 앞에 앉아서 바닥에 죽이 담긴 쇼핑백을 내려놓는 이경의 행동에서는 조심스러움이 배어 나왔다. 혹시라도 식어서 맛이 없을까 봐 뛰듯이 걸으며 들고 온

죽이다. 덕현을 바라보는 이경의 눈동자에서는 따뜻한 빛이 넘실거렸다.

"따뜻할 때 드세요. 네?"

"안 먹으니까 치워."

"치프 샘."

예상치 못했던 덕현의 단호한 거절에 이경이 난색을 표했다.

"그래도 조금만 드시면 안 돼요?"

"너나 먹어."

"저는 안 아프잖아요. 치프 샘은 환자고. 환자는 잘 먹어야 한다면서요."

쓰러져서 VIP 병동에 있을 때 덕현은 굳이 괜찮다고 사양하는 이경에게 밥까지 먹여서 의국으로 돌려보냈다. 안 먹는다는 이경에게 환자가 밥투정하냐며 호되게 혼냈던 덕현을 떠올리며 이경이 덕현에게 매달렸다.

"조금만 드세요. 죽이 싫어서 그래요? 그러면 다른 것이라도 사올까요?"

"안 먹는다고 했잖아. 나는 신경 쓰지 말고 너나 먹어."

"치프 샘이 드셔야 저도 먹지요."

"도이경!"

괜찮다고 해도 자꾸 매달리는 이경의 행동에 덕현이 결국 짜증 섞인 목소리를 토해냈다.

"괜찮다고 하는데도 왜 자꾸 매달려? 머리 아프니까 건드리지 마. 신경 쓰지 말아줘. 없는 사람이라 생각해!"

덕현의 차가운 말에 이경은 움찔했다. 방금 전까지만 해도 덕현에게 죽을 먹일 생각으로 세상을 다 가진 듯 행복했는데 지금은 세상이 무너지기라도 한 듯 불행했다.

덕현의 말이 틀린 것도 없는데, 이경은 덕현에게 이보다 심한 말을 많이 들었으니까 정말 괜찮은데, 이경의 눈에서는 자꾸만 눈물이 나온다.

아픈 사람을 귀찮게 한 이경이 나쁜 것이다. 치프 샘은 아프니까, 그래서 이경한테 신경을 쓸 여력이 없으니까 당연한 건데 왜 이렇게 덕현이 야속하고 섭섭하게만 느껴지는지 모르겠다. 아무렇지 않은 듯 씩씩하게 죄송하다 고개를 꾸벅 숙이고 물러나야 하는데 자꾸 목이 멘다.

"……죄송해요."

이경은 나오지 않는 목소리를 억지로 긁어냈다. 설움을 힘겹게 억눌렀지만 이경의 목소리는 금방이라도 울음이 터질 듯이 불안했다.

"번거롭게 해드려서 죄송합니다."

억지로 또박또박 사죄를 뱉어낸 이경이 조용히 몸을 일으켰다. 의국 밖까지만 걸어가면 된다며 서럽게 자신을 다독였다.

"이경아!"

뒤에서 덕현이 이경을 불렀지만 뒤를 돌아보면 정말 눈물을 감추지 못할까 봐 이경은 뒤돌아보지도 못했다. 덕현의 얼굴을 보면 그 자리에서 그를 껴안고 대성통곡을 할 것 같았다.

그런 진상 짓은 의국 MT에서의 일로 족하다. 이경은 빠르게 의국을 빠져나왔다. 그리고 의국 문을 닫은 그 순간 쓰러지듯 허물어졌다.

"흡······ 흐흑······ 흡."

입을 꼭 막고 울음소리가 들리지 않도록 이경은 노력했다. 문 앞에 처량하게 쪼그리고 앉아 쉴 새 없이 눈물을 흘렸다.

의국 앞에서 울면 덕현에게 들릴 수도 있으니까, 그러니까 이왕 울 것이면 멀리 떨어져서 울어야 하는데, 이경의 다리는 주인의 의지를 무시하고 주저앉아 일어날 줄을 모른다.

"괜찮아. 정말 괜찮아."

이경은 서럽게 우는 스스로를 다독였다. 이경은 괜찮다. 정말로 괜찮다. 치프 샘에게 모진 말을 들은 것이 한두 번도 아니고, 사실 이번은 그리 모진 말도 아니었다. 그냥 옳은 말이었다. 이번에는 치프 샘도 독한 이야기를 한마디도 안 했다.

그런데 이상했다. 머리로는 울 일이 아니라는 것을 아는데, 이경의 눈과 가슴은 자꾸만 울음을 쏟아냈다. 죽을 사들고 오면서 내내 즐거웠기 때문에 이경의 마음을 거절당한 지금은 그 즐거움의 딱 2배만큼 괴로웠다.

"괜찮아. 괜찮······ 안 괜찮아. 치프 샘 진짜 미워."

이경은 펑펑 눈물을 흘렸다. 평생 살면서 흘린 눈물의 딱 10배를 흘렸다. 야속한 치프가 혹시라도 문을 열고 나와서 사과하지 않을까 연신 뒤를 돌아봤지만, 의국의 문은 열리지 않았다.

실수를 했음을 느낀 것은 이경이 울면서 뛰쳐나갔을 때였다. 덕현이 벌떡 일어나 이경의 뒤를 쫓으려고 했지만 문고리를 잡았을 때 들리는 것은 이경의 울음소리였다.

"흡······ 흐흑······ 흡."

이경은 입을 막고 울고 있었다. 덕현의 얼굴에는 이내 후회가 깃들었다. 그렇게 말을 하는 것이 아니었다.

덕현은 자신의 감정도 하나도 제대로 조절하지 못하고 이경을 울린 스스로를 원망했다.

"괜찮아. 정말 괜찮아."

스스로를 다독이는 이경의 여린 목소리에 덕현은 차마 몸을 가눌 수가 없었다.

아프다는 것은 거짓말이었다. 바보처럼 질투에 휩싸여서 덕현은 이경에게 상처를 줬다. 이경의 잘못이 아니었다. 알지도 못하고 착각한 자신이 문제였고, 그런 주제에 이경에게 마음을 준 덕현의 잘못이었다.

이경의 잘못은 없었다. 전부 다 바보 같은 덕현의 잘못이었다.

"괜찮아. 괜찮…… 안 괜찮아. 치프 샘 진짜 미워."

문 너머로 흐느끼는 이경의 목소리가 들려온다. 문에 등을 기댄 덕현이 처참한 표정으로 정면을 바라봤다. 그가 누웠던 침대 앞에는 이경이 잔뜩 늘어놓은 죽이 몇 개나 놓여 있었다.

전복죽, 굴죽, 새우죽, 삼계죽, 송이죽.

다양한 죽들을 쌕쌕거리며 사들고 와서 덕현이 잘 먹어주기를 바랐던 이경을 떠올리니 새삼 가슴이 아팠다. 무심히 넘겨들었다고 생각하는데 이경이 이것도 사오고, 저것도 사왔다며 재잘거리던 말들을 덕현은 머릿속에 담았나 보다.

울면서 밖으로 달려 나간 이경의 모습이 떠올랐다. 새삼 가슴이 아팠다. 문 너머에서 혼자 울고 있는 이경의 어깨를 보듬고 울지 말라 달래주고 싶었다.

그가 자격이 있나? 감히 이경을 달랠 자격이 있을까?

덕현의 머릿속에서 끊임없는 갈등이 벌어졌다. 그런데 그가 결정을 내리기 전에, 그의 몸이 먼저 움직였다.

"이경아!"

덕현이 벌컥 문을 열었다.

"훌쩍, 후…… 으앗!"

문에 기대서 앉아 있던 이경이 그대로 앞으로 고꾸라졌다. 이경은 개구리처럼 엎어졌다. 다행히도 손으로 바닥을 짚어서 다치는 것만은 막았는데, 반사적으로 고개를 돌린 덕분에 이경은 덕현에게 그녀의 적나라한 얼굴을 보였다.

아이라인이며 마스카라는 검은 눈물이 되어 아래로 흘렀고, 눈물을 닦기 위해 손으로 얼굴을 문댄 덕분에 립스틱과 마스카라가 검붉게 혼합이 되었다. 눈물콧물 쏙 뺀 이경의 모습은 빈말로도 예쁘다고 할 수 없었다.

울던 얼굴로 덕현을 바라보는 이경을 보며 덕현은 자신도 모르게 사과했다.

"미안해."

훌쩍.

이경은 덕현을 보며 눈물을 닦고 코를 훌쩍였다. 하지만 눈물은 계속해서 나왔다. 이경이 무슨 말을 하려는 듯 입을 벙긋거렸지만 덕현이 조금 더 빨랐다.

"이경아, 정말 미안하다."

이경의 적나라한 모습에 놀라 자신도 모르게 내뱉은 사과가 아니라, 그의 실수와 잘못을 인정하는 진솔한 사과를 했다.

"네가 생각해서 사다 준 것인데 내가 생각이 모자랐어."

덕현의 사과에 이경은 더욱더 울상이 되었다. 얼마나 서러웠는지 금방이라도 다시 울음을 터트릴 것 같은 모습이었다.

"치프 샘!"

이경이 덕현을 불렀다. 턱 끝의 복숭아 씨앗 같은 곳이 쉴 새 없이 실룩거렸다. 치프의 사과에 새삼 설움이 올라오는 듯했다.

덕현이 팔을 뻗어 이경의 몸을 일으켜 그녀의 몸을 그의 품에 안았다. 덕현의 품에 안긴 이경이 덕현의 가슴을 밀어내는 흉내를 냈지만 덕현은 강하게 이경의 몸을 끌어안았다.

"정말 미안하다. 내가 잘못했어."

별것 아닌 미안하다는 말 한마디에 이경은 진심으로 안도했다. 혹시라도 죽 때문에 덕현이 이경을 미워할까 봐 겁을 많이 냈기 때문에 이경은 진심으로 안도하고 또 감사했다.

"치프 샘."

떨리는 목소리로 덕현의 이름을 부른 이경은 주룩주룩 눈물을 흘리기 시작했다.

소나기도 아니고 장맛비처럼 눈물이 흘러내렸다. 지금 그녀의 모습이 꽤 추해 보일 것이라는 짐작은 가는데 그럼에도 자꾸 눈물이 흘렀다.

"미안해. 정말이야."

이경의 등을 토닥이는 덕현의 손길이 느껴졌다. 이경은 정말로 용서를 받았다는 생각이 들었다. 다정한 덕현이 너무 반갑고 또 고마워서 이경은 방금 전과는 또 다른 눈물을 흘리기 시작했다.

"으허엉, 치프 샘!"

이경은 그녀를 안은 덕현의 등을 마주 안았다.

"나빠요. 정말 나빠요."

아닌 척 덕현의 등도 몇 대 때렸다.

"나는 치프 샘을 생각해서 죽을 사왔는데……."

서러움 때문에 차마 말을 다 이을 수가 없었다.

"그래, 네 마음 다 알아. 미안하다. 정말 미안해."

덕현은 아이를 달래듯 이경의 등을 토닥였다. 덕현의 품에 안긴 이경은 한참 동안이나 눈물을 흘렸고, 덕현은 끊임없이 미안하다는 말을 내뱉었다.

울 때는 미처 몰랐는데 한참을 울고 났더니 문득 민망함이 몰려왔다. 울음소리는 잦아들었는데 덕현은 이경을 놔줄 생각을 하지 않는다. 덕현의 품에 안겨 있는 기분이 나쁘지는 않지만 다른 레지던트들이 돌아와서 보면 어쩌나 하는 생각이 들었다.

그 마음 한구석에는 다른 레지던트들에게 들켜서 덕현의 발목을 콱 잡아버리면 좋겠다는 생각도 했다. 하지만 그랬다가는 덕현에게 두고두고 미움을 받을 것이다.

끅끅, 마지막 울음을 삼킨 이경이 천천히 덕현의 가슴을 밀었다. 미련이 잔뜩 담긴 손짓이었다.

"이경아?"

"이제 괜찮아요."

이경이 습관적으로 눈두덩을 비비면서 말했다. 한참을 울었는지 눈이 따갑고 **뻑뻑**했다. 개구리 눈 같지 않을까 하고 이경이 추측을 했다. 그러던 와중에 이경은 자신의 손을 보게 되었다.

헐, 이놈의 화장품! 마스카라인지 아이라인인지 범인을 정확하게 알 수는 없지만 이경의 손에는 검은 얼룩이 가득했다. 백만 년 만에 화장을 한번 했다가 최악의 모습을 덕현에게 보여주게 생겼다.

이경이 서둘러 몸을 돌렸다. 덕현의 가슴에 얌전히 안겨 있다가 갑자기 화들짝 놀라서 180도 회전한 이경을 보며 덕현이 의아한 듯 그녀를 불렀다.

"이경아, 왜 그래?"

"치프 샘, 잠시만요. 혹시 내 얼굴 봤어요?"

두 손으로 얼굴을 가린 이경이 불안한 듯 떨리는 목소리로 덕현에게 질문했다.

"얼굴? 얼굴이 왜?"

"아니요. 그러니까……."

이경이 한숨을 내쉬었다. 그녀의 현재 상태에 대해서 덕현에게 말할 수도 없고 하지 않을 수도 없었다.

잘만 안겨 있다가 갑자기 180도 회전해서 등만 보이는 것은 이경이 생각해도 충분히 이상했다. 하지만 차라리 이상한 애가 되는 것이 낫지, 추악한 몰골을 보여줄 수는 없었다. 이경은 박은경 간호사와 비교당한 설움을 아직 잊지 않았다.

"혹시 화장품 때문에 그래?"

주저하는 이경을 보며 고개를 갸웃거리던 덕현이 말했다.

"설마 내 얼굴 봤어요?"

"그럼 봤지."

이경의 얼굴이 절망적으로 일그러졌다.

"왜 그런 것을 봐요?"

이경이 덕현을 타박했다. 예쁘게 단장하고 차려입은 모습만 보여도 부족한 마당에 덕현은 왜 꼭 보는 것마다 그런 모습인지 모르겠다.

"그게 뭐, 어때서?"

뭐가 문제인지 전혀 모르겠다는 듯 여상스러운 덕현의 물음에 이경은 또다시 푹 한숨을 내쉬었다. 섬세함이라고는 엿 바꿔 먹은 것 같은 위인 같으니라고…….

이경은 할 수만 있다면 시간을 되돌리고 싶었다. 과거로 돌아갈 수만 있다면 잔뜩 화장을 한 채 울지 않을 것이고, 무엇보다 워터프루프가 3,000원 더 비싸도 그것을 살 것이다. 순간의 선택이 인생을 좌지우지한다는 명언은 화장품 선택에서도 적나라하게 드러났다.

어깨를 푹 늘어뜨린 이경이 시무룩한 목소리로 말했다.

"저 잠깐만 화장실 좀 다녀올게요."

"저기, 이경아! 화장실보다 우리 이야기 좀 하자. 내가 할 말이 있는데……."

"갔다 와서 해요."

조심스레 이경을 부르는 덕현의 목소리를 이경은 단호하게 잘라냈다. 이경은 우는 모습조차 아름다운 김태희가 아니라 우는 모습이 추한 평범한 보통 여자였다. 아무리 볼꼴 못 볼꼴 다 보였다고 해도 지금 이 순간만큼은 자존심을 지키고 싶었다.

이경이 몸을 돌려 화장실로 걸어 나가려는 찰나였다.

"도이경!"

그녀의 이름을 부른 덕현이 이경의 팔을 잡아챘다.

"어엇!"

이경의 몸은 다시 180도를 회전해서 덕현의 품에 안겼다.

"치프 샘!"

"정말 말 안 들어."

이경은 단말마를 질렀고, 덕현은 투덜거리며 이경을 꽉 끌어안
았다.

"치, 치프 샘?"

이경이 떨리는 목소리로 덕현을 불렀다.

당황하고 있음을 확연히 나타내는 이경의 목소리에 덕현이 쓴
웃음을 지으며 말을 이었다.

"도이경, 나한테 얼굴 보이고 싶지 않으면…… 듣기만 해라.
어차피 얼굴 보이기 싫은 것은 나도 마찬가지니까."

성량 좋은 목소리가 잔잔하게 울려 퍼졌다.

이경은 아무 말 없이 침만 꿀꺽 삼켰다. '설마'와 '혹시나'를 오
가는 가정이 이경의 심장을 미친 듯이 날뛰게 했다. 떡 줄 사람은
생각도 하지 않는데 김칫국부터 마신다는 명언이 있기는 하지만,
그래도 지금 이 상황은 이경에게 자꾸만 기대를 하게 만든다.

어색한 침묵이 이어지고, 가볍게 심호흡을 한 덕현이 천천히
입을 열었다.

"이경아, 너 나한테 올래?"

덕현이 물었다.

히끅!

이경은 너무 놀란 나머지 기묘한 소리를 내며 딸꾹질을 했다.

격렬한 반응의 이경을 보며 덕현이 씁쓸한 입맛을 다셨다.

"네가 정욱이를 좋아한다는 사실은 알고 있어. 하지만……."

"안 좋아해요!"

눈동자를 휘둥그렇게 뜨고 좌우로 굴리던 이경이 덕현의 말에 깜짝 놀라 황급히 소리쳤다. 혹시라도 굴러들어 온 호박이 오해를 하고 도로 튀어 나갈까 봐 이경은 깜짝 놀라 부정했다.

덕현이 멈칫하자 그의 행동을 자신의 말에 대한 불신의 뜻으로 받아들인 것인지 이경이 서둘러 부연설명을 덧붙였다.

"안 좋아한다고요. 물론 정욱 선배는 좋은 선배지만, 그래도……. 그러니까 내 말은요…… 정욱 선배는 그냥 선배고…… 그러니까 그냥 좋아하는 선배지만, 내가 좋아하는 것은 아니라는…… 아우, 그러니까…… 암튼 연애 감정은 아니에요. 그냥 그렇다고요."

목청 높여 정욱에 대한 감정을 털어놓은 이경의 목소리가 점점 더 작아졌다.

횡설수설하며 웅얼거리는 이경의 얼굴이 붉게 달아올랐다. 이경의 말을 들은 덕현의 얼굴도 붉어졌다.

두 사람이 돌발적으로 내뱉은 말들은 그들에게 서로의 마음이 어디로 향하는지를 알게 해주기에 충분했다.

덕현의 품에 안긴 이경이 침만 꼴깍꼴깍 삼키고 있는 사이, 덕현의 입이 다시 천천히 열렸다.

"흠흠."

헛기침으로 목을 가다듬은 덕현이 한결 편안해진 기색으로 이경의 돌발발언으로 인해 잠시 끊겼던 그의 고백을 이어 나갔다.

"잘해주진 못할 거야. 나는 여전히 네가 잘못하면 혼낼 거고, 네 선후배나 동기들 앞에서 널 좋아한다고 표현하지도 못해. 혹시라도 편애한다는 말이 나올까 봐 더 무섭게 할지도 모르겠다."

저게 협박이야, 고백이야?

이경이 입을 실룩댔지만 이경의 입은 점점 양쪽 귀를 향해 찢어졌다. 생각지도 못한 선물을 받은 기분이다. 아무리 둔한 이경이라도 이쯤 되면 무슨 이야기인지 감이 잡힌다.

아니, 사실은 아까부터 알았는데 혹시라도 아니면 어쩌나 싶어 애써 모른 척했다. 하지만 일이 이쯤 되면 덕현이 앞으로 말을 할 내용은 이경이 생각하고 있는 바로 그것일 확률이 높다.

이경의 가슴이 콩닥콩닥 두근거렸다. 이게 꿈인지 생신지 자신의 볼을 한번 꼬집어보고 싶은 심정이었다.

손발이 오그라들고 발끝이 오므라들었다. 아우, 좋아! 몸을 배배 틀면서 '뭐, 그럼 어쩔 수 없지요.'라며 못 이기는 척 치프의 품에 안기고 싶었다. 하지만 덕현의 느릿느릿한 고백에 이경은 속이 터졌다.

"흔들림 없이 네 곁에 있을게. 치프 장덕현이 아니라 남자 장덕현은 절대적인 네 편이 되어줄게. 무슨 일이 있어도……."

"치프 샘, 나랑 사귀어요."

덕현의 말을 자른 이경의 말이 툭 튀어나왔다.

"뭐?"

이경을 품에 안고 조곤조곤 말을 늘어놓던 덕현은 그대로 굳어 버렸다. 그의 얼굴이 황망해졌다.

"나랑 사귀자고요. 잘해줄게요."

이경이 연신 채근했다. 이경은 속전속결로 끝내고 싶었다. 느긋하게 기다리는 고백도 좋지만, 애초에 얼굴이 이 모양인 것에서 이미 로맨틱한 것은 끝이 났다. 이경은 덕현의 마음이 바뀌기 전에 냉큼 자신들의 관계를 공인시키고 싶었다.

"인마, 도이경!"

덕현이 허탈하게 이경을 불렀으나, 이경은 씩씩하게 말을 이었다.

"치프 샘은 이제 도망 못 가요."

고백은 무조건 남자가 해야 하고, 청혼도 남자가 해야 한다는 고리타분한 생각을 가진 것은 아니었지만, 고민하고 또 고민했던 고백이 일순간에 끝나는 기분은 별로 유쾌하지 않았다.

덕현이 이경의 말에 정신이 나가 있는 사이, 이경은 덕현의 등을 꽉 껴안았다.

놓을 생각 따위는 없었다. 떨어지라고 해도 안 떨어질 테다. 도이경은 끈기 하나만큼은 자신이 있었다. 거머리처럼 딱 달라붙어서 덕현을 놓아주지 않을 것이다.

이경은 굳게 다짐하며 덕현을 안의 그녀의 손에 힘을 주었다. 해죽 웃는 이경의 얼굴은 마스카라가 범벅되어 마치 판다 같았다.

하지만 어째서일까? 덕현은 그 모습조차 예뻐 보였다. 모든 부분이 다 예뻤고, 모든 부분이 다 사랑스러웠다. 그리고 마스카라가 번져 검은 눈물을 흘린 이경의 얼굴은 특히 예뻤다.

12장

아무도 모르는 것이 남녀 사이라더니 옛말이 하나도 틀린 것이 없었다. 덕현과 사귀게 되었다는 이경의 폭탄선언에 지은은 제대로 '멘붕'이 되었다.

"허허."

지은이 넋 나간 표정으로 이경을 바라보았다.

기껏 정욱 선배가 온다고 희희낙락 상큼발랄 스피디하게 소식을 전달했는데, 돌아오는 것은 정욱과 이경의 로맨스가 아니라 신경외과 치프 장덕현과 이경의 로맨스다.

발그레한 얼굴로 배배 몸을 꼬는 이경의 얼굴에 화사한 붉은 빛이 맴돌았다.

"어쩌다 보니 이렇게 됐어."

의국원들 앞에서 당당하게도 덕현을 '오빠'라고 불렀다는 증언

들이 산재한데 이경은 새삼 부끄러운 듯 지은 앞에서 볼을 붉혔다. 발그레한 볼을 감싸고 좋아죽겠다는 듯 히죽거리는 이경은 확실히 신선한 충격이었다.

"어쩌다 보니?"

"응."

이경은 세상을 다 가진 표정으로 헤실거렸다.

"그 '어쩌다 보니'는 도대체 정체가 뭐라니?"

지은이 헛웃음을 지으며 물었다.

불과 얼마 전까지도 대마왕에게 구박받아 눈물바람이었던 이경이다. 울고, 울고, 또 울면서 덕현의 욕을 신나게 했던 것이 불과 얼마 전인데, 이제는 둘이 사귄단다.

도대체 어떻게 된 일이냐며 이경의 목을 잡고 짤짤 흔들고 싶기라도 한데 좋아죽겠다는 듯 히죽대는 이경을 보니 그럴 기분도 나지 않았다.

"도대체 언제부터야?"

지은이 호기심 가득한 목소리로 물었다.

"응?"

"치프랑 네 사이. 너 바로 어제까지만 해도 정욱 선배 온다니까 완전 좋아라했잖……. 아니다! 너, 그때부터 조금 이상하기는 했어."

지은이 어제 정욱 선배의 소식을 들고 왔을 때부터 이경은 뭔가 이상했다. 좋아하기는 하는데 아주 좋아하는 기분은 안 드는 그 미묘함! 마치 바람난 여자 같은 느낌이었다.

이경이 피곤해서 그런가 하며 대수롭지 않게 넘겼는데 의심을 갖기 시작하니 모든 것이 다 수상했다.

이경을 바라보는 지은의 눈이 의심을 담아 가늘어졌다.

"너!"

"……뭐?"

찔리는 구석이 많은 이경이 뜨끔하며 반문했다.

덕현을 좋아하는 감정에 대해서는 매우 당당한 이경이지만, 마조히스트도 아니고 주구장창 괴롭힘을 당하면서도 덕현을 보며 가슴이 설레었던 자신의 변태 같은 감정에 대해서는 절대 안 당당했다. 이경은 지은을 보며 남몰래 침을 꼴깍였다.

지은은 그런 이경을 보며 야릇한 표정을 지었다. 의미심장한 눈빛이 이경을 적나라하게 훑었다. 이경은 어쩐지 점점 불안해지는 느낌이었다.

고양이 앞의 쥐처럼 안절부절못하는 친구의 모습을 본 지은은 눈을 가늘고 뜨고 천천히 입술을 핥았다.

"이경아!"

"으, 응?"

"너 '부당'과 '불공평'의 뜻을 알고 있니?"

세상에서 가장 재미있는 구경은 불구경이요, 세상에서 가장 재미있는 이야기는 남의 연애사였다.

"우리 할 이야기가 좀 많은 것 같다. 그렇지?"

도대체 언제부터 두 사람의 눈이 맞았는지, 언제부터 좋아했는지, 그리고 진도는 어디까지 나갔는지!

지은은 이경에게 던질 수많은 질문을 가슴에 품고 음흉함이 가득한 미소를 지었다.

그리고 어마어마한 이야기가 흘러나올 동안, 지은은 이경이 도망가지 못하도록, 그녀의 손을 꽉 잡는 것도 잊지 않았다.

이경이 지은에게 잡혀 있는 사이, 덕현은 동료 레지던트들의 강렬한 시선을 받고 있었다.

1년차부터 3년차까지, 아래 연차 레지던트들은 덕현을 둘러싼 인간 바리케이드를 쳤고 위풍당당 4년차 레지던트들은 무엇인가 마음을 단단히 먹은 모습으로 덕현에게 접근했다.

그들은 크게 심호흡을 한 후 덕현에게 걸어가 질문을 시작했다. 첫 총대는 같은 4년차인 해욱이 멨다.

"좋냐?"

해욱의 질문에 덕현은 아무 대답 없이 떨떠름한 눈으로 그를 바라보았다.

환자의 차트를 확인하고 있다가 갑작스레 복도 모퉁이로 끌려온 것도 뜬금없지만, 앞뒤 설명 다 자른 질문들은 더 황당했다. 덕현과 해욱은 잠시 아무 말 없이 서로를 응시했다. 하지만 아쉬운 사람이 땅을 판다고, 궁금한 것이 많은 해욱이 먼저 입을 열고 질문했다.

"인마, 좋으냐고?"

덕현은 말없이 해욱을 바라보다 내키지 않는 표정으로 그에게 반문했다.

"뭐가?"

"뭐긴 뭐야? 토깽이 2호 얘기지."

그 질문만을 기다렸다는 듯, 오늘 한정으로 신경외과 특별 객

원멤버가 된 지형이 므흣한 표정을 지으며 끼어들었다.

뜬금없이 거론된 이경의 이름에 덕현은 영문을 모르겠다는 눈으로 그의 친구들을 바라보았다. 지형은 웃으며 말을 덧붙였다.

"친구야, 나는 봤다."

"뭘?"

"너랑 토깽이 2호가 껴안고 있는 광경."

지형이 우연히 신경외과 의국에 왔다가 뜻밖의 광경을 보게 되었단 이야기를 늘어놓았다. 덕현은 이제야 상황을 알 것 같았다.

안 그래도 내키지 않는 상황이었는데 이경의 이름까지 언급되자 덕현은 노골적으로 거부감 가득한 표정을 지었다. 덕현은 이경의 이야기가 너랑 무슨 관계가 있느냐는 듯 싸늘한 목소리로 지형에게 쏘아붙이듯 말을 건넸다.

"이경이가 왜?"

"오? 이경이? 도이경 선생이 아니라?"

하지만 덕현의 그런 모습은 지형에게 떡밥만을 던져줬을 뿐이었다.

흥미진진한 표정을 지은 지형은 덕현의 어깨에 팔을 올리며 본격적으로 덕현의 연애사 탐구에 돌입했다.

"친구님! 연애하신다면서, 신경외과 깡패토끼 토깽이 2호랑? 응? 맞아? 어때, 연애하니 좋으신가?"

지형은 쉴 새 없이 질문 폭탄을 던져댔다. 질문을 하는 지형의 모습은 영화 속 양아치 2호나 건달 3호의 모습과도 동일했다. 덕현은 쓸데없이 친한 척하는 지형의 팔을 더러운 것 털어내듯 차갑게 떨쳐냈지만, 지형은 끈적끈적한 모습으로 덕현에게 다시 달라

붙었다.

"인마, 연애를 시작했으면 형님들에게 먼저 이실직고를 해야지. 네가 그것을 안 하니까 우리가 궁금해서 달려왔잖냐!"

지형의 너스레에 덕현의 눈썹이 불쾌한 듯 위로 올라갔지만, 지형은 덕현의 기분 따위는 전혀 아랑곳하지 않고 계속해서 말을 이었다.

"정말이야? 정말 토깽이 2호랑 사귀는 거냐? 그 4차원 깡패 토끼랑?"

지형이 깐죽거리며 질문을 던졌다. 그런 지형이 내심 얄미운 듯 덕현이 어금니를 꽉 물고 잇새로 질문을 뱉어냈다.

"네가 그게 왜 궁금해?"

덕현의 입에서는 냉기가 뚝뚝 떨어졌지만 지형은 아랑곳하지 않고 말을 이었다.

"어쩌다 발목 잡혔는지 궁금해서."

지나치게 솔직한 말에 덕현의 이맛살이 팍 구겨졌다.

지형이 덕현을 몰아가는 광경을 흥미진진한 눈길로 바라보던 해욱은 그 위에 기름을 부었다.

"나도 질문 하나 하자. 나는 말이다, 친구야, 어떻게 하면 그 4차원을 여자로 볼 수 있는지가 정말 궁금하거든. MT 때 술 마시고 그 진상을 부린 것이 바로 얼마 전인데 말이야. 니들은 안 그러냐?"

해욱이 인간 바리케이드를 치고 있는 1, 2, 3년차들을 보며 질문했다. 아래 연차들은 열성적으로 고개를 끄덕였다.

덕현과 이경의 조합이라면 멜로나 로맨스보다는 서바이벌과 서스펜스 스릴러가 조금 더 잘 어울린다.

"그렇다고 걔가 미모가 뛰어난 것도 아니잖아. 성격도 그렇고. 지성 부분은……. 뭐, 의대 왔으니 그 부분은 대충 충족된다고 해도 다른 부분이 영 아닌데? 게다가 너는 이경이에게 그런…… 이야기까지 들었고."

지형은 그리 오래되지 않았지만, 아주 오래된 것 같은 기억을 꺼내 들었다.

성격이 미스터 왈왈이니 어쩌니 하던 뒷담화는 그렇다 치더라도 탄탄한 가슴에 착한 몸매를 가졌으니 덮치라 권유하던 지은과 이경의 적나라한 대화는 아무리 시간이 지나도 잊히지가 않는 핵폭탄이었다.

"그렇지, 그 얘기도 있었지."

지형에게 그녀들의 노골적 대화를 귀뜀으로 들은 해욱도 자동인형처럼 고개를 끄덕이며 지형의 말을 거들었다.

과연 그들은 어떻게 사랑에 빠졌는가!

제 각각의 호기심을 담은 눈들이 동그란 유리구슬처럼 반짝이며 덕현의 입을 주시했다. 그들은 마치 이경이 덕현을 덮쳤다거나, 협박해서 사귀게 된 것이라는 말을 듣고 싶은 듯했다.

남의 연애에 지나치게 관심이 많은 레지던트들을 보는 덕현의 표정이 날카로워졌다.

"그거야 내가 알아서 할 바이고, 너희는 남의 연애에 신경 꺼!"

딱 잘라 말한 덕현이 넝쿨처럼 덕현에게 매달려 있던 해욱과 지형을 뿌리쳤다.

소박맞은 여인네처럼 슬퍼하는 친구들을 무심히 걷어찬 덕현이 아래 연차들이 형성한 인간 바리케이드를 싸늘하게 노려보면서 말했다.

"안 가? 다들 할 일 없어?"

덕현이 날카롭게 소리쳤다. 하지만 레지던트들은 겁먹어 달아나기보다는 치프가 꼬리 9개 돋아난 여우에게 홀려 넘어간 것을 슬퍼했다. 시기와 질투를 담은 모태솔로들의 날카로움은 이경을 향했다.

"홀렸네, 홀렸어. 그것도 완전히 홀렸어!"

"그러게요. 곰도 구르는 재주는 있다더니, 그 도이경이 설마 치프를 잡아먹을 줄은 누가 알았을까요."

레지던트들의 입에서는 노골적인 투덜거림이 토해져 나왔다. 적당히 위협해서 레지던트들을 쫓아내려던 덕현의 눈썹이 불편한 심기를 담고 꿈틀거렸다. 레지던트들의 이야기를 듣고 있던 덕현이 점점 싸늘해졌다.

"그러니까 이건 도이경이……"

"내가 먼저 고백했다."

레지던트들을 살벌하게 바라보던 덕현은 결국 입을 열어 그들의 대화를 끊었다.

"네?"

"그게 무슨……"

대화는 일시에 끊어졌다. 덕현은 망연자실한 얼굴로 그를 바라보는 레지던트들에게 다시 한 번 말을 반복했다.

"내가 먼저 고백했다고. 그러니 쓸데없는 추측이나 망상은 그만하고 다들 가서 일이나 해. 그렇게 할 일이 없어? 내가 할 일 만들어줄까?"

덕현은 이를 드러내고 으르렁거렸다. 그의 사적인 감정에 대해 타인에게 말할 생각은 없었지만, 자신이 사랑하는 여자가 애먼 중상모략을 듣고 있는데도 가만히 있고 싶지는 않았다.

그들 사이에 대한 일부의 진실을 던진 덕현은 이경이 애먼 소리를 들은 그 이상으로 레지던트들을 향해 날을 세웠다.

"석재웅, 컨퍼런스 PT 준비 다 끝냈어? 차석민, 아까 디스커션(discussion, 의견교환)할 때 부족한 부분 자체 보완하라고 했지? 공부 다 했어? 지금 이렇게 여유로운 것을 보니 다들 자신이 있나 보네. 잘됐네. 나 오후에 수술 있는데 네가 대신 들어가라. 그리고 해욱이 너는……."

속사포 같은 말들이 터져 나왔다. 덕현의 폭격은 연차를 가리지 않았다. 날카로운 눈빛과 그보다 더 날카로운 말들이 덕현의 입에서 터져 나왔다.

덕현은 살벌한 표정으로 그들이 부족한 부분, 공부해야 하는 부분, 그들이 해야 할 일들을 하나하나 짚어줬다. 해야 할 일도 안 하고 늘어져 있냐며 비난했고, 그 비난에 꼬투리를 잡아 그들의 일거리를 추가시켰다.

덕현을 놀리기 위해 모여들었던 레지던트들은 덕현의 말 한마디에 일거리가 추가되고, 공부할 것이 추가되고, 밤을 지새워야 할 날들이 더해지자 걸음아 날 살려라 뒤도 돌아보지 않고 도망갔다.

"우와, 치프 권한을 저렇게 사용할 수도 있구나."

"뭐라고?"

불의에 항거하는 혁명투사 지형은 덕현의 권력남용에 대해 불만을 토로했지만, 날선 눈빛으로 그를 돌아보는 덕현을 보며 조용히 입에 자체 지퍼를 매달았다.

"미안. 항복! 백기 들었다."

사내연애는 둘 중 하나다. 비밀연애이거나, 아니면 공개연애이거나. 그리고 이경은 찜찜한 비밀연애보단 당당한 공개연애를 택했다.

"치프 샘, 아직 식사 못하셨죠?"

이경은 짝사랑의 달인다운 열정으로, 소싯적 단골 도시락집에서 주문한 '사랑 듬뿍 도시락'을 들고 덕현에게 찾아왔다.

"우와, 도이경 너무하다. 치프 샘 도시락밖에 없어?"

"치프 샘, 너무해요. 안 그래도 옆구리가 시린데 내가 의국에서도 저런 모습을 봐야 하다니⋯⋯. 으윽!"

동료들의 야유를 뒤로한 이경은 밤 10시에 도시락을 들고 덕현을 찾았다. 눈코 뜰 새도 없는 레지던트 1년차라 직접 도시락을 쌀 수는 없지만 주문전화는 넣을 수 있다.

밖에 나갈 시간도 없으니 월급은 차곡차곡 모일 뿐이고, 이참에 그 돈의 일부를 내 사랑 치프 샘을 위해 쓴다고 무슨 문제가 있으랴!

이경은 헤실헤실 웃으며 덕현에게 다가와 그의 팔을 잡아끌었다.

"우리 나가서 식사해요."

"지금? 이 시간에?"

업무를 정리하고 하루를 마감하는 저녁 시간에 데이트를 하자고 찾아온 철없는 아가씨의 언사에 덕현의 눈동자가 잠시 공황상태에 빠졌다.

"이 시간이 어때서요? 에이, 우리는 남들이랑 다르잖아요. 남들은 오후 6시, 7시면 하루가 마감되지만, 우리는 자정에 마감할 수도 있고. 정오에 마감할……. 아! 이건 무리구나. 암튼 시간 같은 것에 너무 연연해하면 안 돼요. 저는 시간이나 상황에 무관하게 매시간 매분 매초 치프 샘이 보고 싶은걸요."

변론을 늘어놓는 이경의 입술은 이미 그녀의 양 귀에 걸려 있었다.

붉게 달아오른 채로 '나는 장덕현을 사랑합니다.'를 온몸으로 소리치는 이경의 모습은 당연히 사랑스러웠다. 하지만…….

"인마, 밤에는 잠을 자야지. 그러다가 또 저번처럼 쓰러진다. 건강 좀 챙겨."

"네, 치프 샘."

양 볼을 감싸 안은 이경이 사뭇 부끄러운 듯 몸을 배배 꼬았다. 그리고 덕현은 그런 그녀가 사랑스러워 미치겠다는 눈빛으로 바라보며 못 이기는 척 몸을 일으켰다.

"우우, 커플지옥 솔로만세!"

덕현과 이경을 둘러싼 의국원들의 야유가 제법 거칠어졌다.

차도의, '차가운 도시의 의사'라는 타이틀을 던져버리고 꼬리 9개 달린 외계인한테 잡아먹힌 치프 샘은 더 이상 존경의 대상이 아니었다. 하지만 덕현과 이경은 그런 그들을 깔끔하게 무시했고,

솔로들은 무참하게 버려졌다.

세상은 아름다운 것이고, 커플들의 세계는 더욱더 아름답다. 의국의 모태솔로들이 상처를 받든가 말든가 덕현과 이경은 달달한 사랑의 소용돌이에 빠져 헤어날 줄을 몰랐다.

의국에서 빠져나온 덕현과 이경은 성큼성큼 정원으로 내려갔다. 평소에는 환자나 환자의 보호자들이 자리한 곳이지만 오늘은 달과 별과 구름만 함께하는 그들의 데이트 장소이다.

설레는 가슴, 발그레하게 달아오른 볼로 그들은 정원에 자리를 잡았다. 그런데 정원 으슥한 곳 벤치에 도달하자마자 이경은 불쑥 두 손을 모아 비는 흉내를 냈다.

"죄송해요! 하지만 앞으로도 이렇게 할 거예요."

이경의 뜬금없는 사과에 덕현은 당황했다.

"뭐가?"

영문을 몰라 하는 덕현의 모습에 이경이 그의 눈치를 살피며 말을 이었다.

"치프 샘 이런 것 싫어하시잖아요. 형평성에 어긋나는 것. 티내고 눈치 없이 구는 것! 물론 치프 샘이 애인이라고 해서 저만 특별취급해주지 않을 것이라는 것은 알고 있어요. 그리고 그런 의심받는 것도 싫어할 것이라는 것도. 하지만……."

시작은 더할 나위 없이 당당했는데 말을 이어갈수록 이경은 점점 작아졌다.

장덕현이라는 사람이 좋은 만큼, 그에게서 미움을 받는 것도 싫다. 하지만 지금 이경이 하는 행동은 누가 뭐라고 해도 덕현에게 미움을 받기에 충분했다.

덕현이 이경을 좋아한다고는 하지만 이경은 아무래도 불안했다. 이경이 덕현을 더 좋아하는 것 같고, 이경이 더 많이 사랑하는 것 같다. 덕현이 어느 날 갑자기 마음이 변했다고 휘릭, 날아가 버린다고 해도 믿을 수 있을 것 같다.

"흐음."

턱에 손을 가져다 댄 덕현이 신음성을 흘렸다.

"죄송해요. 하지만, 하지만……."

모두에게 인정받고 싶다. 장덕현은 도이경의 남자고, 도이경은 장덕현의 여자라는 것을. 입술을 잘근잘근 깨문 이경이 시선이 바닥을 향했다.

혼나는 어린아이 같은 이경을 보며 덕현이 쓴웃음을 지었다.

"내가 그렇게 보였어?"

이경의 얼굴은 계속 바닥을 향했다. 하늘을 보며 가볍게 한숨을 쉰 덕현이 허리를 숙여 이경의 얼굴에 자신의 얼굴을 가져다 댔다.

"이봐, 아가씨? 내 얼굴을 보면서 말을 해야지."

이경의 귓가에 훅, 하고 숨을 불어낸 덕현이 웃음기 어린 목소리로 이경의 머리를 쓰다듬었다. 놀란 이경이 고개를 들어 덕현의 얼굴을 확인했다. 잘생긴 얼굴에는 웃음기가 번져 있었다.

"화 안 났어. 업무 시간 다 끝나고 날 생각해서 이렇게 도시락까지 싸들고 온 내 연인한테 내가 왜 화를 내?"

"하지만……."

"누굴 편애하는 것을 싫어하는 것은 맞아. 오해받는 것도 싫어하고. 하지만 내가 널 아끼고 사랑하는 것은 사실이잖아. 사실을 아니라고 부정하는 취미도 없어. 이왕 공개연애를 하기로 한 것 내 여자 내가 아껴야지."

덕현이 싱긋 웃음을 지었다. 이경은 멍하니 그런 덕현을 바라보았다. 잘생긴 사람이 웃음을 지으며 더 잘생겨 보였다. 이경은 소매를 들어 입가에 묻은 침을 닦아냈고, 덕현은 이경의 머리를 다시 한 번 쓰다듬었다.

"우리 도이경 씨는 걱정이 너무 많아서 탈이야. 그렇지?"

애정 섞인 핀잔에 이경은 배시시 웃음을 흘렸다.

"하지만 이제 이런 것은 그만하자."

"네? 왜요!"

괜찮다고 했으면서! 이경이 억울한 시선으로 덕현을 바라봤다.

"해도 내가 해. 네가 이런 것에 신경 쓰는 것 싫다. 시간이 모자라서 잠도 못 자는 1년차가 이런 것까지 신경 쓰면 너 정말로 쓰러져. 나는 건강한 도이경이 좋아."

슬슬 의사로서의 사명감을 깨닫고, 의사로서의 형태를 잡아가고 있는 이경이다.

환자를 병으로만 보는 것이 아니라 그의 신상이나 특징, 가족 관계 등을 파악해 환자의 상황이나 삶을 총체적으로 이해하려 노력한다. 하지만 병을 보기 전에 환자를 보는 의사는 언제나 업무가 가중된다.

업무의 가중은 시간의 모자람이고, 시간이 모자라는 의사들은 필연적으로 식사나 수면 등 인간의 기본적인 욕구에서 모자란 시간을 충당한다. 보통 사람들보다 의사의 발병확인이 확연하게 늦은 것은 그런 이유에서 설명된다.

"하지만 치프 샘⋯⋯."

"내가 좀 더 노력할게. 그러니까 넌 나를 마음껏 사랑하기만 해."

이경의 말을 자른 덕현이 팔을 뻗어 이경을 품에 안았다. 도시락을 든 쇼핑백을 들고 엉거주춤하게 그를 껴안는 이경이 느껴졌다. 덕현의 입가에 만족스러움을 담은 미소가 슬쩍 떠올랐다.

"아! 좋다."

"네?"

"이경이 너와 함께 달도 보고, 별도 보고."

바리바리 싼 도시락보다는 이경을 한 번 품에 안는 것이 더욱 더 충전이 되고 회복이 되고 힐링이 된다.

"치프 샘!"

덕현의 감상 어린 말에 이경은 냉큼 덕현의 가슴에 얼굴을 파묻었다.

나만 좋아한다고 생각했는데⋯⋯.

도시락은 도무지 포기할 수가 없는지 오른쪽 팔과 손이 엉거주춤한 것은 매한가지였지만, 이경의 왼쪽 손은 마음껏 덕현을 끌어안았다.

"정말 너무 사랑해요."

덕현의 가슴에 얼굴을 묻은 이경이 웅얼거렸다.

덕현은 그런 이경을 조금 더 힘주어 안았다. 그럭저럭 아끼는 후배, 사고뭉치였던 후배가 언제부터 이런 감정으로 덕현의 가슴에 담겼을까. 덕현의 입가에 잔잔한 미소가 떠올랐다.

"이경아."

"네?"

"근데 왜 아직도 치프 샘이야? 보통 사귀게 되면 오빠…… 라고 하지 않던가?"

덕현의 말에 이경의 몸이 딱딱하게 굳어졌다. 크게 숨을 들이마시는 소리가 나더니 털썩, 하고 도시락이 든 쇼핑백이 바닥에 떨어지는 소리도 났다.

"으에, 우에, 치프 샘!"

괴성을 지른 이경이 허리를 젖혀 덕현에게서 벗어나려 노력했다. 하지만 덕현은 이경을 그리 순순히 놔주고 싶지 않았다. 눈코 뜰 새 없이 바쁜 1년차 이경이 도시락 때문에 전전긍긍했다는 사실이 못마땅했을 뿐, 둘만의 시간을 가지고 싶었던 것은 덕현도 마찬가지였다.

"덕현 오빠라고 불러봐?"

"으으으."

의국원들 앞에서 뻔뻔하게 자신들의 사이를 밝혀버린 그 당돌함은 어디에 던져버렸는지 이경은 새삼 부끄러운 듯 입 막은 벙어리가 되었다.

벌건 얼굴을 한 채 필사적으로 시선을 피하는 이경을 보며 덕현이 짓궂은 표정을 지었다.

"어려워? 그럼 쉽게 해줄까?"

음흉한 표정을 지은 덕현이 이경을 안은 자신의 손에 힘을 주었다. 그리고 고개를 숙여 이경의 이마에 입술을 가져다 댔다. 이마에, 볼에, 귀에. 그리고 입술에.

"히익, 치프 샘! 여기 병원이에요."

가볍게 터치하듯 시작된 입맞춤이었다. 하지만 그의 입술이 볼에 닿았을 때에는 가볍게 깨물렸고, 그의 입술이 귀에 닿았을 때에는 거친 호흡과 함께 그의 혀가 귓불을 쓸어내렸다.

이경이 발작하듯 소리쳤지만 덕현은 아랑곳하지 않았다. 그리고 덕현의 입술이 이경의 입술 위에 안착했을 때 덕현은 스스로의 욕심을 마음껏 풀어냈다.

가지런한 이를 쓸어내리고, 도망치듯 물러서는 이경의 혀를 유혹하듯 잡아당겼다. 엄하지만 다정한 치프 샘의 탈을 벗어들고, 욕망을 가진 한 남자로 이경에게 다가갔다.

이경의 혀를 낚아챈 덕현은 약탈하듯 이경의 숨을 자신의 것으로 만들었다. 이경의 타액도 그의 것이고, 치아도 그의 것이고, 말랑한 혀 또한 그의 것이다. 그가 잡고 있는 이경의 팔도, 어깨도, 허리도 모두 그의 것이다.

덕현의 키스는 대담했고, 그것을 받아들이던 이경도 물러나지 않았다. 처음에는 이성적 이유 때문에 물러났지만 키스가 계속됨에 따라 어느새 이성은 날아가고 본능만 남았다. 척추를 꿰뚫는 짜릿함이 이경을 자극했다.

엄청 비싼 스페셜 도시락 '사랑 듬뿍 도시락'이 조금씩 식어가고 있는 것은 알고 있지만, 지금 이 순간은 그 도시락보다 덕현이 좀 더 맛있었다.

키스의 후유증은 갈증과 퉁퉁 부은 입술이었다. 입술에 무슨 강철막을 둘렀는지 키스를 1시간이나 했음에도 아무런 변화가 없는 덕현과 달리, 이경의 입술은 퉁퉁 부어 명란젓처럼 오동통해졌다.

덕분에 키스할 때 습관적으로 입술을 깨문다는 덕현의 버릇을 알게 되기는 했지만…….

"어이! 젓갈장수? 노티 왔다."

놀림거리로 확정이다. 오동통 명란젓 입술은 그들이 밖에 나가서 무엇을 하고 왔는지 빼도 박도 못하게 만들었다. 그렇다고 눈하나 까딱할 이경이 아니기는 하지만, 이 입술을 하고 병원을 당당하게 돌아다니는 것은 조금 무리기는 하다.

"나 또 가?"

이경이 인상을 찌푸리며 물었다.

"그럼? 응급실 노티는 무조건 도이경! 몰라?"

"그렇지! 응급실 노티는 무조건 도이경이지."

성현이 심술 가득한 목소리로 이죽거렸다. 석민은 그런 성현의 옆에서 추임새를 넣었다. 동경의 대상을 빼앗긴 남자의 질투는 생각보다 훨씬 더 치졸했다.

"너 설마 치프 샘이랑 사귄다고 해서 노티를 안 받아도 된다고 생각하는 거면 큰 오산이다."

"그런 생각 안 했어요! 어디에서 모함이래? 불공평하게 사람 몰아붙이는 것은 선배가 더하면서!"

석민의 말에 이경이 버럭 소리를 질렀다. 하지만 내심 억울한 것은 사실이었다.

박은경 간호사 사건 이후 노티든 콜이든 이전처럼 연차순으로 공평하게 받았는데 덕현과의 사이가 밝혀진 이후 이경은 공공의 적이 되었다.

이경이 시근덕거리며 노려보자 석민과 성현이 그녀의 시선을 피했다. 찔리기는 한 모양이었다.

"내가 더럽고 치사해서 간다. 더럽고 치사해서!"

이경은 한참 동안 씩씩대며 그들을 노려보다 이경이 책상을 쾅, 하고 내리치면서 몸을 일으켰다.

"심보를 그렇게 쓰니까 평생 솔로지. 그렇게 천년만년 솔로나 해라. 이 모태솔로들아!"

하지만 당하고만 있을 도이경은 아니었다. 레지던트들에게 악담을 퍼부은 이경은 발끈한 그들이 몸을 일으키자 걸음아 날 살려라 후다닥 의국을 나섰다.

"진짜 해도 해도 너무한 거 아냐? 내가 치프 샘한테 다 일러줄 테다."

응급실로 향하는 이경이 투덜거렸다.

걸음은 빠르게, 입놀림은 더 빠르게 움직였다. 실제로 이르기야 않겠지만 이렇게 말이라도 해야 속이 풀리는 느낌이었다.

그들의 마돈나 박은경 간호사도 아니고 고작해야 도이경한테 덕현을 빼앗겼다는 사실에 그들이 분노하는 마음은 이해가 간다. 하지만 그래봤자 덕현은 이경의 것이다.

퉁퉁 부은 입술이 쓰리고 아프기는 하지만, 젓갈장수 같은 이 입술이 덕현의 소유권 주장인 것 같은 생각은 이경 혼자만일까? 입술에 손을 가져다 댄 이경이 히죽 웃음을 지었다.

"아으, 아잉, 아흥!"

기묘한 감탄사가 쉴 새 없이 쏟아져 나왔다. 붉은 얼굴과 엉큼한 입술을 가진 이경은 응급실로 향하는 그 순간에도 음흉한 상상을 쉴 새 없이 쏟아냈다. 이경의 꽉 쥔 주먹에서 러브러브 빔 레이저가 쏟아져 나올 것 같은 바로 그 순간이었다.

"으앗!"

누군가가 이경의 팔을 잡아챘다. 이경은 그 자리에서 문 안으로 빨려 들어갔다.

"누구…… 치프 샘!"

짜증 섞인 목소리로 소리치던 이경은 덕현의 존재를 알아차리는 그 순간 목소리의 분위기가 바뀌었다. 발랄하고 경쾌하고 유쾌하고 지나치게 밝은 목소리였다.

온몸으로 그를 환영하는 솔직한 연인을 보며 덕현은 작게 웃음을 터트렸다. 하지만 계속 웃고 있기엔 장소가 좋지 않았다.

"쉿!"

덕현이 검지를 입술 위에 대며 작게 속삭였다.

"컨퍼런스 준비 때문에 소회의실에 왔는데 마침 문 앞에 네가 보여서. 지금 바빠? 비밀 데이트 어때?"

덕현이 눈을 찡긋거렸다.

"치프 샘!"

이경이 감동 어린 목소리로 덕현을 부르짖었다.

여자가 너무 좋아하는 티를 내면 헤퍼 보여 못쓴다고들 하지만 그런들 어떠하리. 이리도 좋은 것을!

이경이 냅다 덕현의 품에 자신의 몸을 던졌다. 덕현은 잠시 휘청거렸지만 이내 자세를 잡고 이경을 꽉 끌어안았다.

"치프 샘, 진짜 보고 싶었어요."

2시간 전에 회진 돌 때 봤지만, 아무리 봐도 그립고 아무리 봐도 또 보고 싶은 그리운 임이 바로 덕현이다.

"나도 보고 싶었어."

다정한 목소리, 잘생긴 얼굴, 몸도 탄탄하니 착하기만 하다.

엉큼하고 음흉한 이경은 더듬거리며 덕현의 몸을 끌어안았다. 방금 전까지는 덕현을 만나면 할 말이 참 많았다. 하지만 지금 이 순간은 아무런 생각이 나지 않았다. 석민과 성현을 언급하는 것으로 그들의 시간을 방해받기 싫었다. 지금 이 순간은 온전히 이경과 덕현의 시간이었다.

덕현은 가볍게 웃음을 흘렸고, 그것은 흉배의 떨림을 통해 이경에게 고스란히 전해져 왔다. 이경을 만나 기분 좋은 덕현의 기분이 확연하게 느껴졌다.

아, 평생 이대로 있으면 좋을 텐데······.

이경은 미련이 가득한 손으로 덕현을 다시 한 번 꽉 끌어안았다. 하지만 이내 그에게서 몸을 떨어뜨렸다. 사랑놀이에 빠져 환자를 소홀히 하는 의사가 될 수는 없었다.

"이경아, 왜?"

"지금 응급실 가는 중이었어요."

의아한 듯한 덕현의 물음에 이경이 시무룩한 목소리로 답했다. 고기를 앞에 두고 목줄을 묶어놓은 강아지도 이경처럼 서럽고 안타깝지는 않을 것이다.

미련과 아쉬움이 뚝뚝 떨어지는 눈으로 덕현을 훑은 이경이 땅이 꺼져라 한숨을 쉬었다.

"콜 들어왔어?"

"아니요. 노티요."

이경이 시무룩하게 답했다.

노티나 콜이나 지금 당장 응급실에 가야 하는 것은 매한가지이고, 성실한 외과의 장덕현은 미련 없이 이경을 보낼 것이 분명했다. 더 빨리 가라고 성화나 안 하면 다행이다.

"그럼 이만 가볼게요."

잔뜩 어깨가 처진 이경이 덕현을 향해 꾸벅 고개를 숙였다. 사랑하는 임에게 쫓겨서 응급실로 가느니 그녀가 바로 직접 가는 것이 낫겠다는 판단에서였다.

그렇게 이경이 회의실 문을 열고 밖으로 나가려는 찰나였다. 덕현이 다시 이경의 몸을 잡아 끌어 품에 안았다.

"보내기 싫다."

전혀 생각해보지도 못한 행동에 이경이 놀란 눈으로 덕현을 바라봤다.

"치프 샘?"

"왜? 보내기 싫어서 보내기 싫다고 하는데."

덕현이 여상스럽게 대꾸했다.

"너 인마, 날 무슨 철심장의 철인으로 아는데 나도 사람이야. 사랑하는 사람이랑 함께 있고 싶고, 가끔은 일이 힘들고 지켜서 꾀도 부리고 싶고."

손가락으로 이경의 이마를 가볍게 튕기는 덕현의 손동작에 애정이 가득했다.

이경은 하트 백만 개의 눈동자로 덕현을 바라봤다. 감동이 백만 배, 매일 이런 이야기를 들을 수만 있다면 1년 365일 당직도 할 수 있을 것만 같다.

"그리고 저번에도 얘기했는데 왜 자꾸 치프 샘이야? 덕현 오빠 몰라? 오빠!"

덕현이 흠흠, 헛기침을 하며 말을 이었다. 스스로의 행동이 부끄러운 것인지 벌겋게 얼굴이 달아오른 덕현은 또 색다른 묘미였다. '오빠'를 강요하는 덕현을 보는 이경의 얼굴에도 붉은 꽃이 피었다.

"그거야 알지요, 덕현 오빠."

이런 부분에서는 또 말을 잘 듣는 이경이다. 수줍어서 말도 못한다는 어느 유행가의 노래 가사는 이경에게는 해당되지 않는다. 수줍어도 할 말은 하는 것이 자타공인 뻔뻔녀 도이경이다.

휙, 하고 던져진 호칭에 남녀의 얼굴은 도화처럼 물들었다. 노티가 급한데, 어서 응급실로 가야 하는데 앞에 선 연인이 너무나도 사랑스러워서 그것이 쉽지가 않다. 그렇게 덕현과 이경이 서로 마주 보고 쭈뼛대던 순간이었다.

Rrrr.

휴대폰이 울렸다. 보나 마나 응급실, 혹은 응급실로 어서 빨리 내려가라는 의국의 연락일 것이 뻔했다.

휴대폰을 꺼낸 이경이 연락처를 확인하니 혹시나가 역시나였다. 그녀에게 온 연락은 어서 노티 받으러 가라는 문자였다.

"하아, 가기 싫다."

끊임없는 미련으로 덕현에게서 시선을 떼지 못하고 있던 이경이 땅이 꺼져라 한숨을 내쉬었다. 새삼스레 성현과 석민이 밉게 느껴졌다. 하지만 어찌 됐건 이경이 응급실로 내려가야 한다는 사실은 변함이 없었다.

몇 차례 한숨을 더 내쉰 이경이 울상이 된 얼굴로 입을 열었다.

"저 가볼게요."

도살장에 끌려가는 소가 이런 심정이리라.

의사로서의 사명감과 책임의식 앞에서 이경은 덕현 오빠를 차순위로 밀어놓았다.

"나중에 또 만나요."

마주 잡은 손이 떨어지고, 이경과 덕현은 칠석날 견우와 직녀처럼 헤어짐에 슬퍼했다. 그나마 다행이고 행복인 것은 덕현의 진심을 들었다는 사실이지만…….

"덕현 오빠!"

뜬금없는 부름에 애틋한 이별에 잠시 정지 버튼이 눌렸다. 의문 가득한 눈으로 이경을 바라보는 덕현을 보며 이경이 개구진 웃음을 지었다.

"나 보고 싶다고 울지 말고 일 열심히 해요."

누가 누구를 걱정하는지 알 수 없는 충고 후 이경은 냅다 덕현에게 안겼다. 그리고 덕현의 입술을 그녀의 입술로 꾹 눌렀다.

진한 딥키스는 시간관계상 무리겠지만 영역표시를 하는 정도의 가벼운 키스는 짧은 시간에, 퉁퉁 부은 명란젓입술로도 충분히 가능하다.

미련을 뚝뚝 흘리던 이경은 음흉한 갈증을 채운 키스 한 번에 흐뭇한 표정을 지었고, 졸지에 입술을 빼앗긴 덕현은 아쉬움 가득한 표정으로 입맛을 다셨다.

13장

　방금 전까지 이경의 세상은 지극히도 충만했다. 하늘에서는 서광이 내리쬤고, 날씨는 화창하기 그지없었다. 온 세상의 행복은 모두 이경을 위한 것이란 생각이 들 정도였다.

　그녀의 그지없이 화창한 인생에 한 여인이 등장하기 전까진 분명 그랬다.

　"저기 치프 샘이랑 박은경 간호사 맞지?"

　이경이 딱딱하게 굳은 얼굴로 질문을 던졌다. 하지만 대답을 구하기 위한 것은 아니었다. 그녀는 어느 모로 보나 박은경 간호사가 분명했으니까.

　이경을 따라 눈을 돌리던 성현은 오랜만에 만나는 마돈나의 모습에 눈을 반짝이며 대꾸했다.

　"그러네. 캬! 그림 좋다. 우리 박은경 선생님! 역시 우월하시네."

이리 봐도 아름답고, 저리 봐도 아름다운 그녀였기에 성현의 입에서는 박은경 간호사에 대한 예찬만 흘러나왔다. 하지만 지금 이경은 그런 성현의 헛소리를 들어줄 기분이 아니었다.

내가 왜 그녀를 잊고 있었을까?

이경이 심란한 눈으로 박은경 간호사를 바라보았다.

공개연애를 하고, 병원 사람 모두가 이경을 덕현의 짝으로 생각한다고 해도 그녀가 버티고 있다면 이경은 덕현의 짝이 될 수 없었다.

남들은 박은경 간호사라고 하면 그녀가 가진 탁월한 미모를 먼저 이야기하지만, 이경은 박은경 간호사라고 하면 덕현이 아무리 기분이 좋지 않아도 은경에게만은 유일하게 웃어줬다는 것이 먼저 떠오른다.

은경과 덕현은 무슨 좋은 이야기를 하는지 한참 동안 기분 좋은 웃음을 흘렸다. 이경은 가라앉은 눈으로 그 두 사람을 바라보았다.

나 좀 봐주지, 고개 한 번만 돌려주지, 덕현의 여자 친구는 박은경이 아니라 도이경인데!

이경은 한참 동안 서러운 눈으로 그들을 바라보았다. 연애 초창기에는 반경 100km 안에만 있어도 알아차리는 것이 연인이라고 하던데 덕현은······.

이경은 공연히 눈시울이 뜨거워지는 것 같아 천장을 한 번 바라보았다. 눈동자를 위로 올리고 필사적으로 눈을 굴렸다.

덕현이 이경을 한 번 바라봐줬으면 하는 마음과, 그녀를 보지 말았으면 하는 마음이 교차됐다.

지금의 그녀는 추하고, 초라하고, 그래서 지금의 덕현이 이경을 보면 사귀기로 한 것을 후회할지도 모르니까. 아니, 어쩌면 덕현이 이경과 사귀기로 한 것 자체가 박은경 간호사를 도발하기 위해 거짓으로 그런 것일 수도 있겠단 생각이 들었다.

물론 덕현은 그런 사람이 아니지만, 그래도 이경은 자꾸만 불안한 생각이 들었다.

"뭐 해? 안 가?"

성현은 가만히 서 있기만 한 이경이 이상한지 연신 고개를 갸웃거렸다.

"가서 알은척해야지. 에이, 설마 치프 샘이 은경 샘이랑 같이 있다고 혹시 질투하는 거냐?"

성현이 실없는 농담을 던졌다. 평소의 이경이라면 그에 맞춰 농담을 던지거나, 아니면 당장이라도 냉큼 덕현에게 달려갔을 것이다. 하지만 아직은 자신이 없었다.

이경은 한참 동안 말없이 덕현을 바라보다 발걸음을 돌렸다. 당황한 성현이 뒤에서 이경을 부르는 것이 들렸지만 이경은 조용히 걸음을 재촉했다.

"야! 도이경, 도이경!"

혹시라도 자신이 실수한 것은 아닌가 싶어 성현은 우렁찬 목소리로 이경을 불렀지만, 이경은 앞으로 걸어갈 뿐이었다. 이제는 점이 되어버린 이경의 뒷모습을 보며 성현이 미안한 표정으로 머리를 긁적였다.

"야! 도이경, 도이경!"

이경을 부르는 목소리에 덕현은 자신도 모르게 고개를 돌렸다. 환자의 보호자와 상담을 하는 중이었지만 낯익은 이름과 다급한 어조에 덕현은 자신도 모르게 고개를 돌렸다. 그리고 그는 그곳에서 이경을 부르며 뛰어가는 성현과, 그의 앞에서 걷고 있는 이경을 발견했다.

동기라고는 하지만 유달리 친밀한 이경과 성현을 보는 덕현의 미간이 자신도 모르게 찌푸려졌다. 하지만 덕현을 따라 고개를 돌린 은경의 얼굴에는 작은 미소가 번졌다.

"저분들은 여전히 친하시네요. 귀여운 커플이잖아요. 물론 저랑 나이는 얼마 차이가 안 나는 분들이시지만 정말 귀여워요."

은경은 잠시 아들에 대한 걱정을 잊고 웃음을 지었다. 하지만 반대로 덕현의 얼굴은 딱딱하게 굳어졌다.

이경에겐 장덕현이라는 남자 친구가 있음에도 자꾸만 애먼 오해가 생기는 것이 불편했다. 그래서였다.

"아닙니다."

"네?"

"둘이 커플 아니에요. 제 여자 친굽니다."

덕현은 은경에게 고백했다. 환자의 보호자와 의사, 구구절절한 이야기를 굳이 꺼내놓을 필요는 없지만 덕현은 은경의 오해가 불편했다.

"아! 혹시……."

은경은 요 근래 병원을 떠돌던 소문을 기억해냈다. 그리고 덕현에게 미안한 눈빛을 보냈다.

"어머, 미안해요. 제가 실수한 것인가요?"

"아닙니다. 다만…… 알려드리고 싶었어요. 그녀는 제 여자 친구거든요."

덕현은 이경이 달려간 곳을 눈으로 좇으며 대꾸했다. 은경은 서슴없이 연인에 대한 애정을 드러내는 덕현을 보며 작게 웃음을 지었다.

"네, 잘 어울리네요."

"그런가요?"

덕현은 잘 어울린다는 은경의 칭찬에 웃음을 감추지 못했다. 은경은 그런 덕현을 보며 작게 웃음을 지었다.

"아, 그런데 가보셔야 하는 것 아니에요? 사실 저 여자분, 이 쪽으로 오다가 돌아가셨거든요."

은경은 그녀의 머릿속에 떠오른 뒤늦은 깨달음을 덕현에게 전했다.

"아니었으면 좋겠는데 그래도 혹시나 해서요. 한번 따라가 보세요. 우리 둘이 있었던 것에 대해 오해할 수도 있으니까. 아! 그리고 만약 오해하신 것이라면 제 이야기를 하셔도 괜찮아요."

은경이 빙긋 웃으면서 말했다.

낳자마자 입양을 보낸 아이, 그 아이가 교통사고로 양부모를 잃고 병원에 왔단 사실을 알고 은경은 얼마나 슬퍼했던가!

덕현은 그런 은경의 사정을 알고 그녀를 도와준 유일한 사람이었다. 그런 그가 은경으로 인해 피해를 입게 할 수는 없었다.

은경은 멈칫하는 덕현에게 넉넉한 웃음을 지으며 어서 가보라는 듯 손짓했다. 여자의 마음은 섬세하다고 소곤대는 은경에게 덕현은 고맙다는 듯 고개를 꾸벅 숙이고 이경이 간 방향을 향해 달리기 시작했다.

사랑하는 사람을 뒤로하고 걸어가는 이경의 얼굴에는 서글픔과 원망, 그리고 후회가 가득했다. 하지만 부족한 것이 많은 이경이기에 그녀는 차마 장덕현은 내 것이라 크게 소리치지도 못했다.

"바보, 멍청이! 눈치도 없고 둔하기만 둔하고."

이경이 심술 사나운 목소리로 덕현을 원망했다. 시무룩한 표정을 지은 이경은 땅을 발로 차듯 앞으로 걸어갔다. 덕현과 은경의 모습이 보기 싫어 뒤를 돌아선 것까지는 좋았는데 남은 것은 후회뿐이다.

영화나 소설, 드라마를 보면 남자주인공은 여자주인공이 혹시 오해를 할까 열심히 달려오던데, 바보 같은 그녀의 치프 샘은 그런 것도 없었다.

혹시나 하는 마음으로 걸었는데 뒤에서 들려온 것은 오직 성현의 목소리뿐이었다.

"드라마 다 망해야 해. 순 거짓부렁. 뒤에서 잡기는 무슨."

이경은 심술 가득한 표정으로 원망을 내뱉었다. 사실 제일 미운 것은 덕현이지만, 덕현은 이경이 가장 좋아하고 또 사랑하는 사람이니까…….

이경은 차마 덕현을 욕하지는 못하고 그녀에게 망상을 심어준 드라마와 소설과 영화와 순정만화만 욕을 했다. 그리고 그때였다.

"무엇 때문에 그렇게 화가 나셨을까?"

환청이 들렸다.

"어?"

"무엇 때문에 그렇게 화가 났냐고."

낯익은 목소리가 갑자기 들려오며 누군가 그녀의 팔을 붙잡았다. 덕현이었다.

"치프 샘!"

이경이 놀라 덕현을 불렀다.

"방금 전에 박은경 간호사 샘이랑 얘기하는 것을 봤는데⋯⋯."

"얘기 끝났어. 그리고 날 봤으면 와서 말을 걸지, 그냥 도망가는 것은 무슨 경우야?"

은경의 이야기가 단순한 기우라고 생각을 했는데 영판 그런 것은 아닌 모양이었다.

"그게 말이에요."

이경은 우물거리면서 덕현의 눈치를 보았다. 덕현은 느긋한 모습으로 이경의 말을 기다리고 있었다.

말을 할까 말까 입을 달싹이던 이경의 얼굴이 난처함으로 구겨졌다. 덕현이 박은경 간호사 샘이랑 있는 모습을 보니 그녀와 사귀게 된 것을 후회할지도 몰라 미리 도망 나왔다는 말은 차마 할 수가 없었다.

덕현은 우물쭈물하는 이경을 보며 혹시 은경이 말한 것이 사실인지도 모른다 생각했다. 절대 그런 일은 없을 것이라 짐작했는데⋯⋯.

가볍게 한숨을 내쉰 덕현이 이경의 팔을 놓고 손을 잡았다. 그리고 조용히 인적 드문 곳으로 이경을 이끌며 천천히 입을 열었다.

"흔한 얘기야. 죽도록 사랑했는데 남자는 죽고, 여자는 혼자 남아 아이를 낳고. 난산 끝에 아이를 낳았는데 아이는 엄마 품에 한 번 안겨보지도 못하고 입양이 됐지."

낮게 가라앉은 목소리가 조용히 흘러나왔다. 이경은 뜬금없이 시작된 이야기에 의아한 눈으로 덕현을 바라보았다.

덕현은 동그랗게 눈을 뜬 이경이 귀여운 듯 그녀의 이마를 작게 손가락으로 튕긴 후 말을 이었다.

"은호 알지? 내가 주치의를 맡았던 TA(교통사고) 환자. 방금 말한 건 바로 그 꼬마 이야기야. 교통사고로 온 가족을 모두 잃고 ICU(중환자실)에서 사투를 벌였었지. 그리고 박은경 간호사의 아들이기도 하고."

여상스럽게 흘러나온 이야기에 폭탄이 있었다.

덕현의 말에 이경은 놀랐다는 듯 눈을 휘둥그렇게 떴다. 덕현은 그런 이경을 보며 쓴웃음을 지었다.

말을 해야 하나 말아야 하나 고민을 했다. 내내 숨겨온 환자의 속사정을 덕현의 입으로 말하기는 어려웠으니까. 그리고 사실 덕현은 그들의 관계에 대해 이경이 오해를 했단 생각도 하지 못했다.

하지만 은경의 추측이 옳았나 보다. 덕현은 그녀의 이야기를 해도 된다 허락해준 은경에게 새삼 고마움을 느꼈다.

"혹시 나쁜 생각 한 건 아니지?"

덕현이 은경을 보며 조심스레 물었다.

"예?"

"혹시 엉뚱한 생각 한 것은 아니냐는 말이었어. 오해라든가, 아니면 질투라든가."

이경의 머릿속을 알고 이야기하는 듯한 덕현의 물음에 이경의 얼굴이 붉어졌다.

"아, 아니에요!"

"그래? 그럼 말고."

이경은 서둘러 부정했지만, 다 알고 있다는 표정으로 웃는 덕현의 모습에 그녀의 얼굴은 조금 더 붉어졌다.

시작하는 연인들은 오해를 풀고, 서로를 보며 마냥 행복한 웃음을 지었다. 하지만 그것도 잠시, 오해를 푼 것은 좋았지만 박은경 간호사의 이야기는 이경의 마음을 무겁게 했다.

"저기요, 치프 샘! 근데…… 괜찮아요?"

이경이 덕현의 눈치를 살피며 말을 건넸다.

"뭐가?"

"박은경 간호사 선생님 이야기요. 제가 그걸 들어도 괜찮은 건지……."

처음 그 이야기를 들었을 때에는 덕현이 은경을 좋아하는 것이 아니라는 것에만 집중했는데, 일단 오해가 풀리니 듣게 된 사실의 어마어마한 무게감에 이경은 질식할 것 같은 기분이 들었다.

대한병원의 마돈나, 자타공인 최고의 미녀에게 그런 비밀이 있었는 줄 누가 알았을까!

덕현은 이경에게 그 사실을 말하기까진 은경의 허락이 있었다며 크게 신경 쓰지 말라고 하였지만, 이경은 신경이 쓰였다. 은경의 아들이라는 은호는 그녀도 익히 알고 있는 아이이기에 이경의 한숨은 더욱 깊어졌다.

극심한 부상으로 인해 살아날 수 있을지가 의심이 되던 아이는 기적적인 수술 성공 후에도 평생 가슴을 쥐어뜯어야 할 장애를 갖게 되었다. 척추 방출성 압박골절로 인해 하지마비 선고를 받은 은호를 떠올린 이경의 얼굴에 어둠이 스쳤다.

치료가 끝나면 바로 고아원으로 들어가야 할 아이의 사정을 떠올리면 박은경 간호사가 은호의 친모라는 사실은 은호에겐 다행인 일이지만, 7년 만에 되찾은 아들을 보고 슬퍼할 은경을 생각하면 마냥 다행이라고 말하기에는 그녀가 너무 가여웠다.

"박은경 선생님 어째요."

방금 전까지는 참 많이 미워했는데, 그녀의 사정을 알게 되니 그녀가 너무 가여워서 견딜 수가 없다. 울상이 된 이경이 연민 섞인 한숨을 내쉬었다. 세상의 모든 잔인함과 슬픔, 고통이 섞인 곳이 병원이라지만, 박은경 간호사의 이야기는 유독 가슴을 아프게 하는 부분이 있었다.

이경은 덕현의 가슴에 머리를 대고 한숨을 내쉬었다.

오해를 풀어주라 이야기해준 박은경 간호사의 마음 씀씀이가 고마운 그 이상으로 이경은 은경에게 참 미안했다. 본인의 일만으로도 마음이 아플 텐데…….

고맙고, 미안하고, 걱정되고.

복잡한 심정이 이경의 가슴을 아프게 했다. 덕현이 은경에게 날아갈지도 모른다는 오해는 불식되었지만, 한 어머니로서, 그리고 한 사람의 여성으로서 박은경 간호사가 받은 고통에 이경은 마음이 안타까웠다.

오해는 짧게 꿈결처럼 흩어졌고, 두 사람은 서로에게 솔직해지기로 합의했다.

덕현은 성현과 이경이 붙어 다니는 모습에 질투가 났음을 고백했고, 이경은 은경과 그가 함께 있는 모습에 질투를 했음을 솔직하게 고백했다.

그리고 그로 인해 그들의 사랑은 좀 더 견고해졌다. 덕현을 만나러 주차장으로 내려가는 이경의 발걸음이 유난히 가벼웠다.

데이트 약속은 진즉에 받았지만 일주일 넘게 당직을 서는 바람에 덕현과 눈인사만 하고 헤어진 것이 몇 번이던가! 드디어 저녁 오프를 받아 저녁 7시에 퇴근하게 되었으니 기다리고 또 기다리던 첫 데이트다.

고작해야 데이트 따위인데 처음이든 두 번째이든 무엇이 그리 중요하느냐 할 수도 있겠지만, 그것이 사귀기 시작한 지 한 달이 넘어서야 이루어진 일이라면 분명 이야기가 달라질 것이다.

눈코 뜰 새 없이 바쁜 신경외과, 교수님들도 퇴근했다가 응급 수술로 불려오는 것이 부지기수인데 그 상황에서 고작해야 1년차가 노는 날과 노는 시간을 다 찾아 먹는 것은 죽었다 깨도 불가능한 일이었고, 그나마 시간 넉넉한 레지던트 4년차인 덕현 또한 그리 시간이 넉넉하지 못했다. 그래서 그들의 연애사는 눈물과 고통과 눈치로 점철되어버렸다.

덕현의 입술을 신나게 한 입 베어 물었는데, 아침 6시가 되었다고 눈치 없이 우르르 몰려든 모태솔로들이며, 수술실에 들어가는 바람에 꼬박 32시간 만에 만났는데 '존경하는 치프 샘'을 외치며 달려드는 석민!

이경의 사랑에는 장애물이 참 많았고, 그 때문에 이경은 입맛만 다시다가 만 적이 '심하게' 많았다.

덕분에 실로 오랜만에 TV 프로그램 '동물나라'의 토순이를 보며 이경은 이만 바득바득 갈아야 했다. 하지만 그 서글펐던 시간도 이제는 안녕! 덕현과의 데이트가 코앞이다.

덕현과 단둘이 이런 짓도 하고, 저런 짓도 하며 만리장성을 쌓아야겠다며 음흉한 웃음을 흘리던 이경은 엘리베이터와 연결된 커다란 유리문 앞에서 잠시 몸을 멈칫했다.

"가만!"

형광등 빛을 받아 반짝이는 유리문은 앞에 선 사람을 거울처럼 비춰줬다.

머리 OK, 옷 OK, 가방 OK, 신발 OK!

유리문에 자신의 전신을 확인한 이경은 내친김에 거울을 꺼내 메이크업도 점검했다. 파운데이션은 고르게 잘 발렸고, 립스틱은 환상이며, 아이라인은 이경에게 새 생명을 부여했다. 바쁘다는 지은을 닦달해 메이크업을 받은 보람이 있었다.

조금이라도 예쁘게 보이기 위해 이경은 수단과 방법, 노력을 가리지 않았다. 비단 지은의 일뿐만이 아니라 당직 주제에 꾸벅꾸벅 졸면서도 홈쇼핑에서 열심히 주문전화를 눌렀다. 옷은 청순하고, 속옷은 섹시해야 한다는 룸메이트 지은과 혜선의 조언을 충실히 받아들였다.

거울을 다시 가방 안에 넣은 이경은 유리문 앞에 집중했다. 몸을 오른쪽으로 돌리고, 왼쪽으로 돌리며 요모조모 스타일을 체크했다.

"헤헤, 예쁘다."

이경은 히죽 웃음을 흘렸다. 섹시하고 도도한 여성인 척하려고 하는데 왜 이렇게 자꾸 푼수 같은 본모습이 나오나 모르겠다.

"아이, 치프 샘도 예쁘다고 해주면 좋겠다."

고개 숙여 몸을 비비 트는 이경의 입이 찢어질 듯 벌어졌다. 그리고 그때였다.

"도이경?"

낯익은 목소리가 유리문 너머에서 들렸다. 순식간에 얼굴 표정을 바꾼 이경이 생긋 웃으며 엉덩이를 살랑살랑 모델 워킹을 시작했다.

"네, ㄴ 치프 샘! 저예요…… 으앗!"

예쁜 척하면서 걷다가 높은 하이힐을 감당 못한 발목이 잠시 삐끗했다. 이경이 넘어지는 줄 안 덕현이 후다닥 달려와 그녀의 팔을 잡았다.

"괜찮아?"

"괘, 괜찮아요!"

덕현의 목소리에 웃음기가 실린 것 같아 이경은 흥분하며 말을 더듬었다.

"실수인 거 알죠?"

눈꺼풀을 아래로 내리깐 이경이 새침을 떨었다.

"그럼."

낮게 깔린 목소리가 웃음을 참지 못해 떨리는 듯한 착각이 들었다. 순식간에 도끼눈이 된 이경이 덕현을 바라봤지만, 이경의 옆에 선 덕현은 이전처럼 젠틀하니 단정한 모습이었다. 순식간에 전투의지가 사그라졌다.

"흠! 그럼 가요!"

이경은 턱을 빳빳이 쳐들고 다시 걷기 시작했다. 하지만 이번에는 모델 워킹이 아니라 일반인의 걸음이었다.

유리문을 열고 주차장 안으로 들어간 이경이 도도한 걸음걸이로 덕현의 차 옆에 섰다. 대한민국 사람들이 가장 많이 탄다는 하얀색 중형차는 덕현의 성격을 드러내듯 깔끔하고 심플하기 그지 없었다.

"치프 샘, 문 열어주세요."

이경이 새침하게 말했다.

"네, 물론 열어드려야지요."

덕현은 아직도 웃음기가 가득한 목소리로 입을 열었다. 병원이라는 공간, 레지던트라는 직업을 떠나 남들과 같은 데이트를 하고 싶다던 이경은 정말 단단히 준비한 모양이었다.

조수석에 앉은 이경의 어깨에 안전벨트를 매준 덕현은 차를 반 바퀴 돌아 운전석에 앉았다. 그리고 그가 자신의 안전벨트를 어깨에 맬 때였다.

"치프 샘!"

"응?"

"오늘 데이트 코스는 제 마음대로인 것 알죠?"

이경이 눈을 반짝이면서 물었다.

"응, 알지. 아는데……."

"아는데?"

덕현이 의도적으로 말을 늘이자 이경이 불안한 듯 미간을 찌푸리며 덕현의 말을 따라 했다.

이경은 숨도 멈추고 덕현을 바라보고 있었다. 혹시라도 부정어가 나오면 어쩌나 하는 걱정이 손에 잡힐 듯 확연하게 보였다.

장난을 쳐서 짓궂게 놀릴 셈이었지만 이렇게 반응이 솔직하면 그조차 미안한 법이다. 덕현은 피식 웃으며 말을 내뱉었다.

"아니, 치프 샘이라는 말도 쓰지 말아야 하는 것 아니냐고. 평범한 데이트가 하고 싶다며."

"아, 그러게요! 치프 샘이란 말은 못 쓰겠다."

이경이 섭섭한 듯이 말했다. 하지만 그것도 잠시, 이경은 개구진 눈빛을 띠며 느릿느릿하게 입을 열었다.

"치프 새앰, 그러면 우리 '덕현아!'라고 부를까요?"

장난기가 가득한 이경의 물음에 덕현은 작게 웃음을 터트렸다.

"그렇게 부르고 싶으면 그렇게 부르든가."

"헐?"

"나야 불러주시는 대로 받아들이지."

"지금 그렇게 안 부를 거라 믿고 배짱부리는 거죠?"

문장의 형태는 의문문이었지만, 그 속내는 확신이 가득한 평서문이었다. 얄미운 티가 역력한 이경의 질문에 덕현은 가늘게 웃음을 터트렸다. 단, 이경의 확신을 부정하는 것도 잊지는 않았다.

"안 그래."

"정말요?"

"그럼."

"근데 왜 놀라지도 않아요? 내가 '덕현아!' 라고 부른다고 했는데."

이경이 입을 삐죽이자 그는 그냥 멋쩍은 웃음만 흘렸다.

"그냥…… 나는 다 좋지. 네가 뭐라고 불러주든."

"으음?"

"그런 시도 있잖아. 내가 그의 이름을 불러주었을 때, 그는 나에게로 와서 꽃이 되었다. 네가 부르는 내 이름도 그런 의미 아닌가 싶다. 부르는 이름이 뭐, 그리 중요하겠어?"

덕현은 목소리의 고저 변화도 없이 여상스레 말을 늘어놓았다. 하지만 덕현 대신 이경이 잔뜩 흥분해버렸다. 아무 생각 없이 덕현의 말을 듣고 있던 이경의 얼굴이 붉게 달아올랐다. 계획한 것은 아닌 것 같은데 참 사람 설레게 한다.

덕현이 준 갑작스런 감동에 이경이 한동안 말을 잇지 못했다. 붉게 달아오른 볼을 양손으로 감싸고 떨리는 가슴만 애써 진정시킬 따름이었다. 자신이 무슨 짓을 했는지도 모르고 멀뚱하니 그녀를 바라보는 덕현을 바라보고 있노라니 뭐가 이렇게 좋은지 모르겠다.

이경은 덕현을 보며 눈을 초승달처럼 뜨고 웃었다. 그리고 보름 전, 깊은 밤 룸메이트들의 조언을 떠올렸다. 초보커플을 시기하고 질투하는 것이 대다수이기는 했지만 도움이 될 것 같은 조언도 있었다.

이참에 애칭 하나 만들라는. 이경은 친구들의 조언을 겸허하게 받아들이기로 마음먹었다.

"그러게요. 이름이 뭐가 중요하겠어요? 뭐라고 부르든 치프 샘에 대한 마음이 듬뿍 담겨 있을 텐데."

이경은 일단 덕현의 말에 맞장구를 쳤다.

아! 그런데 왜 이렇게 부끄럽고 민망한지 모르겠다.

이경은 자신이 내뱉은 말에 자신이 더 부끄러워 발그레하니 달아오른 볼을 만들었고, 덕현은 '치프 샘에 대한 마음'이라는 의미심장한 표현이 덩달아 설레어했다.

두 사람은 번갈아 헛기침을 뱉으며 감정을 가라앉히려 노력했다. 그리고 적지 않은 시간이 지났을 때, 이경은 겨우 감정을 가라앉히고 본론으로 들어갈 수 있었다.

"흠흠! 그런데 정말 뭐라고 부르든 그 표현에는 치프 샘에 대한 마음이 담겨 있는 거잖아요? 그럼 우리도 애칭 하나 만들어요. 뭐가 좋을까요? 오빠? 자기야? 허니? 달링? 덕현 씨?"

그녀는 최적의 애칭을 찾기 위해 고개를 이리저리 흔들었다. 괜스레 혼자 쑥스러워하다가 이경의 던진 말의 정체를 깨달은 덕현이 붉어진 얼굴로 공연한 타박을 던졌다.

"그게 뭐야?"

"애칭이요, 애칭! 치프 샘도 뭐가 가장 좋은지 생각해봐요. 오빠가 좋아요, 자기야가 좋아요? 아니면 허니? 달링? 덕현 씨? 아! '덕현아!'도 있다."

"나는 다 좋은데?"

"에이, 그런 게 어디에 있어요?"

이경은 아예 몸을 덕현의 방향으로 틀어 본격적으로 질문하기 시작했다.

"말 나온 김에 우리 진짜 치프 샘을 부르는 호칭이랑 치프 샘이 날 부르는 호칭이랑, 데이트하기 전에 그것부터 정리해요."

이경이 생글생글 웃으면서 말했다. 방금 전까지만 해도 굳건하게 유지하던 도도함은 갖다 버렸다. 이경은 덕현이 익히 알고 있는 해맑은 모습으로 호칭을 거론했다.

"글쎄다. 근데 그걸 그리 급하게 정할 필요가 있나? 여기는 병원이니 일단 밖에 나가서……."

이경을 향해 고개를 돌리던 덕현의 말끝이 흐려졌다. 이경의 치마가 위로 제법 올라가 있었다. 밖에서 볼 때만 해도 무릎에서 살짝 위로 올라온 정도였는데 차에 탄 이경의 치마는 허벅지를 다 드러내놓고 있었다.

얼굴이 붉어진 덕현이 슬그머니 다시 고개를 돌렸지만, 이경의 허벅지를 향하는 그의 눈을 막을 수는 없었다.

"밖에요? 어디 갈 건데요?"

영문을 모르는 이경은 천진하게 말을 늘어놓았다.

"아무 곳이나……."

"아무 곳이라니요! 치프 샘, 어떻게 우리 데이트를 아무 곳이나 같은 곳에서 할 수 있어요? 그리고 잊으신 모양인데 이건 제 첫 데이트라고요. 그리고 오늘 데이트는 순전히 제 의사에 따르기로 했어요. 제 사전에 아무 곳이나 같은 곳은 없습니다. 전부 다 의미가 있고, 가치가 있는 곳이에요."

이경이 잠시 '애칭'에 대해서 잊고 발끈하며 잔소리했다. 그리고 그사이 덕현은 제 마음을 스스로 가라앉히고 평정을 되찾았다.

나라고 그런 말을 하고 싶었겠느냐, 다 그런 치마를 입고 온 네 탓이라고 말을 하고 싶었지만, 기분 좋은 데이트를 위해 덕현은 현명하게도 입을 다물었다.

"오!"

예쁜 그릇에 담긴 삼계탕 앞에서 이경이 감탄사를 터트렸다. 으리으리한 레스토랑 앞에 섰을 때만 해도 기겁했는데, 그곳이 이런 한식 레스토랑인 줄 누가 알았으랴!

"치프 샘, 나 이런 거 좋아하는 거 어떻게 알았어요?"

"당직할 때 먹으라고 이것저것 사놓으면 먹는 게 정해져 있던데? 넌 곧 죽어도 한식파잖아."

덕현이 대수롭지 않은 목소리로 답했다. 이경이 깜짝 놀라며 물었다.

"헐? 설마 의국원들 식성 다 기억하고 있어요?"

"아니, 관심 있는 사람만."

덕현이 이경의 잔에 복분자주를 따르면서 말했다. 하지만 이경은 복분자주보다는 그것을 따르던 덕현의 말에 더 관심이 갔다.

"치프 샘, 저한테 원래 관심 있었어요?"

이경이 눈을 반짝이면서 물었다. 덕현이 이경을 보며 피식 웃음을 흘렸다.

"이보세요, 도이경 씨?"

"네?"

"내가 너한테 관심이 없으면 누구한테 관심이 있겠냐? 요즘 내 관심사는 전부 다 도이경 한 사람인데."

이경의 얼굴이 발그레해졌다. 원래 관심이 있었냐는 말에는 대답을 하지 않았지만, 지금 덕현의 모든 관심사가 이경이라는 말에 이경은 그냥 그것으로 만족하기로 했다. 그런데⋯⋯.

"뭐, 그리고 원래부터 관심이 있었다면 있었겠지."

"네?"

"자꾸 눈길이 가더라는 말이야. 널 마음속에 품었다는 것을 깨달은 것은 얼마 되지 않지만."

덕현이 이경의 이마를 가볍게 때리면서 말했다.

"술을 마셔도 레몬소주나 복분자주처럼 달달한 것을 좋아하고, 밥을 먹어야 뭘 먹은 것 같은 골수까지 한식파. 그런 주제에 편식은 심해서 야채는 싫어함. 군것질은 엄청 좋아하지만 사탕은 싫어함."

덕현은 마치 어디에서 준비해놓은 것을 읽듯이 이경의 식성을 나열했다. 이경의 눈이 휘둥그레졌다.

"치프 샘, 완전 잘 맞아요."

이경이 박수를 치며 하는 말에 덕현이 피식 웃음을 흘렸다.

덕현의 마음은 그 스스로도 잘 모르겠지만, 자꾸 눈길이 가더라는 말이 마음에 두었다는 말과 동의어라면 덕현이 이경을 마음에 품은 것은 꽤 오래된 것 같다.

"이봐, 아가씨! 그럼 그 이야기는 여기에서 대충 정리하고 식사나 해. 도이경, 너 오늘 종일 굶어서 배고프지 않아?"

아무리 고구마와 옥수수 등 식전 먹거리를 먹었다고 해도 밥이랑은 또 다른 법이다.

덕현은 부드러운 표정으로 이경에게 식사를 채근했고, 어떤지 아낌을 받는 것 같은 기분에 이경은 연신 기분 좋은 미소를 흘렸다. 정말 볼수록, 겪을수록 마음에 드는 남자다.

"치프 샘! 우리 밥 먹기 전에 뽀뽀나 한번 할까요?"

막 수저를 들려던 덕현이 멈칫하며 고개를 들었다.

"여긴 룸이라 사람들도 없고, 샘은 너무 멋있고. 그리고 무엇보다 나 지금 치프 샘이 너무너무 사랑스러워 보여요."

덕현은 순간 말을 잃고 이경을 바라봤다. 그리고 이경의 입에서는 점입가경으로 스킨십을 강요하는 말이 흘러나왔다.

"에이, 너무 비싸게 굴지 말고요. 응?"

이경이 살짝 윙크까지 했다. 요조숙녀처럼 차려입은 모양새와 달리 말은 마치 건달처럼 했지만. 다만, 그 건달이 너무 사랑스러워 보인다는 것이 맹점이었다.

기가 막히기도 하고 어이가 없기도 하고, 복잡한 기분 속에서 덕현은 수저를 놓고 허탈한 웃음을 흘렸다.

"싫어요?"

반응 없는 덕현을 보며 이경이 이맛살을 찡그리며 물었다. 아쉬움이 뚝뚝 떨어지는 듯한 이경의 모습에 그는 혀를 내밀어 자신의 입술을 적셨다. 뽀뽀라…….

이경의 핑크색 입술은 오늘따라 더 매력적이었다.

고민은 짧았고, 실행까지 가는 길은 더 짧았다. 테이블에 손을 짚고 일어난 덕현이 이경의 뒤통수를 향해 손을 뻗었다. 그리고 덕현은 그 순간 이경의 입술을 삼켜버렸다.

14장

"하암…… 흡!"

자신도 모르게 하품을 한 이경이 서둘러 입을 다물고 주변의 눈치를 살폈다. 다행히 눈치챈 사람은 없는 듯하지만 긴장을 늦추는 것은 금물이었다.

이경은 슬그머니 자신의 허벅지를 꼬집어 긴장을 이완시켰다.

오늘 컨퍼런스의 주제는 뇌동맥류 파열 환자의 케이스 연구였다. 다행히 클립결찰술(동맥류의 터진 꽈리 쪽으로 다른 뇌조직이 다치지 않도록 두개골을 열고 작은 클립으로 뇌동맥류의 목을 묶는 시술)이 아니라 코일색전술(동맥류에 백금 코일을 삽입하여 혈류가 뇌동맥류 내로 들어가지 못하게 차단하는 시술)이었지만, 그렇다고 해서 공부를 덜해야 하는 것은 아니었다.

환자의 출혈과 출혈로 인한 뇌압상승을 막기 위해 우측 뇌실에

뇌실외배액 카데타를 삽입하였다는 선배 레지던트의 설명을 듣고 있자니 어쩐지 머리가 빙글빙글 도는 기분이었다.

"윽!"

자신의 팔을 꼬집어 다시 한 번 정신을 환기시킨 이경이 벌겋게 핏발 선 눈으로 컨퍼런스에 집중했다.

덕현의 여자 친구라는 이름을 달았기 때문에 이경은 허투루 근무할 수 없었다. 이전과 똑같이 농땡이를 부려도 지금의 이경은 '덕현을 믿고' 그러는 것이 되고, 이전과 똑같이 장난을 쳐도 지금의 이경은 '덕현을 믿고' 그러는 것이 된다. 사랑하는 연인에게 도움은 못될망정 피해를 끼칠 수는 없었다.

이경은 반수면 상태로 컨퍼런스를 계속했고, 다행히 쏟아지는 질문 세례도 무사히 답할 수 있었다. 순진하던 시절, 의국 MT에서 동맥류 결찰술에 대해 미친 듯이 외운 보람이 있었다.

피 말리는 컨퍼런스는 PACS(의료영상솔루션)와 OCS(처방전달시스템)가 꺼지고 스크린에 '수고하셨습니다.'라는 문구가 떠오름과 동시에 종료되었다. 좀비 같은 몰골로 있던 이경은 컨퍼런스 종료와 함께 책상 위로 철퍼덕 엎어졌다.

"아고고, 나 죽는다."

곡소리가 절로 흘러나왔다. 곡소리는 이경 외에도 여기저기에서 튀어나왔다. 곰탱이 같은 동기 성현은 으허엉, 거의 괴성과도 같은 흐느낌을 토했고, 얼음탱이 같은 석민이라고 예외는 아니었다. 컨퍼런스는 연차를 가리지 않고 사람들을 괴롭게 만들었다.

멍한 표정으로 책상 위에 널브러진 이경이 오늘 하루 동안 해야 할 일을 생각했다. 컨퍼런스가 끝났으니 이제 오전 회진을 돌아야 할 것이고, 회진을 돌고 나면 수술에 투입되거나 병동환자를 돌봐야 하고, 그러고 나면 또 오후 회진을 돌고…….

오후 회진 후에는 환자의 보호자들에게 수술 동의서를 받고 수술 준비를 하고, 하루에 한 끼는 먹어야 하니 저녁 비스무리한 것을 먹고 그다음에는 오더 내리고 다음 날 회진 준비도 해야 하고…….

손가락으로 헤아리다 보니 어느새 열 손가락을 훌쩍 넘었다. 죽상이 된 이경이 다시 한 번 책상에 얼굴을 묻었다. 다람쥐 쳇바퀴 도는 것같이 정형화된 일상인데 도무지 숙달되고 단련되지가 않는다.

흑, 힐링이 필요해. 힐링이!

이경의 슈퍼배터리 덕현을 보며 이경은 상처 받은 심신을 위로하고 싶었다. 호랑이 같던 대마왕 치프 샘이지만 이경에게는 말랑말랑 이빨 빠진 호랑이가 된 지 오래였다. 고개를 든 이경은 가뭄 속 단비를 찾듯 덕현을 찾아 헤맸다. 그때였다.

"뭘 그렇게 찾아?"

누군가 이경의 어깨를 가볍게 터치했다. 낯익은 목소리에 이경의 목이 휙, 하고 90도 회전해 뒤를 돌아봤다. 마이 달링, 덕현 샘이었다!

"치프 샘."

이경이 가짜로 우는 소리를 내며 덕현에게 매달렸다.

"왜 그래?"

머리를 쓰다듬는 덕현의 손길은 너무 좋아서 자체 충전이 되고, 자체 힐링이 된다. 어느새 질투에 눈이 먼 레지던트들이 다가와 다시 야유를 던졌지만 그런들 어떠하고 저런들 어떠하리!

도이경은 뻔뻔한 표정으로 레지던트들을 향해 혀를 내밀었다. 그리고 모태솔로 레지던트들을 위한 특효약 '러브 파워'를 꺼내 들었다.

"치프 샘이 너무 보고 싶어서요. 보고 있어도 보고 싶고, 보고 있어도 그립고 그래서. 요 몇 시간, 내가 치프 샘을 안 보고 어찌 살았나 싶어요."

이경은 의도된 애정 표현을 날렸다.

그대들은 스머프, 나는 이즈라엘. 치프 샘은 그대들의 사랑을 듬뿍 받고 있는 파파스머프!

이경은 가가멜 꼬붕 이즈라엘 같은 표정을 지어 모태솔로 레지던트들을 향해 간교한 웃음을 뿌렸다. 더 놀려주지 못해 아쉽단 표정으로 겔겔겔 간신배 같은 웃음을 흘렸다.

그리고 이경의 예상은 적중했다.

"아오, 도이경!"

"치프 샘을 훔쳐간 도 선생 같은 녀석!"

모태솔로 스머프들은 파파스머프 덕현 옆에 붙은 가가멜네 고양이 이즈라엘을 보고 남몰래 이를 갈았다. 혹시라도 덕현이 들을까 소리도 못 내고 이만 가는 모태솔로들을 약 올리는 느낌은 꿀맛이었다.

이경이 혼자서 겔겔겔 고양이 웃음소리를 내고 있을 때였다.

"도이경!"

물끄러미 그녀를 바라보고 있는 덕현이 느껴졌다. 이경을 바라보는 덕현의 눈빛은 뜨겁게 못해 강렬할 정도였고, 지은 죄가 있는 이경은 공연히 지레 찔려서 조용히 고개를 숙였다.

덕현은 그에게 집중하지 않는 이경의 모습이 못마땅해 이경의 얼굴을 강제로 자신에게 돌렸다. 이경의 눈동자가 온전히 덕현에게 향했다.

"인마, 내가 보고 싶었다면서 왜 그 말을 다른 녀석들을 보고 하는 거야?"

"서비스 타임이에요, 서비스 타임!"

이경이 겔겔겔 다시 한 번 간악한 미소를 지으며 말했다. 덕현은 아무 말도 없이 이경의 머리를 가볍게 누르며 손을 토닥였다.

"도이경 선생님, 우리 좀 착하게 살자. 네가 자꾸 그러니까 저 녀석들이 더 그러는 거 아냐."

사랑의 라이벌에게 너그러워지라는 것은 이경에게 너무 과한 요구다.

쓸데없이 너그러운 덕현을 보며 이경이 입을 삐죽였다. 하지만 그것도 잠시, 라이벌도 못되는 모태솔로에 대한 어리석은 질투 때문에 퉁퉁대기에는 그들에게 주어진 시간이 너무 적었다.

귀 막고 눈 막은 이경이 덕현을 똑바로 바라보며 말을 건넸다.

"근데 치프 샘! 혹시 다음 주 화요일에 시간 괜찮아요? 저 오픈데."

이경이 생글생글 웃으며 질문했다.

데이트! 이경은 가슴 설레는 그들의 두 번째 로맨스를 계획하고 있었다.

"다음 주 화요일?"

덕현의 반문에 이경은 냉큼 고개를 끄덕였다. 이경은 그녀의 데이트 신청이 받아들여질 것이라는 것에 대해 한 치의 의심도 없는 눈으로 덕현을 바라보았다.

그런데 이상하게도 덕현이 난감한 표정을 지었다. 이경의 눈동자에는 의구심이 떠올랐다.

일벌레 덕현이 병원에 지박령처럼 붙어살아서 그렇지 원래 레지던트 4년차는 7시 출근 오후 5시 퇴근, 주당 50시간 근무가 기본이다. 주당 122시간 근무를 기본으로 하는 1년차와는 근로기준 자체가 다르다. 한없이 밀려드는 환자들 덕분에 주당 50시간은 주당 80시간, 90시간으로 한없이 증식되지만 그래도 주당 122시간 1년차보다는 훨씬 넉넉한 일과다.

"왜요? 무슨 일 있어요?"

수술이라도 잡혔나? 이경이 고개를 갸웃하던 순간이었다.

"USMLE(미국의사시험) STEP3 시험이야. 월, 화 이틀 동안."

덕현이 미안한 표정으로 말했다. USMLE STEP3은 미국 현지에서 보는 시험으로 2일 동안 16시간에 걸쳐서 이루어진다. 아무리 미국이 한국보다 13시간이 늦다지만, 비행시간을 감안하면 화요일은 확실히 무리였다.

"헉! 다음 주가 시험이었어요?"

거절당한 슬픔도 잠시, 그보다는 덕현의 시험 소식이 더 충격이었다. 빠듯한 일정 속에서 덕현이 전문의 시험과 USMLE STEP3를 함께 준비했다는 사실에 이경의 눈에는 존경심이 떠올랐다.

"치프 샘, 말씀이라도 하시지……."

이경은 덕현을 졸졸 따라다니며 데이트하자 조르던 스스로가 부끄러웠다. 모든 오프를 반납하고 국시에 올인했던, 불과 1년 전의 자신을 떠올리니 그 부끄러움은 더욱더 가중됐다. 일분일초가 아쉬웠을 텐데……

이경이 덕현의 가슴팍에 머리를 쾅 찧었다.

"반성합니다."

풀 죽은 이경이 중얼거렸다. 덕현은 괜찮다는 듯 이경의 머리를 가볍게 쓰다듬었지만 전혀 위로가 되지 않았다.

"치프 샘 다음 주에 시험이셨어요?"

"진짜예요?"

이경만 덕현이 시험을 본다는 것을 모른 것이 아닌 듯 신경외과 레지던트들이 그들의 대화를 듣고 불쑥불쑥 질문을 던졌지만 그 또한 전혀 위로가 되지 않았다.

이경은 저 우매한 모태솔로들과 달리 덕현의 여자 친구였다.

"우히잉, 치프 샘."

이경은 가짜로 우는 흉내를 내며 덕현의 가슴에 매달렸다. 마음이 넓은 덕현은 시험을 본다고 알려주지 않은 자신의 탓이라며 이경에게 사과했지만, 공식 여자 친구 도이경은 어쩐지 머리가 복잡해지는 상황이었다.

엿, 찹쌀떡, 휴지, 포크, 거울.

한숨을 내쉰 이경이 상상력이 부재된 자신의 머리를 원망했다. 암만 머리를 굴려도 나오는 것은 뻔하고 뻔한 시험용 물품밖에 없었다.

"여자 친구 실격이네."

이경이 중얼거렸다. 뭔가 굉장히 특별하고 스페셜한 선물을 해주고 싶은데 그녀의 비루한 창의력에는 한계가 있었다. 생각 같아서는 멋들어진 스페셜 도시락을 직접 만들어주고도 싶었다. 하지만…….

"배탈 나려나."

재주가 메주라 요리에는 영판 소질이 없었다. 자칫하다가는 시험 보러 가는 사람 배탈 나서 응급실 실려 가게 만들 수도 있겠다 싶어서 이경은 도이경표 수제 도시락이라는 선택지를 곱게 삭제했다. 대신 그 자리에 단골 도시락집 '사랑 듬뿍 도시락'을 집어넣었다.

하지만 예쁜 도시락과 엿, 찹쌀떡, 휴지, 포크, 거울 등의 합격 기원물품 한 보따리는 아무리 생각해도 무엇인가 부족했다. 여자친구 특유의 사랑스럽고 달콤한 느낌이 부족했다. 덕현에게 홀릭하는 모태솔로부대도 충분히 선물할 수 있을 듯 무미건조한 느낌이었다.

"손편지라도 추가할까?"

하지만 그 또한 문제는 있었다. 재주가 메주인 것은 글자체라고 예외가 아니었다. 괴발개발 이경이 써놓고도 뭐라 쓴지 헷갈리는 글자로 덕현에게 편지를 쓸 수는 없었다.

"워드나 한글로 쳐서 프린트하고 싶다."

울상이 된 이경이 진심을 담아 중얼거렸다. 머리를 싸매고 책상 위에 엎드린 그녀의 얼굴에는 절망만 가득했다. 서예나 펜글씨라도 배워 악필을 교정하라던 엄마의 잔소리를 한 귀로 듣고 한 귀로 흘렸던 스스로를 원망했다.

무엇을 생각하든 문제점이 하나씩 튀어나왔다. 이경은 공부하는 것 빼고는 전혀 재주가 없었던 스스로가 후회스러웠다. 오더를 내려야 하는데 오더보다는 덕현의 시험에 정신이 집중된다. 이경의 동그란 이마에 빗금이 새겨졌다. 그리고 그때였다.

카오스 상태로 수첩에 낙서를 하던 이경의 머릿속에 순간 번쩍이는 빛이 스쳤다. 수첩에 뫼비우스의 띠를 그리고 원을 그리고 네모를 그리고 세모를 그렸는데 그중에 원이 이경의 눈에 들어왔다. '선물'과 '여자 친구'라는 두 가지 명제에 부합하는 아주 좋은 아이디어였다.

"맞다! 커플링!"

책상을 탕, 치고 일어난 이경이 '유레카!'를 외쳤다. 의국에 있던 레지던트들이 일시에 바라보는 것이 느껴졌지만 이경은 아랑곳하지 않았다. 덕현만 없으면 된다.

커플링을 생각하는 이경의 입매에 엉큼한 미소가 떠올랐다. 선물도 되고, 여자 친구 인증도 되는 커플링은 정말 신의 한 수였다. 이경의 치프 샘은 너무너무 잘생기고 멋진 사람이라 단 이틀에 불과할지라도 시야에서 내놓는 게 불안하던 참이었다.

"흐흐흐! 커플링, 흐헤히흐후!"

국적불명의 웃음소리를 토한 이경이 제 오른손을 들어 형광등 불빛에 비췄다. 아직은 아무것도 없는 매끈한 맨손이지만 곧 덕현의 손에 낀 것과 한 쌍인 반지가 자리하겠지?

흐뭇하게 웃는 이경에게서 망상이 몽실몽실 피어올랐다.

운전대를 잡은 덕현의 얼굴은 무심했지만, 그 안에 깃든 설렘

마저 감춰지지는 않았다. 양복 안주머니에 곱게 자리한 반지를 떠올리는 덕현의 얼굴에 웃음기가 배어나왔다.

[치프 샘♥ 미국 가시기 전에 우리 단둘이서 데이트해요. 드릴 것이 있어요! 이름 하야 USMLE 합격기원선물! 두구두구두구!!! 11시에 병원 앞에 있는 카페에서 봬요.♡♡♡
　　　　　　　　 -사랑을 듬뿍 담은 치프 샘의 이경이]

저녁 식사 후 휘릭 문자가 날아왔다. 당장 일요일에 출국하는데도 아무 말 없이 있어 덕현을 서운하게 하더니 이러려고 그랬나 보다. 하트가 여러 개 붙은 이경의 문자는 보는 것만으로도 덕현을 설레게 했다.

벌써 9월, 이미 대다수의 4년차 레지던트들은 업무를 정리하고 있었다. 보통 9월에서 12월은 4년차 레지던트들이 본격적으로 전문의 시험을 준비하는 시기인지라 서서히 필드에서 떠나는 것이 보통이다.

아마 덕현도 USMLE를 치고 나면 본격적으로 업무에서 물러나게 될 것이다. 그렇게 되면 이렇게 매일 이경과 얼굴을 맞대고 있는 것도 힘들지 모른다. 덕현은 그러기 전에 이경과의 사이를 공식화하고 싶었다.

공개연애를 하고 있기는 하지만 덕현에게는 좀 더 구체화된 표식이 필요했다. 그것이 바로 커플링이었다. 덕현에게는 '도이경 것'이라는 표시를 이경에게는 '장덕현 것'이라는 표시를 남길 수 있는 것이라면 커플링이 가장 좋은 선택이었다. 조금 이른 것 같기는 하지만 이경에 대한 자신의 마음이 확고하기에 덕현은 망설임 없이 커플링을 택했다.

"좋아할까?"

작게 중얼거리는 덕현의 머릿속에 토끼처럼 깡충거릴 이경이 떠올랐다. 사랑한다는 말을 입에 달고 사는 이경이니만큼 반지를 거절할 것이라는 생각은 들지 않지만, 그래도 이경이 좋아해줬으면 좋겠다. 가늘고 심플한 금반지 한 쌍은 그가 미국에 가 있는 나흘 동안 두 사람 사이를 이어줄 것이다.

"왜 이리 안 오지."

카페에 자리한 이경은 1초 단위로 시간을 확인했다. 혹시라도 덕현이 기다릴까 싶어 빛의 속도로 업무를 처리하고 빛보다 더 빠르게 카페를 향해 달려왔는데, 걱정한 것이 무색할 정도로 너무 빨리 왔다.

이경의 눈이 자리한 곳에는 퀵으로 배달받은 '사랑 듬뿍 도시락 II'가 자리 잡고 있었다. 복분자 소스를 뿌린 장어구이와 대하장 등 남자 친구 전용이라며 주인아주머니께서 적극 추천하신 스페셜 도시락이다.

몸에 좋고 맛도 좋은 도시락뿐만 아니라 엿, 찹쌀떡, 휴지, 포크, 거울 등의 합격기원물품도 한 보따리 장만했고, 괴발개발이기는 하지만 직접 편지도 썼다. 그리고 대망의 그것도 준비했다. 황금색의 반짝반짝 커플링!

덕현의 반지 사이즈를 몰라 수소문 끝에 졸업반지 사이즈까지 알아냈다. 맞아야 할 텐데……. 손에 턱을 바친 이경이 하회탈 같은 미소를 지으며 싱글싱글 웃음을 흘렸다.

함께 반지를 사러 가고 싶기는 했지만 그는 공부를 해야 하니 이경 혼자 반지를 골랐다. 덕현이 반지를 보고 좋아해주면 좋겠다. 그리고 반지를 본 즉시 이경을 꽉 껴안아주면 더욱 좋겠다.

헤실헤실 웃는 얼굴에 몽롱함이 떠올랐다. 이경은 치프 샘이 역시 너밖에 없다고 꽉 껴안아주는 상상을 했다.

갈비뼈가 으스러지도록 껴안고, 입술이 부르트도록 키스하고…….

아잉! 발그레 달아오른 얼굴을 한 이경이 자신의 어깨를 엇갈리게 끌어안고 몸을 배배 비틀었다. 그리고 그때였다. 띠리링, 벨소리와 함께 기다리고 또 기다리던 목소리가 들려왔다.

"이경아!"

"치프 샘!"

이경은 덕현의 목소리가 들리자마자 귀를 쫑긋 세우고 몸을 일으켰다. 5시간 만에 보는 그는 눈부시게 훈훈했다.

"오래 기다렸어?"

"아니요. 저도 금방 왔어요."

왜 안 오나 싶어 수십 번도 더 시계를 쳐다봤던 이경은 산뜻한 표정을 지으며 살랑살랑 고개를 흔들었다. 어차피 이왕 기다린 것 덕현이 신경 쓰게 하고 싶지 않았다.

"치프 샘, 그것보다…… 이거요."

동글동글 해사한 표정을 지은 이경이 불쑥 제가 들고 있던 꾸러미를 내밀었다. 하나는 도시락이었고, 또 다른 하나는 선물바구니였다. 만들어진 것을 산 것은 아닌 듯 포크며 휴지 따위가 각을 맞춰서 바구니 안에 투입되어 있었다. 어지간히도 솜씨가 없는 듯한 모양새에 덕현은 작게 웃음을 흘렸다.

"왜 그러세요?"

스스로도 솜씨가 없는 것은 아는지 이경은 조심스레 덕현의 눈치를 살폈다. 하지만 모양새가 중요한 것은 아니었다. 편의점이나 팬시점에서 성의 없이 산 합격기원바구니였다면 덕현은 도리어 실망을 했을지도 모른다.

"네가 직접 만들었어? 고맙다."

덕현은 이경의 머리를 가볍게 쓰다듬었고, 아닌 듯하면서도 은근히 친밀한 스킨십에 이경의 얼굴은 또다시 발그레 꽃이 피었다.

"별말씀을요. 치프 샘! 시험 잘 보세요."

이런 게 바로 내조가 아니고 무엇인가! 이경은 배시시 웃으며 자화자찬에 한 발 들이밀었다.

"그래."

넉넉한 웃음을 짓는 그대는 나의 것~♬ 흥얼흥얼 콧노래를 부르는 이경은 그때까지만 해도 더할 나위 없이 행복했다. 하지만…….

"이경아, 나도 선물이 있어."

"선물요?"

아이고, 뭐, 이런 것을! 말과 행동이 다른 이경의 눈동자가 반짝였다. 이경은 주는 것도 좋아하지만 받는 것은 더 좋아하는 평범한 보통 사람이었다.

"사실은 전부터 주고 싶었는데 시간이 나지 않았어."

덕현은 주머니에서 2개의 반지케이스를 꺼내 들었다. 하나는 그의 것이고, 또 다른 하나는 이경의 것이다. 이런 서프라이즈 선물보다는 함께 가서 반지를 맞추고 싶었는데, 눈코 뜰 새 없는 1년차와, USMLE 시험을 앞둔 4년차이다 보니 조금 지연되었다.

반지 케이스에서 반지를 꺼낸 덕현은 좋아라 방방 뛸 이경을 기대하며 고개를 들었다. 그런데 이경의 표정이 무엇인가 이상했다. 그녀는 웃지도 울지도 못하는 표정으로 바라보고 있었다.

"치프 샘?"

떨리는 목소리가 덕현을 향했다.

"그거, 그거 커플링이에요? 혹시?"

"고작 4일이라고는 하지만 너와 떨어져 있다는 사실이 아쉽더라고. 우리가 떨어져 있는 동안에도 반지를 끼고 있으면 함께하는 기분이 날 것 같아."

덕현은 도서 『실전! 당신도 사랑받는 남자가 될 수 있다.』에 나온 구절을 고스란히 읊었다. 믿거나 말거나 같기는 하지만 여자에게 인기 많은 희대의 카사노바가 적은 그 책은 베스트셀러라고 했다. 덕현은 기뻐할 이경을 기대하며 구절을 읊었는데 이경의 반응은 조금 색달랐다.

"예, 감사해요. 감사한데…… 그런데…….."

자꾸만 말끝이 흐려졌다. 처음에는 너무 감동을 해서 좋아하는 척도 못하는 것인가 했는데, 자세히 살펴보니 그것이 아니었다. 이경은 정말로 웃고 싶은데 울고 싶고, 울고 싶은데 웃음이 나오는 듯한 표정이었다.

"혹시 반지가 마음에 안 들어?"

덕현이 조심스럽게 물었다. 여자 친구와 의논 없이 반지를 샀다가 센스 없다고 타박 맞고 결국 다시 커플링을 주문했다는 동기의 이야기가 언뜻 머릿속을 스쳤다.

"그럼 미국에 다녀와서 다시 고르는 것은 어때?"

덕현이 조심스레 이경의 눈치를 보며 말했다. 이경은 안절부절못하며 자신의 눈치를 보는 덕현을 향해 울상을 지었다.

아, 이놈의 타이밍! 고백을 할 때도 그랬지만 정말 자신과 덕현은 타이밍이 맞지 않는 것 같다.

"반지는 마음에 들어요, 예뻐요."

이경이 시무룩한 목소리로 말했다. 덕현이 주는데 뭔들 안 예쁘겠냐마는 이경의 눈에는 덕현이 사준 반지가 참 예뻤다. 상황이 이렇지만 않았어도 꺄아, 소리를 지르고 덕현에게 달려들어 백만 번의 키스를 날릴 만큼 반지는 정말 예뻤다.

"그럼 뭐가 마음에 안 드는데?"

내 사랑 덕현 샘! 이건 말로 할 수 있는 것이 아니랍니다. 탁자에 고개를 박은 이경이 한숨을 쉬었다.

가장 좋은 것은 둘 중 한 사람이 커플링을 장만하지 않는 것인데, 타임머신이 발명되지 않은 이상 일단 이건 물 건너갔고……. 차라리 훔칠까?

선물바구니를 보는 이경의 눈이 가느다랗게 떨렸다. 덕현을 화장실로 보내놓고 선물바구니에서 반지만 슬쩍하는 것도 나쁘지 않을 것 같다. 반지에 대해 언급한 편지도 훔쳐야 한다. 관건은 덕현 모르게 그 모든 것들을 훔칠 수 있느냐는 것인데…….

솔직히 자신이 없다. 훔치다 걸리면 그건 그거대로 또 무슨 망신일까!

이경은 고개를 절레절레 흔들어 삿된 욕망을 저 너머로 날렸다. 훈훈하고 다정한 모습에 속으면 안 된다. 원래부터 덕현은 눈치 빠르기로 유명했다. 눈도 매섭고 날카롭지만, 눈치는 더 빨랐다. 사고뭉치 도 선생으로도 모자라 도둑질하는 도 선생이 될 수는 없었다.

"치프 샘."

입술이 바짝바짝 말랐다. 이경이 혀를 내밀어 마른 입술을 적셨다.

"혹시 쌍가락지에 대해서 어떻게 생각해요?"

이도 저도 아니면 제3의 길을 찾는 것도 나쁘지 않다. 이경이 살금살금 덕현의 눈치를 살폈다.

"자고로 쌍가락지는 이성지합(二姓之合)과 부부일신(夫婦一身)을 상징하여 임자 있는 아녀자들이 많이들 사용했다고 하잖아요."

궁지에 몰리니 말이 청산유수로 흘러나왔다.

"쌍가락지가 갖고 싶어? 그러면 다음에 사줄게."

"아니요, 사달라는 이야기가 아니라요. 그냥 이 반지에 비슷한 반지 하나 더 추가하면 어떨까 해서요. 똑같은 디자인 말고요. 백금 어때요? 백금 좋다! 치프 샘이 준 반지가 좀 심플하니까 백금은 좀 화려한 걸로…… 화려한……. 치프 샘, 왜 그러세요?"

이경의 말끝이 점점 흐려지고 작아졌다. 덕현은 의구심 가득한 눈길로 이경을 바라보고 있었다. 연인입네 어쩌네 해도 태생이 비굴한 이경은 대마왕 앞의 토끼처럼 덕현 앞에서 부르르 몸을 떨었다.

"도이경?"

"네, 넵!"

세뇌처럼 새겨진 '치프에게 충성=명줄 보존'이라는 명제 앞에 이경은 자동으로 우렁찬 대답을 뱉어냈다. 이경이 사고 친 후에 보이던 행동과 흡사한 그것이었다. 더러운 1년차의 습성이라며 머리를 쥐어뜯어도 이미 때는 늦었다.

"나한테 뭐 속이는 것 있어?"

"그, 그럴 리가요."

무엇인가 이상하다는 것을 눈치챈 덕현은 바람난 마누라 보듯 이경을 바라보았고, 이경은 지레 놀라 말을 더듬었다. 경찰 집에 들어간 도둑도 그녀 같지는 않을 것 같다. 이경은 제 비루한 성정을 남몰래 원망했다.

"그러면 왜 굳이 반지를 하나 더 끼겠다고 하는 건데?"

덕현은 아예 팔짱까지 끼고 이경을 노려봤다. 이경은 어쩐지 등골이 오싹해졌다.

대마왕의 부활 앞에서 가련한 토순이 2호는 한숨만 내쉬었다. 말을 할 수도 없고, 안 할 수도 없는 묘한 상황이다.

"그냥 모르는 척해주면 안돼요? 알면 다쳐요."

"누가?"

둘 다요. 이경이 고개를 숙여 또다시 한숨을 내쉬었다.

그들이 서로의 마음을 고백할 때에도 성격 급한 이경이 먼저 고백을 하는 바람에 덕현이 실망했는데, 반지마저 이경이 설레발 쳐서 장만한 것을 알면…….

이경의 얼굴이 잔뜩 울상이 되었다.

"도이경!"

덕현의 목소리에 힘이 들어가는 것과 비례하여 이경의 어깨는 점점 아래로 내려갔다. 하지만 불행히도 덕현은 이경의 불행을 모른 척 외면해줄 생각이 없는 듯했다.

땅이 꺼져라 한숨을 쉰 이경이 고개를 들어 덕현을 바라봤다.

"치프 샘, 혹시 화장실에 가고 싶지 않아요?"

미련 많고 끈질긴 여자 도이경이 마지막 희망을 안고 질문했지만 기다리는 반응은 없었다. 대신 덕현의 눈썹이 망설임 없이 하늘을 위해 치켜 올라갔다.

이경이 입을 삐죽였다. 모른 척해주기만 한다면 서로가 좋은 텐데…….

오리주둥이가 된 이경이 덕현에게 줬던 선물바구니를 다시 자신에게 끌어왔다. 한 치의 망설임도 없는 손길에 덕현이 움찔했지만, 그것까지 신경 쓰기에 이경은 너무 머리가 복잡했다. 합격에 좋다는 물품을 하나하나 사서 예쁘게 포장했는데 그것을 이경의 손으로 직접 뜯어야 한다는 사실이 그지없이 슬펐다.

뚫어져라 선물바구니를 바라보던 이경이 비닐포장 앞에서 움찔거리기는 수차례, 이경은 다시 선물바구니를 덕현에게 내밀었다.

"치프 샘이 뜯어줘요."

"뭐?"

"안 그래도 서글픈데 이것까지 내 손으로는 할 수 없잖아요."

이경이 한숨을 쉬며 말했다. 덕현이 원망스러운 듯 투덜거렸지만 사실은 이경 제 자신이 가장 원망스럽다.

이경 자신은 왜 이리도 성격이 급한 것일까? 얌전히 기다리면 어련히 덕현이 커플링 사주지 않겠냐던 지은의 조언이 왜 이제야 기억나는 것일까!

"포장을 뜯고 거기에 있는 파란색 상자를 열어봐요. 그리고 바구니 맨 밑에 편지도 하나 있어요."

떨리는 가슴으로 준비했는데 현실은 시궁창! 이경은 로맨스별의 저주라도 받았나 보다. 너랑 치프 샘은 로맨스나 멜로보다는 서바이벌과 서스펜스 스릴러가 더 잘 어울린다던 주변 사람들의 타박이 오늘따라 유난히 생각난다. 이경도 타이밍 잘 맞추는 평범한 로맨스가 하고 싶다.

이경은 회한과 안타까움이 가득한 눈으로 선물바구니를 바라보았다. 낮게 가라앉은 눈으로 이경을 바라보던 덕현이 선물바구니를 끌어당겼다. 그리고 선물 포장을 뜯기 시작했다.

비닐포장을 뜯고, 이경이 말한 파란 박스를 테이블 위에 올렸다. 그리고 무심한 손길로 바구니를 뒤적여 편지봉투도 꺼냈다.

"둘 중 무엇을 먼저 볼까?"

"아무 거나요."

이런들 어떠하고, 저런들 어떠하리, 어차피 이래저래 시궁창인데!

이경의 목소리는 시큰둥하기 그지없었고 덕현의 의혹은 점점 진해졌다.

별일 아니라 생각했었는데 이경의 미심쩍은 행동을 보니 별일 아닌 것이 아닌 모양이었다. 가볍게 쥔 주먹에 힘이 들어갔다. '혹시나'와 '만약에' 라는 가정이 덕현의 머릿속에서 복잡하게 휘돌아 쳤다. 조용히 덮어두었던 이경의 첫사랑, 정욱의 존재도 머릿속에 떠올랐다.

상자와 편지를 앞에 둔 덕현의 눈이 복잡해졌다. 마치 판도라의 상자를 앞에 둔 기분이었다. 여느냐 마느냐 하는 고민 속에서 그가 서늘한 얼굴로 이경을 바라보았다.

"마음의 준비를 해야 하는 거냐?"

"예……. 예?"

시큰둥하고 시무룩하게 답하고 있던 이경의 눈이 휘둥그레졌다.

반지 하나 더 산 것뿐인데 무슨 마음의 준비?

깜짝 놀란 이경이 고개를 들어 덕현을 바라보았다. 샤방샤방한 모습으로 카페에 들어온 방금 전과 달리 지금의 덕현은 딱딱하게 굳은 얼굴이었다. 이경은 본능적으로 무엇인가 잘못됐다는 것을 깨달았다.

"아니에요!"

이경이 버럭 소리를 질렀다. 카페 안의 사람들이 그녀를 쳐다봤지만 중요한 것은 그게 아니었다.

"도대체 무슨 생각을 하시는 거예요?"

이경이 억울함과 당혹스러움을 담아 소리쳤다. 그녀는 매일매일 치프 샘 생각만 하는데, 정작 그 당사자가 엉뚱한 상상을 하고 있다고 생각하니 속이 터지지 않을 리가 만무했다. 그 말을 들은 덕현의 눈썹이 위로 날카롭게 올라갔다.

"반지를 하나 더 껴도 되냐고 물었잖아. 그 이야기인즉슨 나 말고 다른 남자가 준 반지가 하나 더 있다는 이야기 아닌가? 만약 가족이나 친구가 줘서 의미 있는 반지라고 한다면 네가 부득불 말을 하지 않을 리가 만무하고. 또……."

"치프 샘!"

이경은 일단 덕현의 입을 막았다. 그리고 서둘러 제 손으로 상자를 집어 상자의 포장을 뜯어냈다. 깜짝 선물이라 반지 케이스인 줄 눈치채지 못하도록 일부러 상자 안에 한 번 더 넣었는데 어째 스스로 무덤을 판 것 같다.

이경은 상자를 뜯어서 반지케이스를 꺼냈고, 동시에 편지를 들어 그녀의 손으로 무참히 뜯었다. 그리고 가장 중요한 대목, '커플링을 샀어요.'가 적힌 줄을 그녀의 손가락으로 가리켰다.

"자, 분명히 보이시죠? 제가 커플링 샀다고 했지요? 제가 커플링 사는 바람에 반지가 2개가 돼서 그런 거지, 제가 무슨 다른 남자가 준 반지가 있대요? 설마 치프 샘이야말로 마음에 변해서 그러는 거예요? 치프 샘, 그러는 거 아니에요. 나한테 이런 짓 저런 짓 다 해놓고 먹튀는 안 되죠."

"먹튀?"

"먹고 튄다고요."

이경이 뻔뻔하게 대답했다. 어딘가에서 킥킥 웃는 소리가 들리는 것도 같지만 쪽팔린 것이 대순가? 치프 샘이 도망가게 생겼는데!

"올 때는 마음대로 왔어도 갈 때는 마음대로 못 가요."

눈을 하얗게 뜬 이경이 세모꼴 눈으로 덕현을 노려봤다. 도망가면 지구 끝까지라도 쫓아가겠다는 집념과 의지가 느껴지는 모습이었다.

새파랗게 날선 눈으로 자신을 흘려보는 이경을 보자 덕현은 어쩐지 긴장이 풀리는 기분이었다.

딱딱하게 굳어 있던 어깨에서 힘이 빠졌고, 멈췄던 호흡과 심장박동이 다시 제자리로 돌아왔다. 덕현 혼자 잘 먹고 잘 살게 내버려둘까 보냐며 거의 으름장을 놓고 있는 이경을 보니 웃음도 나왔다.

"왜요?"

이경은 반항기 충만한 모습으로 살기등등하게 외쳤다. 덕현은 그 모습이 너무 예뻐서 견딜 수가 없었다.

덕현은 자신도 모르게 몸을 일으켜 이경에게 입을 맞췄다. 이곳이 병원 앞 카페라는 사실도, 그래서 이곳에 병원 사람들이 심심찮게 보인다는 사실도 기억 저편에 묻어두고 덕현은 지금 이 순간만큼은 자신의 감정에 솔직해지기로 마음먹었다.

"미안하다."

덕현이 진심을 담아 사과했다.

"순간적으로 나쁜 생각이 들었어. 혹시라도 네 마음이 변한 것이면 어쩌나……."

"엑? 내가 왜 변해요?"

"그러게. 세상엔 멋진 남자가 너무 많단 생각이 들어서 그런지도 모르겠다."

조금 풀이 죽은 듯한 덕현을 보며 이경이 입을 달싹이다 다시 입을 다물었다. 뭐라고 이야기를 꺼내야 할지 알 수가 없었다. 아니라고 펄쩍 뛰며 이상한 오해를 한 그를 열심히 다그쳐야 하는데 풀 죽은 덕현을 보자 또 마음이 약해진다.

고개 숙인 덕현을 보는 이경의 눈망울이 어지럽게 흔들렸다. 기운 없는 덕현보다는 차라리 대마왕처럼 무시무시하던 덕현이 낫다. 하지만 뭐라고 말문을 열어야 할지 이경은 알 수 없었다.

가만히 입술을 깨물던 이경이 덕현을 향해 손을 뻗었다.

"바보 같아요."

이경의 작은 손이 덕현의 손을 덮었다. 길쭉길쭉하고 예쁜 그의 손은 통통하고 짧은 이경의 손과 대비되었다. 덕현과 자신의 손을 번갈아 보던 이경은 가만히 덕현의 손에 깍지를 끼웠다.

"정작 불안한 게 누군데 자기가 더 불안한 척 불쌍한 흉내래요?"

덕현의 손을 꽉 잡은 이경이 불퉁한 목소리로 투덜댔다.

"네가 왜 불안해?"

"치프 샘은 잘생겼고, 능력도 있고, 집안도 좋잖아요."

이경이 중얼거렸다. 잘생기고 능력 있고 집안이 좋아서 덕현이 좋은 것은 아닌데, 덕현이 그렇다고 생각하기만 하면 괜스레 주눅이 든다.

"이경아!"

생각지도 못한 소리에 덕현이 기겁하며 이경의 이름을 불렀지만 이경은 아랑곳 않고 말을 이었다.

"치프 샘은 그런 것 모를 거야. 박은경 간호사 때문에 내 속이 썩어문드러진 것도 그렇고."

자조 어린 중얼거림이 흘러나왔다. 은경으로 인한 오해는 쉽게 풀렸다고 하지만, 박은경 간호사로 인해 여자로서의 자존심이 처참하게 무너졌던 경험도 그리 녹녹한 것은 아니었다.

그것만 있나? 치프 샘이랑 사귄다고 범죄자 바라보듯 들들 볶인 것도 있다. 미혼인 남자와 여자가 연애를 하겠다는데 왜 덕현을 덮쳤느니, 능력자라느니 하는 이야기를 들어야 할까?

생각하다 보니 짜증난 이경이 눈에 쌍심지를 켜고 말했다.

"아무튼 치프 샘은 나한테 그런 말 할 자격 없어요. 대놓고 못생겼다고 하질 않나, 의국 식구들한테 네가 어떻게 치프 샘이랑 사귀냐는 소리를 듣게 하질 않나! 나는 왜 시키면 남자 의사들한테 질투를 받아야 해?"

이경은 소리를 질렀고, 덕현은 억울했다. 그가 잘못한 사실에 대해서 혼나는 것은 이해할 수 있지만, 의국 남자 의사들의 질투는 그가 의도한 것이 아니었다. 게다가 그는 맹세코 이경에게 못생겼다는 말 따위를 한 적이 없었다.

"무슨 소리야? 내가 언제 못생겼다고 했어?"

"박은경 간호사랑 나랑 비교하니까 박은경 간호사가 훨씬 예쁘다면서요."

떠올리니 새삼 화가 난 이경이 버럭 소리를 질렀다.

"그거랑 그거랑 어떻게 같아?"

"다른 건 뭐예요? 나보다 박은경 간호사가 더 예쁘다고 말한 것은 사실이잖아요. 그게 못생겼다는 얘기랑 뭐가 달라요? 내 말이 틀려요?"

선명한 흑백논리 앞에서 덕현은 할 말을 잃었다. 하지만 덕현은 'A:내 눈에는 네가 가장 예뻐! → B:그럼 객관적으로는 안 예쁘다는 이야기야?'라는 가상 시뮬레이션을 통해 본능적으로 입을 다물었다. 대신…….

"그런 적 없어. 기억이 안 나. 그리고 나는 원래 예전부터 네가 가장 예쁘다고 생각했어."

덕현은 과거를 부정했다. 객관적 사실과 주관적 사실은 분명히 다르고, 그것을 구분해야 한다는 사실을 알고 있지만 그것보다 더 무서운 것은 여자 친구의 분노였다. 덕현은 '어' 다르고 '아' 다른 한국말의 난해함을 잘 알고 있었다.

수직상승하던 이경의 눈썹이 완만해졌다.

"정말 그렇게 생각해요?"

"그럼, 당연하지. 네가 세상에서 가장 예뻐!"

덕현은 단호하게 대답했다.

"뭐, 치프 샘이 그렇게 생각하신다면 그런 것이겠지요."

세모 모양이던 이경의 눈이 초승달처럼 휘어졌다. 북풍한설 같은 매서움은 봄바람처럼 유순해지고, 붉으락푸르락하던 이경의 얼굴에는 홍조가 떠올랐다.

볼을 감싼 이경이 부끄러운 듯 몸을 비틀었고, 덕현은 인생 최대의 고비 중 하나가 큰 사고 없이 무사히 넘어갔음에 안도의 숨을 내쉬었다.

한껏 기분이 좋아진 이경이 배시시 웃음을 흘렸다.

"치프 샘, 저도 치프 샘이 세상에서 가장 멋져요. 그리고요……."

이경이 자신이 잡은 덕현의 손을 확 잡아끌었다. 덕현은 어려움 없이 이경의 손길에 끌려왔다. 덕현의 손을 놓은 이경은 두 손으로 덕현의 얼굴을 감쌌다.

"그거 얘기했나요? 내가 치프 샘을 정말로 많이 좋아한다는 거요."

엉큼하게 웃은 이경은 덕현의 얼굴을 감싼 제 손에 힘을 주었다. 그리고 이경은 자신의 입술을 덕현의 입술에 내려앉혔다. 맛있는 덕현 샘, 먹음직스런 덕현 샘! 이경은 본능에 충실하기로 마음먹었다.

내일이면 떠나는 임, 일단 오해는 풀었으니 이제부터는 본론에 집중할 시간이다. 나흘 동안 못 만나니 나흘 치 그리움을 모두 채울 심산이었다.

연결음이 끊이지 않고 울렸지만 기다리던 목소리는 들리지 않았다. 덕현의 얼굴에 아쉬움이 스쳤다. 이경과 통화를 하고 싶었는데…….

한창 회진 도느라 바쁠 시간인 것은 알지만 그래도 섭섭한 것은 사실이다. 덕현은 결국 소리샘으로 넘어간다는 안내음성을 들은 후에야 휴대전화의 종료 버튼을 눌렀다.

"왜? 전화 안 받아?"

"응, 안 받네."

덕현은 씁쓸한 표정을 애써 숨기며 고개를 끄덕였다.

"니들은 통화했어?"

"통화할 게 뭐 있나? 여기는 저녁이지만 한국은 아침이야. 아침부터 전화해서 잠 깨웠다고 불벼락 맞을 것이 뻔한데 내가 전화를 왜 하냐? 집에서는 내놓은 자식이요, 여자라고는 2년 전에 선본 아가씨가 다다. 너와는 사정이 달라."

370

지형이 시큰둥하게 대답했다. 해욱은 동의한다는 듯 과장된 표정으로 고개를 끄덕였다. 두 사람은 요즘 대한병원의 유행어 '커플지옥 솔로만세'를 장난스럽게 외쳤다.

덕현은 피식 웃음을 흘렸다.

"헛소리는……. 인마, 너도 여자 친구 사귀면 될 것 아냐."

"여자 친구 같은 소리 한다. 곧 군의관 가게 생겼는데 어느 여자가 우리랑 사귄다고 하겠냐? 남의 집 귀한 딸 데려다가 그러는 것도 죄야. 그리고 그런 의미에서 나한테는 술이 여자 친구다. 술이!"

농담 반 진심 반의 말이 흘러나왔다. 대한병원의 알아주는 주당다운 대답이었다.

지형의 술타령은 장난이 아니었는지 의미심장한 표정을 지은 지형이 해욱과 덕현의 어깨에 팔을 둘렀다.

"그나저나 이보시게들? 드디어 시험이 끝났는데, 시험이 끝난 후에도 계속 우울한 이야기를 하는 것은 좀 그렇지 않나? 이럴 때에는 모든 것을 다 잊고 술에 푹 절여지는 것도 나쁘지 않지."

지형이 흐흐흐 음흉한 웃음을 흘리며 제안했다.

"맥주 어때? 맥주!"

지형은 자신도 모르게 침을 꿀꺽 삼켰다. 빡빡한 시험 일정 덕에 본의 아니게 금주로 지새운 세월을 떠올리니 맥주에 대한 그리움이 점점 더해졌다. 시원한 맥주가 눈앞에서 아련하게 떠올랐다. 신경외과의 숨겨진 주당 해욱이 지형의 제안에 콜을 외쳤다.

"가만있어 보자, 괜찮은 펍이……."

해욱이 주변을 두리번거리며 술집을 찾을 때였다.

"미안하다. 나는 먼저 가봐야 할 것 같아. 너희끼리 마셔라."

연결되지 않은 휴대전화를 한참 동안 아쉽게 바라보던 덕현이 무엇인가 결심을 한 듯 한발 물러나면서 말했다.

"어? 인마! 술 안 마시고 어디 가?"

해욱이 당황한 듯 덕현을 불렀다. 그리고 덕현은 그 질문을 기다렸다는 듯 싱긋 웃으면서 말했다.

"한국에."

뉴욕발 인천행 비행기는 2대였다. 그리고 그가 예약한 오후 3시 10분 비행기와 달리 새벽 0시 20분 비행기는 꽤 좌석이 넉넉해 보였다. 어차피 시험을 본 이상, 뉴욕에서의 하룻밤은 덕현에게 그리 큰 의미가 없었다.

"인마! 장덕현!"

지형과 해욱이 뒤에서 덕현을 불렀지만, 덕현은 미안하다며 고개를 숙이고 그대로 숙소를 향해 뛰었다. 짐을 챙기고 공항으로 가려면 서둘러야 했다. 일정보다 빨리 온 그를 반길 이경의 환한 웃음이 덕현의 머릿속에 몽실 떠올랐다.

하루가 1년 같고, 이틀은 20년 같았다. 그리고 사흘째가 되던 날에는 100년 같았다.

컴퓨터 앞에 앉은 이경이 미동 없기를 수십 분, 성현은 그런 이경 앞에서 손을 위아래로 흔들었다. 모니터와 이경의 눈 사이가 백만 미터 사이도 아닐진대 이경은 정신줄을 놓고 있었다.

"얘, 맛이 갔는데요?"

"뒤통수 한 대 때려라."

석민이 시큰둥한 목소리로 말했다. 다른 것도 아니고 시험 때문에 고작 나흘 떨어져 있으면서 견우와 직녀가 따로 없었다.

"뒤통수요?"

"그래, 힘껏 때려. 그러면 제정신 돌아올 거다. 그러다 죽으면 제 팔자고."

석민은 싸늘하게 대답했고, 성현은 굉장히 가슴 설레는 표정으로 제 손과 이경의 머리를 번갈아 바라보았다. 하지만 이내 포기했다. 곰 발바닥 같은 제 손으로 쳤다가는 그 즉시 '축! 사망'일 것 같았다.

성현은 가만히 다가가 이경의 몸을 흔들었다. 이경의 짜증이야 불 보듯 뻔한 것이지만 살인용의자로 경찰서에 들어가는 것보다는 이경의 짜증을 받아내는 것이 조금 더 나아 보았다.

"어? 어."

그런데 이경은 김빠진 콜라처럼 반응했다. 놀란 듯 성현을 한 번 쳐다본 후 다시 모니터를 바라본 것이 이경이 보인 반응의 전부였다. 예상외의 모습에 성현은 즉각 이경의 이마를 향해 손을 뻗었다.

"뭐 하는 거야?"

"아픈 것 같아서. 열은 없는데……."

김이 빠져도 이경의 성질머리는 그대로인지 성현을 향해 날카롭게 쏴붙이기는 했다. 하지만 성현을 내리치는 그녀의 손에는 매운 맛이 제법 빠져 있었다.

"헐! 옛날보다 덜 아파. 너, 정말 많이 아픈 거 아냐?"

"아니라니까!"

이경이 버럭 소리를 질렀다. 성현은 그제야 이경이 멀쩡하다며 고개를 끄덕이며 사라졌고, 혼자 남은 이경은 짜증을 섞어 머리를 벅벅 긁었다.

손가락을 넣어 머리카락을 사이사이 긁은 덕분에 대충 묶은 머리가 쌍팔년도 미스코리아 출전자의 사자 머리처럼 되었지만 알게 뭔가? 내 사랑 치프 샘이 없는데! 오늘이면 오시려나, 내일이면 오시려나 서글픈 가슴을 안고 바늘로 허벅지를 찔렀다.

금단현상이란 이런 것이구나! 이경은 책으로만 보던 중독현상을 온몸으로 배웠다.

"금단현상이다. 치프 샘 금단현상."

이경이 넋을 놓고 중얼거렸다.

"열녀 났네, 열녀 났어."

세계 신경외과학회지에 나온, 디스크 수술 후 디스크통증의 재발정도와 신경주변조직(경막)의 상처반흔발생(신경유착)의 상관관계에 대해 토론하던 재웅과 정섭이 이경을 보며 낮게 혀를 찼다.

"열녀라도 좋으니 덕현 샘 보고 싶어요."

시무룩해진 이경이 컴퓨터 책상 위에 엎드렸다.

앉으나 서나 덕현 샘, 눈을 감으나 뜨나 덕현 샘!

왜 그리움은 나날이 더해져만 가는지 모르겠다. 이럴 줄 알았으면 사진이라도 하나 챙겨놓을 것을 그랬다. 만리장성을 쌓기에 바빠 사진 챙길 생각을 못했는데 덕현이 돌아오면 두 손 꼭 잡고 커플사진 하나 찍어야겠다며 이경은 다짐하고 또 다짐했다.

"너, 치프 샘이랑 통화 안 했어? 아무리 바빠도 전화 한 통화

쯤은 해줬을 것 아냐."

애절한 덕현연가를 듣다 못한 재웅이 질문했다.

"전화요?"

이경의 얼굴이 울상이 됐다. 어째 지뢰를 밟은 것 같은 느낌에 재웅이 움찔했다. 허허, 허탈하게 웃은 그녀가 천장을 보며 눈물을 삼켰다.

"전화야 왔죠. 근데 오면 뭐하나요? 받지를 못하는데. 그 동네에서 밤 12시에 전화하면 여기는 오후 1시예요. 그 동네에서 오후 6시면 한국은 오전 7시예요. 저는 열심히 외래 뛰고 회진 돌고 있을 시간이라고요."

"아, 시차!"

"미국과 한국 시차가 13시간이었나?"

뒤늦은 깨달음이 여기저기에서 오가는 모습을 보고 있자니 이경은 괜스레 슬퍼졌다.

혹시라도 방해가 될까 봐 이경 측에서는 전화를 걸지도 못하겠고, 오는 전화는 받지 못했다. 내일모레나 되어야 덕현의 얼굴을 볼 수 있을 거라고 생각하니 더 슬펐다.

시험이 끝나면 냉큼 널 보러 오겠노라, 금석 같은 약속으로 쌍가락지 커플링 끼고 떠난 덕현인데 왜 이리 만나는 일이 요원하게만 느껴질까? 이경은 그리움 속에서 억지로 눈물을 삼켰다.

밤 12시부터 하나둘 빠져나가기 시작한 의국은 새벽 2시 30분이 되자 이제 이경밖에 남지 않았다. 조용한 의국에 이경의 컴퓨터 타자 소리만 울려 퍼지기를 수십여 분, 드디어 '저장' 버튼을 누른 그녀는 양손을 뻗어 만세를 외쳤다.

"으갸갸갸!"

만세는 어느 순간부터 기지개가 되었지만, 그래도 몸이 뻐근한 것은 여전한지라 이경은 목운동을 하고, 등세모근(trapezius muscle)도 꾹꾹 눌렀다. 덕현을 생각하며 정신을 놓고 있느라 시간이 있는 대로 늦어졌다.

"힘드네."

의자를 뒤로 젖힌 이경이 천장을 보며 중얼거렸다. 업무가 고된 것도 그렇고, 덕현을 보지 못한 것도 힘들고…….

덕현은 시험을 잘 봤을까? 휴대전화를 꺼내 든 이경은 부재중으로 찍힌 덕현의 번호를 보며 애틋한 표정을 지었다. 이경은 손가락으로 덕현의 이름과 번호를 조심조심 매만졌다.

"덕현 샘도 내 생각 하고 있죠?"

그리움 섞인 표정을 지은 이경이 덕현이 눈앞에 있는 것처럼 질문했다.

전화를 못 받은 것이 천추의 한이 되어 볼 때마다 속이 쓰리기는 하지만, 동시에 덕현이 미국에서도 잊지 않고 전화를 해줬다는 것이 이경은 참 기뻤다. 휴대폰을 보며 말을 건 이경은 습관처럼 손가락의 반지를 매만졌다.

병원 사람들은 전혀 다른 디자인의 반지를 2개 낀 그녀를 보며 고개를 갸웃거렸지만 이경에게 반지는 그들의 사랑의 증거물이라고 할 수 있다. 덕현이 불안해하고 질투할 정도로 그녀를 사랑한다는 사실이 이경은 견딜 수 없이 기쁘다.

"보고 싶어요."

이경은 가만히 제 손에 끼인 반지에 입을 맞췄다. 지구 반대편에서 똑같은 마음으로 자신을 그리고 있을 덕현을 떠올리며 이경은 애틋한 그리움을 표시했다.

새벽에 전공의 기숙사에 들어가면 자는 사람들을 다 깨울 것 같아 의국 침대에서 잠이 들었다. 그런데 이곳도 그리 잠을 잘 만한 곳은 못되는 듯했다.

모긴가? 파린가? 무엇인가가 자꾸 그녀의 얼굴 주변에서 왔다 갔다 했다. 짜증 섞인 신음을 뱉어낸 이경이 몸을 옆으로 돌렸지만 정체 모를 벌레는 끈질겼다. 벌떡 일어나 파리 · 모기 살충제라도 뿌릴까 하는 마음이 들지 않는 것은 아니지만, 그러기에는 지금 그녀가 자고 있는 이 침대가 너무 포근했다.

이경은 팔을 뒤로 젖혀 형태 없는 도형을 그렸다. 벌레가 어디에 있는지는 모르지만 계속 휘두르다 보면 언젠가는 손에 맞아서 죽을 것이라는 방만한 의도로 이경은 열심히 팔을 돌렸다.

이경의 행동이 효과가 있었는지 간지러움은 사라졌다. 그런데 이상하게도 어디에선가 웃음소리가 들리는 듯했다.

"음냐, 치프 샘."

하지만 꿈이겠지.

이성을 피안의 저 너머로 갖다 버린 이경은 베개를 끌어안고 다시 잠에 빠져들었다. 꿈속에서 들리는 목소리는 덕현의 목소리를 닮았다. 이대로 잠들면 이번에는 덕현의 꿈을 꾸겠지.

이경은 헤실헤실 웃으며 달콤한 수면에 스스로를 던졌다. 아니, 던질 셈이었다.

"도이경."

웃음기 섞인 목소리가 이경의 귓가에서 울리기 전까지는.

"일어나. 나 왔어. 나 안 볼 거야? 곧 6시인데…… 회진도 돌아야지."

굳건하게 눈을 감고 있던 이경은 '6시'와 '회진'이라는 이야기에 현실로 돌아왔다. 본능적으로 번쩍 눈을 뜬 이경은 눈앞에 보이는 까만 눈동자 한 쌍을 보고 자신도 모르게 비명을 질렀다. 하지만 그것도 잠시, 목소리의 주인공을 깨달은 순간 이경은 빛의 속도로 그에게 달려들었다.

"치프 샘, 보고 싶었어요."

"나도 보고 싶었어."

덕현도 두 팔로 이경을 꽉 끌어안았다.

짐을 찾는 시간도 아까워 짐을 직접 가지고 비행기에 탑승했고, 공항에 도착하자마자 택시를 잡아타고 병원에 왔다. 전공의 기숙사에서 자고 있을 것이라는 것은 알고 있지만 그래도 혹시나 싶어 의국에 왔고, 그는 기적처럼 의국에서 이경을 발견했다.

"왜 의국에서 자고 그래? 불편하게……."

의국에서 이경을 발견해서 기쁘기는 하지만 동시에 의국에서 불편하게 자는 이경의 모습이 영 마음에 쓰인다.

덕현은 안타까움을 담아 이경의 볼을 쓸어내렸고, 이경은 괜찮다는 듯 씩씩하게 고개를 저었다.

"전 괜찮아요. 그게 어디 하루 이틀인가요? 그런데 그것보다…… 왜 벌써 오셨어요? 지금 와도 괜찮아요? 시험은요?"

정상적으로라면 오늘 저녁에 한국에 도착을 해야 하는 덕현이었기에 이경은 깜짝 놀라 덕현에게 질문했다.

그녀가 굳이 걱정을 안 해도 혼자서 잘하는 덕현이기는 했지만 이경은 혹시나 하는 심정으로 질문했고, 덕현은 이경의 질문이라면 무엇이든 다 좋다는 듯 빙긋빙긋하며 답변을 늘어놓았다.

"시험은 잘 봤어. 네 덕분이야. 그리고 네가 너무 보고 싶어서 나 먼저 왔어. 밤 비행기 타고. 혹시나 해서 검색해봤는데 마침 남은 좌석이 있더라고."

덕현이 자분자분 제 이야기를 털어놓았다. 그 몇 시간이 아깝고 아쉬워서 밤 비행기를 수배해서 타고 왔다는 이야기에 이경의 가슴은 말랑말랑 마시멜로처럼 달달해졌고, 매시간 매분 매초 네 생각뿐이었다는 덕현의 이야기에 이경의 눈에는 핑크빛 하트가 새겨졌다.

"너는 그동안 잘 지냈어?"

"못 지냈어요. 치프 샘이 너무 보고 싶어서 매일 눈물로 밤을 지새웠어요."

이경은 덕현에게 어리광 부리듯 매달려 그의 부재로 인한 괴로움을 토로했다. 진실이 섞인 적당한 거짓말은 관계 개선이 도움이 된다.

이경은 진실 100%에 과장 200%를 섞어 덕현이 없는 동안 외로워서 죽을 것 같았던 그녀의 일상에 대해 이야기를 늘어놓았다.

해가 떠도 덕현이고, 달이 떠도 덕현이고, 오직 덕현에 대한 마음뿐이었다는 이경의 말에 덕현은 한껏 감동했다. 그만큼 애절하고 애틋한 것은 그도 마찬가지였으니까.

"나도 그랬어. 책을 봐도 네가 떠오르고, 시험지를 볼 때도 네 얼굴이 자꾸만 떠올라서 너무 힘들었어. 그래도 우리의 쌍가락지가 있어 견딜 수 있었어."

덕현이 키득거렸다. 추억을 되살리는 '쌍가락지'라는 단어에 이경도 함께 키득거렸다.

"실은 저도 그랬어요. 덕현 샘이 걸었던 부재중 전화를 보면서 마음을 달래고, 우리의 쌍가락지를 보면서 그리움을 달래고……. 하지만 그래도 실물이 좋아요. 치프 샘이 너무 보고 싶었어요."

이경은 덕현의 가슴에 얼굴을 기대고 속삭였다. 이경의 절절한 고백 앞에 덕현은 어쩐지 목이 메어오는 것 같았다. 낮게 가라앉은 거친 목소리가 이경의 마음에 답했다.

"나도 그랬어."

"우리, 떨어져 있어도 같은 마음이었나 봐요."

이경이 덕현을 향해 달콤한 웃음을 흘렸다. 곱게 휘어진 눈을 보며 덕현은 마주 웃어 보였다. 미국에서 덕현은 이경의 저 얼굴과 웃음이 미치도록 그리웠다.

자신도 모르게 고개를 숙여 이경의 입술을 가볍게 훔친 덕현이 작은 목소리로 속삭이듯이 말했다.

"우리 도이경 선생님은 정말로 도 선생인가 보다. 내 마음을 전부 다 훔쳐간 것을 보니."

덕현의 말에 이경의 얼굴이 또다시 발그레 달아올랐다. 무뚝뚝한 천생 남자의 돌직구는 열혈처자의 마음을 설레게 했다. 이경의 대마왕 치프 샘이 근래 들어 조금 많이 달달해지기는 했지만 그래도 이런 작은 애정표현 하나하나가 참 소중하다.

이경은 벌어지는 입을 감출 수가 없었다. 사흘 동안 독수공방한 보람을 이제야 느끼나 싶어 이경은 속으로 폭풍 같은 눈물을 흘렸다. 하지만 겉으로는 도도한 척, 당연한 것 아니냐며 콧대를 높이고 새침을 떨었다.

"그거야 당연하죠. 치프 샘은 제 것인걸요. 치프 샘은 안 그래요? 내 맘이야 다 치프 샘 것이지, 뭐. 마음만 치프 샘 것인가? 몸도 그렇고 다 그렇지. 치프 샘도 그렇죠?"

입을 동그랗게 모은 이경이 종알거렸다. 속눈썹이 팔랑거리며 위로 올라갔다. 고혹적이면서도 유혹적인 모습에 덕현의 얼굴도 덩달아 붉어졌다.

"그거야…… 나도 네 거지."

흠흠, 헛기침을 한 덕현이 이경의 애교 앞에 신체포기선언을 했다.

이경은 덕현이 포기한 그의 몸을 헤벌쭉 음흉한 웃음을 흘리며 냉큼 챙겼다. 두 손으로 덕현의 얼굴을 감싸고 그의 입에 쪽, 하고 입을 맞췄다.

"그죠? 치프 샘 내 거 맞죠?"

입술도 내 것, 얼굴도 내 것, 넓은 가슴도 내 것, 탄탄한 어깨도 내 것, 머리끝부터 발끝까지 다 내 것! 음흉한 처자는 해맑게 웃으며 소유권 주장을 했다. 그리고 그 소유권 주장의 첫걸음으로 일단 덕현의 입술부터 챙겼다.

15장

그리 길지 않았던 여름, USMLE 시험 이후 덕현은 서서히 의국에서 손을 뗐다.

4년차들은 전문의 시험을 준비하느라 점점 병원에서 멀어졌고, 새로운 치프도 선출됐다. 그리고 이경은 조금씩 병원 일에 익숙해졌다. 하지만 그렇다고 푸념마저 하지 않는다는 이야기는 아니었다.

오늘도 한바탕 깨진 이경은 전문의 시험 직전인지라 집에서 '열공' 모드인 덕현과 통화를 하던 중이었다.

"그분 결국 돌아가셨어요."

이경은 한탄하듯 말을 꺼냈다. 살릴 수 있는 사람을 결국 떠나보냈다는 자괴감에 이경의 가슴은 쓰리고 또 쓰렸다. 지금 이경이 느끼고 있는 참담함을 알고 있는지라 수화기 너머의 덕현은 침묵으로 이경의 마음을 달랬다.

돈이 없어 가족을 포기할 수밖에 없는 보호자의 마음도 이해가 가고, 강제로 삶을 포기당한 환자를 보며 자괴감을 느끼는 의사의 마음도 이해한다. 덕현 또한 그 과정을 거쳤다.

"차라리 아무것도 모르던 때가 더 좋았던 것 같아요. 아는 것도 없고 할 줄 아는 것도 없는 무지무능 1년차라고 불려도 그때는 내 손으로 환자를 떠나보내지는 않았잖아요."

이경이 속삭이듯 중얼거렸다.

멋모르는 1년차는 아는 것도 없고 할 줄 아는 것도 없어서 무지무능(無知無能), 1년 동안 빡세게 구른 2년차는 아는 것은 없지만 해야 하는 것은 다 하는 무지전능(無知全能), 내공 꽉 찬 3년차는 무엇이나 알고 무엇이나 할 줄 알기 때문에 전지전능(全知全能), 말년병장 4년차는 알 건 다 알지만 귀찮아서 안 하기에 전지무능(全知無能)이라고 한다.

꽃피는 봄, 막 1년차가 됐던 그때에는 무지무능이라는 말이 참 싫었다. 의대에서 6년 동안 배우고, 또 인턴을 하며 열심히 배우고 겪었는데 아무것도 모르고 아무것도 못한다고 해서 이경은 속으로 참 많이 투덜거렸다. 그런데 그 무지에 시간이라는 양념을 가미하고, 현실이라는 안경을 띄우니 차라리 아무것도 모르던 그때가 좋았다 싶다.

"샘, 이게 의사인 거죠?"

이경이 젖은 목소리로 물었다.

"예전에 치프 샘이 나한테 했던 말이 이제야 이해가 가요. 의사는 무조건 환자에게 집중해야 한다는 것이요. 살릴 수 있는 환자를 의사의 게으름으로 놓쳐서는 안 된다던 그 말……. 이런 상황을 염두에 둔 것이었어요?"

수화기 너머에서 한숨이 흘러나왔다. 그리고 잠시 후 낮게 가라앉은 목소리가 들려왔다.

─의사는 사신(死神)과도 싸워야 하지만 환자가 처한 상황과도 싸워야 해. 경제적 부담 같은.

잠시 말을 멈춘 덕현이 다시 담담하게 이야기를 풀어냈다.

─병원비나 수술비 앞에서 주저하는 환자의 보호자와 싸워야 하고, 싸워서 이기면 다행이지만 지더라도 이해할 줄 알아야 해. 산 사람은 살아야 하니까.

"하지만!"

─성공확률이 100%가 아니잖아. 많은 돈을 쏟아부어서라도 환자를 살릴 수 있다면 다행이지만, 만약 실패하면? 남은 사람들을 걱정하는 거야.

잔인한 사실이지만 그것이 현실이다. 그리고 그렇게 환자를 포기한 후의 괴로움은 그 보호자들이 더하다. 의사는 보호자가 수술을 거부했다는 핑계라도 있지만, 보호자들은 가족의 죽음에 대한 죄책감과 자책을 평생 안고 살아야 한다. 때문에 의사는 환자의 보호자를 설득할지언정 비난할 수가 없다.

생명을 다루는 의사라면 누구나 한 적이 있는 고민 앞에서 좌절하고 슬퍼하는 이경을 보는 덕현의 마음이 애틋하고 안타까웠다. 수화기 너머에서는 연신 울음소리가 들려왔다. 천방지축 같던 도이경이 언제 이렇게 성장했나 하는 생각에 덕현의 머릿속에서는 만감이 교차했다.

한참의 울음소리가 들리고, 덕현은 그 울음을 침묵으로 위로했다. 어떤 말을 해도 위로가 될 수 없다는 것을 덕현은 경험으로 알고 있다.

"반짝반짝 작은 별 아름답게 비추네~♬"

"반…… 짝 반짝…… 작은…… 별 아름…… 답게 비추…… 네~♬"

"와! 잘했다! 윤아야, 정말 잘했어. 최고! 진짜로 최고!"

낯익은 목소리와 박수 소리에 덕현의 발걸음이 느려졌다.

"어머님, 윤아 노래 참 잘 불러요. 그렇죠?"

"네…… 선생님. 참…… 잘 불러요."

해맑게 소리치는 이경의 목소리와 울음기 가득한 보호자의 목소리가 대조적이다.

"에이, 어머니 왜 우세요. 이건 울 일이 아니에요. 윤아가 노래를 불렀잖아요. 발음도 분명하고. 이건 그만큼 뇌종양 제거가 잘됐다는 이야기예요. 사실…… 아시잖아요. 이건 정말 기뻐해야 할 일이에요."

뇌종양 수술을 한 아이가 제법 절망적인 상황이었나 보다. 예상과 달리 기적적으로 회복하고 있는 아이와 그에 기뻐하는 보호자는 제법 흔한 이야기다.

수풀 뒤에 몸을 숨긴 덕현이 희미한 미소를 지었다. 하도 울기에 걱정이 돼서 와봤더니 올 필요가 없었나 보다. 신경외과의 도이경은 그의 예상보다 훨씬 더 씩씩하고, 훨씬 더 용감한 사람이었다.

이대로 앞에 나서서 이경에게 알은척을 해야 하나, 아니면 뒤돌아 모르는 척 사라져야 하나 덕현이 고민할 때였다.

"어? 치프 샘!"

환자와 환자의 보호자에게 인사하고 돌아서던 이경의 눈에 덕현의 모습이 포착됐다.

"샘, 보고 싶었어요!"

덕현을 보자마자 신출내기 1년차로 되돌아간 이경이 개구리처럼 뛰어올라 덕현에게 달려들었다.

"인마!"

갑작스레 달려드는 이경에 놀란 덕현이 휘청하며 흔들렸지만 이경은 아랑곳하지 않고 덕현에게 매달렸다.

"우리 샘 어찌 아셨대, 내가 정말 보고 싶어 했던 것을."

방금 전까지만 해도 밝은 모습으로 노래하고, 또 보호자를 위로하던 모습은 어디로 갔는지 덕현 앞에 선 이경은 약하고 여리기 그지없었다.

이경은 덕현의 가슴에 얼굴을 묻었고, 덕현은 그런 이경의 머리를 하염없이 쓰다듬었다.

"많이 힘들었어?"

"아니요, 괜찮아요. 괜찮은데…… 내가 참 초라했어요. 너무 초라하고 작게만 느껴졌어요."

이경의 얼굴이 자리한 덕현의 가슴에서 물기가 느껴지는 듯했다. 두꺼운 재킷으로 인해 직접적으로 물기를 느낄 리는 없지만, 덕현은 그가 지금 느끼는 그 물기가 무엇보다 시리고 차가웠다.

"울어라. 그렇게 울고 다 흘려보내."

덕현이 이경의 등을 두드리고, 머리를 쓰다듬었다. 그리고 이경은 드디어 마음껏 울 수 있는 사람을 발견했다는 안도감에 죽음에 대한 좌절과 고통을 계속해서 토해냈다.

그렇게 적지 않은 시간이 흘렀다.

"좀 진정됐어?"

"아니요."

퉁퉁 부은 얼굴을 한 이경이 울음기 섞인 웃음으로 대꾸했다. 이것저것 사정 보지 않고 펑펑 울어 젖힌 스스로가 민망했는지 이경의 얼굴에는 민망함이라는 감정도 깃들어 있었다.

"그래, 잘 울었다."

덕현이 손을 뻗어 이경의 머리를 쓰다듬었다. 이경은 아무 말 없이 덕현의 어깨에 머리를 기댔다. 그녀의 치프 샘은 안정되고 의지가 되는 좋은 의사다. 사랑하는 사람으로서도 그렇지만, 한 사람의 의사로서는 더 그렇다. 그는 존경할 만한 사람이다.

겨우 의사로서의 한 발을 내디딘 이경은 덕현을 원망했던 자신의 과거를 떠올리며 죄책감에 몸을 떨었다.

"욕해서 미안해요."

"음?"

"은광이 같은 놈이라고 엄청 욕했어요, 사실은."

욕을 하기는 정말 많이 했다. 이경은 죄책감을 견디지 못하고 자수했다.

"은광이라니?"

"예전에 제가 보던 TV 프로그램 있죠? 토끼 나오던 것. 거기에 나오는 대마왕이요."

뜬금없는 이야기에 덕현이 황당한 눈길로 이경을 바라봤다. 뚫어져라 그녀를 바라보는 시선에 이경은 슬그머니 그 시선을 피하며 변명을 늘어놨다.

"하지만 그건 초창기였어요. 샘이 저를 좀 많이 들볶았잖아요. 저 정말 병원에서 쫓겨나는 줄 알았다고요."

이경이 목소리를 높여 그럴 수밖에 없었던 스스로를 변호했다.

"잘못한 것 알아요. 그래서 사과하잖아요. 그래도 사귀고 난 후에는 그런 적 없어요."

잘못한 것은 아는지 이경은 다시 목소리를 낮춰 재차 사과했다.

변화무쌍한 이경의 감정변화에 덕현은 어쩐지 웃음이 나왔다. 자신이 좀 과하게 이경을 교육시킨 것은 사실이고, 안 보는 데서는 나랏님 욕도 한다는데 이경 혼자 덕현을 욕한 것이 무슨 상관이랴! 심지어 사귀기도 전이라는데.

"미안해요."

하지만 이경은 덕현의 침묵을 분노라 생각한 모양이었다. 고개 숙인 이경이 연신 사과를 표했다. 그리고 덕현은 자신도 모르게 스멀스멀 장난기가 올라오는 것을 느꼈다.

"욕을…… 많이 했다는 말이지?"

"죄송해요."

풀 죽은 목소리가 더 이상 작아질 수 없을 만큼 작아졌다. 덕현의 얼굴에 조금 더 웃음이 번졌다.

"근데 그걸 왜 지금 말해?"

"그냥 생각났어요. 사과를 해야 한다는 것도."

"그럼 우리가 한창 데이트할 때 사과를 했어도 되는 거잖아."

"그때는 이런 생각 안 했죠."

"그러면?"

"……다른 생각 했어요. 야한 생각."

었으면서 꼬박꼬박 대답을 하는 모습을 보고 있자니 웃겨서 견딜 수가 없었다.

난데없이 터진 웃음보에 이경이 의아한 얼굴로 고개를 들었다. 그리고 벌게진 얼굴로 연신 웃고 있는 덕현을 보았다.

"샘!"

이경이 버럭 소리를 질렀다. 잘못한 것은 잘못한 것이고 놀림받는 것은 또 사정이 달랐다.

이경은 발을 동동 구르며 그만 하라 연신 채근했지만 이미 터진 웃음보는 수습이 불가능했고, 덕현은 벌겋게 변한 얼굴로 웃음을 참기 위해 안간힘을 써야만 했다.

덕현은 그가 남긴 키스마크가 사라지기 전에 합격소식을 들려주겠다고 장담했지만 키스마크는 2주일 만에 사라졌고 이경은 3주가 넘도록 덕현을 보지 못했다. 그리고 오늘 덕현은 2차 시험을 본다. 시계를 바라보는 이경의 눈망울이 어지럽게 흔들렸다.

H대 병원 3층 지하 대강당에서 시험이 진행된다고 했었나? 오전 타임에는 슬라이드 시험을 보고, 오후 타임에는 구술시험을 본다고 했으니 지금쯤 덕현은 구술시험을 보고 있을 것이 분명하다.

생각 같아서는 여느 수험생 가족처럼 절이나 성당, 교회에 가서 빌고 싶지만 이경은 무교이고, 무엇보다 지금 그녀는 할 일이 있었다.

"도이경 선생, 804호 뇌내출혈 최희은 환자 콜!"

인터폰을 받은 재웅이 우렁차게 소리쳤고, 이경은 그 자리에서 일어났다.

이경의 시간은 환자를 돌보기 위한 것이다. 오프를 받거나 퇴근을 한 이후에는 상관이 없지만 근무 시간에는 환자만을 생각해야 한다. 그러니까 지금은 덕현의 생각 따위 잠시 잊고, 이경은 의사로서의 의무를 다해야 한다.

804호를 향해 달려가는 이경의 머릿속에는 어느새 환자에 대한 생각만 가득했다.

-수고하셨습니다. 합격자발표는 의사협회 홈페이지 게재와 ARS를 통해 안내될 것입니다. 다들 좋은 결과 있으시기를 빕니다.

시험의 종료를 알리는 안내방송에 덕현은 온몸의 긴장이 풀리는 기분이었다. 그리고 그것은 덕현뿐만이 아닌지, 수험번호를 기준으로 모인 100명의 인원은 안내방송이 흘러나옴과 동시에 안도와 한숨, 기쁨과 회한 등 여러 가지 감정이 섞인 말들을 내뱉었다.

각각의 증례를 임상능력측정을 위주로 하여 몇 시간 동안이나 테스트하는 것은 수년간 병원에서 일했던 그들에게도 쉬운 일은 아니었다. 덕현은 손에 들린 전공의 기록부와 논문, 수술 기록지를 보며 말로 형언할 수 없는 묘한 기분을 느꼈다.

"잘 봤냐?"

동기 우형이 덕현에게 물었다.

"그럭저럭?"

서류 뭉치를 손에 든 덕현이 쓴웃음을 지으며 답했다.

"자식."

우형이 덕현의 머리를 거칠게 북북 긁었다.

"수석입학에 수석졸업, 레지던트로서도 승승장구했으면서 그럭저럭? 힐! 인마, 이 교수님 애제자가 그런 소리 한다고 하면 남들이 웃어."

"뭐야? 이 녀석이 그딴 소리를 했단 말이지?"

우형의 말에 곁에 있던 해욱도 그의 말을 거들었다. 덕현의 목에 팔을 꿴 두 사람은 그간의 수고와 고난을 잊고 거친 장난을 걸었고, 덕현도 오늘만큼은 그들의 장난을 기분 좋게 받아들였다.

"으악! 인마, 숨을 못 쉬겠다."

덕현은 일부러 캑캑대는 흉내를 냈고, 해욱과 우형은 그런 덕현을 보며 유쾌한 웃음을 흘렸다.

겨우 의사로서의 한 걸음을 더 뗐을 뿐, 펠로우며 개원의, 봉직의 등 미래가 막막하기는 마찬가지지만 세 사람은 오늘만은 모든 것을 잊고 시험이 끝났다는 것에 기뻐했다.

아파트 엘리베이터에서 나온 덕현이 흥겨운 웃음을 흘렸다. 자제할 수 없는 술을 즐기는 편은 아니지만 오늘만큼은 술에 취하고 기분에 취해 긴장을 풀었다.

시험은 나쁘지 않은 성적을 받을 것 같고, USMLE까지 준비한 만큼 무사히 펠로우로 병원에 남을 수도 있을 것 같다. 지금으로서는 모든 것이 덕현의 계획대로 성공적으로 이뤄졌다.

"도…… 이경?"

그런데 집의 현관을 향해 걸어가던 덕현이 이맛살을 찌푸리며 이경의 이름을 불렀다. 술에 취해 환영이 보이는 것인지 현관문 앞에 주저앉아 있는 이경이 보였다. 하지만 설마 그럴 리가! 이경은 지금 병원에 있어야 하는 존재였다.

덕현은 머리를 절레절레 흔들어 정신을 차리려고 애썼다. 물체가 겹쳐지는 것도 없고, 걸음도 일직선으로 걷는데 또 도이경이 보인다. 현관문 앞에 웅크리고 앉은 이경은 꾸벅꾸벅 졸고 있었다.

그제야 이경이 환상이 아닌 실체라는 사실을 깨달은 덕현은 깜짝 놀라 현관으로 달려갔다.

"이경아!"

그가 바닥에 무릎을 꿇고 앉아 이경과 눈높이를 맞췄다. 덕현이 잡은 이경의 몸은 심하게 차가웠다.

"이경아, 도이경!"

덕현이 이경의 몸을 가볍게 흔들었다. 신콥인가 싶어 덕현은 순식간에 술이 깨는 듯했다. MT에서, 그리고 의국에서 신콥으로 쓰러졌던 이경을 떠올린 덕현은 119를 부르기 위해 휴대전화를 꺼내 들었다. 그리고 그때였다.

"샘? 지금 왔어요?"

이경이 눈을 비비며 덕현을 불렀다.

"이경아, 괜찮아?"

덕현은 황급히 이경을 불렀다. 바쁜 일정 탓에 이경과 함께하지 못한 것이 다소 서운하고 아쉬운 것은 사실이었지만 응급실에서 이경과 함께 있는 광경을 바란 것은 아니었다. 덕현은 바쁘더라도 건강한 도이경을 원했다.

"네. 시험은 잘 봤어요?"

이경이 배시시 웃으며 덕현에게 안겨들었다. 잠에 취한 것 같은 모습이었지만, 밖에서 꽤 오래 있었던 듯 이경의 몸은 너무 차가웠다. 덕현은 이경을 품에 안고 몸을 일으켰다.

"도대체 몇 시간이나 밖에 있었던 거야? 전화라도 하지……."

덕현은 술을 마시며 시간을 낭비했던 스스로를 원망하며 집 안으로 들어갔다.

이경을 소파에 앉힌 덕현은 실내온도를 높이고 담요를 꺼내 이경의 몸에 덮었다. 그리고 이경의 손과 발을 확인했다. 다행히 동상은 아닌 것 같지만 이경의 몸은 평소와 달리 너무 차가웠다.

십년감수했던 방금 전을 떠올린 덕현은 낮게 욕설을 뱉으며 이경의 수족을 자신의 손으로 녹였다.

"치프 샘, 나는 괜찮은데……."

"괜찮기는 뭐가 괜찮아? 도대체 얼마나 기다린 거야?"

"5시요."

마사지를 하며 혈액순환을 돕던 덕현의 손이 일시에 멈췄다.

"5시?"

"네. 오프 받았거든요. 치프 샘이 시험 끝나고 집에 왔을 때

제가 짠! 서프라이즈! 그러면서 맞아주고 싶었어요."

이경이 배시시 웃음을 흘렸다. 이경의 속없는 웃음에 덕현의 속은 화르르 불타올랐다.

"지금 몇 신 줄 알아? 대충 기다리고 안 오면 집에 가든가! 아니, 그럴 필요도 없이 그냥 연락을 했으면 되잖아."

"하지만요……."

덕현은 변명하려는 이경을 와락 품에 안았다. 이경의 몸은 여전히 차가웠고, 그것이 다 그 때문이라 생각하는 덕현의 마음은 쓰리고 아팠다.

"이경아, 이러지 마라. 나는 혹시라도 네가 잘못됐을까 봐……."

잠깐 사이에 덕현의 머릿속에서 오간 수없이 많이 생각이 떠올라 덕현은 차마 말을 뱉을 수가 없었다. 이경은 손을 뻗어 그런 덕현의 등을 쓰다듬었다. 심하게 놀란 모양이었다.

"내가 잘못될 리가 없잖아요."

이경이 쓴웃음을 지으며 말했다.

"그냥 잠깐 존 것뿐이에요. 당직 때문에 피곤해서. 치프 샘, 뭔가 잘못 생각하고 있는 모양인데 나는 절대 혼자서는 안 죽어요. 물귀신이니까. 내 남자를 두고 죽기는 왜 죽는대? 죽을 거면 치프 샘이랑 같이 죽을 거예요."

이경이 귀신 흉내를 내며 덕현을 간질였다. 제 딴에는 기분을 풀어준다고 하는 것 같았는데 불행히도 덕현은 하나도 안 웃겼다.

"난 그거 싫다."

"에? 그럼 치프 샘, 나 혼자 죽어요? 너무하다!"

"너무해도 좋아. 그러니까 살아. 죽느니 어쩌니 하는 말은 하지도 말고. 농담이라도 그런 말은 하지 마."

기겁하며 싫어하는 덕현의 모습에 이경이 작은 목소리로 그를 불렀다. 이경의 목소리에는 미안함이 잔뜩 담겨 있었다.

덕현은 한숨을 내쉬었다. 단호하게 말을 자르기는 했지만 시무룩한 이경의 모습이 기꺼운 것은 아니었다.

덕현은 이경을 제 품에서 내려놓았다. 대신 손을 뻗어 이경의 얼굴을 그의 두 손 안에 가두었다. 두 손으로 이경의 얼굴을 붙들고, 엄지손가락으로 이경의 차가운 볼과 눈가를 매만졌다. 덕현이 진지하게 말했다.

"난 뭐라고 해도 네 건강이 최우선이야. 알았지? 서프라이즈 파티 따원 필요 없어. 너만 있으면 돼!"

단호하게 잘라 말한 덕현이 이경을 품에 안았다. 덕현의 얼굴 속에는 전에 없던 단호함이 덧붙여졌다. 이경을 안은 덕현의 팔에 힘이 들어갔다. 이경은 가만히 덕현의 어깨에 얼굴을 묻었다.

"샘, 진짜 놀랐구나."

연민과 반성이 섞어 이경이 중얼거렸다. 이경이 말에 덕현의 팔에 다시 힘이 들어갔다. 팔뚝에 도드라진 핏줄을 보며 이경이 가볍게 한숨을 내쉬었다.

당분간은 얌전히 있는 것이 덕현의 정신건강에 좋을 것 같았지만, 사람이 인형도 아니고 몇십 분이고 꼼짝 않고 있을 수는 없었다.

덕현의 품에 안겨 눈동자만 데굴거리던 이경이 살그머니 혀를
내밀었다. 이경은 덕현의 어깨에 얼굴을 묻고 있었고, 와이셔츠를
적시는 것은 두꺼운 겨울 코트를 적시는 것보다 훨씬 수고가 덜했
다.

이경을 잃을 뻔했다는 감정 속에서 스스로를 자제하고 있었는
데, 어느 순간부터 쇄골 부근에서 이경의 따뜻한 입술이 느껴졌
다. 따뜻하고 촉촉한 입김이 반복적으로 덕현의 살을 자극했다.
그리고 덕현이 그것을 깨닫고 고개를 내리자 배시시 웃는 얼굴로
눈을 깜박이는 이경이 보였다.

"헤헤."

순박한 웃음을 지은 이경은 아무것도 모르는 척 손을 뻗어 덕
현의 넥타이를 잡아당겼다.

"치프 샘, 근데 우리 계속 이렇게 있어요?"

이경은 자신이 적신 덕현의 와이셔츠 위를 손가락으로 지분거
리면서 말했다. 덕현이 정신을 차리지 못하고 있는 사이, 이경의
손가락은 덕현의 옷자락을 마음껏 파고들었다. 정신을 차려 보니
덕현의 코트는 단추가 모두 다 풀린 이후였고, 양복 재킷이며 와
이셔츠라고 별다를 것은 없었다.

"오프라고 신나서 왔는데……."

이경이 말을 늘이는 사이, 이경의 손가락은 덕현의 와이셔츠
밑으로 파고들어 덕현의 맨살을 가볍게 긁었다.

"복수혈전을 할 생각도 했어요."

나른하게 중얼거린 이경이 덕현의 오른쪽 목덜미에 더운 김을
뱉었다. 방금 전의 그것이 따뜻하고 촉촉했다면, 지금 이경의 입

김은 뜨겁고 끈적끈적했다. 덕현의 목덜미를 탐하는 이경의 지분거림에 덕현은 점점 다리의 힘이 풀리는 것을 느꼈다.

"내가 얼마나 고생했는지 알아요, 그 키스 마크 때문에?"

이경은 덕현의 목덜미를 강하게 깨물었다.

"음."

낮게 깔린 거친 신음이 덕현의 감정을 대신했다. 단호하기만 하던 덕현의 눈동자에는 어느새 뜨겁고 거친 열정이 깃들었다. 탁한 눈빛으로 그녀를 바라보는 덕현을 보며 이경은 만족스러운 표정을 지었다.

"여기도 깨물고, 여기도 깨물고. 나는 키스마크를 2개 만들어줄 생각이었어요."

이경은 오른쪽 목덜미와 왼쪽 목덜미를 번갈아 깨물었다. 덕현의 입에서는 자신도 모르는 신음 소리가 더욱 진하게 새어나왔다. 이경은 덕현의 턱선을 따라 혀를 이동시켰다. 닿을 듯 말 듯 아슬아슬하면서도 간질간질한 느낌으로 혀의 감각을 극대화시켰다.

'아, 이대로 넘어뜨릴까 보다.'

이경이 히죽 웃으며 음흉한 미소를 흘렸다. 이경은 제법 학습 능력이 뛰어난 편이었고, 덕현은 생각보다 단순한 남자였다. 담요를 던져버린 이경은 두 다리를 벌려 덕현의 허벅지 위에 올라갔다. 덕현은 마치 만찬을 기다리듯 얌전한 모습으로 이경을 보고 있었다.

이경은 허리를 좀 더 위로 올렸다. 상체를 위로 올리고, 몸무게를 추 삼아 덕현을 넘어뜨릴 셈이었다. 하지만 그때였다.

"어?"

순간 덕현이 이경의 팔을 잡아당겨 그녀를 바닥에 넘어뜨렸다. 이경은 순간적으로 시야가 뒤집히는 경험을 했다. 그리고 난폭한 키스가 이어졌다. 덕현은 이경의 모든 것을 약탈하겠다는 듯 거칠고 강렬한 키스를 시도했다.

덕현은 이경의 다리를 들어 그의 허리에 감고, 이경의 몸을 그에 품 안에 가뒀다. 그리고 이경의 옷자락을 끌어 올려 이경의 몸을 배꼽에서부터 가슴까지 천천히 쓸어 올렸다. 커다란 손이 이경의 가슴을 감쌌고, 이경이 그것을 깨달았을 때에는 덕현이 페이스를 되찾은 후였다.

"도이경, 넌 너무 겁이 없어. 알아?"

올려다보는 덕현의 얼굴은 조금 비열하고, 조금 거칠어 보였다.

"최대한 지켜주고 싶었는데 매번 도발해. 안 그래?"

젖가슴을 감싸고 있던 덕현의 손이 조금씩 움직였다. 유륜을 따라 원형을 그리고 발딱 솟아오른 유두에 힘을 가했다.

"아!"

이경의 몸이 곡선으로 휘어졌다. 신음 소리와 도발적 동작에 덕현은 조금 더 진한 미소를 지었다. 머리를 숙여 덕현이 이경의 유두를 향해 머리를 숙였다.

유두에서는 축축한 타액이 느껴지고, 이경의 가슴 부근에서는 간질간질하니 머리카락의 감촉이 느껴졌다. 시원한 남자의 향수 냄새와 샴푸 냄새가 이경의 코를 자극했다.

이경은 마치 최면이라도 걸린 듯 덕현을 향해 팔을 뻗었다. 도대체 언제 벗겨진 것인지는 모르겠지만 이경의 몸에는 실 한 오라기 걸친 것도 없었고, 덕분에 이경은 아무런 장애 없이 덕현의 목에 팔을 감쌀 수 있었다.

고통인지 쾌락인지 알 수 없는 시간이 흘러갔다. 이경은 덕현에게 자신의 몸을 맡겼고, 덕현은 마음껏 이경의 몸을 탐했다. 날카로운 신음 소리와 거친 숨소리, 부드러운 애무가 그들 사이에 던져진 모든 것이었다.

"치프 샘."

이경이 낮고 거친 목소리로 덕현을 불렀다. 취한 듯 몽롱한 눈이 뜨겁게 이경을 바라보았다. 이경은 이 순간, 그녀가 덕현을 지배한다는 것을 깨달았다.

요염하게 웃은 이경이 덕현의 허리에 감싼 자신의 한쪽 다리를 슬쩍 위로 올렸다. 덕현은 본능적으로 이경의 허벅지를 잡아챘다. 그는 아직 이경이 그에게서 떨어지는 것을 원하지 않았다. 덕현의 오른손은 이경의 왼쪽 허벅지를 강하게 잡았고, 그의 왼손은 이경의 오른쪽 허벅지를 다른 방향으로 넓게 벌렸다.

덕현은 이경의 다리 사이에 자리를 잡았고, 이경은 나른하고 요염했던 그녀의 게임이 끝났음을 직감했다. 혀끝으로 그를 희롱하는 것도 여기까지였다. 허벅지를 타고 올라오는 덕현의 손을 느끼며 이경은 덕현에게 그녀를 놓아버렸다.

뜨거운 형광등 빛 아래 덕현은 이경을 품에 안았다. 이경의 다리를 벌렸고, 그 안에 스스로를 묻었다. 그리고 천천히 그를 채웠다. 뻐근한 이물감에 이경이 신음을 흘렸지만, 지금 이 순간은 배려보다는 자유분방한 쾌락을 우선으로 했다.

조심스럽고 달콤했던 이전과 달리, 거칠고 본능적으로 움직였다. 이경의 엉덩이를 움켜진 덕현은 철저하게 자신의 욕심을 채웠다. 이경은 팔을 뻗어 그런 덕현에게 매달렸다. 덕현의 욕망이 밀물처럼 밀려 들어오는 동시에, 이경 자신의 욕망이 아프도록 강렬하게 느껴졌다. 오랜만의 결합은 그들에게 색다른 감정을 불러일으켰다. 그리고 절정이 왔다.

덕현은 신음하듯 이경의 이름을 불렀다. 이경 위에 무너진 덕현은 그녀의 어깨 위에서 거친 호흡을 정리했다. 기분 좋은 압박감이 느껴졌다. 이경은 팔을 뻗어 덕현의 등을 끌어안았다.

이경이 움직였다는 사실을 깨닫자 이경 위에 엎어져 있던 덕현이 잔웃음을 흘렸다.

"힘들지 않았어?"

몸을 뒤집어 위에서 내려온 덕현이 이경을 품에 끌어안으며 말했다. 이경의 머릿속에 코를 파묻은 덕현은 배부른 짐승 같은 나른함이 느껴졌다.

"전혀요."

이경의 유두를 만지작거리던 덕현의 손을 가볍게 쳐낸 이경이 방긋 웃는 얼굴로 덕현의 팔에 매달렸다.

"치프 샘은요?"

"난 힘들었어. 우리 도 선생님이 너무 급하게 구셔서."

덕현은 이경의 허벅지 사이에 손을 집어넣으면서 말했다. 한껏 예민해져 있는 여성을 만지는 덕현의 손길은 섬세하면서도 집요했다.

"아!"

요부처럼 나른하던 이경은 한순간에 처녀처럼 몸을 비틀었다.

"치프 샘, 이건…… 아흣!"

"어때?"

"이건…… 비겁해."

이경이 울상이 되어 신음했다. 덕현은 방금 전의 성급했던 자신과 달리 조금 느긋하고 여유로운 쾌락을 추구했다.

"비겁해?"

이경은 단호하게 고개를 끄덕였다. 더 이상의 쾌락을 추구하고 싶지 않다는 의지에 덕현은 얌전히 물러나 이경의 좌골에 입을 맞췄다.

"그래. 그럼 오늘은 여기까지."

화장실에 가서 수건을 적셔온 덕현이 이경의 다리 사이를 닦았다. 직접적으로 몸을 섞을 때보다 더 은밀하고 친밀한 동작에 이경이 당황하며 다리를 모았지만, 덕현은 이것만은 양보할 수 없다는 듯 단호하게 다리를 벌려 동작을 이어갔다.

쾌락을 흔적을 닦아낸 덕현은 예민해진 몸에 얇은 천을 입혔다. 이런 부분에서만 유독 부끄러움이 많은 이경에 대한 배려였다.

덕현이 옷가지를 줍고 담요를 정리하는 사이, 이경은 소파에 반쯤 드러누워 그의 벌거벗은 뒤태를 감상했다.

"볼 때마다 느끼는 것이지만 치프 샘 뒤태 끝내줘요."

엉큼한 감탄사에 덕현이 뒤를 돌아봤다. 어느새 기운을 차린 이경은 장난기 가득한 얼굴로 엄지를 치켜들고 있었다. 피식 웃은 덕현이 이경에게 다가가 애정이 듬뿍 담아 입을 맞췄다.

"앞태도 보여줄까? 누드쇼는 어때?"

철혈의 대마왕 같지 않은 장난기에 이경이 깔깔거리면서 웃었다. 이경의 천진한 웃음에 덕현은 다정한 손길로 이경의 흐트러진 머리카락을 쓸어 넘겨줬다.

"뭘 그렇게 웃고 그래?"

"웃기잖아요."

"웃기기는. 머지않아 매일 이런 모습을 볼 텐데?"

덕현이 익살맞은 표정으로 말했다. 그리고 이경은 그 순간 눈이 휘둥그레졌다.

"머지않다니요?"

"결혼하면 그럴 거라고."

"설마, 치프 샘 나한테 청혼하는 거예요?"

이경은 전혀 생각도 안 해봤다는 듯 놀란 얼굴을 했다.

"이런, 청혼은…… 무린가?"

"세상에나! 진짜 청혼이에요?"

겸연쩍어하는 덕현을 본 이경이 다시 반문했다.

"프러포즈는 새로 해야겠지만 마음을 전하고 싶었어. 아까 네가 쓰러졌다고 생각했을 때 나는 내가 널 정말 사랑한다는 것을 깨달았다. 그리고 만약 네가 아프거나 그러면 내게 연락이 오지 않을 수도 있다는 것을 깨달았어. 그 순간 느꼈던 절망은……."

말끝을 흐린 덕현은 더듬더듬 이어지지 않는 문장으로 말을 이었다. 아플 때도, 건강할 때도 이경의 곁에 평생 있고 싶다는 것이 덕현이 말하는 요지였다.

덕현은 혹시라도 제 마음을 거부당할까 봐 나중에 꽃과 반지를 준비해서 보다 화려하고 멋들어진 프러포즈를 하겠다고 약속했다. 하지만⋯⋯.

"아니요. 치프 샘! 정말 아니에요. 있잖아요⋯⋯ 이것으로 충분해요."

이경은 환한 미소를 지으며 덕현에게 안겼다. 그녀가 아는 덕현은 달달한 고백을 하느니 차라리 논문을 한 편 써서 발표하는 것을 더 쉽다고 생각하는 사람이다.

그가 책을 외워서 고백을 했을 때에도 감동적이었지만, 아무런 준비 없이 제 마음을 솔직하게 고백하는 것은 더 큰 감동이었다.

"치프 샘, 정말 사랑해요."

이경은 제가 느끼는 이 감정을 덕현에게 고스란히 전해주고 싶었다. 덕현에게 달려들어 키스하는 이경의 얼굴에는 진한 기쁨과 환희가 가득했다.

에필로그 1

소년은 한결 성숙해진 모습으로 TV 화면 앞에 섰다.

이제 자신은 어린아이가 아니니 토끼 같은 미물과는 싸우지 않겠다고 진지한 목소리로 말하는 은광이를 보고 있자니 이경은 자꾸만 웃음이 나왔다.

하지만 그보다 더 웃긴 것은 인터뷰를 하는 은광이 뒤에서 치고받으며 싸우고 있는 요크셔테리어 멍돌이와 깡패토끼 토순이었다. 지난날 토순이에게 당한 복수전이라도 하듯 오늘은 요크셔테리어인 멍돌이 쪽이 조금 더 우세한 분위기였지만 그들 중 누가 더 우세한가에 대해서는 쉽게 단정할 수 없었다.

이경의 눈은 어느새 소년의 뒤를 향해 있었다.

세상에서 가장 재미있는 것이 불구경과 싸움구경이라고 했던가? 어른인 척, 철이 든 척 하는 꼬마 도령보다는 신나게 싸우는 동물들이 더 볼 것이 많았다. 그리고 그것은 담당 PD도 이경과 같은 생각인 듯 카메라는 동물들을 중심으로 돌아갔다.

'서부의 무법자' OST 사운드가 깔리고, 요크셔테리어와 갈색 토끼가 한 번씩 클로즈업이 됐다. 그들에게는 '도전자'와 '무법자'라는 이름표도 붙었다.

「준비는 됐겠지?」
「그럼, 물론이지!」

애니메이션 같은 성우의 대사 처리 후, 요크셔테리어와 갈색 토끼는 본격적으로 싸움에 나섰다. 바야흐로 견토지쟁(犬兎之爭), 양자 중 누구도 이득을 보지 못한다는 개와 토끼의 싸움이 시작되었다.

이경은 주먹을 꽉 쥐고 토순이의 싸움을 응원했다. 이전처럼 덕현과 그녀의 모습을 동물들에게 이입하지는 않지만 토순이의 난폭한 전투는 여전히 이경에게 아드레날린과 카타르시스를 분출시켰다. 확실히 스트레스 해소는 싸움구경이 최고다.

그렇게 이경이 토순이의 움직임에 장단을 맞춰 주먹을 휘두르고 있을 때였다.

"또 그거 봐?"

낯익은 목소리와 함께 이경을 덮고 있던 이불이 한순간에 허공으로 날아갔다. 놀란 이경이 눈을 깜박이는 사이 목소리의 주인공은 순식간에 이경의 시야에 침범했다.

"어쩐 일이에요?"

이경이 휘둥그레한 눈으로 질문했다. 전문의 시험에 붙고 난후, 현재는 진해에서 국방의 의무를 수행하고 있는 덕현이었기에 이경은 더욱더 놀라운 눈으로 덕현을 바라보았다.

"내 집인데 이야기를 하고 와야 하나?"

덕현이 이경의 입술에 입을 맞추며 말했다. 이경도 덕현을 따라 그의 입술에 입맞춤을 돌려주었다. 하지만 지금은 달콤한 키스보다 의문점을 더 해결하고 싶었다.

"집에 이야기를 하고 와야 한다는 것이 아니라 궁금하잖아요. 이 시간에 올 리가 없는 사람인데 집에 오니까."

황당함이 가득한 이경의 물음에 덕현은 피식 웃음을 흘렸다. 이 아주머니, 또 깜박하셨다.

덕현은 이경의 이마에 다시 한 번 입을 맞추며 그녀의 질문에 대답했다.

"달력 한번 봐봐. 오늘이 몇 월 며칠인가."

"그거야……."

덕현의 질문에 이경은 영문을 모르겠다는 얼굴로 달력을 찾았다. 그리고 그 즉시 얼굴이 하얗게 질렸다.

잊지 말자고 빨간색으로 체크까지 해놓고 이경은 덕현의 휴가를 잊고 있었다. 울상이 된 이경이 미안하다는 표정으로 머리를 숙였다.

"세상에나……. 미안해요. 나 바본가 봐."

이경이 웅얼거리며 사과를 했다. 하지만 덕현은 대수롭지 않은 표정으로 이경의 어깨를 다독였다. 임신건망증은 모체의 뇌가 태아의 욕구에 집중하기 때문에 공백이 생겨 발생하는 일이라 그녀의 의지로는 컨트롤이 불가능한 부분이었다.

이경의 궁금증을 풀어준 덕현은 그들의 꼬마에게도 인사를 건넸다.

"잘 지냈지?"

볼록한 배를 두드리는 덕현의 손에서 애정이 배어나왔다.

그들이 뜨겁게 불타올랐던 그날 밤, 천사는 조금의 여유도 없이 그들에게 날아왔다. 이경의 커리어와 덕현의 군의관 근무 때문에 고민을 하기는 했지만, 선택은 정해져 있었다.

"잘 지내죠. 태동도 얼마나 씩씩한데."

지금은 엄마 천사가 대답을 대신하지만 나중엔 네 목소리를 직접 들을 수 있길 기대하마.

꼬마에게 인사를 건넨 덕현은 이경에게 다시 달콤한 미소를 지어 보였다. 군의관 근무로 인해 곁에 있어주지도 못하는데 항상 씩씩한 이경이 덕현은 참 고마웠다. 이경의 배에 가볍게 입을 맞춘 덕현이 다시 몸을 일으켰다.

"몸은 좀 어때? 내가 곁에 있어줘야 하는데……."

"발령이 그쪽으로 났는데 어쩌겠어요. 그래도 요즘은 출산휴가를 받아 집에서 쉬니까 좀 괜찮아요. 의국 사람들한테는 좀 미안하지만. 암튼 일단 앉아요. 아, 밥은 먹었어요?"

배시시 웃으며 말을 늘어놓은 이경은 뒤늦게 깨달은 사실에 호들갑스레 질문을 던졌다. 물론 식사는 안 했다. 하지만 덕현은 식사보다는 더 고픈 것이 있었다.

"그건 괜찮아. 당신은 어때? 식사는 했어? 꼬마가 또 속을 썩인 것은 아니지?"

덕현은 소파에서 일어나려는 이경의 손목을 슬그머니 잡아끌었다.

그들의 소파에는 이불도 있고, 베개도 있었다. 쿠션도 제법 괜찮고……. 경험상 임시 침대로 쓰기에 전혀 모자람이 없었다.

의뭉스런 미소를 지은 덕현은 소파에 엉덩이를 붙이고 이경을 그의 곁으로 잡아끌었다. 배가 나오기는 했지만 이경은 여전히 덕현에겐 최고로 아름다운 사람이었다.

"꼬마가 속을 썩일 일이 뭐가 있어요? 이제 입덧도 안 하는데……."

아무 생각 없이 대답을 늘어놓던 이경은 덕현의 수상한 행동에 조용히 입을 다물었다. 이경의 손을 잡은 덕현은 검지로 이경의 손바닥을 살살 긁고 있었다.

의미 없는 도형을 반복적으로 그리다가 이경의 입이 다물리자 하트를 그렸고, 그다음에는 이경의 손바닥에 입을 맞추었다. 각을 세운 혀가 이경의 손바닥을 자극했다. 이경과 덕현의 눈이 동시에 묘한 빛을 띠었다.

"아직 낮인데……."

"커튼 치면 몰라."

"그래도……."

"우리 둘밖에 없는데, 뭐."

덕현의 적극성에 이경의 몸이 슬금슬금 덕현을 향해 기울어졌다. 부정적인 말을 내놓으면서도 이경은 조금씩 흔들리고 있었다. 오랜만에 만난 덕현은 여전히 잘생기고 멋졌으니까.

결혼을 하고 임신을 해도 도이경은 여전히 도이경, 인간 도이경은 참 속이 시커먼 여자였다.

"나 보고 싶었어요?"

"그럼."

"여전히 내가 제일 예쁘고?"

"당연하지."

이경은 조금씩 덕현의 몸에 손을 가져다 댔다. 탄탄한 가슴도 내 것이고, 넓은 어깨도 내 것이고, 다 내 것인데 해가 중천에 떠 있든 말든 그게 무슨 상관이란 말인가!

이경과 덕현의 눈이 동시에 초승달을 그리며 휘어졌다. 덕현이 헛기침을 하며 입을 열었다.

"그럼…… 안으로 들어갈까?"

"아이, 그런 건 말로 안 해도 된다니까요."

고개를 살짝 돌린 이경은 발그레한 얼굴로 덕현의 가슴에 작은 원을 그렸다. 이경의 적극성에 덕현의 턱이 단단하게 다물렸다. 덕현의 입술 사이에서 뜨겁고 거친 숨결이 새어나오는 광경을 보며 이경이 지그시 입술을 깨물었다.

거칠게 이경을 낚아챈 덕현은 이경의 입술에 스스로를 파묻었다. 그의 단단한 팔이 이경의 허리를 감싸 안았고, 또 다른 팔이 이경의 뒤통수에 와 닿았다.

두 사람의 혀가 얽히고, 타액이 교환되었다. 호흡을 빼앗고 숨을 빼앗고 상대의 정기를 빼앗았다.

잘근거리며 이경의 입술을 깨문 덕현의 입술이 아래로 내려왔다. 그리고 그와 동시에 덕현의 손이 움직였다. 허리를 감싸 안던 덕현의 손이 이경의 블라우스 안으로 파고들었다. 맨살에서 느끼는 덕현의 체온은 생각보다 훨씬 더 뜨거웠다.

더운 여름, 그 여름보다 더 뜨거운 집안이었지만 두 사람은 더운 줄도 모르고 열정을 발산했다.

「네! 강합니다! 역시 토순이! 우리의 깡패토끼였습니다.」

미처 끄지 못한 스마트폰으로 인해 이불 속에서 우렁찬 목소리가 들려왔지만, 두 사람은 깡패토끼가 무엇을 하든 전혀 아랑곳하지 않고 서로에게만 충실했다.

끊임없는 갈증 속에 만족은 없었고, 두 사람은 철저하게 서로에게만 집중했다.

에필로그 2

아이의 얼굴엔 영광의 상처가 가득했다. 뺨에는 손톱자국, 손등엔 이빨자국, 아침에 이경이 예쁘게 묶어준 머리는 머리카락이 이리저리 어지럽게 튀어나와 있었다. 아이를 보는 덕현의 얼굴에 그림자가 스쳤다.

태교가 잘못된 것이 분명했다. 그놈의 깡패토끼가 가장 큰 패착이었다. 최소한 임신을 했을 때만이라도 그것을 보지 못하도록 말렸어야 했다. 남몰래 한숨을 쉰 덕현이 지원을 설득하기 위해 입을 열었다.

"지원아, 그러지 말고……."

"싫어!"

지원의 입에서는 다시 한 번 거절의 말이 튀어나왔다. 지원은 말만으로는 부족했는지 아예 덕현의 다리를 붙들고 늘어졌다.

"사줘요. 나도 사주세요. 네? 아빠!"

지원은 금방이라도 눈물을 쏟을 것 같은 애절한 표정을 지었다. 덕현은 어렵게 다잡은 마음이 흔들리는 것을 느꼈다.

세상에서 가장 사랑하는 딸, 지원이 원한다면 하늘의 별인들 못 따다 줄까마는 덕현에게도 이유는 있었다. 덕현은 당장이라도 고개를 끄덕이고 싶은 자신의 마음을 억지로 억누르며 엄하게 지원에게 거부 의사를 밝혔다.

"동생은 사줄 수 있는 것이 아니라고 했잖아."

"왜? 누피는 사왔어. 마트에서 형이랑 동생이랑 다 사왔어. 근데 왜 아빤 못 사줘?"

지원은 반항기 가득한 목소리로 따져 물었다. 덕현은 한숨이 나와 자신도 모르게 천장을 올려다보았다. 망할 놈의 동화책, 인생에 도움을 안 준다.

바로 어젯밤만 해도 지원을 재울 때 유용하게 사용했는지라 참 고맙게만 느껴졌던 동화책이지만, 오늘은 조금 사정이 달랐다. 애초에 마트에서 형과 동생을 사온다는 설정 자체가 문제였다. 그리고 누피야 강아지니까 마트에서 형과 동생을 사올 수가 있지, 사람을 어떻게 마트에서 사온단 말인가!

한숨을 쉰 덕현은 다시 한 번 지원을 설득하기 위해 노력했지만, 동생에게 눈먼 7살 꼬마에게 이성적인 논리는 전혀 먹히지가 않았다.

"싫어! 싫어! 싫어! 혜미는 동생이 있는데! 그래서 나한테 넌 동생도 없냐고 놀렸단 말이야."

지원이 울먹이며 말했다. 그녀를 놀린 혜미와 싸웠기 때문에 이제는 놀 친구도 없다고, 꼭 동생이 필요하다고 훌쩍이는 지원 앞에 덕현은 한숨만 연신 내쉬었다.

생각 같아서는 그도 지원에게 동생을 만들어주고 싶었다. 하지만 임신과 출산 때문에 이경의 커리어가 많이 늦춰졌다는 사실을 알기 때문에 덕현은 차마 이경에게 이런 이야기를 꺼내놓을 수가 없었다.

"지원아."

"싫어. 정말 싫어. 나도 동생 사줘. 나도 동생 필요해!"

강짜를 부리던 지원은 결국 덕현의 다리를 붙잡고 대성통곡을 시작했다. 동생도 하나 못 만들어주는 무능한 엄마와 아빠를 탓하는 지원의 목소리에서는 서러움이 물씬 배어났다.

동생만 있으면 혜미에게 자랑할 수도 있고, 혜미와 싸울 때 동생이 자신을 응원해줄 수도 있었다. 그리고 인형놀이와 소꿉장난도 함께할 수 있었다.

지원은 동생만 사주면 착한 언니, 착한 누나가 되겠다며 덕현을 졸라댔다. 피아노도 열심히 하고, 친구들과도 싸우지 않겠다며 지원은 아빠를 애타게 졸랐다. 하지만 아빠는 힘이 없었다.

"아빠 미워!"

지원은 결국 빽, 하니 소리를 지르고 방으로 뛰어갔다. 엄마도 밉고, 아빠도 밉고, 동생이 있다고 자랑하는 혜미는 더 미웠다.

요란스레 제 방으로 들어가는 딸의 모습을 본 덕현은 한숨을 내쉬었다. 세상 무엇을 줘도 아깝지 않을 만큼 사랑하는 딸이었지만 이 부분은 조금 사정이 달랐다. 덕현 혼자 결정할 수 있는 것이 아니었다. 그들 부부는 이미 지원 하나를 돌보는 것만으로도 적잖게 힘들어하고 있었다.

병원에서는 냉철한 신경외과 의사지만, 집에선 물러터진 딸바보 아빠 덕현은 딸의 방문만 바라보며 연심 한숨만 내쉬었다.

－엄마, 아빠가……

세미나 참석차 제주에 내려왔다가 딸아이의 전화를 받게 된 이경의 얼굴이 황망했다. 대성통곡을 하는 딸로 인해 이경은 무슨 큰일이라도 난 줄 알았다.

－혜미는 동생이 있는데, 난 없는데, 아빠가 마트에서 못 사준다고 했어. 누피네 아빠는 동생 샀는데……

울먹이고 훌쩍이는 목소리였지만 대충 이해가 갔다. 평소에도 혜미의 동생 자랑을 부러워하던 지원이었기에 이경은 보지 않고 듣지 않아도 상황을 알 것 같았다.

"아빠가 안 된다고 하셨어?"

－응…… 아빠가, 아빠가 안 된다고 하셨어. 아빠 나빠.

세상에서 아빠가 가장 좋다고, 아빠랑 결혼할 것이라는 말을 달고 살던 지원이었는데 어지간히도 섭섭한 모양이었다.

전화를 하다가 또다시 훌쩍이기 시작하는 지원의 목소리에 이경은 작게 웃음을 지었다. 덕현이 얼마나 난감해했을지 짐작이 가서 이경은 더 웃음이 나왔다.

"지원아!"

－응.

"동생 갖고 싶어?"

－응, 나도 갖고 싶어.

지원이 울음기 섞인 목소리로 대답했다. 실망과 상처, 그리고 혹시나 하는 기대감이 지원의 목소리에 섞였다.

이경은 잔잔한 웃음을 지으며 말을 이었다.

"그럼 동생 생기면 잘해줄 자신 있어?"

-으응?

"우리 지원이, 동생이 생기면 공부도 더 열심히 해야 할 거고, 말도 더 잘 들어야 할 거고, 심부름도 더 잘해야 할 텐데?"

장난기 섞인 이경의 목소리에 지원은 한참을 어리둥절해했다. 그리고 잠시 후, 이경의 말이 뜻하는 것을 깨달았는지 커다란 목소리로 이경에게 반문했다.

-사줄 거야?

지원은 아직도 동생을 마트에서 사오는 것으로 생각하고 있나 보다.

"사주는 것은 아니고, 동생 만들어줄 수는 있어."

이경의 말에 지원은 대번에 울음을 그치고 함지박만 한 웃음을 지었다. 조금만 뚝딱! 하면 맛있는 밥과 간식을 만들어주는 엄마는 역시 마술사 같다.

-응! 응! 잘해줄 거야! 착한 어린이도 될 거야! 말도 잘 듣고, 공부도 열심히 하고, 심부름도 잘하고, 청소도 잘하고!

지원이 우렁차게 소리쳤다.

임신 사실을 알게 된 후 조금 고민하고 있었던 이경은 지원의 호응에 마음을 굳혔다. 사랑하는 사람과의 아이이니만큼 어떤 경우에도 나쁜 선택을 하지는 않았겠지만, 지원이 이렇게 반가워해 주니 이경은 새삼 고마웠다.

"그럼 아빠한테는 비밀! 엄마가 집에 가서 아빠한테 우리 지원이 동생 사주세요, 할 테니까 그때까지만 비밀로 하자. 알았지?"

－응. 엄마 빨리 와. 그리고 나 예쁜 여동생이 좋아. 내가 내 인형이랑 책도 다 줄 자신 있어.

지원은 동생에게 해줄 수 있는 것들을 이경에게 늘어놓기 시작했다. 아끼는 인형, 아끼는 장난감, 아끼는 새 옷도 모두 동생에게 주겠다는 지원의 말을 듣고 있노라니 이경은 조금씩 마음이 따뜻해지는 것을 느꼈다.

수화기를 잡은 이경의 얼굴에는 자신도 모르게 미소가 번졌다. 이경의 시선이 아래로 내려갔다. 완만한 형태의 배에선 아직 임신한 티가 나지는 않았다. 하지만 이곳에 지원을 닮은 또 다른 아이가 있을 것이라 생각하니 이경은 자신의 납작한 배가 새삼 소중해졌다.

한 손으로는 지원의 목소리가 들리는 휴대전화를 들었고, 그리고 또 다른 한 손으로는 그녀의 배에 가져다 댔다. 소중한 두 아이가 착하고 예쁘고 건강하게 자라나길, 이경은 간절하게 빌었다.

그리고 어서 빨리 덕현에게 좋은 소식을 전달하고 싶었다.

사랑해요, 나의 대마왕님!

잔잔하게 웃는 이경의 얼굴에선 그 무엇보다 커다란 행복이 느껴졌다.

－마침－